ଜହ୍ନରାତି

ଜହ୍ନରାତି

ଯଶୋଧାରା ମିଶ୍ର

BLACK EAGLE BOOKS

2019

BLACK EAGLE BOOKS

7464 Wisdom Lane
Dublin, OH 43016
E-mail: info@blackeaglebooks.org
Website: www.blackeaglebooks.org

First International Edition Published by
BLACK EAGLE BOOKS, 2019

Janharati
by Yashodhara Mishra

Cover & Interior Design: Ezy's Publication

ISBN- 978-1-64560-042-8 (Paperback)

Printed in United States of America

ଜହ୍ନରାତିର ସ୍ମୃତିରେ ଦିଧାଡ଼ି

ଅନେକ ବର୍ଷ ତଳେ ଲେଖା ଏ ଗପଗୁଡ଼ିକ। ଆଉ ସ୍ପଷ୍ଟକରି ମନେ ନାହିଁ କେଉଁ ଗପ ପଛରେ କେଉଁ ଘଟଣା କେଉଁ ଭାବନା ସବୁ ଥିଲା। ସବୁ ଗପଗୁଡ଼ିକ ସମାବେଶ, ମାନସ, ଝଙ୍କାର, ସୁଚରିତା ଆଦି ତତ୍କାଳୀନ ପ୍ରତିଷ୍ଠିତ ଓଡ଼ିଆ ପତ୍ରିକାମାନଙ୍କରେ ବାହାରିଥିଲା। ତେବେ ଏତିକି କହିବି, ଗପଗୁଡ଼ିକ ପଢ଼ି ପାଠକମାନେ ଯେଉଁ ଅକାତର ସ୍ନେହ, ସ୍ୱୀକୃତି ମୋତେ ଦେଇଥିଲେ, ତାହା ମୋତେ ସମ୍ଭବତଃ କୌଣସି ପୁରସ୍କାର ଦେଇପାରିବ ନାହିଁ। ସେତେବେଳେ ପତ୍ରିକା ସମ୍ପାଦକମାନେ ଥିଲେ ଲବ୍ଧପ୍ରତିଷ୍ଠ ଲେଖକ। ଅନେକଙ୍କ ହାତ ଲେଖା ଚିଠିମାନ ମୁଁ ସାଇତି ରଖିଛି। ପାଠମାନଙ୍କଠାରୁ ବି ଡାକଯୋଗେ ଚିଠି ମିଳୁଥିଲା। ବିଖ୍ୟାତ ଲେଖକମାନେ ବି ଚିଠି ଦେବାରେ, ଉତ୍ସାହ ଦେବାରେ କାର୍ପଣ୍ୟ କରୁ ନ ଥିଲେ। ସେ ଏକ ଅତିକ୍ରାନ୍ତ ଯୁଗର କଥା।

ଏଇ ସଂକଳନଟିର ସବୁଗୁଡ଼ିକ ଗଳ୍ପ ହିନ୍ଦୀରୁ ଅନୂଦିତ ହୋଇ ଧର୍ମଯୁଗ (କମଲେଶ୍ୱର ସମ୍ପାଦିତ), ସାପ୍ତାହିକ ହିନ୍ଦୁସ୍ତାନ (ମୃଣାଳ ପାଣ୍ଡେ ସମ୍ପାଦିତ), ସମକାଳୀନ ଭାରତୀୟ ସାହିତ୍ୟ (ଶାନୀ ସମ୍ପାଦିତ) ଓ ହଂସ (ରାଜେନ୍ଦ୍ର ଯାଦବ ସମ୍ପାଦିତ) ପତ୍ରିକାମାନଙ୍କରେ ପ୍ରକାଶିତ ହୋଇଥିଲା ଓ ତା'ପରେ ଇଂରାଜୀ ତଥା ଅନେକ ଭାରତୀୟ ଭାଷାକୁ ମଧ୍ୟ ଅନୂଦିତ ହୋଇଥିଲା। ସେଥିରୁ ଅନେକ, ବିଶେଷତଃ ଇଂରାଜୀକୁ ଅନୂଦିତ କେତେକ ଗଳ୍ପ ବିଶେଷ ଭାରତୀୟ ସଂକଳନମାନଙ୍କରେ ସ୍ଥାନ ପାଇଛି। ଜହ୍ନରାତି ଗଳ୍ପଟିର ରେଡ଼ିଓ-ନାଟକ ରୂପାନ୍ତର ଆକାଶବାଣୀ, ଓଡ଼ିଶାରେ ପ୍ରଥମ ପୁରସ୍କାର ପାଇଥିଲା ଓ ତା'ର ହିନ୍ଦୀ ନାଟ୍ୟ-ରୂପାନ୍ତର ଦିଲ୍ଲୀର ରାଷ୍ଟ୍ରୀୟ-ନାଟ୍ୟ ବିଦ୍ୟାଳୟରେ ମଞ୍ଚନ କରାଯାଇଥିଲା। ଏଇ ସଂକଳନଟି ଓଡ଼ିଶା ସାହିତ୍ୟ ଏକାଡ଼େମୀ ଓ ଭୁବନେଶ୍ୱର ପୁସ୍ତକମେଳା ପୁରସ୍କାର (ଉଭୟ ୧୯୯୦) ପାଇଥିଲା। ପ୍ରାୟ ଏହି ସମୟରେ 'ଜହ୍ନରାତି'ର ଅଧିକାଂଶ ଗଳ୍ପ ଓ ଏହାର ପୂର୍ବ ସଂକଳନ (ଦ୍ୱୀପ ଓ ଅନ୍ୟାନ୍ୟ ଗଳ୍ପ)ର କିଛି ଗଳ୍ପ ନେଇ ହିନ୍ଦୀରେ ଅନୂଦିତ ଏକ ସଂକଳନ ପ୍ରକାଶିତ ହୋଇଥିଲା।

ଅନୁବାଦକ ଥିଲେ ଡ. ରାଜେନ୍ଦ୍ର ପ୍ରସାଦ ମିଶ୍ର। ୧୯୮୯ର କଥା, ଭାରତୀୟ ଜ୍ଞାନପୀଠର ମୁଖ୍ୟ କାର୍ଯ୍ୟକର୍ତ୍ତା ବିଶନ ଟଣ୍ଡନଙ୍କଠାରୁ ଏକ ପତ୍ର ପାଇଲି, କେତେଜଣ ଭାରତୀୟ ଯୁବଲେଖକଙ୍କୁ (ଚାଳିଶରୁ କମ୍ ବର୍ଷ ବୟସ୍କ ଲେଖକଙ୍କୁ) ପ୍ରକାଶିତ କରିବାର ଏକ ନୂତନ ଯୋଜନାରେ ମୋର କିଛି ଅନୂଦିତ ଗଳ୍ପ ସେ ଚାହିଁଥିଲେ। ଏହା ପୂର୍ବରୁ ସେମାନେ କେବଳ ଜ୍ଞାନପୀଠ ପୁରସ୍କାର ବିଜେତା ଲେଖକମାନଙ୍କର କୃତି ହିଁ ପ୍ରକାଶ କରିଆସିଥିଲେ। 'ସେତୁବନ୍ଧ' ନାମକ ମୋର ସେହି ସଂକଳନଟିର ମୁଖବନ୍ଧରେ ଏକ ନାତିଦୀର୍ଘ ନିବନ୍ଧ ଲେଖିଥିଲେ ଡ. ସୀତାକାନ୍ତ ମହାପାତ୍ର, ଯାହାର ଶୀର୍ଷକ ଥିଲା 'ଦ୍ୱୀପ, ଜହ୍ନରାତି ଓ ନିର୍ଜନତା'। ବହିଟିର ଜ୍ୟାକେଟ୍ ଲାଗି ସ୍ୱଳ୍ପ ଲେଖକ ପରିଚୟ ଓ ନିଜସ୍ୱ ମତାମତ ଲେଖି ଦେଇଥିଲେ ହିନ୍ଦୀ ସାହିତ୍ୟର ଯୁଗସ୍ରଷ୍ଟା ସାହିତ୍ୟିକ ହରିଶଙ୍କର ପରସାଇ। ସେହିବର୍ଷ ଡିସେମ୍ବର ମାସ ହିନ୍ଦୀର ତତ୍କାଳୀନ ସର୍ବବୃହତ ପାଠକ ସଂଖ୍ୟା ଥିବା ଖବରକାଗଜ ଜନସତ୍ତାର ପାଞ୍ଚଜଣ ବିଶିଷ୍ଟ ହିନ୍ଦୀ ଲେଖକଙ୍କୁ ଚଳିତ ବର୍ଷ ସେମାନେ ପଢ଼ିଥିବା ଶ୍ରେଷ୍ଠ ପୁସ୍ତକଗୁଡ଼ିକ ବିଷୟରେ ପଚରାଗଲା ବେଳେ ତାଙ୍କ ଭିତରୁ ତିନି ଜଣ ଲେଖକ, ରାଜେନ୍ଦ୍ର ଯାଦବ, ମ୍ୟାନେଜର ପାଣ୍ଡେ ଓ ଶାନୀ ଜଣେ ଅଣହିନ୍ଦୀ ଲେଖିକାଙ୍କର ଗଳ୍ପ ସଂକଳନ 'ସେତୁବନ୍ଧ' ବିଷୟରେ କହିଥିଲେ।

ଏ ଭିତରେ ଏଇ ଗଳ୍ପଗୁଡ଼ିକ ବିଭିନ୍ନ ସ୍ଥାନରେ ଓଡ଼ିଆ ତଥା ଅନ୍ୟ କେତେକ ଭାଷାରେ ବାରମ୍ବାର ମୁଦ୍ରିତ ହୋଇଛି। ମୁଁ ସର୍ବଭାରତୀୟ ତଥା ଆନ୍ତର୍ଜାତିକ ସାହିତ୍ୟ ସଭାମାନଙ୍କରେ ଏବଂ ଭାରତ ବାହାରେ ଅନ୍ୟ କେତେକ ଦେଶରେ ମଧ୍ୟ ଏଥିରୁ କେତେକ ଗଳ୍ପ ଓଡ଼ିଆ, ହିନ୍ଦୀ ଓ ଇଂରାଜୀରେ ପାଠ କରିବା ସହ ସେ ବିଷୟରେ ଚର୍ଚ୍ଚାରେ ଭାଗ ନେବାକୁ ସୁଯୋଗ ପାଇଛି। ତେବେ ମୂଳ ପ୍ରକାଶକ ଫ୍ରେଣ୍ଡସ୍ ପବ୍ଲିଶର୍ସଙ୍କ ୧୯୯୧ର ଦ୍ୱିତୀୟ ସଂସ୍କରଣ ପରେ ଆଉ ବଜାରରେ ବହିଟି ମିଳିଲା ନାହିଁ। ୨୦୧୫ରେ ପକ୍ଷିମା ପ୍ରକାଶନୀ ମୋର ପ୍ରଥମ ତିନିଗୋଟି ଗଳ୍ପ ସଂକଳନର ଏକ ଏକତ୍ରିତ ସଂଗ୍ରହ ପ୍ରକାଶ କରିଛନ୍ତି। ତେବେ ମନରେ ଦୁଃଖ ହୁଏ ଯେ ପ୍ରାୟ ପଚିଶ ବର୍ଷ କାଳ, ସମ୍ଭବତଃ ଦୁଇଟି ପିଢ଼ିରୁ ଅଧିକ ଓଡ଼ିଆ ପାଠକଙ୍କ ଲାଗି 'ଜହ୍ନରାତି' ସଂକଳନଟି ଉପଲବ୍ଧ ନ ଥିଲା। ଅବଶ୍ୟ ଏ ଦୁର୍ଭାଗ୍ୟ କେବଳ ମୁଁ ହିଁ ଭୋଗିଛି ବୋଲି କହିବି ନାହିଁ। ଓଡ଼ିଶାର ଅନେକ ଲେଖକଙ୍କର ବହି ଯାହା ନିଜ ପ୍ରକାଶନ ସମୟରେ ଆଦୃତ ହୋଇଥିଲା, କିଛିଦିନ ପରେ ହୁଏତ ଏହି ପରିସ୍ଥିତିର ସାମ୍ନା କରୁଥିବେ।

ଓଡ଼ିଆ ବହିଗୁଡ଼ିକୁ ଆନ୍ତର୍ଜାତିକ ବଜାରରେ ଉପଲବ୍ଧ କରାଇବାର ଅଭୂତପୂର୍ବ ଦାୟିତ୍ୱ ଆଜି ନେଇଛନ୍ତି ଶ୍ରୀ ସତ୍ୟ ପଟ୍ଟନାୟକ। ତାଙ୍କ ପ୍ରଶଂସାରେ ବେଶି କିଛି ମୁଁ କହୁ ନାହିଁ। କିଛି ବର୍ଷ ଭିତରେ ଆମାଜନ୍ ଜରିଆରେ ସମଗ୍ର ବିଶ୍ୱରେ ଉପଲବ୍ଧ ଆମ ଓଡ଼ିଆ ସାହିତ୍ୟ ହିଁ ତାଙ୍କ ସତ୍‌ପ୍ରୟାସ ଓ ନିଷ୍ଠାର ପ୍ରମାଣ ଦେବ। ତାଙ୍କ ଲାଗି ଅଜସ୍ର ଶୁଭକାମନା।

ଯଶୋଧାରା ମିଶ୍ର

ସୂଚୀପତ୍ର

ବନ୍‌ସାଇ	୯
ପିକ୍‌ନିକ୍	୨୦
ପୁଅ	୩୪
ଜହ୍ନରାତି	୫୦
ଶୋକ	୬୨
ଦୀପାବଳି	୭୩
ମେକ୍ ଅପ୍	୮୬
ନିଜ ଛବି	୯୬
ସେତୁ	୧୦୩
ଊର୍ମିଳାଙ୍କ କାନ୍ଦ	୧୧୬

ବନ୍‌ସାଇ

ସୁଷମା ଚଉକିଟିରେ ବସି ପଡ଼ିଥିଲେ କେତେବେଳେ, ହାତରେ ତାଙ୍କର ତଥାପି ଖୋଲା ଚିଠିଟି । ଗାଧୁଆ ଘରୁ ରୀତୁର ବେପରୁଆ ସିନେମା ଗୀତ ଶୁଭୁଚି; ଏଇନା ସେ ଗାଧୋଇ ସାରି ବାହାରି ଆସିବ । ସୁଷମାଙ୍କୁ ସାମ୍ନା କରିବାକୁ ହେବ ତାକୁ ।

କେମିତି ? କେମିତି ସାମ୍ନା କରିବାକୁ ହୁଏ ଆଜିକାଲିର ଝିଅଙ୍କୁ ? ରୀତୁ ପରି ଗୋଟିଏ ଝିଅର ହାତଲେଖା ପ୍ରେମ ପତ୍ରଟିଏ ତା ବହି ଭିତରୁ ଆବିଷ୍କାର କଲା ପରେ ତା ମା' କ'ଣ କରେ ?

କବାଟ ଖୋଲିବାର ଶବ୍ଦ ହେଲା ଓ ରୀତୁ ବାହାରି ଆସିଲା । ଗାଧୁଆ ଘରର ନିଭୃତ କକ୍ଷ ଭିତରୁ ବାହାରି ଆସିଲା ମାତ୍ରେ ଗୀତ ଧିମେଇ ଆସି ଗୁଣୁଗୁଣୁରେ ପହଞ୍ଚିଚି । ଓଦା ବଦ୍‌ବାଳ ତଉଲିଆରେ ପୋଛୁ ପୋଛୁ ଗୀତ ମଝିରୁ ପଚାରୁଚି - "ମା, ମୋ ଟେବୁଲରେ ବସି ପଢୁଚୁ ନା କ'ଣ ?" ତା ସ୍ୱର ହସିଲା, ପିଲାଳିଆ ।

ସୁଷମା କୋଉ ଛଟକରେ ଚିଠିଟି ବ୍ଲାଉଜ୍ ଭିତରେ ପୂରାଇ ସାରିଥିଲେ । ଚଉକିରେ ସେମିତି ବସି ରହି ରୀତୁ ମୁହଁକୁ ନ ଚାହିଁ ଭାବହୀନ ଉତ୍ତର ଦେଲେ - "ବହୁତ ମଇଳା କରି ପକେଇଚୁ ତୋ ଟେବୁଲ ।"

–"ଥାଉ, ଥାଉ ମା ପ୍ଲିଜ୍ ! ମୁଁ ନିଜେ ସଜାଡ଼ି ଦେଉଚି, ଏଇନା ସଜାଡ଼ି ଦେବି ।"

ସୁଷମା ବସି ରହିଲେ । କିଏ କହିଲା ମୁଁ ସଜାଡ଼ି ଦେଉଥିଲି ବୋଲି, ମୁଁ ତୋତେ କୈଫିୟତ୍ ଦେଉନାଇଁ । କିଏ ବା କହୁଚି ତୋତେ କଥା କହିବାକୁ । ଚୁପ୍ ରହ, ମୁଁ ସମ୍ଭାଳିଯାଏ ପହିଲେ ।

–"କ'ଣ ହେଲା ମା, ରାଗିଚୁ କି ?"

ମନ ହେଉଥିଲା ତା ଆଖିକୁ ସିଧା ଚାହାନ୍ତେ, ପଚାରନ୍ତେ- ମୋତେ ଜବାବ୍ ଦେ, କେବେଠୁ ଏମିତି ଧୋକା ଦେବାକୁ ଶିଖିଲୁଣି ତୁ ? ଆଲୁରୁ ବାଲୁରୁ ବହି ଖାତା ଭିତରେ ଏମିତି ବୋମାଟିଏ ଲୁଚାଇ ମୋ ସାଙ୍ଗେ ଗେଲେଇ ହେଉଚୁ କିଛି ନ ଜାଣିଲା ଭଳି ? ଏତେ ସାହସ ତୋର ? ଏତେ ପେଞ୍ଚ ତୋ ପେଟ ଭିତରେ ?

–"ମା, ସୀମା ନୁହେଁ କଲିକତାରୁ ଏଥର ଫାଣ୍ଟାଷ୍ଟିକ୍ ଜୋତା ହଳେ ଆଣିଚି ।"

ସୁଷମା ବୁଲି ଚାହିଁଲେ, କାନ୍ଥର ଲମ୍ବା ଦର୍ପଣ ପାଖେ ସେ ମୁଣ୍ଡ କୁଣ୍ଡାଉଚି, ଦର୍ପଣରେ ଦିଶୁଚି ତା'ର ନିର୍ମଳ ପନ୍ଦର ବର୍ଷର ମୁହଁ । ହାତର ପାନିଆ ରହିଯାଇଚି, ଦର୍ପଣ ପାଖକୁ ନଇଁ ପଡ଼ି ବାଁହାତ ନଖରେ ଗାଲର ବ୍ରଣକୁ ଖୁଣ୍ଟୁଚି ।

ସୁଷମା ଚଟକିନି ମୁହଁ ଫେରେଇଲେ- ଚିହ୍ନା ଚିତ୍ରପଟଟି ମଝିରୁ ଫାଟି ଖଣ୍ଡ ଖଣ୍ଡ । ନା ଦେଖି ହେଉଚି, ନା ଆଉ ଯୋଡ଼ି ହେବ । ଚଉକି ଛାଡ଼ି ଉଠୁ ଉଠୁ କହିଲେ- "ପାଠପଢ଼ା ଦିନରେ ଯେତେକ ବାଜେ ଚିନ୍ତା ସବୁ ମନରେ । ଖାଲି ଜୋତା-ଡ୍ରେସ୍..."

କହୁ କହୁ ସେ ବାହାରି ଆସିଲେ, ଦର୍ପଣର ମୁହଁଟି ଆଡ଼େ ଚାହିଁ ନାହାନ୍ତି । ଦାଣ୍ଡ ବାରଣ୍ଡାରେ ବସି ବାବୁଲା ଅଠା ଆଉ କାଗଜ ପଟାଗୁଡ଼ିଏ ନେଇ କ'ଣ ଗୋଟାଏ ଯୋଡ଼ାଯୋଡ଼ି କରି ତିଆରି କରୁଚି, ତା ସ୍କୁଲର କ୍ରାଫ୍ଟ୍ କ୍ଲାସ୍ ଲାଗି । ଲମ୍ବ ବାରମ୍ଭାର କଣକୁ ଥୁଆ ଯାଇଥିବା ନୂଆ କୁଣ୍ଡଟିର କମଳା ଗଛଟିକୁ ଦେଖାଇ ପଚାରିଲା- "ଇଏ କ'ଣ ?"

ସୁଷମା ଚୁପ୍‌ଚାପ ମଝି ବେତ-ଟେବୁଲ ଉପରୁ ଆଜିର ଖବର କାଗଜ ଉଠାଇଲେ । ବାବୁଲା ମୁହଁ ଗୋଜା କରି ଏକ ଲୟରେ ପଟା ଖଣ୍ଡିଏ କାଟୁ କାଟୁ ରହିଯାଇ ପୁଣି ପଚାରିଲା- "ସେଇଟା ଲେମ୍ବୁଗଛ ପରି ଦିଶୁଚି । ଏଗୁଡ଼ା କ'ଣ ଏମିତି ଗମ୍‌ଲାରେ ଲଗାଯାଏ ?"

–"ଲଗାଯାଏ । ତୋର ଏତେ ଚିନ୍ତା କାହିଁକି ? ଗାଧୋଇବୁ ଯା, ସ୍କୁଲ ବେଳ ହୋଇଯିବ ।" ସୁଷମା ତା'ପରେ ଖବରକାଗଜ ଖୋଲି ନିଜ ଆଗରେ ମେଲି

ଧରିଲେ ଓ ଦୁର୍ଗଟି ଭିତରେ ଏବ ପାଇଁ କାର୍ଯ୍ୟପନ୍ଥା ସ୍ଥିର କଲେ । ଏମିତି ବଜ୍ର ତ ପଡ଼ିଯାଇ ନାହିଁ କିଛି । ଅଭିମାନରେ କାନ୍ଦିଲେ କି କାନି ଘୋଡ଼େଇଲେ ଘର ନିଆଁ ବି ଲିଭିଯାଏ ନାହିଁ ଆପେ ।

ଆଜି ରୀତୁ କଲେଜ ଯିବା ପୂର୍ବରୁ ହିଁ । ଏଡ଼ିକି ଟିକିଏ ପିଲା ତୁ । ଛି ଛି, ବାପା ଜାଣିଲେ କ'ଣ ଭାବିବେ, କେତେ ମନ ଦୁଃଖ କରିବେ ଭାବିଲୁ ।

ନିଜ ଉପରେ ରାଗ ଆସୁଛି । କାହିଁକି ଘଟୁଛି ଏମିତି ଅନାହୂତ କଥା । କ'ଣ ଭୁଲ ରହିଲା ରୀତୁକୁ ବଢ଼େଇବାରେ ?

ମୁଁ ଜାଣୁଥିଲି ଏମିତି କିଛି ପାଇଁ ବେଶି ଦିନ ନାହିଁ । ଯେବେଠୁ ସେ ସ୍କର୍ଟ ପିନ୍ଧା କାହିଁକି ଛାଡ଼ିବ ବୋଲି ଆଶ୍ଚର୍ଯ୍ୟ ହେଲା, ତା ଜଙ୍ଘ ଗୋଲେଇ ଦୃଷ୍ଟିକଟୁ ଦିଶୁଚି ଜାଣି ବି । ଜନ୍ମଦିନ ପାଇଁ ଏଥର ଶାଢ଼ୀ କିଣିଦିଏ କହିଲାରୁ ଜିଦ୍‌କରି ଜିନ୍ ଟି-ସାର୍ଟ କିଣିଲା, କହିଲା- ମାଇଲିଏ ଲମ୍ବ ଶାଢ଼ୀରେ କିଏ ବାନ୍ଧି ହେବ, ଶାଢ଼ୀଟା କେବଳ ସୌଖୀନ ସାନ୍ଧ୍ୟ-ପୋଷାକ ହେବା ଉଚିତ । ଆଉ ଏବେ ପୁଣି କି ଜବାବ ଦେବ କେଜାଣି ।

ସୁଷମାଙ୍କ ଛାତି ଝଉଁକିନା ଦବିଗଲା । ରୀତୁ ଜବାବ୍ ଦେବ ।

ତା କଅଁଳ ମୁହଁ ସେମିତି କଅଁଳ ଦିଶୁଥିବ, ପଚାରିବ-"କ'ଣ ଭୁଲ ହେଲା କି ମା ? ଆଇ ଲଭ୍ ସତୀଶ୍, ବିଲିଭ୍ ମି ।"

ଖବରକାଗଜକୁ ଅସମାନିଆ କରି ଦୁଇଭାଙ୍ଗ ମୋଡ଼ି ଦେଇ ସୁଷମା ଉଠିଲେ, ଅଣନିଃଶ୍ୱାସୀ ଲାଗୁଚି । ରବିବାବୁ କେତେବେଳେ ଫେରିବେ, ସକାଳୁ ଯାଇଚନ୍ତି ।

ରୀତୁ ବାହାରି ଆସୁଚି ତାଙ୍କ ଶୋଇବା ଘରୁ, ତା ମା'ର ଲିପ୍‌ଷ୍ଟିକ୍‌ରୁ ଟିକିଏ ମାରିଦେଇଚି କି ପୁଣି ଓଠରେ ? ନା, ସନ୍ଧ୍ୟାରେ କେବେ କେମିତି ସିନେମା ଗଲାବେଳେ ଆଜିକାଲି ସେ ଲୁଚେଇ ମାରିଦିଏ । ଏବେ ସ୍କୁଲ ଡ୍ରେସ୍‌ରେ ବାହାରିଚି, ସ୍କଟ୍ ତଳଠୁ ମୋଜାଯାଏଁ ଖୋଲା ଚିକ୍‌କଣ ଗୋଡ଼, ବେଲଟ ଭିଡ଼ା ବ୍ଲାଉଜରେ ନୂଆ କରି ବଢ଼ିଥିବା ଛାତିକୁ ଲୁଚେଇବାର କୌଣସି ଅଭିପ୍ରାୟ ହିଁ ନାହିଁ । ପ୍ରସାଧନହୀନ ସଫା ମୁହଁ, କହୁଥିଲା ସ୍ନୋ ମାରିଲେ କାଳେ ବ୍ରଣ ବେଶି ହୁଏ ବୋଲି । ସଜାଗ ଚଢ଼େଇଟିଏ ପରି ନିର୍ଭୀକ ଦୃଷ୍ଟି, ଅଯଥା ସନ୍ତର୍ପଣ କି ଆତ୍ମସେଚେତନ ନୁହେଁ । ଚାଲି ଯାଉ ଯାଉ କହୁଚି ନିଜ ଖଇରିଆ ସ୍କର୍ଟକୁ ଦେଖାଇ-"ଏଇଟା ଗ୍ୟାରେଂଟି ଦିଆ ଟେରିକଟ୍ ? ରଙ୍ଗ ଛାଡ଼ି କେମିତି ଛାପିଛାପିକିଆ ଦିଶିଲାଣି ଦେଖିଲୁ ?"

ସୁଷମା ସ୍କୁଲ କଲେଜରେ ପୁଅଙ୍କ ସଙ୍ଗେ ପଢ଼ିଛନ୍ତି, ଶେଷ ସ୍କୁଲ ଜୀବନରେ ସଲୱାର୍-କମିଜ୍ ପିନ୍ଧୁଥିଲେ ଦିନାକେତେ । ତେବେ ପଢ଼ିବାକୁ ଗଲାବେଳେ ଦାମୀ

ସୌଖୀନ୍ ଲୁଗା ବାହାରେ ହିଁ ନାହିଁ । ମା'ର ଦୃଷ୍ଟି ଖୁଣ୍ଟିନାଣ୍ଟି ଦେଖିଲାକ୍ଷଣି ଲାଜ ଲାଗେ । ଦେହଟା କ୍ରମେ ଫିଟିଆସିବା ଯେମିତି ସୁଷମାର ଫୁଲେଇପଣ, ମଣ୍ଡଦିଆ ଲୁଗା କି ମୋଟା ଓଢ଼ଣୀ ସତ୍ତ୍ୱେ ଛାତି ଫୁଟି ଦିଶିବାର ବେହିଆମି ଭିନ୍ନ ଅନ୍ୟ କାରଣ ନାହିଁ । ଦୃଷ୍ଟିରେ ଶାସନ ହିଁ ନଥାଏ; ଥାଏ ନିଭନ କରିଦେବାର, ଦୋଷ ଧରା ପକେଇ ପାତାଳ ପ୍ରବେଶ କରେଇ ଦେବାର ଉଦ୍ଦେଶ୍ୟ । ସେ ଦୃଷ୍ଟି, ସେ ଓଠ ନାକ ଟେକିବାର ଆଭାସ ଖାଲି କାନି ସଜାଡ଼ିକୁ କୁହେ ନାହିଁ, କାନ୍ଧ କୁଜା ହୋଇ ପିଠିକୁ ଗୋଲେଇ ଦିଏ, ଖାଲ ଭିତରେ ବୁଡ଼ିଯାଉ, ନଦିଶୁ ଛାତିର ନିର୍ଲଜ୍ଜ ସ୍ଥାପତ୍ୟ । କାଠବିକାଳି ଆଦିବାସୀ ଝିଅଟିର ମୁଣ୍ଡରୁ ଯେତେବେଳେ ତା ଦଳର କେଉଁ ପୁଅଟି ବୋଝ ଓହ୍ଲେଇ ଦେଉଥାଏ ଓ ଲୁଗା ସଜାଡୁ ସଜାଡୁ ଚେପିନାକୀ ଝିଅଟି ହିଁ ହିଁ ହସେ, ମା ଗମ୍ଭୀର ହୋଇ ପଇସା ଗଣି ଦେଉଥାନ୍ତି, ସୁଷମା ଭାବେ ଆଖି ଆଗରେ ଏତେ ନିର୍ଲଜ୍ଜ ଅମଣିଷପଣିଆ ମା' ସହୁଚନ୍ତି କେମିତି !

ରୋଷେଇ ଘରେ ରଘୁ ରନ୍ଧାବଢ଼ା ଖୁଡୁରୁଖାଡୁରୁ କରୁଚି ।

-"ରଘୁ, ତରକାରି ହେଲା ? ବାବୁଲା ଗାଧୋଇବାକୁ ଗଲାଣି, ଏଇନା ଖାଇବାକୁ ବସିବ ।"

ରୀତୁ ବି ବସିବ । ବାବୁଲା ଆଗ ଚାଲିଯାଏ, ତା ସ୍କୁଲ ଦୂର । ରୀତୁ ପଢ଼ାଘରୁ ପୁଣି ଗୁଣୁଗୁଣୁ ଶୁଭୁଚି । ଏତେ ଗୀତ କାହିଁକି ?

-"ରୀତୁ, କ୍ଲାସ କେତେବେଳେ ଅଛି ?"

-"ସାଢ଼େ ଦଶ ।"

-"ବେଶ୍, ପଢୁନୁ ଯଦି ଖାଇବାକୁ ବସ୍ । ବାବୁଲାକୁ ଡାକ । ପୁଣି ଡେରି ହେଲା କହି ନ ଖାଇ ଚାଲିଯିବ, କେତେ ଆଉ ମୁଁ ତମର ପ୍ରତି କଥା ବୁଝୁଥିବି ?"

କାହିଁକି ଏସବୁ କହୁଚନ୍ତି ସେ । କାହିଁକି ସିଧା ପାଖକୁ ଡାକି ରୋକ୍‌ଠୋକ୍ କହିଦେଉ ନାହାନ୍ତି ।

ରବିବାବୁ ସକାଳୁ ଜଳଖିଆ ଖାଇ ବାହାରି ଯାଇଚନ୍ତି, ଦିନ ଗୋଟାଏ ଦେଢ଼ଟା ବେଳେ ଖାଇବା ପାଇଁ ଆସିବେ । ସେ ହିଁ ଦାୟୀ, ସବୁ ଦୋଷ ତାଙ୍କରି । ହେଲା ତ ? ମୂଳରୁ କହୁ ନଥିଲି ଆକଟ କର ବୋଲି ? କାହିଁକି ସାନ ସାନ କଥାରେ ଆକଟ କରାଯିବ ନାହିଁ ? କାହିଁକି ତାର କହିଲାଯାକେ କଥାଯିବ- 'କିଏ ମୋର ପିନ୍ଧିବ ମାଇଲିଏ ଲମ୍ବ ଶାଢ଼ି' ? ସତେ କି ତା ଇଚ୍ଛା ଉପରେ ନିର୍ଭର କରୁଚି ସବୁ !

ପିଲାଦିନେ ମା'ର ସ୍ୱର ଶୁଭିଯାଏ- ସୁଷି, ଭାଙ୍ଗିଯିବ ମା, ରଖି ଦେ । ଦାମୀ ଖେଳନାଟା, ଆଲମାରିରେ ରଖି ଦେ ।

ଦାମୀ ଖେଳନାମାନ କାଚଆଲମାରିରେ ଶୋଭା ପାଇଥିଲା ବର୍ଷ ପରେ ବର୍ଷ ଓ ସେଇ ବର୍ଷମାନଙ୍କ ଭିତରେ କେବେ ଦିନେ ସେ ଦେଖିଲେ ଏଥର ତଳୁ ଟିପରେ ଠିଆହୋଇ ଉହୁଙ୍କି ଆକାଶ ଉଞ୍ଚ ଆଲମାରି ଥାକରୁ ଆଉ ମହାର୍ଘ ଖେଳନାମାନଙ୍କୁ ଦେଖିବାକୁ ହୁଏ ନାହିଁ । ଆଲମାରି ଥାକ ଏବେ ନିଜ ଉଚ୍ଚରେ, ଅନେଇଲେ ନାକସିଧା ଖେଳନାମାନ- ରଙ୍ଗ ଫିକା ପଡ଼ିଆସିଥିବା ଛୋଟିଆ ଛୋଟିଆ ପ୍ରାଣହୀନ ଖେଳନା, ଚିରଦିନ ଲାଗି କାଚ ସେପାଖ କାନ୍ଥ ଖୋପ ଭିତରେ ।

ରୀତୁ, ବାବୁଲା ଖାଇବାକୁ ବସିଚନ୍ତି, ସବୁଦିନ ପରି ସୁଷମା ବସିଚନ୍ତି ପାଖରେ । ରଘୁ ବାଢୁଚି, ଅନ୍ୟଦିନ ପରି ବଳେଇବାକୁ ଇଚ୍ଛା ହେଉନାଇଁ, ଥକ୍କା ଲାଗୁଚି । ରୀତୁ ପଚାରୁଚି -"ମା, ତୁ ନିଶ୍ଚେ ଜଳଖିଆ ବି ଖାଇ ନଥିବୁ ?"

-"ମୋର ଆଜି ଶୁକ୍ରବାର ବ୍ରତ ।"

ରୀତୁ ବାବୁଲା ମୁହଁକୁ ଚାହିଁ ଉଚ୍ଛୁଳି ପଡ଼ି ହସୁଚି । ମୁହଁରେ ବାଁହାତ ପାପୁଲି ଦେଇ ହସ ରୋକିବାର ବାହାନା କରୁଚି -"ମାନେ, ସତରେ ତୁ ଆରମ୍ଭ କରିଚୁ, ଅନେଷ୍ଟ୍ଲି ?"

ତୁ ଖିଲ୍‌ଖିଲ୍ ହେଇ ମୋ ଆସନ ଟଳେଇ ପାରିବୁନି । ତୋ ବୟସ୍କ ଜୀବନକୁ ନିୟନ୍ତ୍ରଣ କରିବି ମୁଁ, ତୋ ପିଲାଳିଆମୀକୁ ମାନିବି ହିଁ ନାଇଁ ।

ବାବୁଲା ପଚାରୁଚି -"ଶୁକ୍ରବାର ଗୋଟେ କି ବ୍ରତ ? ଆଉ ସେ ଗମ୍‌ଲାରେ କି ଗଛ ମା ? ବ୍ରତ ଲାଗି ଦରକାର ?"

-"ସେଇଟା ତାଙ୍କ ଲେଡ଼ିଜ୍ କ୍ଲବ୍‌ରେ ଲେଟେଷ୍ଟ କି ଗୋଟାଏ ଆର୍ଟ ଶିଖାଯାଉଚି ।"

-"ଶୁକ୍ରବାର ବ୍ରତ ଶିଖାଯାଉଚି ତମ କ୍ଲବ୍‌ରେ ?"

-"ଧେତ୍ ! (ରୀତୁର ଆହୁରି କିରି କିରି ହସ) ସେ ଗଛଟା । କ'ଣ ତ ମା ସେ ଆର୍ଟର ନାଁ ? ବନ୍‌ସାଇ ନା ?"

ତାପରେ ସୁଷମାଙ୍କୁ ନିରୁତ୍ତର ଦେଖି ନିଜେ ବାବୁଲାକୁ ବୁଝେଇଲା-"କ'ଣ ସବୁ କେମିକାଲ୍ ଦେଇ ଗଛମାନଙ୍କୁ ଟିକି କରି ରଖାଯାଏ ।"

ସୁଷମା ଗାଲରେ ହାତ ଦେଇ ଦୁହିଁଙ୍କୁ ଦେଖୁଥିଲେ । ତାଙ୍କ ମନକୁ କ୍ଲବ୍‌ର ନୂଆ ପ୍ଲାନ୍ କଥା ଆସିଲା, ଭୁଲିଯାଇଥିବା ଉତ୍ସାହ ମୁହୂର୍ତ୍ତକେ ଫେରି ଆସିଲା । ଆଉ କେତେବେଳେ ସକାଳର ଓଜନିଆ ଭାବଟା ମନରୁ ଖସିଗଲା ସେ ଖିଆଲ୍ କରିପାରିଲେ ନାହିଁ । ରୀତୁକୁ ମଝିରୁ କାଟି କହିଲେ -"କେମିକାଲ୍ ଦେଇ ନୁହଁ, ଡାଳ କଟାଯାଏ । ଗୋଟାଏ ଆର୍ଟ । କେବଳ ସମୟ ଦେଖି ଡାଳ କାଟିବାରେ ହିଁ ବାହାଦୁରୀ- ପ୍ରତିଥର

ଡାଳ ପୁଣି କଅଁଳିବ, ହେଲେ ଆଗଭଳି ନୁହେଁ । ତାଜୁବ୍ ଲାଗିବ- ଶେଷରେ ଏଡ଼ିକି ଟିକିଏ ଟିକିଏ ଗଛମାନ କୁଣ୍ଡରେ ଥିବ, ଫୁଲ ଧରିବ, ଫଳ ଧରିବ, କମଳା ଡାଳିମ୍ବ ଫଳିଥିବ ବି, ବରଗଛରୁ ଓହଳ ବି ଝୁଲୁଥିବ- ତା ଜାତିର ବଡ଼ ଗଛରୁ କିଛି ଫରକ୍ ନାହିଁ, ଖାଲି ଯାହା ପ୍ରକୃତିର ମିନିଏଚର୍ ।"

ତାଙ୍କ ଉତ୍ସାହକୁ ହଠାତ୍ ଥମକାଇ ଦେଇ ରୀତୁ କହିଲା- ପାଣି ପିଇଦେଇଥାଏ ବୋଲି ଉର୍ଦ୍ଧ୍ୱଶ୍ୱାସ ହେଲାପରି-"ହେଲେ ଯାହା କହ, ଏଇଟା ଆର୍ଟ କିଛି ନୁହଁ । ସାଇନ୍‌ସ କି କ୍ରାଫ୍‌ଟ କିଛି ଗୋଟେ କୁହାଯିବା କଥା । ଡ୍ରଇଂରୁମ୍‌ରେ ରଖିବ ବୋଲି ଗହଳାକିରେ ବାମନ କରିବ ଗଛଟିକୁ । ପାଣି, ଖତ ଦେଇ ପାଳୁଥିବ, ଏଣେ କତୁରିଟାଏ ଧରି ଜଗିଥିବ, କାଟି ଚାଲିଥିବ ବର୍ଷ ବର୍ଷ ଧରି ।"

-"ତୋର ଗୋଟାଏ ବକ୍ ବକ୍ ସବୁ କଥାରେ । ଅଧା ଖାଇ କୁଆଡ଼େ ଉଠିଲୁ ?"

ହାତ ଧୋଉ ଧୋଉ ରୀତୁ କି କୈଫିୟତ୍ ଦେଉଚି କିଛି ଶୁଣାଯାଉନି । କାନ ଝାଇଁ ଝାଇଁ ଲାଗୁଚି । ଦେଖେଇପଣ । ସବୁ କଥାରେ ଜାଣି ଶୁଣି କଥା କାଟିବା, ଯୁକ୍ତି କରିବା, ମୁଁ ଅଲଗା ବୋଲି ଦେଖେଇ ହେବା । ସତେ ଯେମିତି 'ହଁ' କରିବା ଆମବେଳେ ଛାତି ଭିତରୁ ବାହାରି ଅସୁଥିଲା ଆପେ, ସେଥିଲାଗି ନିଷ୍ଠା, ସାଧନା କିଛି ଲୋଡ଼ା ହୁଏ ନାହିଁ । କେଉଁ ନିଆରାପଣ ଦେଖେଇ ହେଉଛୁ ତୁ ? ସେଇଟା ମୋଓରି ଭଲପଣିଆ, ଉଦାରତା । ଛାତି ଭିତରୁ 'ନାହିଁ' ଆସି ଓଠ ସେପାଖେ ଲାଖିଯିବା ଲାଗି ଭୟ ମୁଁ ହିଁ ତୋତେ ଦେଇ ନଥିଲି କେବେ । ମୋ ହାତରେ କ'ଣ କତୁରି ନ ଥିଲା !

ରୀତୁ ହାତ, ମୁହଁ ଧୋଇ ତଉଲିଆରେ ପୋଛୁଚି । ଏଇନା ବହି ଧରି ଚାଲିଯିବ, ବାହାରି ଯିବ ହାତରୁ, ଡାଳ ବଢ଼ିଯିବ ଆକାଶକୁ ।

ଶେଷ ପର୍ଯ୍ୟନ୍ତ ରୀତୁ ବହି ଧରି ଜୋତା ପିନ୍ଧି ବାହାରିଗଲା, ସୁଷମା ମୁହୂର୍ତ୍ତ ମୁହୂର୍ତ୍ତ କରି ଗଣୁଥାଆନ୍ତି ହାତରୁ ଚାଲିଯାଉଚି ବୋଲି । ତା'ପରେ ତାଙ୍କର ସ୍ଥିର କରିବା କଥା- ଏଥର ଏକୁଟିଆ ସମସ୍ୟାଟି ସମ୍ଭାଳି ପାରିବାର ବିଶ୍ୱାସ ଅଛି ନା ରବିବାବୁଙ୍କ ସାହାଯ୍ୟ ନେବାକୁ ହେବ । ଭାବୁ ଭାବୁ ସେ ଶୋଇବାଘରକୁ ଗଲେ, ଆଉ ଆଲମାରି ଖୋଲି ଲୁଗାଥାକ ତଳୁ ଟାଣିଲେ ଲେଟର ପ୍ୟାଡ୍‌ଟିଏ । ଅବ୍ୟବହୃତ, ବନ୍ଦ ଜରିକାଗଜ ପ୍ୟାକେଟ ଭିତରୁ ତାର ଝୋଟି ଦିଆହେଲା ପରି ଫିକା କୋଟୀକମକରା ଚନ୍ଦନ ରଙ୍ଗର କାଗଜ ସେମିତି ସଫା ଦିଶୁଚି, ଦୀନେଶ ପ୍ରେଜେଣ୍ଟ୍ କରିବାର କେତେବର୍ଷ ହୋଇଗଲା ? କେତେଦିନୁ ରହିଚି ଏ ଏମିତି ଶାଢ଼ି ବ୍ଲାଉଜ୍ ଥାକ ତଳେ, ପାଞ୍ଚବର୍ଷ ହେବ, ନା ବେଶି ?

ଦୀନେଶ ଜଣେ ଇଣ୍ଟେଲେକ୍‌ଚୁଆଲ୍ ବେଶପୋଷାକର ଜର୍ଣ୍ଣାଲିଷ୍ଟ, ଆସି କିଛିଦିନ ରହିଥିଲା ଏଠି । ମଝିରେ ମଝିରେ ବୁଲିବାକୁ ଆସେ, ରୀତୁ ବାବୁଲାଙ୍କ ପାଇଁ ଟଫି ଆଣେ । ତା କାନ୍ଧରୁ ଝୁଲୁଥିବା ମୋଟା ନେଳି ବ୍ୟାଗ୍ ଭିତରୁ ମ୍ୟାଜିକ୍ ପରି ବିଭିନ୍ନ ଫଟୋ, ବିଦେଶୀ ମାଗାଜିନ କାଢ଼ି ଦେଖାଏ । ତା ଲେଖା, ଅଭିଜ୍ଞତା ବିଷୟରେ ଗପେ ରବିବାକୁ ଓ ସୁଷମା ଆଗରେ, ବେଳେ ବେଳେ କେବଳ ସୁଷମା ଆଗରେ । କହେ ଯେ ବିଭିନ୍ନ ସ୍ଥାନରେ ତା'ର ଆଗ୍ରହ, ମଣିଷଙ୍କଠି ଓ ମଣିଷଙ୍କ ସାଙ୍ଗେ ସମ୍ପର୍କରେ ତାର ଆଗ୍ରହ । ବିନା ପରିସ୍ଥିତି ଓ ଉପକ୍ରମଣିକାରେ ଦିନେ ତା ମୋଟା ନେଳି ମୁଣି ଭିତରୁ ଏଇ ଲେଟରପ୍ୟାଡ୍‌ଟି କାଢ଼ି ଉପହାର ଦେଲା ସୁଷମାଙ୍କୁ, ତା' ଯିବାର ପୂର୍ବଦିନ । ମନା କରିଦେବାକୁ ଯେମିତି ସୁଷମାର ମୁହଁରେ ଫୁଟିଲାନି । ସେ ପଚାରି ବି ପାରି ନ ଥିଲେ- ଏମିତି କାଗଜରେ ମୁଁ ଭଲା କାହାକୁ ଲେଖିପାରିବି ଚିଠି ? କାହିଁକି ମୋତେ ଦେଉଛ ?

ବୋଧେ ଦୀନେଶ୍ ଜାଣିଥିଲା ଯେ ସୁଷମାଙ୍କୁ ଲେଖି ହିଁ ଆସେ ନାହିଁ । ସେ ପ୍ୟାଡ୍‌ଟି ଗୋପନରେ ରହିଛି ସେମିତି ଆଜିଯାଏଁ, ଆବିଷ୍କୃତ ହୋଇନାହିଁ । ସୁଷମା ନିଶ୍ଚିନ୍ତ ଯେ ଆବିଷ୍କୃତ ହେଲେ ବି ତାର କହିବାର ନାହିଁ କିଛି, କୌଣସି ଅନୁଭବର ଚିହ୍ନ ନାହିଁ ତା ଦେହରେ- କେବଳ ହଠାତ୍ ସୁଷମାଙ୍କ ନିଜସ୍ୱ ଏକାନ୍ତ ଭିତରୁ ବାହାରି ଯାଇ ସାଧାରଣ ପାଲଟିଯିବ ଯାହା ।

ସୁଷମା ଜରି କାଗଜର ଖୋଳ ଚିରିଲେ ଓ ରୀତୁର ଏକ୍‌ସରସାଇଜ ଖାତାରୁ ଚିରା କାଗଜରେ ଲେଖା ଚିଠିଟି କୋଟୀକମ ଚନ୍ଦନ ରଙ୍ଗ କାଗଜ ଉପରେ ବିଛାଇ ଧରିଲେ । ପଢ଼ିଲେ । ନିରୋଳା ସ୍ନେହର, ନୂଆ ଚମକଦିଆ ରୋମାଞ୍ଚର ମହକ ଆସୁଥିବା ଛୋଟ ଚିଠିଟିଏ ସତୀଶକୁ- ରୀତୁର ସଳଖ ଦୃଷ୍ଟିପରି, ସେଥିରେ ଫୁଲେଇପଣ, ଅଧାଛପା ଭାବ କିଛି ନାହିଁ । କଲୋନୀର ବୋଷ୍‌ବାବୁଙ୍କ ପୁଅ ସତୀଶ, ଚଷମାପିନ୍ଧା ସୁନ୍ଦର ଆଖି । ହସୁ ହସୁ ଓଠ ବୁଜେ ବାହାଡ଼ା ଦାନ୍ତ ଲୁଚେଇବା ପାଇଁ । ଏଇ ସେଦିନ ଯାଏଁ ଦୁହେଁ ସାଙ୍ଗ ହେଇ ଖେଳୁଥିଲେ, ସେଦିନ ଯାଏଁ ଯେମିତି ରୀତୁ ତା ସାନ ଡେସ୍କରେ ପାଠ ପଢୁଥିଲା । ଡେଙ୍ଗା ହୋଇ ଡେସ୍କକୁ ବଳେଇଗଲା ବୋଲି ବଡ଼ ଟେବୁଲ ଚଉକି ଅଣାଗଲା ତା ପାଇଁ, ଏଇଠି ତ ଝୁଙ୍କିପଡ଼ି ସ୍କୁଲ ପାଠ କରୁଥାଏ, ଅଙ୍କ କଷୁଥାଏ, ରଚନା ଲେଖୁଥାଏ ।

ପଢ଼ା-ଟେବୁଲରେ ମୁହଁ ମାଡ଼ି ଅଙ୍କ କଷୁ କଷୁ, ରଚନା ଲେଖୁ ଲେଖୁ ସୁଷମାଙ୍କୁ ବି ଅନ୍ୟ ମୁହଁ ଦିଶିଯାଏ । ଶେଷ ସ୍କୁଲ ଜୀବନରେ ସେଇ ସାବନା ଡେଙ୍ଗା ପିଲାଟି ଅରୁଣ । ସେ ଅଗତ୍ୟା ଫିକା ପଡ଼ିଆସିଲା ପରେ ପୁଣି ଥରେ ରବୀନ୍ଦ୍ର । ନା, ସେ

କେବେ ପଢ଼ା ଟେବୁଲରେ ସ୍କୁଲ କଲେଜ ଖାତାରୁ ଫର୍ଦ୍ଦ କରି ଚିରି ନାହାନ୍ତି- ଖାତା ଉପରେ ପୃଷ୍ଠା ନମ୍ବର ଥାଏ, ପ୍ରମାଣ କେଉଁଠି ନାହିଁ ? ବହି ଉପରେ ମୁହଁ ମାଡ଼ି ନିଜକୁ ବିଶ୍ୱାସ ଦେଇ ଆସିଛନ୍ତି- ଏ କିଛି ନୁହେଁ, ଚାଲିଯିବ, ଯିବାକୁ ହିଁ ହେବ ତାକୁ । ଏ ହେବା କଥା ନୁହେଁ । ଏ ଢେଉ ବି -ଗତଥର ପରି ମୁଣ୍ଡ ପୋତି ଥା, ଗୋଡ଼ ସ୍ଥିର ଥାଉ ଭୂଇଁରେ ଜମା ନ ଘୁଞ୍ଚୁ, ନଇଁପଡ଼ି କୁଣ୍ଢେଇ ଧରିଥା ଆପଣାକୁ ।

ରୀତୁ ଖେଳନା ସାଇତିବାକୁ ଦିଏ ନାହିଁ । ତା ଅଳିରେ ତାଙ୍କର ଭୟ ହୁଏ, ରହୁଁ ରହୁଁ ସାଇତା ଖେଳନାମାନ ମରିଯିବେ ରୀତୁବିନା । ତା'ପରେ ରୀତୁ ଡରଡର, ରୀତୁର ମୁହଁ ପୋତା, କାନ୍ଧ କୁଜା । ଅଚିହ୍ନା ଆଗନ୍ତୁକଙ୍କୁ ଟ୍ରେ'ରେ ଚା' ଜଳଖିଆ ନେଇ ପରଷିବ, ସ୍ୱାମୀ ପାଖେ ଓଢ଼ଣା ଟେକିବ- ଜହ୍ନ ରାତିରେ ଲାଜମିଶା ଅନୁରାଗରେ ନୁହେଁ, ଶଙ୍କା ସ୍ୱାର୍ଥର ପଥର ଦୁର୍ଗ ଭିତରେ । ପଚିଶ ବର୍ଷ ହେଲାବେଳକୁ ଜୀବନର ସିଧା ପକ୍‌କା ରାସ୍ତା- ସେ ମୁଣ୍ଡରେ ଦିଶିଯାଉଥିବ ଝିଅର ମ୍ୟାରେଜ୍ ପଲିସି, ପୁଅର ଡୁନ ସ୍କୁଲରେ ସିଟ୍ । ବାସ୍ ତେଣିକି ଆଉ କିଛି ନାହିଁ । ମୋ ପରି ଯୋଗାଭ୍ୟାସ କରି ଦେହ ସୁନ୍ଦର ରଖିପାରେ ।

ରୀତୁ ଅଳି କରିବ- ନୂଆ କଣ୍ଢେଇ ଦେଇଦେ ମା, ମୁଁ ଖେଳିବି, ଗେଲ କରିବି । ନ ହେଲେ କେବେ ଆଉ ଦେବୁ ? ଚିଠି ଲେଖିବି ମା ପ୍ଲିଜ୍ । କେବେ ଆଉ ଲେଖିବି ? ତୋ'ପରି ସୁନ୍ଦରୀ ରହିବି, କ୍ଲିଭେଜ୍ ଦେଖାଇ ସିଫନ ଶାଢ଼ି ପିନ୍ଧିବି, ହେଲେ ସତୀଶକୁ ଚିଠି ଲେଖି ଶେଷରେ 'ମାଇଁ ସୁଇଟେଷ୍ଟ କିସେସ୍' ବୋଲି ଚାରିପାଞ୍ଚଟା ନିର୍ଲଜ୍ଜ ତାରା ଚିହ୍ନ ଆଉ କେବେ ଦେଇପାରିବି ?

ମୁଁ ରୀତୁର ସମବୟସୀ ପାଲଟିଯାଆନ୍ତି ଆଉ ଏମିତି ଚିଠି ସହିତ ରାଇଟିଂପ୍ୟାଡ୍ ତା' ପଢ଼ା ଟେବୁଲ ଡ୍ରୟାରରେ ଥୋଇ ଦିଅନ୍ତି । ସେ ଖୋଲି ଦୋଦୋପାଞ୍ଚ ହାତକୁ ନେଲାକ୍ଷଣି ପଛ ପାଖରୁ ଚମକାଇ ଦେଇ ତା' କାନ୍ଧ ଉପରେ ହସି ହସି ଲୋଟିଯାଆନ୍ତି ।

ବାହାରେ ଗାଡ଼ି ହର୍ଣ୍ଣ ଶୁଭିଲା । ସୁଷମା ବାହାର ବାରଣ୍ଡାରେ । ରବିବାବୁ ଗାଡ଼ି ଚାବି ଘୂରେଇ ଘୂରେଇ ବାରଣ୍ଡା ଉପରକୁ ଉଠିଲେ, କହିଲେ-"କହ କହ ରଘୁକୁ ବାଢ଼ୁ, ଭୀଷଣ ଭୋକ ।" ରହିଯାଇ ପେପର ଉଠାଇ ଆଖି ବୁଲେଇଗଲେ ଠିଆ ଠିଆ । ତା'ପରେ ତରବରରେ ପେପର ଥୋଇ ପଚାରିଲେ -"ତମ ବନ୍‌ସାଇ କେତେଦୂର ଗଲା ? ଆମ କାକ୍‌ଟସ୍‌ଗୁଡ଼ା କିନ୍ତୁ ଚମତ୍କାର ହେଇଚି, ଆଉ କାହା ଘରେ ଏତେ ଆର୍ଟିଷ୍ଟିକ୍ ହେଇନି ।"

ବାରଣ୍ଡାର ବାହାର ପାଖ ଧାରକୁ ଲମ୍ବ ଡଙ୍ଗା ପରି କୁଣ୍ଡରେ ବିଭିନ୍ନ ରକମର ସାନ ସାନ ନାଗଫେଣୀ, ତା' ମୂଳରେ ମାଟିସାରା ଢାଙ୍କି ହେଇ ବିଛେଇ ଦିଆଯାଇଚି

ଗୋଲ ଗୋଲ ବାଲିଗରଡ଼ା- ମାଟିଆ, ପାଉଁଶିଆ, ଧଳା । ସୁଷମାଙ୍କ ହାତର କାରିଗରୀ । ଗଛମାନ ସତେ କି ତିଆରି ହେଇଚି, ଦେଖିଲେ ବିଶ୍ୱାସ ହେବନି, ସେଥିରୁ ଚେର ଯାଇ ସୁନ୍ଦର ସଜା ପଥରତଳୁ ମାଟିରୁ ରସ ଟାଣି ଜୀଇଁଚି ବୋଲି ।

ସୁଷମାଙ୍କ ବିଶ୍ୱାସ ଫେରି ଆସୁଚି, ଗୋଡ଼ ଥାପି ହେଇଯାଉଚି ମାଟିରେ । ରବିବାବୁଙ୍କ ପଛେ ପଛେ ଘର ଭିତରକୁ ପଶି ଆସୁ ଆସୁ ତାଙ୍କୁ ବାଟ ଦିଶିଯାଉଚି । ରୀତୁକୁ ଉପର ଆସନରୁ ଶାସନ କରିବା ଦରକାର ନାହିଁ, ତା'ପାଖରେ ବସି ସେ ତା' ମନ ଖୋଲିଦେବେ, ତା' କଥାକୁ ମାନିନେଇ ଆପଣା ଲୋକର ବିଶ୍ୱାସ ଦେବେ, ତା'ପରେ ହାତ ଧରି ବାଟ ବତେଇ ଦେବେ- ସ୍ନେହକୁ, ବନ୍ଧୁତାକୁ କିଏ ବାଟ ଓଗାଳିବ ? ତେବେ ମା' ସ୍ନେହ କି ବନ୍ଧୁତାରେ ତ ଜୀବନକୁ ଉଜାଡ଼ି ଦେଇ ହେବ ନାହିଁ । ତୋ' ଜୀବନ ପାଇଁ ଯାହା କିଛି ସାଇତିବୁ ତୁ ନିଜେ ।

ଖାଇବା ଆରମ୍ଭ କରି ରବିବାବୁ ପଚାରିଲେ-"ତମେ ଖାଇବନି ?"

ସକାଳୁ ଉପାସରେ ଅଛନ୍ତି ସୁଷମା, ଗରମ ଭାତ ତରକାରିର ବାସ୍ନା ଖେଳେଇ ହେଇଯାଉଚି ଘରସାରା । ହସି କହିଲେ-"ମୋର ବ୍ରତ ଆଜି । ପରେ ଖାଇବି, ସାତ୍ତ୍ୱିକ ଖାଦ୍ୟ ।"

-"ବଡ଼ ରିଲିଜିୟସ୍ ହେଲଣି ପୁଣି ।"

ପୁଣି'ର ମର୍ମ ହେଲା, କିଛି ବର୍ଷ ତଳେ ଦୁହେଁ ଯୋଗାଭ୍ୟାସ ଓ ଧ୍ୟାନ ଶିଖିଥିଲେ, ଅଭ୍ୟାସ ଛାଡ଼ିଗଲା- ପ୍ରଥମେ ରବିବାବୁଙ୍କର ତା' ପରେ ସୁଷମାଙ୍କର । ରବିବାବୁ ପୁଣି କହିଲେ -"ହେଲେ ବ୍ରତ କଲ ଯଦି, ଚିହ୍ନା ବ୍ରତ ଉପାସ ଛାଡ଼ି ଏ ନୂଆରୁ ଗୋଟିଏ ଧରିଲ କେମିତି ?"

ସୁଷମାଙ୍କର ମନେପଡ଼ିଲା ଲେଡ଼ିଜ୍ କ୍ଲବରେ ବିଭିନ୍ନ ନାରୀମାନଙ୍କ ଏଇ ବ୍ରତର ଫଳ ଲାଭ ବିଷୟରେ ବିଭିନ୍ନ ଅନୁଭୂତିମାନ କଥା । କହିଲେ- "ଠାକୁର ପୂଜା ତ ସେଇ, ନୂଆ ଆଉ କ'ଣ । ଯେଉଁ ରାସ୍ତା ମନକୁ ରୁଚିଲା, ସେଇ ଆଳରେ ଭଗବାନଙ୍କୁ ଡାକିବା କଥା ।"

ରବିବାବୁ ହୋ ହୋ ହସିଲେ ଅକାରଣ । -"ନୂଆ ବାହାନାରେ ପୁରୁଣା ରାସ୍ତା, କ'ଣ କହୁଛ ? ନୂଆ କିଛି ଖୋଜୁଥିବ, ନୂଆ ଆଳରେ ପୂଜା ରୀତି ଗୁଡ଼ିଏ ପୁଣି ମାନିବ- ତା'ପରେ ନିଜକୁ ସୁହେଇଲା ପରି ଯୁକ୍ତି କରିବ । କ'ଣ ଖଟା ଖାଇବା ପରା ମନା ଏ ବ୍ରତରେ ?"

-"ଅଚ୍ଛା କରନି । ଆମର ତ ସବୁ ବ୍ରତରେ ଏମିତି ନୀତି ନିୟମ ଥାଏ । ନିଷ୍ଠା, ତ୍ୟାଗ, ସଂଯମ ଶିଖିବା ଲାଗି ସେସବୁ ।"

ସୁଷମାଙ୍କୁ ଗମ୍ଭୀର ଦେଖି ରବିବାବୁ ଆଉ ଥଟ୍ଟା କଲେ ନାହିଁ । ପାଣି ପିଇବାକୁ ଯାଇ ଦେଖିଲେ ଗିଲାସ ଖାଲି, ଟେବୁଲର ପାଣି ଜଗ୍ ବି ଖାଲି । ସୁଷମା ଅନ୍ୟମନସ୍କ । ନିଜେ ଉଠି ବାଁ ହାତରେ ଫ୍ରିଜ୍ ଖୋଲିଲେ ଓ କହିଲେ-"ସୁଷମା, ବଡ଼ ଗନ୍ଧ ହେଲାଣି ଫ୍ରିଜ୍‌ଟା ।"

ସୁଷମା ଋହିଁଲେ– ଖୋଲା ଫ୍ରିଜ୍‌ରୁ ଆମ୍ବିଳିଆ ପଚା ଗନ୍ଧଟିଏ ଖେଳେଇ ହୋଇ ଆସୁଚି ପଙ୍ଖା ପବନରେ ।

ସୁଷମା ବିହ୍ୱଳ ଚକିତ ହେଲା ପରି ପଋରିଲେ–"କୋଉଠୁ ଆସୁଚି ଏ ଗନ୍ଧ ?"

–"ତମ ଫ୍ରିଜ୍‌ରୁ, ଆଉ କୋଉଠୁ ?" ରବିବାବୁ ଏଥର ଥଟ୍ଟା ସମ୍ଭାଳି ପାରିଲେ ନାହିଁ–"ତମ ହାଉସ୍-ହୋଲଡ୍ ଟିପ୍‌ସ ଲେଖା ମୋଟା ଖାତାଟି କୁଆଡ଼େ ଗଲା ?"

ବିଚିକିଟିଆ ଗନ୍ଧ ନାକରେ ବାଜୁଚି, ଅପମାନ ଲାଗୁଚି । –"କାହିଁକି ମୋତେ ଦୋଷ ଦିଅ ସବୁ କଥାରେ ?"

–"ଆରେ ବାବା ଦୋଷ ନୁହେଁ, ଦୋଷ ନୁହେଁ । ମୋର ଚିନ୍ତା ହେଲା ଏ ଆମ୍ବିଳା ଗନ୍ଧରେ ତ ଦେହ, ମନ ଭରିଗଲା, ଆଉ ତମର ଶୁକ୍ରବାର ବ୍ରତ ହେବ କ'ଣ ?"

ସ୍ୱାମୀ ଗଲାଯାଏଁ ସୁଷମା ବସି ରହିଲେ । ତାଙ୍କ ତଣ୍ଟି ଆରପାଖେ ଏତେ ଗରମ ବାମ୍ପ ଯେ ଆଖି ପୋଡ଼ି ଧୂଆଁ ଉଠୁଚି, ଓଠରୁ ଶବ୍ଦ ଆସିବା ପାଇଁ ସବୁ ରାସ୍ତା ବନ୍ଦ । ନ ରହୁ ଶୁକ୍ରବାର ବ୍ରତ । କାହାଲାଗି ମୁଁ ମାନସିକ କରିଚି, କାହାଲାଗି ଏତେ କଥା ସତେଜ ସବୁଜ କରି ସାଇତି ରଖୁଚି ? ମୁଁ ହିଁ ଦାୟୀ ହେବି, ତମ ଥଟ୍ଟାକୁ ଜଗୁଥିବି ?

ରଘୁ ଆସି ଟେବୁଲ ପୋଛିଲା । ସୁଷମାଙ୍କ ନିଜ ହାତ ତିଆରି ସାତ୍ତ୍ୱିକ ଆହାର ଆଣି ରଖିଲା । ସୁଷମା ଢାଙ୍କୁଣୀ ଖୋଲିଲେ, ତୀକ୍ଷ୍ଣ ସ୍ୱରରେ ପଋରିଲେ–"ଏଥିରେ ହାତ ମାରିଥିଲୁ ? ଢାଙ୍କୁଣୀ ଖୋଲିଥିଲୁ ?"

–"ନାଇଁ ତ ମା ।"

–"ନାଇଁ ତ ଏ ଗନ୍ଧ ଆସୁଚି କେଉଁଠୁ ? ଅଳସୁଆ ଠକ, ଆଜି ସକାଳୁ କି କାମ ସବୁ କରିପକେଇଚୁ ଶୁଣେ ?"

କେତେବେଳ ଭଲା ତୁନି ରହିଥିବି ମୁଁ ? ଶବ୍ଦମାନ ଏଥର ସଳଖ ସ୍ରୋତରେ ବହିଆସୁଚନ୍ତି । ରଘୁ କେତେବେଳୁ ବାରିପାଖେ ଅଦୃଶ୍ୟ ହେଲାଣି । ତା ମନ ହେଲେ ଯାଉ କାମଛାଡ଼ି, ମୁଁ ଡରି ନାହିଁ । ତାଙ୍କ ତଣ୍ଟି ଝିନ୍ ଝିନ୍ ଲାଗି ଦେହଯାକ ଝାଳ

ଫିଟିଆସିଲା । ଗଳା ଶୁଖିଯାଇ ପୋଡ଼ି ଉଠୁଚି, ଅଭ୍ୟାସବଶତଃ ସେ ଫ୍ରିଜ୍ ଖୋଲିଲେ ପାଣି ଲାଗି ଓ ସେଇକ୍ଷଣି ଆମ୍ବିଳିଆ ମହକଟି ତାଙ୍କ ନାକରେ ବାଜିଲା ଓ ଗହ୍ନୁଁ ଗହ୍ନୁଁ ତାଙ୍କ ଦେହଯାକ ଆଉଁସି ତାଙ୍କୁ ନରମେଇ ଦେଲା । ରାଗରେ ତେଜ ମଉଳି ଯାଇ ସେ କୁଙ୍କୁରି ଗଲେ ଓ ସେଇଠି ଗୋଡ଼ ଭାଙ୍ଗି ବସି ପଡ଼ିଲେ ଖୋଲା ଫ୍ରିଜ୍ ତଳେ । କୋଉଠୁ ଆସୁଚି ଏ ଗନ୍ଧ ? କେଉଁ ସଯତ୍ନେ ସାଇତା ଖାଦ୍ୟରୁ, କେଉଁ ଚକ୍ ଚକ୍ ବାସନର ଚିପା ଘୋଡ଼ଣୀ ଠେଲି, କେଉଁ ସବୁଜ ପରିବାର ମଞ୍ଜି ଭିତରୁ ? ଖଟା ଗନ୍ଧ ନାକବାଟେ ଯାଇ ଆଉଟି ଦେଉଚି ପେଟ ଭିତର, ସୁଲୁ ସୁଲେଇ ଦେଉଚି ଦାନ୍ତମୂଳ, ପାଚକ ରସ ଝରି ପାଟି ଭିତରଟା ସାରା ଖଟା । କେଉଁ ଛଟକରେ ପଶିଲା ବାହାରର ଉଷୁମ ପବନ ଭିତରକୁ ? ଭିତରର ଥଣ୍ଡା ତାଙ୍କୁ ଆବୋରି ପକାଉଚି, ନିଜ ଭିତରକୁ ଟାଣି ନେଉଚି ।

ସେ ଜାଣନ୍ତି ସେ ଲଢ଼ିବେ, ଲଢ଼ି ପାରିବେ । ଭିତର ଥଣ୍ଡାକୁ ବଞ୍ଚେଇ ରଖିବେ ବାହାରର ଉଷୁମ ଜୀବାଣୁ ଦାଉରୁ । ତାଥାପି ନିଜକୁ ସମର୍ପି ଦେଇ ସେ ବସିଥାଆନ୍ତି ଥଣ୍ଡା ଗରମ ହାବୁକାମାନଙ୍କ ଭିତରେ– ଆମ୍ବିଳା ପଚ଼ ମହକ ଭିତରେ ଦେହ ଗୋଟା ଓ ପୂରା ଜିଭଟି ବୁଡେଇଦେଇ ।

■■

ପିକ୍‌ନିକ୍

ଶାନ୍ତା ଅନେଇଥାଏ ଫେଣେଇ ଉତୁରି ଭଉଁରୀ ଖାଉଥିବା ଗୋଳିପାଣିକୁ । ବଡ଼ ବଡ଼ ଛିଟ ଫୁଲର ନୂଆ ମେକ୍‌ସିଟାକୁ ପବନ ଉଡ଼େଇ ଦେହରେ ଲେପ୍‌ଟେଇ ଦେଇଥାଏ । ତା' ଖାଲି ପାଦତଳେ ଚିକ୍‌କଣିଆ ଓଦାମାଟି–ଚପଲ ସେ ଛାଡ଼ିଆସିଚି ଡାକବଙ୍ଗଳା ହତାପାଖେ, ଯେଉଁଠି କାଦୁଅ ଆରମ୍ଭ । ଶାନ୍ତାର ନିଃଶ୍ୱାସ ଆସୁଥାଏ ଟିକିଏ ଅଧିକ ବେଗରେ– ଛାତିଟା ପଡୁଥିବା ଉଠୁଥିବା ସେ ଅନୁଭବ କରିପାରୁଥାଏ । ଟିକିଏ ଆଗକୁ ବନ୍ଧ– ବଢ଼ିପାଣିକୁ ଆକଟି କାକୁସ୍ଥ ଉଦ୍‌ବେଗରେ ଠିଆହୋଇଚି । ଆଉ ଏଇ ପାଦତଳକୁ ଗୋଳିପାଣି ଫେଣ ଉଦ୍‌ଗାରି ସୁ' ସୁ' ହେଉଛି– କେତେକାଳର ଆକ୍ରୋଶ ଆଉ ରୁନ୍ଧା ନ ପଡ଼ିଲା ପରି କୂଳର ପଥରବନ୍ଧ ଦେହରେ ଗୁଡ଼େଇ ତୁଡ଼େଇ ପିଟି ହେଉଚି ।

ମୁନା– ଶାନ୍ତାର ତିନିବର୍ଷର ପୁଅ– ଆପଣା ମନକୁ କଥା କହୁ କହୁ କାଦୁଅ ଗୋଡ଼ି ଉଠାଉଛି । ବାଁହାତରେ ଗୋଡ଼ିଟିଏ ଥୋଇ ଡାହାଣ ଆଙ୍ଗୁଠିଯାକ ତା ପରିଷ୍କାର ଜାମାରେ ପୋଛି ଦେଉଥିବା ଦେଖି ବି କିଛି ଆକଟି କହି ମୁନାର ମନ ଭାଙ୍ଗିଦେବାକୁ ଶାନ୍ତାର ଇଚ୍ଛା ହେଲାନାହିଁ ।

ଟିକକରେ ପଛରୁ କାହାର ଆସିବା ଶୁଭିଲା । କାଚକାନ୍ଥକୁ ଟେକା ମାରିଲା

ପରି ଚପରାସୀ କହିଲା– "ସାହେବ ଖବର ପଠେଇଚନ୍ତି, ତାଙ୍କର ଆସୁ ଆସୁ ଡେରିହେବ । ଆପଣ ଖାଇନେବେ ବୋଲି କହିଚନ୍ତି ।"

ଶାନ୍ତା ମୁହଁ ଫେରେଇ ପୁଣି ସାମ୍ନାକୁ ଚାହିଁଲା, କିନ୍ତୁ ତା ଦୁଇ ଭ୍ରୂ ମଝିରେ ଗାର ପଡ଼ିଯାଇଥାଏ, ଦୃଶ୍ୟ ଚହଲି ସାରିଥାଏ । ତେଣୁ ସେ ଫେରିପଡ଼ି ମୁନା ଆଳରେ ନିଜକୁ କହିଲା– "ଚାଲ ମୁନା ଖାଇନେବା, ଦିନସାରା ତ ପଡ଼ିଚି ବୁଲିବାକୁ ।" ଦୁହେଁ ସରୁ ଉଠାଣି ରାସ୍ତା ଦେଇ ଫେରିଲେ । ମୁନା ଓଦା ଚିକିଟା ମାଟି ଉପରେ ସାବଧାନରେ ପାଦ ପକାଇଲା ବେଳକୁ ଉଲ୍ଲାସ-ଗର୍ବରେ ଶାନ୍ତା ମୁହଁକୁ ଚାହୁଁଥାଏ, ଆଉ ମୁନାର ହସ ଫେରାଉ ଫେରାଉ ଶାନ୍ତାର ସନ୍ତର୍ପଣ ଦୃଷ୍ଟି ଚାଲିଯାଉଥାଏ ନୂଆ ପୋଷାକଟି ଆଲିଙ୍ଗି ଧରିଥିବା ନିଜ ଦେହ ଆଡ଼େ ।

ଡାକବଙ୍ଗଳା ହତା ଭିତରକୁ ପଶୁ ପଶୁ ଶାନ୍ତାର ନଜର ପଡ଼ିଲା ଜନ୍ ଉପରେ– ଗୋଲାପ କୁଣ୍ଡମାନଙ୍କରେ ମାଟି ଖୋସୁଥାଏ । ଜନ୍ ମୁହଁ ଟେକି ଶାନ୍ତାକୁ, ତା ହାତରେ ଚପଲ ଓ କାଦୁଅ ପାଦକୁ ଚାହିଁ ହସିଲା ତା ଅସମାନିଆ ଦାନ୍ତରେ, ପାଚିଲା ଭ୍ରୂଲତା ଟେକି ଜାଣିଶୁଣି ଖତେଇ ହେଲାପରି ହିନ୍ଦୀରେ କହିଲା, "ଏତେ ଶୀଘ୍ର ତମ ବୁଲା ସରିଗଲା ?" ଶାନ୍ତା ସାବଧାନ ଇଂରାଜୀରେ ଉତ୍ତର ଦେଲା– "ସରିଲା କେଉଁଠି ? ମୋ ବୁଲା ତ ଆରମ୍ଭ ହେଇନି ।"

ଏଠିକି ଆସିବା ଆଗରୁ ମହେଶ ଏଇ ବ୍ୟକ୍ତିଟି ବିଷୟରେ କହିଥିଲା ଶାନ୍ତାକୁ, ଆଉ ଜିପ୍‌ରୁ ଓହ୍ଲେଇଲାମାତ୍ରେ ଚିହ୍ନେଇ ଦେଇଥିଲା । ଜନ୍ ଏଠିକା ବଗିଚାର ମାଳୀ– ପ୍ରଧାନ ମାଳୀ– କାଳେ ଖାଣ୍ଟି ଇଂରେଜ, ଦ୍ୱିତୀୟ ବିଶ୍ୱଯୁଦ୍ଧ ବେଳୁ ରହିଯାଇଚି । ଅନେକ କହନ୍ତି ସେ ଖାଣ୍ଟି ଇଂରେଜ ନୁହେଁ, ଆଙ୍ଗ୍ଲୋଇଣ୍ଡିଆନ୍ କିମ୍ବା ଗୋଆନିଜ୍ । ଅସୁସ୍ଥତାରୁ ପ୍ରଥମେ ରହିଗଲା, ତା'ପରେ କେଉଁ ଗୋରା ସାହେବ ତାକୁ ଏଠି ମାଳୀ କାମରେ ଲଗେଇ ଦେଲା । ଜନ୍ ଶାନ୍ତାକୁ କହିଲା– "ଏଠି ପହିଲେ ଦେଖିବା ଜିନିଷ ହେଲା ଏ ବଗିଚା । ତମେ ଆଗକରି ନଦୀଆଡ଼େ ଚାଲିଗଲ ଯେ ?"

ତା'ପରେ ସହଜ ଗଳାରେ ଚପରାସୀକୁ କହିଲା– "ଖାଇବା ଗରମ କରି ଟେବୁଲରେ ରଖୁଥାଅ, ମେମ୍‌ସାହେବ ବଗିଚା ଦେଖିସାରି ଯିବେ ।"

ମୁନା କାଖ ହୋଇ ଭିତରକୁ ଚାଲିଗଲା, ଆଉ ଶାନ୍ତା ପୁଣି ତା ଚପଲ ସେଠି ପକେଇଦେଇ ନିର୍ବିବାଦରେ ବଗିଚା ଦେଖାରେ ଲାଗିଗଲା ।

ଜନ୍ ପତଳା, କିନ୍ତୁ ବେଶ୍ ସିଧାସଳଖ ବୁଢ଼ାଟିଏ । ବଗିଚାର ମାଟିକାମ ଓ ଖରାଧାସରେ ତା ସାହେବ ରଙ୍ଗ କସରା ପଡ଼ିଗଲାଣି, ପାଣିଚିଆ ନୀଳ ଆଖି, ଫାଙ୍କ ଫାଙ୍କ ଅସମାନିଆ ଦାନ୍ତ । ପୂରାହାତ-ସାର୍ଟକୁ କହୁଣି ଉପରଯାଏ ମୋଡ଼ିଚି, ଅଧାମୁଣ୍ଡ

ଯାଏଁ ମାଡ଼ିଯାଇଥିବା କପାଳ ପଛକୁ ମଇଳା କପା ପରି ବାଳ । ପରିଷ୍କାର ଇଂରେଜୀ କହୁଥିବା ଯୋଗୁଁ ତଥା ସ୍ୱୟଂ ଇଂରେଜ ବୋଲାଉଥିବା ଯୋଗୁଁ ସ୍ୱାଭାବିକ ଭାବେ ଜନ୍‌ର ଏକ ନିଜସ୍ୱ ପରିଚୟ ତଥା ସମ୍ମାନ ଥାଏ । ସବୁ ଅଫିସର ଏଠିକି ଆସିବା ଆଗରୁ ତା ବିଷୟରେ ଶୁଣି ସାରିଥାନ୍ତି, ତଥା ଆସିଲାକ୍ଷଣି ଏକ ଆରେକକୁ ଜନ୍ ସଙ୍ଗେ ପରିଚୟ କରିଦଅନ୍ତି (ଡାକବଙ୍ଗଳାର ଅନ୍ୟମାନେ କେବଳ ଚପରାସୀ ବା ମାଳୀ ବୋଲି ଡକାହକା ହେଉଥିବା ସ୍ଥଳେ) । ସେ ବି ସ୍ୱଚ୍ଛନ୍ଦରେ ଡାକବଙ୍ଗଳାର ସୋଫା ଉପରେ ବସି ଅନ୍ୟବାବୁ ମାନଙ୍କ ସହିତ ଚ’ ପିଏ ଓ ଅନ୍ୟ ଚପରାସୀମାନଙ୍କୁ ଅର୍ଡର ଦିଏ ।

ମହେଶ ଶାନ୍ତାକୁ ଜନ୍ ସଙ୍ଗେ ପରିଚୟ କରିଦେଇଥିଲା ପ୍ରାୟ ସେ ଜଣେ ସମ୍ମାନାସ୍ପଦ ବ୍ୟକ୍ତି ଭଳି ଓ ଶାନ୍ତା ଅନେକଦିନ ପରେ ପୂରା ଇଂରାଜୀରେ କଥା କହିଲାବେଳକୁ ଟିକିଏ ଥତମତ ହେଇଯାଉଥାଏ । ସେମାନଙ୍କ ସହିତ ଚ’ ପିଉ ପିଉ ଜନ୍ ସେ ଅଞ୍ଚଳର ଅଫିସର୍ ତଥା ମାନ୍ୟଗଣ୍ୟ ବ୍ୟକ୍ତିଙ୍କ ସମ୍ବନ୍ଧରେ ନିଶ୍ଚିନ୍ତରେ ମନ୍ତବ୍ୟ ଦେଉଥାଏ ।

ଜନ୍ ଶାନ୍ତାକୁ ସାଙ୍ଗରେ ନେଇ ତା’ ବଗିଚାର ଦେଶୀ ବିଦେଶୀ ଫୁଲମାନ ଦେଖାଇ ସେମାନଙ୍କ ନାମ ଓ ଖ୍ୟାତିର ପରିଚୟ ଦେଉଥାଏ । “ଇଏ ଦେଖ ଗୋଟେ ରକମ ମନ୍ଦାର, ଆଗରୁ ଦେଖିଛ ? ଗୋଲାପି ମନ୍ଦାର ମଝିରେ ଖଇରିଆ ବୃତ୍ତ ଓ ବୃନ୍ତ । ଆଉ ଦେଖ ଏ ଗୋଲାପ, ଯା ନାଁ ସନ୍‌ସେଟ୍ ଗ୍ଲୋରି...”

ଲନ୍‌ର ଘାସ ସଙ୍ଗେ ବି ପରିଚୟ କରେଇଦେଲା ଜନ୍–“କେନିଆ ଗ୍ରାସ୍ । ଏତେ ସୁକୁମାର ଯେ ଦୁବଘାସ ବି ଯଦି ତା’ ପାଖେ କଅଁଳିଲା ସେ ଉଧେଇବନି ।” ଶାନ୍ତା ଘାସ ଉପରେ ଚାଲୁ ଚାଲୁ କହିଲା–“ଉଃ, କାର୍ପେଟ୍ ପରି ସତରେ । ଟିକେ ବସିବି ?”

ଜନ୍ ଖୁସିରେ ହସିଲା ପ୍ରାୟ ଅଟ୍ଟହାସ କଲାଭଳି । କହିଲା– “ଏତେ ଲୋକ ଆସନ୍ତି ଏଠିକି, କିନ୍ତୁ ମୋ ପରିଶ୍ରମ ବୃଥା ଯାଏ, ସମସ୍ତେ ଆସନ୍ତି ଖାଲି କାମରେ । ଅତି ବେଶୀରେ ତରବରିଆ ଟିକେ ଦେଖି ଦେଇଯିବେ– ଉପରଠାଉରିଆ । ତମପରି ସୁନ୍ଦରୀ ଝିଅମାନେ ଆସି ମୋ ବଗିଚା ଧନ୍ୟ କରିବା କଥା ।”

ମଜାଳିଆ ଲୋକଟିଏ ଜନ୍– ଶାନ୍ତା ହସିଲା । ଘାସରେ ବସି ନିଜ ଚାରିପାଖେ ଡ୍ରେସ୍‌ଟିର ସୁନ୍ଦର ଘେର ଖେଳାଇଦେଲା । ଜନ୍ କହିଲା–“ଏଇ ଡ୍ରେସ୍‌ଟି ତମକୁ ମାନୁଚି ସକାଳର ଶାଢ଼ି ଅପେକ୍ଷା । ଶାଢ଼ିରେ ସମସ୍ତେ ବଡ଼ ଗମ୍ଭୀର ଆଉ ବୟସ୍କ ଦିଶନ୍ତି । ଝିଅମାନେ ଏତେ ଗମ୍ଭୀର ଦିଶିବା କ’ଣ ଦରକାର ?”

ଶାନ୍ତା ଆହୁରି ତାନେ ହସିଲା, ଉଠୁ ଉଠୁ କହିଲା–“ହଉ, ଯାଉଚି ଖାଇବାକୁ ।”

ମେକ୍‌ସିଟି ଶାନ୍ତା କିଣି ଆଣିଥିଲା କେତେଦିନ ତଳେ । ସେଦିନ ଅନାହୂତ ନୂଆ କାମଟାଏ କରିପକେଇ କେମିତି ମହେଶକୁ ମୁକାବିଲା କରିବ ନିଜକୁ ସଜାଡୁଥାଏ । ରାତିରେ ମଶାରି ଟାଣୁ ଟାଣୁ– ମହେଶ ପଢୁଥାଏ କ'ଣଟାଏ– ଶାନ୍ତା ବାଁରେଇ ବାଁରେଇ ନୂଆ ଜିନିଷଟିଏ କିଣିଥିବା କଥା ପକେଇଲା । ନୂଆ ଡ୍ରେସଟିଏ...ତମେ ହସିବ କି ରାଗିବ କେଜାଣି...ରାଣ ଅଛି ମିସେସ ଜୈନ୍ ବାଧକଲା...(ଅପ୍ରସ୍ତୁତ ହସ) ତମେ ମୋତେ ଫୁଲେଇ ବୋଲି କହିବ–କିନ୍ତୁ ସେ କହିଲା ମୋ ଫିଗର୍‌କୁ କାଳେ ମାନିବ... । ଶେଷରେ ପଢୁଥିବା ବହିଟି ଥୋଇଦେଇ ମହେଶ କହିଲା–କି' ଜିନିଷଟାଏ ? କ'ଣ ବିକିନି ଟାଏ କିଣି ପକେଇଛ ନା କ'ଣ ? ଶାନ୍ତା ଏକଥାରେ ବହେ ହସିଗଲା ।

ବଡ଼ବଡ଼ ଫୁଲ ଛିଟର ଲମ୍ବା ଜାମାଟା ଦେଖାଇଲାବେଳେ ଶାନ୍ତା ମୁହଁକୁ ଯିଏ ସେଦିନ ଦେଖିଥାନ୍ତା, ଭାବିଥାନ୍ତା ପୁଲ ଭର୍ତ୍ତି ପାର୍କଟିରେ ସ୍କୁଲପିଲାଟିଏକୁ ଛାଡ଼ିଦେଇଚି କି କିଏ ଛୁଟିଦିନରେ । ମହେଶ ପ୍ରଶଂସା କଲା ଓ ଶାନ୍ତା ଅନୁମାନ କରିଥିବା ଜଣା ପ୍ରଶ୍ନଟି ପଚାରିଲା–"ମାନେ ଡ୍ରେସ୍‌ଟା କିଣିଲ ଯେ, ଏଠି ଏମିତି ପିନ୍ଧୁଚନ୍ତି ନା କଣ ରୀତିମତ ଲେଡ଼ିଜମାନେ ?"

ଶାନ୍ତା ପ୍ରସ୍ତୁତ ଉତ୍ତର ଦେଲା–"କାଇଁ, ସେଦିନ ସିନେମାହଲରେ ମିସେସ୍ ବୋସ୍‌କୁ ଦେଖିନ ? ମିସେସ୍ କପୁର ତ ଜିନ୍‌ସ୍ ଆଉ ସାର୍ଟ ବି ପିନ୍ଧେ ।"

ମହେଶ କେବେ ଶାନ୍ତାକୁ ଆଘାତ ଦେବାକୁ ଚାହେଁ ନାହିଁ, ଏ କଥା ଶାନ୍ତା କ'ଣ, ସାଇପଡ଼ିଶା ବି ଲକ୍ଷ୍ୟ କରିଥିବେ । ବାସ୍ତବରେ ମହେଶ କାହା ଦେହରେ ଟିପ ମାରିଲା ସ୍ୱଭାବର ନୁହେଁ– ଶାନ୍ତା ଲକ୍ଷ୍ୟ କରିଚି ଗହଳି ଭିତରେ ବି ସେ ଏଣୁ ବଙ୍କେଇ ତେଣୁ କାନ୍ଧ ଆଡ଼େଇ ବାହାରିଯିବ ଯେ କାହା ଦେହରେ ଟିକିଏ ଲାଗିବ ନାହିଁ ।

ଖାଇସାରି ଶାନ୍ତା ରୁମ୍‌କୁ ଆସିଲା । ଡାକବଙ୍ଗଳାରେ ଆଉ କେହି ନାହାନ୍ତି– ବନ୍ଧ ଓ ନାଳ କାମରେ ଲାଗିଥିବା ଇଞ୍ଜିନିୟରଙ୍କ ଛଡ଼ା କ୍ୱଚିତ୍ ଲୋକ ଆସନ୍ତି ଏଠିକି । ମୁନା ବିଛଣାରେ ପଡ଼ି ବକର ବକର ହେଉଚି, ଶୋଇବାର ନାଁ ଧରୁନି ।

ଶାନ୍ତାର ନୂଆ ଡ୍ରେସ୍ ଦେଖିଲାପରେ ତାକୁ 'ଟିକିଏ ପିନ୍ଧିଲ ଦେଖି' ବୋଲି ଅବଶ୍ୟ କହିନଥିଲା ମହେଶ । ତେବେ ସେଇ ରାତିରେ ବହୁତ ପ୍ରେମରେ କହିଲା– "ତମକୁ କେତେଦିନୁ କୁଆଡ଼େ ଟିକେ ବୁଲେଇବାକୁ ନେଇପାରୁନି ଶାନ୍ତା; ନାଳ କାମ ତ ଦିନରାତି ଚାଲିଚି ଦେଖୁଚ, ଏଣେ ବର୍ଷାଟା ବି ହେବାକୁ ଥିଲା, ଭାବୁଚି ଏଇ ଗୁରୁବାର ଝୁମ୍‌କା ଗେଷ୍ଟ ହାଉସକୁ ଯିବା । ମୋର କାମ ବି ହେବ, ସେ ଦିନଟା ପୂରା ରହିବା, ପିକ୍‌ନିକ୍‌ଟାଏ ହେଇଯିବ ଆମର ।"

ଶାନ୍ତା ଖୁସି ଓ ଆଶ୍ଚର୍ଯ୍ୟ ହେଇ ପଚାରିଲା– "ଗୁପ୍ତା ବାବୁ କିଛି ମନେକରିବେନି, ଏମିତି କାମବେଳେ ମୋତେ ସାଙ୍ଗରେ ନେଇଗଲେ ?"

ମହେଶ ସଦର୍ପେ ହସିଲା, ଶାନ୍ତାକୁ ପାଖକୁ ଟାଣି କହିଲା– "ଭାବିଲେ ଭାବନ୍ତୁ । ମଣିଷ ଚାକିରି କରିବ ବୋଲି କ'ଣ ଫେମିଲି ଲାଇଫ୍ ବୋଲି କିଛି ନାହିଁ ?"

ଶାନ୍ତା ନିଜର ପ୍ରାୟ ଉଚ୍ଚାରିତ ବାକ୍ୟଟି ମହେଶ ମୁହଁରୁ ଚିହ୍ନି ହସିଲା– ମହେଶ ବି ହସିଲା– ସମ୍ଭାବ୍ୟ ପିକ୍‌ନିକ୍‌ଟିଏର ଆଶା ଦୁହିଁଙ୍କ ହସକୁ ଆହୁରି ଧାପେବୋଟ ଗଡ଼ାଇନେଲା ।

ପରଦିନ ସକାଳୁ ଗୁରୁବାର ପହଞ୍ଚିବାଯାଏ ଶାନ୍ତାକୁ ଘର ଭିତରେ ସେତେ ଆଉ ରୁନ୍ଧି ହେଲାଭଳି ଲାଗିଲା ନାହିଁ କି ରନ୍ଧାବଢ଼ା ଘରକାମ ସେତେ ଘୋଷରା ଲାଗିଲା ନାହିଁ । ବାରିପାଖ ଝଙ୍କାଳିଆ ତେନ୍ତୁଳିଗଛଟା ବି ଅନ୍ୟଦିନ ପରି ଏକୁଟିଆ ସନ୍ଧ୍ୟାରେ ମାଡ଼ି ମାଡ଼ି ପଡ଼ିବା ପରିବର୍ତ୍ତେ ସୁଲୁସୁଲିଆ ପବନ ବାହିଆଣିବା ପରି ଲାଗିଲା । ଏ ଭିତରେ ସେ ନିରୋଳା ଦେଖି ମେକ୍‌ସିଟା କେତେଥର ଦର୍ପଣ ସାମ୍ନାରେ ପିନ୍ଧି ସାରିଥିଲା ଓ ଦରକାର ମତେ ଏଠି ସେଠି ଟିକେ ମରାମତି ବି କରି ନେଇଥିଲା । ବୁଧବାର ସନ୍ଧ୍ୟାବେଳୁ ତାର ପିକ୍‌ନିକ୍ ପାଇଁ ସବୁ ଆୟୋଜନ ସରିଥାଏ ।

ବାଞ୍ଛିତ ଗୁରୁବାର ଯଥା ସମୟରେ ଆସିଲା । ସକାଳୁ ତିନି ଦିନର ମେଘ କୁଆଡ଼େ ସଫା ହୋଇ ସୁନ୍ଦର ଖରା ପଡ଼ିଥାଏ ଏଠି ସେଠି ବର୍ଷାପାଣି ଚବକାମାନଙ୍କରେ । ଜିପ୍ କଡ଼ସିଟ୍‌ରେ ଶାନ୍ତା କପାଳ ଉପରୁ ଉଡ଼ନ୍ତା ବାଳ ସଜାଡୁ ସଜାଡୁ ଘର ଗେଟ୍ ପାରି ହୋଇଗଲା । ଅନେକ ଟାଙ୍ଗର, ସବୁଜ ପଡ଼ିଆ, ଉଠାଣି ଗଡ଼ାଣି ରାସ୍ତା ପାରି ହୋଇ ହଠାତ୍ ଆଗରେ ଶୀତଳ ସବୁଜ ମରୁଦ୍ୟାନଟିଏ ପରି ଝୁମକା ଗେଷ୍ଟହାଉସ ଉଭାହେଲା ।

ପହଞ୍ଚି ଚା' କପେ ପରେ ମହେଶ କହିଲା– ତମେ ସଫାସୁତୁରା ହେଇ ବିଶ୍ରାମ ନିଅ; ମୁଁ ଆସେ ସାଇଟ୍ ଆଡୁ । ଦିପହରେ ବୁଲି ଆସିବା ନଈ କୂଳେ କୂଳେ ବ୍ୟାରେଜ ଯାଏଁ, ବନ୍ଧ ଉପର ହେଇ ଆରପାଖକୁ ଯିବା– ଜଙ୍ଗଲ ଅଛି, ବଡ଼ ସୁନ୍ଦର ଜାଗା ।

ଶାନ୍ତାକୁ ଥଣ୍ଡା ପବନରେ ଫ୍ରେଶ୍ ଲାଗୁଥିଲା, ସଫାସୁତୁରା ହେବା କିମ୍ବା ବିଶ୍ରାମର ପ୍ରୟୋଜନ ନଥିଲା । ମହେଶ ଗଲାପରେ ତେଣୁ ଆଟାଚିରୁ ନୂଆ ମେକ୍‌ସିଟି କାଢ଼ି ସେ ଦର୍ପଣ ଆଗରେ ପିନ୍ଧିଦେଲା ଶାଢ଼ି ପାଲଟି । ମୁନାକୁ ତା ପରେ ପରସ୍ତେ ଗେଲକରି ପଚାରିଲା– ମା' କେମିତି ଦିଶୁଚିରେ ? ଆଉ ସିଧା ଦୁହେଁ ବାହାରି ପଡ଼ିଥିଲେ ନଈକୂଳକୁ ।

ମହେଶ ଜିପ୍‌ରେ ଫେରିବାର ଓ କାହା ସଙ୍ଗେ କଥାବାର୍ତ୍ତା କରୁ କରୁ ସିଧା

ଖାଇବା ଘରକୁ ଯିବାର ଶାନ୍ତା ଶୁଣିଲା । ମୁନା ଚଟ୍‌କରି ବିଛଣାରୁ ଓହ୍ଲେଇ କବାଟ ପର୍ଦ୍ଦା ଆରପାଖେ ଉଭାନ୍ ହେଇଗଲା ମହେଶ ଉଦ୍ଦେଶ୍ୟରେ । ଶାନ୍ତା ବି ଉଠି ପଡୁ ପଡୁ ନିଜ ପୋଷାକ ବିଷୟରେ ସଚେତନ ହେଲା– ମହେଶ ସଙ୍ଗେ ଯାହା ସ୍ୱର ଶୁଭୁଛି, ତାଙ୍କ ଉପସ୍ଥିତି ଚଳିବ ତ ?

ଶାନ୍ତା ପୁଣି ବିଛଣା ଉପରକୁ ଗୋଡ଼ ଉଠାଇ ତକିଆ ଉପରକୁ ଆଉଜିଗଲା । ବାହାଘର ପରେ ସେମାନେ ପ୍ରଥମେ ଯେଉଁଠି ରହୁଥିଲେ, ସେଠି ମହେଶ ତାକୁ କହିଥିଲା– ଏ ଜାଗାଟା ସେତେ ଏଡ୍‌ଭାନ୍‌ସଡ୍ ନୁହେଁ କିନା, ତମେ ସ୍ଲିଭ୍‌ଲେସ୍ ବ୍ଲାଉଜ ପିନ୍ଧିଲେ ତମକୁ ନିଶ୍ଚୟ ଅଡୁଆ ଲାଗିବ । ସେଇଠି ହିଁ ଥରେ ହାଇସ୍କୁଲର ସ୍ପୋର୍ଟସ୍ ଥାଏ, ମହେଶ କହିଲା– ବୁଝିଲ ଶାନ୍ତା, ଜାଗାଟା ପ୍ରାୟ ମଫସଲ କହିଲେ ଚଳେ, ମୁଁ ଭାବୁଛି ସ୍ତ୍ରୀ ଲୋକମାନେ ବୋଧେ ଆସୁନଥିବେ ସ୍ପୋର୍ଟସ ଦେଖିବାକୁ ।

ଶାନ୍ତା ବାକ୍‌ସରୁ ଶାଢ଼ି କାଢ଼ିସାରିଥାଏ, କହିଲା– ଶ୍ରୀ ଓ ଶ୍ରୀମତୀ କରି ତ କାର୍ଡ ଦିଆଯାଇଚି– ସେଦିନ ପୁଣି ହେଡ୍‌ମାଷ୍ଟର କେତେକରି କହିଲେ ଦୁହେଁ ଆସିବା ଲାଗି– ଆଉ କିଏ ଆସିଲେ ନ ଆସିଲେ ଆମର କଣ ଅଛି ?

ମହେଶ ଶାନ୍ତ ସ୍ୱରରେ କହିଲା– ତମେ ତ ବୁଝିବନି, ପିଲାଙ୍କପରି ଯୁକ୍ତି କରିବ । ତାପରେ ଶାନ୍ତା ବି ବୁଝିଗଲା, ଯେତେବେଳେ ମହେଶ କହିଲା ଯାଉ ଯାଉ–"ତମେ ଶାନ୍ତା ଟିକିଏ ଶାଢ଼ି ପିନ୍ଧି ତିଆର ଥିବ, ଯଦି ସ୍ତ୍ରୀ ଲୋକ ଆସିଥିବେ, ମୁଁ କାହା ହାତରେ ଖବର ପଠାଇବି ।"

ପ୍ରକୃତରେ ବିଛଣାରେ ବହି ଖଣ୍ଡିଏ ଧରି ଗଡ଼ପଡ଼ ହେଉଚି, ପଡ଼ିଶାଘର ରୁନା, ସପ୍ତମରେ ପଢ଼େ, କବାଟ ବାଡ଼େଇ, ମାଉସୀ ମାଉସୀ ଡାକିଲା ଯେମିତି କି କୋଉଠି ନିଆଁ ଲାଗିଯାଇଚି । କବାଟ ଖୋଲିଲା ବେଳକୁ ତାର ଆଉ କହିବାକୁ ତର ନଥାଏ, ଫଁ ଫଁ ନିଶ୍ୱାସ ମଝିରୁ ଦୂର ମାଇକ୍‌ରୁ ଆସୁଥିବା ଆଓ୍ୱାଜ ଆଡ଼େ ଅନେଇ ଅନେଇ କହିଲା, "ମଉସା କହିଲେ ବହୁତ ଲେଡ଼ିଜ୍ ଆସିଛନ୍ତି, ତମେ ବି ଚାଲ ।"

ଶାନ୍ତା ଟିକିଏ ସମୟ ନେଲା ସ୍ଥିର କରିବାକୁ, ତାପରେ କହିଲା, "ତମେ ଟିକେ ରହନ୍ତ ଯଦି ଏକାଠି ଯାଆନ୍ତେ । ମୁଁ ଏକୁଟିଆ କେମିତି ଯିବି ଏତେ ବାଟ ।"

ରୁନା ଇତସ୍ତତଃ ହେଲା, ଅସନ୍ତୁଷ୍ଟ ହେଇ ମାଇକ୍ ସ୍ୱର ଆଡ଼କୁ ଚାହିଁ ରହିଲା । ଶାନ୍ତା ନିର୍ବିବାଦରେ ଲୁଗା ବଦଳି ବାହାରିଲା, କାରଣ ସେ ଜାଣେ ଯା ପରେ ନଗଲେ ମହେଶ ଭଲରେ ସ୍ପୋର୍ଟସ୍ ଦେଖିପାରିବନି, ଫେରିଲାପରେ ବାଁରେଇ ହୋଇ ଭୁଲ୍ କରିଥିଲା ପରି କ୍ଷମା ମାଗିଲା ପରି ହେବ ।

ଶାନ୍ତା ଭିତର ଘରସବୁ ବନ୍ଦ କରି ବାହାରକୁ ଗଲାବେଳକୁ ବାରଣ୍ଡାରେ ରୁନା

ନାହିଁ, ଦୂରରାସ୍ତା ମୋଡ଼ ପାଖେ ତାର ସାନ ଦୌଡ଼ିଯାଉଥିବା ଦେହଟି ଲୁଚିଯାଉଚି । ବିରକ୍ତରାର ଆଉ ବୋଧେ ଧୈର୍ଯ୍ୟ ରହିଲା ନାହିଁ । ପୁଣି ଶାନ୍ତାର ଦ୍ୱନ୍ଦ୍ୱ । ତାପରେ ସେ ପୁଣି ଘର ଭିତରକୁ ଫେରି ଆସି କବାଟ ବନ୍ଦ କଲା–ଏକୁଟିଆ ଏତେ ବାଟ ଚାଲିଚାଲି ଯାଇ ଭିଡ଼ ଭିତରେ ପଶିଲେ ମହେଶକୁ ଭଲଲାଗିବନି, ସେ ପୁଣି ଭଲରେ ସ୍ପୋର୍ଟସ ଦେଖିପାରିବନି ।

ପର୍ଦ୍ଦା ଆଡ଼େଇ ଶାନ୍ତାକୁ ଡାକୁ ଡାକୁ ମହେଶ ପଶିଆସିଲା । ଆସୁ ଆସୁ ରହିଯାଇ କହିଲା– "ବାଃ, ସେଇଟି ପିନ୍ଧିଚ ନା !"

ଶାନ୍ତା ଅପେକ୍ଷାକଲା ମହେଶ ଆଉ କିଛି କହିବା ଯାଏ ଓ ମହେଶ କହିଲା– "ଚମତ୍କାର ମାନୁଚି ତମକୁ, ଜଳପରୀଟିଏ ପରି ଦିଶୁଚ ।"

ଶାନ୍ତା ମୁହଁଯାକ ହସ ଉଚ୍ଛୁଳାଇ କହିଲା– "ଆହୁରି କିଛି ନା !" ତାପରେ ସିଧା ଉଠି ବସିଲା– "ବନ୍ଧ ଉପରେ ଚାଲି ନଈ ଆରପାଖକୁ ଯିବା ବୋଲି କହୁଥିଲ ନା ?"

ମହେଶ ଗୋଡ଼ ହାତ ଲମ୍ବେଇ ସୋଫାରେ ବସୁ ବସୁ କହିଲା– "ଯିବା ଯିବା ବ୍ୟସ୍ତ କାହିଁକି ? ଏଇନା ଖାଇଦେଲି କିନା ! ଶଳା ଗୁପ୍ତାଟା ଖଟେଇ ଖଟେଇ ମାରିଦେବ ।"

ଶାନ୍ତା ଉଠିଯାଇ ଝରକା ପାଖେ ଠିଆଦେଲା । ମୁନା ବାହାର ପବନରେ ଖେଳୁଚି, ଦୌଡ଼ି ଦୌଡ଼ି ବୁଲୁଚି ଘାସରେ ।

କିଛି ସମୟ ନ ଯାଉଣୁ କୁଆଡୁ ପୁଣି ମେଘ ଉଠେଇ ବର୍ଷା କୁଟିବା ଆରମ୍ଭ ହୋଇଗଲା । ନିଦରେ ଢୁଳେଇ ପଡୁଥିବା ମହେଶକୁ ଉଠେଇ ଶାନ୍ତା କହିଲା– "ଏଇ ଦେଖିଲ, ବର୍ଷା ହେଲାଣି । ଆସିବାଟା ବୃଥା ହେଇଗଲା ନା କ'ଣ !"

ମହେଶ କଷ୍ଟରେ ଆଖି ଟେକି ଝର୍କା ବାହାରକୁ ଅନେଇଲା, ତା'ପରେ ହଠାତ୍ ନିଦ ଛାଡ଼ିଯାଇଥିବା ଆଖିରେ ମିଟିକାମାରି କହିଲା– "ବୃଥା କଣ ? ଉପରୱାଲାର ଇଚ୍ଛା– ସମୟଟା ବୁଲାବୁଲିରେ ବରବାଦ୍ ନ ହେଇ ଏଇ ରୁମ୍ ଭିତରେ ହିଁ କଟାଯାଉ ।"

କେତେଟା ସେକେଣ୍ଡ୍ ନ ଯାଉଣୁ ଶାନ୍ତା ମହେଶର ଆଖିରୁ ଆଖି ଫେରାଇ ହସି ପକେଇଲା, କହିଲା– "ଯାଏ ମୁଁ ମୁନାକୁ ଆଣେ ।"

ମହେଶ ଉଠିଯାଇ କବାଟ ବନ୍ଦକଲା କହୁ କହୁ– "ମୁନା ଚପରାସୀ ସଙ୍ଗେ ଆରାମ୍‌ରେ ଖେଳୁଚି, କାଇଁ ତାକୁ ବିରକ୍ତ କରିବ ?"

ଶାନ୍ତା ଏଥର ବର୍ଷାକୁ ଚାହିଁଲା– ଇସ୍, କି ବର୍ଷା ! ଏଥର କିନ୍ତୁ ତା ସ୍ୱରରେ ଆଉ ଅଭିଯୋଗ ନଥାଏ । ଜୋତା ମୋଜା ଗୋଡ଼ରୁ କାଢ଼ି ଫୋପାଡ଼ି ଦେଉ ଦେଉ

ମହେଶ କହିଲା ଶାନ୍ତା ଉପରୁ ଦୃଷ୍ଟି ନ ଫେରାଇ– "ଆଉ ଥରେ ଏମିତି ବର୍ଷା ହେଉଥିଲା, ମନେପଡୁଚି ?"

ଶାନ୍ତା ଉତ୍ତର ଦେବା ପୂର୍ବରୁ ବାହାର ମୋରମ୍ ପାଣି ଉପରେ କେତେ ହଳ ଜୋତା ପ୍ରାୟ ଦଉଡ଼ିଲା ପରି ଆସି ବାରଣ୍ଡାକୁ ଉଠିବାର ଶୁଭିଲା । ପରେ ପରେ କବାଟ ଆର ପାଖ ଡ୍ରଇଂରୁମ୍‌ରେ ବିଭିନ୍ନ ପୁରୁଷ ସ୍ୱରର କଥାବାର୍ତ୍ତା– "ମଣିଷ ଆଚ୍ଛା ହଇରାଣରେ ପଡ଼ିଲା, ଶଳା ବର୍ଷା ...।"

ଶାନ୍ତାର ମେକ୍‌ସି ପିନ୍ଧା ଦେହ ଉପରେ ମହେଶର ହାତ କୋହଳ ହେଇ ଆସିଲା, କବାଟ ଆଡ଼କୁ ଅନେଇ ସେ ସ୍ୱଗତୋକ୍ତି କଲା– "କିଏ ଶଳେ ଜୁଟିଲେ ଏତେବେଳକୁ ?"

ମହେଶ ସେଇ ପୋଜ୍‌ରେ କଥାବାର୍ତ୍ତାକୁ କାନେଇ ଆଉ କିଛି ସମୟ ରହିବାପରେ ଶାନ୍ତା କହିଲା– "ପି.ଡବଲ୍ୟୁ.ଡି. ଡାକବଙ୍ଗଳା, କିଏ ଆସିଥିଲେ ଚୌକିଦାର ବୁଝିବ ନା ତମର ହିଁ ବୁଝିବା ଦରକାର ?"

ମହେଶ ଉତ୍ତର ନ ଦେଇ ଠିଆ ହେଲା ଆଉ ଚପଲ ଗଳେଇ କବାଟ ଖୋଲିବା ପୂର୍ବରୁ କବାଟ ସେପାଖେ ଡ୍ରାଇଭର ନରହରି ବିନମ୍ର ଭାବେ ଡାକିଲା– "ଆଜ୍ଞା ! ସାର୍ !" ମହେଶ ତରବରରେ ମୁଣ୍ଡ କୁଣ୍ଡେଇ କବାଟ ଖୋଲି ବାହାରିଗଲା । ଭାରୀ ପର୍ଦ୍ଦା ସେପାଖ ହଲରୁ ପରିଚୟର ଆଦାନ ପ୍ରଦାନ ଓ କଥାବାର୍ତ୍ତାର ଭଗ୍ନାଂଶ ସବୁ ଶାନ୍ତା ଶୁଣିଲା ।

ବାହାରେ କ୍ରମେ ସନ୍ଧ୍ୟା ଓହ୍ଲେଇ ଆସିଲା । ବର୍ଷା ଯେମିତି ଆସିଥିଲା ସେମିତି ହଠାତ୍ କେତେବେଳେ ଛାଡ଼ିଯାଇଥାଏ । ଚ’ ନେଇ ଆସିଥିବା ଚପରାସୀଠାରୁ ଶାନ୍ତା ବୁଝିଲା କେଉଁ ଅଫିସର ତିନିଜଣ ଗାଡ଼ିରେ ଯାଉ ଯାଉ ତାଙ୍କ ଗାଡ଼ି ଖରାପ ହୋଇଗଲା ଏଇ କିଛି ଦୂର ଆଗରେ । ଡ୍ରାଇଭର ନରହରି ତାଙ୍କ ଗାଡ଼ି ମରାମତି କରୁଛି ।

ମହେଶ ଆଗନ୍ତୁକମାନଙ୍କ ସହିତ ଡ୍ରଇଂରୁମ୍‌ରେ ବସି ଚ’ ପିଉଥିଲା । ସମସ୍ତଙ୍କ ସମ୍ପୂର୍ଣ୍ଣ ଇଂରାଜୀ କଥାବାର୍ତ୍ତା ଓ ମଝିରେ ମଝିରେ ଜନ୍‌ର ଘାଗଡ଼ା ଗଳାରୁ ଶାନ୍ତା ବୁଝିଲା ଜନ୍ ବି ଚ’ ପିଉଛି ବାବୁମାନଙ୍କ ସଙ୍ଗେ । ଶାନ୍ତା ନିଜେ ମୁଣ୍ଡକୁଣ୍ଡାଇ ସଫାସୁତୁରା ହେଲା, ମୁନା ପାଇଁ ଦୁଧ ତିଆରି କରିଦେଇ ତା’ଜାମା ପେଣ୍ଟ୍ ବଦଳାଇ ଦେଲା ଓ ପୁଣି ବିଛଣାରେ ଶୋଇ ବହି ପଢ଼ିଲା । ମୁନା ତା ମୁହଁ ପାଖେ ଝୁଙ୍କିପଡ଼ି ପତ୍ରିକା ପୃଷ୍ଠାରେ ଥିବା ଛବିକୁ ଦେଖାଇ ପଚାରିଲା– "ଏ କିଏ ?"

ହାତ ଘଣ୍ଟାର ରଙ୍ଗୀନ ବିଜ୍ଞାପନ– କଅଁଳ ନାଲି ଖରା ନୀଳ ପାହାଡ଼ ଉପରୁ ସବୁଜ ପଡ଼ିଆ ଓ ଫୁଲମାନଙ୍କରେ ପଡ଼ିଚି, ଘୋଡ଼ା ଉପରେ ବସିଚି ଟୋପିପିନ୍ଧା ସୁଦର୍ଶନ

ଯୁବକ । ପୃଷ୍ଠା ଲେଉଟାଇବାକୁ ଦେଲା ନାହିଁ ମୁନା, ସେଇଠି ହାତରଖି ପଚାରିଲା– "ଏ କିଏ ମା ? ବାପା ?"

ଶାନ୍ତା ମୁଣ୍ଡ ଟୁଙ୍ଗାରିଲା । ମୁନା କହିଲା– "ଏଠିକି ଯିବା ଚାଲ୍, ଏ ଭିତରକୁ ।" ଶାନ୍ତା କହିଲା– "ଯିବା ।"

ମହେଶ ପଶିଆସି ତରବରରେ ବାଥ୍‌ରୁମ୍‌କୁ ଗଲା, ସେ ବାହାରି ଚାଲି ଯାଉ ଯାଉ ଶାନ୍ତା କହିଲା– "ଓ, ବାଥ୍‌ରୁମ୍ ଯିବ ବୋଲି, ଆସିଲ ? ପୁଣି ଯାଉଛ ଗପିବାକୁ ?" ମହେଶ ଉତ୍ତର ଦେଲା– "କ'ଣ ଆଉ କରିବି ? ସେଠିତ ଅଲଗା ବାଥ୍‌ରୁମ୍ ନାହିଁ ।" ବାହାରି ଯାଉ ଯାଉ ତା'ର ହଠାତ୍ ଖିଆଲ ହେଲାପରି ରହିଯାଇ କହିଲା– "ଗପିବାକୁ ଯାଉଛି ବୋଲି କହିଲ ? ଅନ୍ଧାର ତ ହୋଇ ଗଲାଣି, ଆଉ କ'ଣ ବୁଲିଯାଇ ହେବ ?"

ଶାନ୍ତା ବୁଝିଲା ଅନ୍ୟ ଅଫିସର୍‌ମାନେ ପାଖ ଘରେ ବସିଥିଲା ବେଳେ ସ୍ତ୍ରୀ ସହିତ ରୁମ୍ ଭିତରେ ବସି ରହିବା ମହେଶକୁ ଅସଙ୍ଗତ ଲାଗିବ । ତଥାପି କହିଲା– "କାମ ଯଦି ତମର ନାହିଁ, ଟିକେ ଗଡ଼ପଡ଼ ଭଲା ହୋଇଥାନ୍ତ, ମାଗାଜିନ୍ ପଢ଼ନ୍ତ । ସେମାନେ ତ ତମର କୋଉ ପୁରୁଣା ବନ୍ଧୁ କି ବସ୍ ନୁହନ୍ତି ଯେ ପାଖରେ ବସି ରହିବା ଦରକାର ।"

ମହେଶ ହସିଲା ଟିକିଏ ଦୋଷୀ ଦିଶିଲା ପରି, ମୁଣ୍ଡ ଲାଡ଼ି ନାହିଁ କଲା 'ତମେ ବୁଝିବନି' ଅର୍ଥରେ । ପାଖକୁ ଆସି କହିଲା– "ଗୋଟାଏ ଇଣ୍ଟରେଷ୍ଟିଂ ଆଲୋଚନା ପଡ଼ିଛି !" ତା'ପରେ ଶାନ୍ତା ଗାଲରେ ହାଲକା ଚାପୁଡ଼ା ମାରି ଯୋଗକଲା– "ବୋର୍ ହେବନି ଶାନ୍ତୁ, ସୁନା ଝିଅ ।"

ଶାନ୍ତା କଥା କି ହସର ଉତ୍ତର ନ ଦେଇ ମୁହଁମାଡ଼ି ପଡ଼ିଥିବା ଖୋଲା ବହିଟି ଉଠାଇଲା । ମହେଶ ବାହାରି ଗଲା କବାଟକୁ ସନ୍ତର୍ପଣରେ ଆଉଜାଇ । ବୋର୍ ହେବନି ଶାନୁ ! ସତେ ଯେମିତି ବୋର୍ ହେବା ଗୋଟେ ଇଚ୍ଛାକୃତ କାମ, ଦୁଷ୍ଟ ହେଲା ଭଳି !

ଅଳ୍ପ ସମୟ ପରେ ବହି ଭିତରୁ ଶାନ୍ତାକୁ ଚମକାଇ ମହେଶ ପଶି ଆସି କହିଲା– "ବୁଝିଲ ଶାନ୍ତା, ପୁଣି ତାଗିଦା ଆସିଲାଣି । ଉପର ମୁଣ୍ଡରେ ପ୍ରବଳ ବର୍ଷା ହେଉଛି, ମୁଁ ସାଇଟ୍‌କୁ ଯାଉଛି ବୁଝିଲ ?"

ଶାନ୍ତା ପ୍ରାୟ ଆଶ୍ୱସ୍ତ ହେଲାଭଳି ପଚାରିଲା– "ସେ ଲୋକମାନେ ଗଲେଣି ?" ମହେଶ ମୁନାକୁ ଗେଲ କରୁ କରୁ କହିଲା– "ସେମାନେ ତ ଗଲେଣି । ତମର କିନ୍ତୁ ଦିନଟା ଭଲରେ କଟିଲାନି, ନୁହେଁ ?"

ଶାନ୍ତା ସାଦା ସ୍ୱରରେ କହିଲା– "ଘରୁ ବାହାରି ଗୋଟାଏ ଜାଗାକୁ ଆସିଲି, ଦିନସାରା ଶୋଇଲି ତ ଆରାମରେ, ଆଉ କ'ଣ ?"

ମହେଶ ଉଠିଲା, କହିଲା– "ମୋର ଟିକେ ଫେରିବାରେ ଡେରି ହେଲେ ବ୍ୟସ୍ତ ହେବନି । ଏଠି ଚାକର ବାକର ସମସ୍ତେ ବହୁତ ପୁରୁଣା ବିଶ୍ୱସ୍ତ ଲୋକ । ଡରିବନି ବୁଝିଲ ?" ତା'ପରେ ଶାନ୍ତାକୁ ତରତରରେ ଚୁମାଟିଏ ଦେଇ ମହେଶ ବାହାରିଗଲା ।

ମୁନା ଦିନସାରା ଖେଳି ବୋଧେ ଥକି ଯାଇଥିଲା, ଶାନ୍ତା ପାଖକୁ ଲାଗି ଶୋଇପଡ଼ି କହିଲା– "ମା ଗୀତ ଗା, ଶୋଇବି ।" ମୁନା ଆଉ ଥରେ ଦୁଇଥର ଗୀତ ପାଇଁ କହିଲା ବେଳକୁ ଶାନ୍ତାର ହାତ ବହି ରଖିଦେଇ ମୁନାର ପିଠି ଥାପୁଡ଼ାଇବା ଆରମ୍ଭ କରିଦେଲା ଓ ଭାବି ସ୍ଥିର କରିବା ପୂର୍ବରୁ ଓଠରୁ ବି ଗୁଣୁ ଗୁଣୁ ସ୍ୱରଟିଏ ଫିଟି ପଡ଼ିଲା । ବହୁତ ପୁରୁଣା ଗୀତଟିଏ, ରେକଡଟା ବାହାଘର ପରେ ମହେଶ ଉପହାର ଦେଇଥିଲା ଶାନ୍ତାକୁ । ଶାନ୍ତା ହୁଏତ ଗୀତଟା ଆଗରୁ ଶୁଣିଥିବ, କିନ୍ତୁ ବାହାଘର ପରେ ହିଁ ପ୍ରଥମ କରି ବୁଝିଥିଲା ଗଜଲଟିର ଅର୍ଥ । ଆଜିକାଲି ମୁନା ଦି'ପହରେ ଅଝଟ କଲେ ଶାନ୍ତା କେବେ କେମିତି ତାକୁ ରେକର୍ଡ ବଜେଇ ଶୁଣାଏ, କେତେବେଳେ ବା ଏଇ ଗୀତଟି । ରେକର୍ଡଟିର ମଝି ମଝିରେ ଦାଗ ପଡ଼ିଗଲାଣି ଯେ ପିନ୍ ଅଟକିଯାଇ ଦୋହରାଇ ହୁଏ କେଉଁ କେଉଁ ପଦ ମଝିରୁ ନିରର୍ଥକ ଭାବେ– ତୁମକୁ ମୁଁ ଭଲ–କୁ ମୁଁ ଭଲ–କୁ ମୁଁ ଭଲ–କୁ ମୁଁ ଭଲ । ଗାଇଲାବେଳକୁ ବି ଅସଲ ଗୀତ ସାଙ୍ଗକୁ ସେଇ ଦୋହରା ପଦମାନ ସାମିଲ ହୋଇଯାଉଚି ଆଜିକାଲି ।

ମୁନା ଶୋଇପଡ଼ିଥିଲା । ବାହାରେ ଟପ୍‌ଟାପ୍ ବର୍ଷା ପକାଉଚି ପୁଣି; ରୁମ୍ ଭିତରଟାରେ ଅଣନିଶ୍ୱାସୀ ଲାଗୁଚି, ମଶାରୀ ପକେଇଦେଇ ଶାନ୍ତା ଆସି ବାହାର ବାରଣ୍ଡାରେ ବେତ ଚଉକୀରେ ବସିଲା, ଲାଇଟ୍ ତଳେ । ଲମ୍ବ ବାରଣ୍ଡାର ସେ ମୁଣ୍ଡ ଅନ୍ଧାର ଭିତରୁ ଭୂତ ପରି ଧୀରେ ବାହାରିଆସିଲା ଜନ୍ । ପାଖକୁ ଆସି ନିଶ୍ଚିନ୍ତରେ ଶାନ୍ତାଠୁ ଟିକିଏ ଛାଡ଼ି ଚଉକୀ ଟାଣି ବସିଲା । ପକେଟ୍‌ରୁ ସୁସ୍ଲେ ସିଗ୍ରେଟ କାଢ଼ି ଧରାଇଲା, ଧୂଆଁ ଛାଡୁଛାଡୁ କହିଲା– "ସାହେବ ସାଇଟ୍‌କୁ ଯାଇଛନ୍ତି । ହେବା କଥା, ଏ ଯେଉଁ ବର୍ଷା, ଅଦିନିଆ ବଢ଼ି ତ ହେବ । ବନ୍ଧକୁ ବିପଦ ।"

ଶାନ୍ତା ଅନେଇଲା ଜନ୍‌କୁ । ତା' ମଇଳା କପା ପରି ବାଳରେ ବର୍ଷା ପାଣି କେଇବୁନ୍ଦା, ଶେଥା ମୁହଁ ସାରା ମାନଚିତ୍ର ପରି ଗାଢ଼ ରେଖାମାନ । ଗଭୀର ଗାରଟିଏ ପରି ପାଟି– ମୁହଁର ତଳ ଭାଗରେ ବେକପାଖରେ କି କୋଉଠି ଗୋଟିଏ କେନ୍ଦ୍ରବିନ୍ଦୁ ନେଇ ମୁହଁ ଉପରେ ଚାପଟିଏ ଟଣାଯାଇଛି ଯେମିତି ପାଟିଟି ।

ଶାନ୍ତା ପଚାରିଲା– "ତମେ ଖିଆପିଆ ସାରିଲଣି ? କଣ ଏଇଠି ଖାଅ, ଡାକବଙ୍ଗଳାରେ ?"

ଜନ୍ ବର୍ଷାରୁ ଦୃଷ୍ଟି ଫେରାଇଲା ଓ ତା ଓଠପରି ପାଟି ସରଳ ରେଖାଟିଏ ହୋଇଗଲା ମୁରୁକି ହସରେ– "ମୁଁ ନିଜେ ରୋଷେଇ କରେ, ସଞ୍ଜବେଳୁ ଖାଇନିଏ ।" ଦୂର କୋଣଆଡ଼ର ଅନ୍ଧାର ବର୍ଷା ଆଡ଼କୁ ଆଙ୍ଗୁଠି ଦେଖାଇ କହିଲା– "ସେଇଠି ମୋ ଘର, ବଖରାଏ କ୍ୱାଟର୍ସ ମିଳିଚି ।"

ରାତି ବେଶୀ ଗଭୀର ମନେହେଉଚି, ଅଚିହ୍ନା ନିଛାଟିଆ ଜାଗା ବୋଲି ବୋଧେ । ଭାସି ଆସୁଥିବା ବର୍ଷା, ପବନ ବେଙ୍ଗ ଆଦିଙ୍କ ସୋର ଶବ୍ଦ ବି କାନକୁ ନୂଆ, ଅଦ୍ଭୁତ ମନେ ହେଉଚି । ଜନ୍ ସିଗ୍ରେଟ୍ ଧୂଆଁ ଛାଡୁଚି ପାଣି ଛିଟା ଓ ଥଣ୍ଡା ପବନକୁ । ବାହାରକୁ କୁଆଡ଼େ ଅନେଇଚି ଏମିତି ନିରେଖି ଦେଖିଲା ପରି, ତା ବଗିଚାକୁ ? ବାରଣ୍ଡାର ଆଲୁଅ ବେଶୀ ଦୂରଯାଏ ଯାଇପାରିନି, କୁହୁଡ଼ିଆ ବର୍ଷା ଦେହରେ ଗୋଳିହେଇ ରହିଯାଇଚି ଅଳ୍ପ ଦୂରରେ ।

ଶାନ୍ତା ବିଚାରିଲା ଗପ କରନ୍ତା, ଏଇ ବିଦେଶୀ କି ଅଧା ବିଦେଶୀ ବୁଢ଼ାଟିର ହୁଏତ ରହସ୍ୟମୟ ଅତୀତ କିଛି ଥିବ । ଜନ୍ ବିଷୟରେ କେତେ ରକମ ଗୁଜବ ମହେଶ କହୁଥିଲା । ଲୋକଟି କିନ୍ତୁ ଚୁପ୍‌ଚାପ୍ ବସିଚି ଏବେ, ବେଶ୍ ସନ୍ତୁଷ୍ଟ ଲୋକଟି ପରି ।

ଶାନ୍ତା ପଚାରିଲା– "ଆଛା ଜନ୍, ତମେ ଇଂରେଜ, ନୁହଁ ? (ଜନ୍‌ର ନିରୁତ୍ତର ଚାହାଣୀ କଣ ସମ୍ମତି ?) ଆଛା ତମେ ଫେରିଗଲନି କାହିଁକି ତମ ଦେଶକୁ ? ଏଠି ରହିଯାଇଚ କାହିଁକି, ଏତେ ବୟସରେ ?..."

ଜନ୍ ହସିଲା । ଶାନ୍ତା ଭାବିଲା ତା ଅସମାନିଆ ଦାନ୍ତଗୁଡ଼ାଏ ଦିଶିଗଲା ବୋଲି ଯାହା ତାକୁ ହସ ବୋଲି ଧରି ନିଆଯିବ । କଣ କହିଲା ଭଳି ହେଇ ନିଃଶ୍ୱାସ ରୋକିଲା ପରି କେଇ ସେକେଣ୍ଡ୍ ରହିଗଲା, ତାପରେ ବଡ଼ ପାଟିରେ ଡାକିଲା– "ଆରେ ରାମ୍ ସିଂ, ମେମ୍‌ସାହେବଙ୍କ ପାଇଁ ଚା ଟିକେ ଆଣ୍ ।"

ତା'ପରେ ବାପା କି ଜିଲାର ନାଁ ପଚରାଯାଇଥିବା ପରି ସାଦା ସ୍ୱରରେ କହିଲା– "ମୋତେ ଏଠିକା ଜଳବାୟୁ ଭଲ ସୁହେଇଲା, ସେଥିଲାଗି ରହିଗଲି ।"

ଏ ପୂର୍ଣ୍ଣଚ୍ଛେଦ ପରେ ଆଉ କିଛି ଆଗକୁ ନାହିଁ ଜାଣିପାରି ବି ଶାନ୍ତା ପଚାରିଲା– "ବହୁତଦିନୁ ଅଛ ଏଠି ?"

ସେମିତି ବାପା କି ଜିଲା ନାଆଁ ପରି ଉତ୍ତର– "ହଁ, ବହୁତ ଦିନୁ ।"

–"ଏମିତି ବର୍ଷା ହେଲେ ସବୁଦିନେ ଏଇ ନଈରେ ବଢ଼ି ଆସେ ?"

ଜନ୍ ଏଥର ବେଶ୍ ସତେଜ ଗଳାରେ ଉତ୍ତର ଦେଲା– "ଏଇ ବଢ଼ି କି'ବା ବଢ଼ି ? ଆଗେ ଯେତେବେଳେ ବଢ଼ି ଆସେ, ସେତେବେଳେ ନଦୀକୂଳର ଏ ପଥର ବନ୍ଧ ତ ନ ଥାଏ– ଏଇ ପାହାଚଯାକେ ଆସେ ପାଣି । ମୋ' ବଗିଚ, ଆମ କ୍ୱାର୍ଟର୍ସ– ସବୁ ବୁଡ଼ାଇଦିଏ ।"

ଶାନ୍ତା ପଚାରିଲା– "ସେଇଠୁ ? କ'ଣ କର ?"

ଜନ୍ ପୁରୁଣା ଥୁଣ୍ଟା ସିଗ୍ରେଟ୍ ଫିଙ୍ଗି ନୂଆ ସିଗ୍ରେଟ୍ ଧରାଉଥିଲା, ଦମେ ଟାଣି, ସରଳରେଖାରେ ହସିଲା । କହିଲା– "କିଛି ନାଇଁ । ଡାକବଙ୍ଗଳାରେ ରହିଯାଏ କେତେଦିନ, ତା'ପରେ ବଢ଼ି ଛାଡ଼ିଯାଏ ।"

ଚା ଆସିଲା ଓ ଦୁହେଁ କିଛି ସମୟ ଲାଗି କଥାବାର୍ତ୍ତାର ପ୍ରୟୋଜନ ଅନୁଭବ କଲେ ନାହିଁ ।

ଶାନ୍ତା କିନ୍ତୁ ଭାବୁଥାଏ କେଉଁ କୋଣରୁ ପ୍ରଶ୍ନଟିଏ ବାଜିଲେ ଏ ମୁଦା ଲୋକଟି କେଜାଣି ଟିକିଏ ଫିଟିଯିବ । ଏ ଡାକବଙ୍ଗଳା ହତା ଭିତରର ଦୃଶ୍ୟମାନ ସଂସାର ହିଁ ଏ ବିଦେଶୀ ଲୋକଟିର ସମଗ୍ର ଜୀବନ, ସତ୍ତା– ଏମିତି କ'ଣ ସମ୍ଭବ ।

ଚା ସରିଯାଇଚି । ଦୁହେଁ ଚୁପ୍‌ଚାପ୍ ବସିଛନ୍ତି, ରାତି ବଢ଼ି ଚାଲିଚି । ବର୍ଷା ବି । ଶାନ୍ତା ଅନେଇଚି ଦିଶୁ ନ ଥିବା ଗେଟ୍ ଆଡ଼କୁ, କାନ ପାତିଚି ଶୁଭୁ ନଥିବା ଜିପ୍ ଶବ୍ଦକୁ । ଅପେକ୍ଷା କରିଚି– ତଥାପି ସରିବାକୁ ବାକିଥିବା ପିକ୍‌ନିକ୍ ଦିନଟିକୁ ।

ଶାନ୍ତା ଅନିର୍ଦ୍ଦିଷ୍ଟ ଅନ୍ଧାରଆଡୁ ଆଖି ଫେରାଇ ଜନ୍‌କୁ ଚାହିଁଲା– ସେ ବଗଟିଏ ପରି ନିଶ୍ଚୁପ ହେଇ ମାଟି ଉପରେ ବସିଯାଉଥିବା ପାଣିକୁ ଚାହିଁଚି । କହିଲା– "ଜନ୍ ଜାଣ, ତମ ବିଷୟରେ ଏଠି ଲୋକେ କ'ଣ ଗୁଜବ କରନ୍ତି ?"

ଜନ୍‌ର ଦୃଷ୍ଟି ତା' ଉପରକୁ ଫେରିଲା ଟର୍ଚ୍ଚ ଲାଇଟର ଫୋକସ ପରି, କହିଲା– "ପ୍ରଥମ କରି ଆସି ମୋ' ବିଷୟରେ ଖବର ସଂଗ୍ରହ କରିସାରିଲାଣି ?" ଶାନ୍ତା ଘାବୁରେଇବନି । ପଚାରିଲା– "ତମର କାଳେ ଭାରି ଏଡ଼ଭେଞ୍ଚରସ, ରୋମାଣ୍ଟିକ ଅତୀତ ?" –"ସତରେ ?" ଜନ୍ ହୋ ହୋ ହସିଲା ଓ ପୁଣି ଅଭ୍ୟସ୍ତ ପୂର୍ଣ୍ଣଚ୍ଛେଦ ପକାଇ ବର୍ଷାକୁ ଅନାଇଲା ।

ଜନ୍ ଅଳ୍ପ ବୟସରେ କେମିତି ଦିଶୁଥିବ ? ଡେଙ୍ଗା ଗୋରା ଲୋକ, ତୀଖ ନାକ ! ବିଜ୍ଞାପନରେ ସେଇ ଘୋଡ଼ା ଉପରେ ବସିଥିବା ଲୋକର ଟୋପି ତଳୁ ଦିଶୁଥିବା ମୁହଁପରି ଦେଖାଯାଉଥିବ କି କ'ଣ ! ଉଜାଣି ନଈକୂଳ ବଣ ଭିତରେ ଝୁମୁକା ଗେଷ୍ଟ ହାଉସ । କେଉଁ ଦମ୍ପତ୍ତିଟିଏ ବଢ଼ି ଯୋଗୁ ରହିଯାଇଛନ୍ତି ଯାଇପାରିନାହାନ୍ତି, ଆଉ ଜନ୍ ବି ଆଶ୍ରୟ ନେଇଚି ଡାକବଙ୍ଗଳାରେ । ସ୍ୱାମୀଟି ଅଯଥାରେ ସମୟ ନଷ୍ଟ ନ କରିବ

ବୋଲି କୁଆଡ଼େ ଯାଇଚି ପାଖ ସରକାରୀ ବସତିଆଡ଼େ । ଅଦୂରରେ ନିଛାଟିଆ ପଲ୍ଲୀ । ବାରଣ୍ଡାରେ ବର୍ଷାଝରା ସନ୍ଧ୍ୟାରେ ସୁଦର୍ଶନ ଜନ୍ ।

ଜନ୍ ମୁହଁର ରେଖାମୟ ମାନଚିତ୍ରରେ ଦିଶୁନାହିଁ କିଛି ଏବେ । ଶରତର ନିର୍ମଳ ନଈକୂଳକୁ ପାଣି ନେବାକୁ ଆସୁଥିବା ଆଦିବାସୀ ଝିଅଟିଏ, ଜନ୍‌କୁ ଚମକାଇ ଦେଇ ଡାକୁଥିବ– "ଏଇ ସାହେବ, ମୋତେ ଫୁଲ ଦେବୁ ?"

ଶାନ୍ତା ପୁଣି ଡାକିଲା– "ଜନ୍, ଆହୁରି ଗୋଟାଏ ରକମ ଗୁଜବ ଅଛି ତମ ବିଷୟରେ, ଜାଣ ?"

ଜନ୍ ତା'ର ଦରହସିଲା 'ହଉ କଣ କହୁଚ କୁହ' ଭଙ୍ଗୀକୁ ଫେରି ଆସିଲା । ଶାନ୍ତା ଢୋକ ଗିଳିଲା, କହିଲା "ଲୋକେ କହନ୍ତି, ତମେ କାଳେ ଗୋଟାଏ ଫେରାର ଆସାମୀ । ନ ହେଲେ ଇଂରେଜ ଲୋକ କିଏ ଆପଣା ଇଚ୍ଛାରେ ଏ ଅପନ୍ତରାରେ ଏମିତି ରହେ !"

ଜନ୍ ମୁହଁରୁ ହସ ଆସ୍ତେ ମିଳେଇଗଲା ଓ ସେ ଅନ୍ଧାର ଆଡ଼କୁ ଦୃଷ୍ଟି ଫେରାଇଲା ଅନାୟାସରେ ।

ଶାନ୍ତା ତରବରରେ କହିଲା– "ଏସବୁ ଅବଶ୍ୟ ବିଶ୍ୱାସଯୋଗ୍ୟ ନୁହେଁ । ଆସାମୀକୁ କିଏ ପୁଣି ଚାକିରୀ ଦିଅନ୍ତା ବିନା ପଚରା ଉଚରାରେ ? ମୁଁ ବିଶ୍ୱାସ କରେନି ।"

ଜନ୍ ମୁହଁକୁ ଚମକାଇ ଆମୋଦିତ ହସ ଫେରି ଆସିଲା, କହିଲା– "ବଡ଼ ଦୟାଳୁ ଝିଅ ତ ତମେ । କିଏ କହିଲା ଚାକିରୀ ମିଳନ୍ତାନି ? ବ୍ରିଟିଶ୍ ଯୁଗ କଥା ତମେ ଜାଣିନ । ସେତେବେଳେ ଗୋରା ଲୋକେ କିଛି ଭୁଲ ଭଟକା କରି ପକେଇଲେ ଆମ ଅଫିସରମାନେ ସେ କଥା ବୁଝୁଥିଲେ ।"

ଜନ୍‌ର ନାଟକୀୟ ହସର ଶାନ୍ତା ଆଦୌ ପ୍ରତ୍ୟୁତ୍ତର ଦେଲାନି, ତା ଓଠ ଦି'ଫାଳ ମେଲି ଯାଇଥାଏ କେବଳ ଅଜାଣତରେ । ଜନ୍ ପକେଟରୁ ସିଗ୍ରେଟ୍ କାଢ଼ି ଲଗାଇଲା ଓ କହିଲା– "ଏଇଟା ଶେଷ ସିଗ୍ରେଟ୍ ଥିଲା, ସରିଗଲା । ତମ ସାହେବଙ୍କୁ କହିବ, ଗଲାବେଳେ ମୋତେ କିଛି ସିଗ୍ରେଟ୍ ପ୍ରେଜେଣ୍ଟ୍ କରିଯିବେ ।"

ଦୂରରୁ ଝାପ୍‌ସା ଆଲୁଅ ସହିତ ଗାଡ଼ି ଶବ୍ଦ ଶୁଭିଲା ଓ ଶାନ୍ତା ଚଉକୀରୁ ଡେଇଁପଡ଼ି ଖଣ୍ଡିଦଉଡ଼ ମାରିଲା ପରି ପାହାଚଯାକ ଓହ୍ଲେଇ ଯାଇ ବର୍ଷା ପାଣିରେ ଗୋଡ଼ ଟିପରେ ଠିଆ ହୋଇ କହିଲା– "ଆସିଗଲେ ନା କଣ ?"

ଜନ୍‌କୁ ଏଥର ଖୁବ୍ ତାନେ ହସର ଖୋରାକ ମିଳିଲା, କାଶ ଉଠୁଥିବା ହସ ମଝିରୁ କହିଲା– "ଆସ ଆସ, ବସ ନିଶ୍ଚିନ୍ତରେ । ସେଇଟା ଜିପ୍ ନୁହେଁ– ରାତି ନଅଟା ହେଲାଣି, ଲାଷ୍ଟ ବସ୍ ହୋଇଥିବ ।"

ଓଦା ମୁହଁକୁ କାନିରେ ପୋଛି ବାରଣ୍ଡା ଉପରକୁ ଉଠୁଥିବା ଶାନ୍ତାକୁ ସେମିତି ହସ ମଝିରୁ ପୁଣି ସେ କହିଲା– "ଯାଅ ପୋଛା ପୋଛି ହେଇ ଶୋଇବ ଯାଅ । ଆସାମୀ ଯଦିବା ହେଇଥିବି, ଏବେ ଆଉ ମୋତେ ଡର କ'ଣ ? ଆଉ ମୋ ଦେହରେ ବଳ ଅଛି ?"

ଶାନ୍ତା ରୁମ୍‌କୁ ଯାଉ ଯାଉ କିଛି ନ ହେଲା ଭଳି ମୁହଁ କରିବାକୁ ଚେଷ୍ଟା କରି ହସିଲା, କହିଲା– "ଇଏ ଆସିଗଲେ ବୋଲି ଭାବିଲି । ଡରିବି କାହିଁକି ? ମୁଁ ଜାଣେ ତମେ ଜମା ଆସାମୀ ନୁହେଁ ।"

ଜନ୍ ବି ଏଥର ଉଠୁ ଉଠୁ କହିଲା... "କବାଟ ଦେଇ ଶୋଇପଡ଼, ଚୌକୀଦାର ଅଛି, ସାହେବ ଏଇନା ଆସିଯିବେ । ବର୍ଷାଟା କମିଲେ ଯିବି ଭାବିଥିଲି ଯେ, ଦେଖୁଛି ତିନ୍ତି କରି ଯିବାକୁ ହେବ । ହଉ, ଗୁଡ୍ ନାଇଟ୍ ।"

ମୁନା ଶୋଇଚି ନିଶ୍ଚିନ୍ତରେ । ଆଣ୍ଠୁ ତଳକୁ ମେକ୍‌ସିଟା ତିନ୍ତି ଯାଇଚି, ଯାଏ ବଦଳିଦିଏ । ଆହାଃ– ଏଇଟି ଅଣ୍ଟାପାଖରୁ ଚିରିଗଲା କେତେବେଳେ, ଚଉକୀରୁ ହଠାତ୍ ଉଠିପଡୁ ପଡୁ କଣ୍ଟା ଧରିଲା ?

ନୂଆ ଜାମା ବଦଳି ଦେଉଚି, ପୁରୁଣା ଶାଢ଼ୀ ପିନ୍ଧୁଚି, ତଥାପି ରହ– ଦିନଟା ପୂରା ସରିତ ଯାଇନାହିଁ । ମହେଶ ଫେରିବେ, ଡେରି ପାଇଁ ଦୁଃଖିତ ହେବେ, ଓ – । ଡ୍ରେସ୍‌ଟା ମୁଁ ଚଉତି ଦେଉଛି, କାଲି ଧୋଇ ପ୍ରେସ୍ କରିଦେବି, ଆଉ ବାକ୍‌ସରେ ସାଇତି ଦେବି ।

■■

ପୁଅ

ଭଗବାନ ସାର୍‌ଙ୍କ ପୁଅ ଯେଉଁ ବର୍ଷ ଗଲା ସେଇବର୍ଷ ଆମ ସହର ପାଖ ପୋଲଟି ନଈବଢ଼ିରେ ଭାସିଯାଇଥିଲା । ତ ପର ଫଗୁଣରେ ମୋ ବିଭାଘର । ତା ପରଠୁ ତିଆରି ହେବ ହେବ ବୋଲି ଶୁଣା ଯାଉଥିଲା ଯେ କାହିଁ କୋଡ଼ିଏ ବର୍ଷ ପରେ ଏବେ ତିଆରି ହେଲା ସେ ପୋଲ । ନ ହେଲେ କେବେ ସେଠି ଖରାଦିନିଆ ସଡ଼କ ଥାଏ ତ କେବେ ଡଙ୍ଗା । ଏଇ ଆଜି ମୋ ଝିଅ ବାହାଘର ଲାଗି ନିମନ୍ତ୍ରଣ ଚିଠି ଲେଖା ଆରମ୍ଭ କରିଦେବି ବୋଲି ବସିଲା ବେଳକୁ ଖବରକାଗଜରେ ପଢ଼ିଲି ଏକଥା । ଗୃହମନ୍ତ୍ରୀ ନିଜେ ପୋଲ ଉଦ୍‌ଘାଟନ କରିବେ ।

ନିନି ଏବେ କୋଉଠି ଅଛି କେଜାଣି । ତା ପୁଅଟା ବାଲୁଙ୍ଗା ହୋଇଗଲା, ପାଠ ପଢ଼ିଲା ନାଇଁ ବୋଲି କିଏ ଜାଣେ କହୁଥିଲା । ନିନି ଯଦି ଆସିପାରନ୍ତା ମୋ ଝିଅ ବାହାଘରକୁ– ତା' ଠିକଣା ମୁଁ ଜାଣିନାଇଁ । ଭଗବାନ ସାର୍ ବି ରିଟାୟାର୍ଡ ହେବା ପରେ କୋଉଠି ଯାଇ ରହିଲେ ଆମକୁ କାହାରିକି ଆଉ ଠିକ୍ ଜଣାନାହିଁ । ତେବେ କାହାକୁ ଭଲା ମୁଁ ଭୁଲାଉଚି, ନିନି ଏବେ ମୋ ଘରକୁ କୁଣିଆ ହେଇ ଆସିବା କଥା ଭାବିଲେ ମୋତେ ନିଜକୁ ହିଁ ଅଖାଡୁଆ ଲାଗୁଚି । ମୁଁ ଜାଣେ ସେ କେବେ ବି ଆସିବ ନାହିଁ । ମୋଠୁ ନିମନ୍ତ୍ରଣ ଚିଠି ପାଇଲେ ବି ନୁହେଁ, ନୂଆ ପୋଲ ଖୋଲି

ଯାଇଥିଲେ ବି ନୁହେଁ । କୋଉ କାଳେ ଝିଅ ଦିନେ ସିନା ସେ ମୋ ସାଙ୍ଗ ଥିଲା । ତା'ପରେ ମୁଁ ବାହାହେଲି ସହରରେ, ଚଳିଲା ଘରେ, ନିନି ବାହାହେଲା ମଫସଲ ଚାଷୀ ପରିବାରରେ । ଭଗବାନ ସାର୍‌ଙ୍କର ବା ଆଉ କେତେ ବଳ ?

ନିନି ଆଉ ମୁଁ ପିଲାଦିନୁ ଗୋଟିଏ ସ୍କୁଲରେ ପଢୁଥିଲୁ । ଏକା ପଡ଼ାରେ ବି ଘର, ହେଲେ ଆମ ଘର ଏମୁଣ୍ଡ ଡାକ୍ତରଖାନା ରାସ୍ତାପଟକୁ ହେଲେ ତାଙ୍କ ଘର ପୂରା ଆର ମୁଣ୍ଡ । ଭଗବାନ ସାର୍ ଆମ ହାଇସ୍କୁଲରେ ଗଣିତ ମାଷ୍ଟର ଥିଲେ । ବାପାଙ୍କ ସାଙ୍ଗେ ବି ଭଲ ଚିହ୍ନାପରିଚୟ ଥିଲା ବୋଲି ସପ୍ତମ ପରଠୁ ମୁଁ ତାଙ୍କଠୁ ଗଣିତ ପଢ଼ିବାକୁ ଯାଉଥିଲି । ଅବଶ୍ୟ ମୋ ବାହାଘର ପୂର୍ବ କେତେମାସ ପରୀକ୍ଷା ପାଖାପାଖି ଆଉ ପଢ଼ିବାକୁ ଯାଇନାହିଁ । ସାର୍‌ଙ୍କ ଘରର ସେତେବେଳେ ଯାହା ଅବସ୍ଥା, ନିନି ବିଚାରୀ ତ ଆଉ ମାଟ୍ରିକଟା ବି ଦେଇ ପାରିଲାନି । ସାର୍‌ଙ୍କ ପୁଅ ଚାଲିଗଲା ପରେ ତାଙ୍କ ସ୍ତ୍ରୀ ବିଛଣା ଧରିଦେଲେ ପ୍ରାୟ । ନିନିକୁ ରନ୍ଧାବଢ଼ା ଘରକାମ ସବୁ କରିବାକୁ ପଡୁଥିଲା ।

ସାର୍‌ଙ୍କର କାଳେ ଛଅ ନା ସାତ ପିଲା ମଲା ପରେ ଯାଇ ବଡ଼ ପୁଅଟି ବଞ୍ଚିରହିଲା । ମାଉସୀ କହୁଥିଲେ ତାକୁ ବି ଜନ୍ମପରଠୁ ଦି' ତିନିବର୍ଷ କାଳ ଏମିତି ଝାଡ଼ା ଜର ସବୁବେଳେ ଲାଗି ରହିଥାଏ ଯେ ଯମ ତାକୁ ଅଇଁଠା କରି ଛାଡ଼ିଯିବ ବୋଲି ଆଉ କାହାରି ଆଶା ନଥିଲା । ଏତେ ଦୁଃଖର ପୁଅକୁ କେଉଁ ବାପ ମା ଗେଲବସର ନ କରିବେ !

ମାଉସୀ ଅନେକ ସମୟରେ ବୁଲାର ପିଲାଦିନ କଥା କହନ୍ତି । ସେଇ ଯେଉଁ ଲଗାତାର ଝାଡ଼ା ଜର ପରେ ଜଣେ ଦକ୍ଷିଣୀ ବାବାଙ୍କ ଝଡ଼ାଫୁଙ୍କାରେ ତା ଦେହ ଭଲ ହେଲା, ତା ପରଠୁ କାଳେ ଆଉ ଦିନେ ତାକୁ କେବେ ସର୍ଦ୍ଦି କି ଛିଙ୍କ ଟିକିଏ ହେଇନାହିଁ । ମୋର ବି ମନେଅଛି ବୁଲାର ଭାତଖିଆ ! ଥରେ ତା ଡାଲିକଂସା ପୂରିବାକୁ ଅଧାଆଙ୍ଗୁଳେ କମ୍ ଥିଲା ବୋଲି ବୁଲା ରାଗରେ ଅଗଣା ଶିଳ ଉପରକୁ ଫୋପାଡ଼ି ଦେଇଥିଲା । ଏଡ଼େ ବହଳ କଂସାଟା ଫାଟିଗଲା ବୋଲି ମାଉସୀ କାନ୍ଦି ପକାଇଥିଲେ । ବୁଲାର ପାନରୁ ଚୂନ ଖସିଲେ ଭଗବାନ ସାର୍‌ଙ୍କ ଘରେ ଝଡ଼ ବହିଯାଏ । ସେ ଝଡ଼ର ବତାସ ପବନ ସାହିସାରା ଲୋକଙ୍କ ଦେହରେ ବାଜେ । ଯେଉଁଦିନ ତା ଚାହାରେ ଟିକିଏ ଚିନି କମ୍ ଲାଗିଥିବ କି ତା ପିଢ଼ାଟି ଭୁଲରେ ଆଉ କା ସାଙ୍ଗରେ ବଦଳି ହେଇଯାଇଥିବ, ସେଦିନ କଂସା ବାସନ କଣ ସାର୍‌ଙ୍କ ଚଉକି ଟେବୁଲ ଯାଇ ଦାଣ୍ଡ ଉପରେ ଦୁଲ୍‌ଦାଲ୍ ପଡ଼େ । ବାରିପାଖରୁ ମାଉସୀଙ୍କ କାନ୍ଦଣା ଶୁଭେ । କୁନା ରାଗରେ ଖାଏ ନାହିଁ । ନିନି ଚୋର ପରି ଲୁଚି ଲୁଚି ଆମ ଘରକୁ ଚାଲିଆସେ, ମୁହଁ ଶୁଖାଇ ସବୁକଥା ବଖାଣେ ।

ମାଉସୀ କହନ୍ତି, ଦକ୍ଷିଣୀ ବାବାଜି ଏଡ଼େ ଟାଣୁଆ ମନ୍ତ୍ର ପଢ଼ିଥିଲା ଯେ ଯେଉଁ ଭୂତଟା ତା ଛାତି ଭିତରେ ପଶି ତାକୁ ଝାଡ଼ା ଜରରେ ଏଡ଼େ କଲବଲ କରୁଥିଲା ତା'

ଜନ୍ମ ହେଲା ଦିନୁ, ସିଏ ଏକା ଧୂଳିଫୁଙ୍କାକେ ବାହାରି ଗଲା, ବୁଲା ସେ ମାଡ଼ରେ ଚେତାବୁଡ଼ାଇ ପଡ଼ିଗଲା । ବାବାଜି କହିଲା ବୁଲା ଛାତିରେ ଚିପ ମାରି– ଏଣିକି ଏ ଭିତରେ ଆଉ କାହାରି ଛାଇ ପଡ଼ିବ ନାହିଁ । ସେଥିଲାଗି ବୋଧେ ବୁଲାର ଛାତିଟା ଏଡ଼େ ଓସାର, କିଳିଦେଲା ଦୁର୍ଗଟିଏ ପରି । କିନ୍ତୁ ମାଉସୀ କହନ୍ତି– ଯାହାର ଭାଗ୍ୟ ମନ୍ଦ, ଯେତେ ଗୁଣିଗାରେଡ଼ି ହେଉ ତାକୁ କେତେମତେ ଆଉ ରକ୍ଷା କରିବ, କେତେ ଆଉ କିଳିବ ? ବାବାଜି ଦକ୍ଷିଣା ନେଇ ପଛ ନ କରୁଣୁ ଭୂତ ଲେଉଟି ଆସିଲା, ଛାତି ତ କିଳା ହେଇଥିଲା, ଅଚେତ ଶୋଇଥିବା ବୁଲାର କାନବାଟ ଦେଇ ଭୂତ ପଶିଲା ମୁଣ୍ଡ ଭିତରେ । ବାବାଜି ବି ଆଉ ଫେରିଲା ନାହିଁ । ଅନ୍ୟ କୌଣସି ମନ୍ତ୍ର ପୁଣି ଆଉ କାଟୁ କଲାନାହିଁ, ଡାକ୍ତର କବିରାଜ କେହି ସାଧ୍ୟ କରିପାରିଲେ ନାହିଁ । ଭୂତ ବସାବାନ୍ଧି ରହିଲା ବୁଲାର ମୁଣ୍ଡ ଭିତରେ । ପେଟକୁ ଯେତେ ଖାଇଲେ ବି ଆଉ ତା'ର ମୁଣ୍ଡକୁ ଲାଗିଲା ନାହିଁ ।

ଓସାର କାନ୍ଧ ଉପରେ ବୁଲାର ଅତି ସାନ ଗୋଲିଆ ମୁଣ୍ଡଟିଏ । ବାଳ ଛୋଟକରି କଟା ହୋଇଥାଏ । ବେଖାପିଆ ମୁହଁଟି ସାନପିଲାର ନୁହେଁ କି ବଡ଼ ମଣିଷର ନୁହେଁ । ଜୁଳୁଜୁଳୁ ଆଖି ଦିଓଟିର ଠିକ୍ ଉପରକୁ ଲାଗି ବହଳିଆ ଭୂଲତା ଦୁଇଟି ଛୋଟ ଦବିଲା କପାଳଟିର ମଝାମଝି ଯୋଡ଼ିହୋଇ କୁଞ୍ଚେଇ ରହିଥାଏ ସଦାବେଳେ, ଯେମିତିକି ଆଖିବାଟ ଦେଇ ସେ ଯାହା ଦେଖୁଛି ମୁଣ୍ଡ ଭିତର ଜନ୍ତୁଟି ତାକୁ ବୁଝିବାକୁ ଚିହ୍ନିବାକୁ ଦେଉନାହିଁ । ଓଠ ଦି'ଫାଳ ବି ବୁଝି ନବୁଝିପାରୁଥିବାର ଭାବହୀନ ହସଟିଏରେ ଦି' ପାଖକୁ ଟାଣିହେଇ ରହଥାଏ । ସେଥିରୁ ଯାହା ଯେତେବେଳେ ଶବ୍ଦ ବାହାରେ କେହି ସେ ଭାଷାର ଅର୍ଥ ଠଉର କରି ପାରନ୍ତି ନାହିଁ । ସତେକି ଗଲା ଅପମାନର ଦାଉ ସାଧିବାକୁ, ବୁଲାକୁ ବାହାର ଦୁନିଆ ସହିତ ସମ୍ପର୍କ ରଖେଇ ନ ଦେବାକୁ ଭୂତ ପଣ କରିଥିଲା । ମନ ହେଲେ ମୁଣ୍ଡ ଭିତରେ ମାତି ଉତ୍ପାତ କରାଏ, ମନ ହେଲେ ଶୋଇ ପକାଏ, ଆଉ କେବେ ବା ନିର୍ମଯା ଛୋଟ ପିଲାଟିଏ ପରି ତାକୁ ହସାଏ ଖେଳାଏ ।

ସେଇ ବୁଲା, ଏତେ ଦିନ ପରେ ବି ତା' ହାବାଭବ କାଣ୍ଡ କାରଖାନା ସବୁ ମୋର ଗୋଟି ଗୋଟି ହେଇ ମନେଅଛି । ଖାଲି ମୋର କାହିଁକି ସେତେବେଳେ ଯିଏ ସବୁ ବୁଲାକୁ ଜାଣିଥିଲେ ଆଜିଯାଏଁ କିଏ ଭଲା ତାକୁ ଭୁଲିପାରିଥିବେ । ଆଉ ଭଗବାନ ସାର୍‌ଙ୍କ ବଡ଼ ପୁଅକୁ ଭଲା ସାରା ସହରରେ କିଏ ଜଣେ ଏମିତି ଜାଣି ନଥିଲା ! କିଏ ଜଣେ ଥିଲା ଯାହାର ଏକୁଟିଆ ସଞ୍ଜବୁଡ଼େ ଆଗରେ ବୁଲାକୁ ଦେଖିଦେଲେ ଛାତି କମ୍ପି ନ ଉଠିବ ।

ସେ ବାଟଦେଇ ଯିବାଆସିବା କରୁଥିବା ଲୋକେ ଭଗବାନ ସାର୍‌ଙ୍କ ଘର ମଝିଝରକା ଆଡ଼େ ନ ଦେଖିଲା ପରି ସିଧା ଅନେଇ ଚାଲନ୍ତି, ସ୍କୁଲ ପିଲାଏ କଣେଇ

ଅନାନ୍ତି, ଆଉ ଦାଣ୍ଡକବାଟ ଆଉଜା ଦେଖିଦେଇ କଦବା କିଏ ସାହସ କରି ଡାକିଦିଏ– 'ବୁଲା ବାୟା !' କିଏ ବା ଆଉ ଧାପେ ଯାଇ ଦାନ୍ତ ଦେଖାଇ ଖତେଇ ହେଇପଡ଼େ । ଏ କଥାରେ ବୁଲା କେତେବେଳେ ଓଠକୁ ଆଉ ଟିକେ ଓସାରି ଦିଏ, କେତେବେଳେ ବା ପାଟିକରି ତା' ନିଜସ୍ୱ ଭାଷାରେ ଗାଳିଦିଏ, ଆଉ କେତେବେଳେ ଅବା କାଠ ରେଲିଂ ଫାଙ୍କରେ ହାତ ଗଳାଇ ସ୍କେଲ୍‌ଟାଏ କି ବହିଟାଏ କି ଗିନାଟାଏ ଯାହା ପାଖରେ ପାଇଲା ଫୋପାଡ଼େ । ବେଳେବେଳେ ଦାଣ୍ଡକବାଟ କାହା ଅସାବଧାନତାରେ ଖୋଲା ରହିଯାଇଥିଲେ ବୁଲା ଦାଣ୍ଡକୁ ବାହାରି ଆସେ । ତାକୁ ବାହାରେ ଦେଖିଲେ ସାଇପଡ଼ିଶା ଲୋକେ ପ୍ରମାଦ ଗଣନ୍ତି, ପିଲାଙ୍କୁ ତା' ପାଖକୁ ନ ଯିବାକୁ ଆକଟନ୍ତି । ଅତି ପରିଚିତ ନ ହୋଇଥିଲେ ଗଳିମୁଣ୍ଡରୁ ତାକୁ ଦେଖିଦେଇ ଲୋକ ଆଉ ଆଗକୁ ଆସିବାକୁ ଭରସି ପାରନ୍ତିନି, ସେଇଠୁ ଲେଉଟିଯାଆନ୍ତି । ହେଲେ ମୁଁ ଲକ୍ଷ୍ୟ କରିଛି ଛୋଟପିଲାଏ ବୁଲାକୁ ସେତେ ଡରନ୍ତି ନାହିଁ, ନିଜ ସମବୟସ୍କ ମନେକରନ୍ତି ପ୍ରାୟ । ଦାଣ୍ଡ ଉପରେ ବେଳେବେଳେ ବୁଲା ଦଳେ ସାନ ପିଲାଙ୍କ ସାଙ୍ଗରେ ବାଟୁଳି ବା ଗିଲିଡଣ୍ଡା ଖେଳୁଥିବାର ବି ଦେଖାଯାଏ । କାଚ ବାଟୁଳିଟିଏ ବୁଲା କେବେହେଲେ ଲକ୍ଷ୍ୟକରି ମାରିପାରେ ନାହିଁ, ନିର୍ଦ୍ଦିଷ୍ଟ କାଠିର ଧାପେ ଦୂର ଭୁଇଁରେ ଏଡ଼େ ଜୋର୍‌ରେ ସେ ଗିଲିଡଣ୍ଡା ବାଡ଼ାଏ ଯେ ଲମ୍ବ କାଠି ଖଣ୍ଡିକ ଭାଙ୍ଗି ଦି'ଖଣ୍ଡ ହୋଇଯାଏ । ପିଲାଏ ହସି ହସି ଗଡ଼ି ଯାଆନ୍ତି, ତାଙ୍କ ସାଙ୍ଗେ ବୁଲା ବି । ଆଉ ଯଦି କେତେବେଳେ ପିଲାଟିଏ ଆପତ୍ତି କରିବସେ, ସାଙ୍ଗ ବୋଲି ଭୁଲିଯାଇ ବୁଲାବାୟା ଡାକି ଦାନ୍ତ ଦେଖାଇଦିଏ, ବୁଲାର ହୁଏତ ସେହିକ୍ଷଣି ରୂପ ବଦଳିଯାଏ । କାହାକୁ ବାହୁମୂଳରୁ ଧରି ନିର୍ଦ୍ଦୟମା ମାଡ଼ମାରି ପକାଏ ତ କେଉଁ ପଳାଉଥିବା ପିଲାଙ୍କୁ ଆଖିବୁଜା ଟେକା ପଥର ମାରେ । ଯେଉଁଦିନ ନରିବାବୁ ଘର ଟୁକୁକୁ ଛାତି ଉପରେ ମାଡ଼ି ବସିଥିଲା, ଠିକ୍ ସମୟକୁ ସାର୍ ନ ପହଞ୍ଚିଥିଲେ କ'ଣ ହେଇଥାନ୍ତା କିଏ କହିବ ।

କେଉଁ ବଳରୁ କେଜାଣି, କେବଳ ଭଗବାନ ସାର୍‌ହିଁ ବୁଲାକୁ ଶାସନ କରିପାରନ୍ତି । ଆଉ କିଏ ହାତ ଉଠାଇଲେ ସେ କଚଟିକୁ ଧରିପକାଏ, ବଜ୍ରମୁଷ୍ଟିରେ ତାକୁ ବାଡ଼ି ଉଞ୍ଚେଇଲେ ଝାମ୍ପିନେଇ ଆଣ୍ଠୁ ଉପରେ ମୋଡ଼ି ଦି'ଖଣ୍ଡ କରି ଫିଙ୍ଗିଦିଏ । ଅଥଚ ସାର୍ ତାକୁ 'ବୁଲା' ବୋଲି ଡାକିଦେଇ ନାଲିଆଖି ଦେଖାଇଦେଲେ ଯଥେଷ୍ଟ, ଚଟକଣା ଦି'ଟା ମାରିଦେଲେ ତା'ର ଯେତେବଡ଼ ରାଗ ବି ପ୍ରାୟ ଶାନ୍ତ ହୋଇଯାଏ । ଅତି ଅକ୍ତିଆରରୁ ବାହାରିଲେ ସାର୍ ତାକୁ ରୁଲ୍‌ବାଡ଼ି ବା ଛାଟରେ ମାରିବାର ବି ଆମେ ଦେଖିଛୁ । ଲହଲହକା ଭଗବାନ ମାଷ୍ଟ୍ର ବାଁହାତରେ ଧୋତି କୁଞ୍ଚ ମୁଠେଇ ଡାହାଣ ହାତରେ ଛାଟ ମାରିଯାଉଥିଲା ବେଳେ ବୁଲା ଖାଲି ନଇଁପଡ଼ି ଦୁଇ ହାତରେ ମୁଣ୍ଡ

ଘୋଡ଼େଇ ଆପଣାକୁ ବଞ୍ଚାଉଥାଏ ମାଡ଼ରୁ, ବେଳେବେଳେ ହାଉ ହାଉ ହେଇ କାନ୍ଦେ । ପରେ ପୁଣି ମାଉସୀ ସାକୁଲା ସାକୁଲି, ପୋଛାପୋଛି କରିଦେଲେ ଖିଆପିଆ ସାରି ବୁଲା ଦୂରରୁ ବଲବଲ କରି ଅନେଇ ରହିଥାଏ ସାର୍‌ଙ୍କୁ । ସର୍କସର ବାଘ ଖଟୁଲି ଉପରେ ଚାରିଗୋଡ଼ ଟେକି ବସି ରିଂମାଷ୍ଟରକୁ ଅନେଇଲା ପରି । ମୁଁ ଦେଖିଛି ସେ ଦିନସାରା ସାର୍ ଆଉ ବୁଲା ଆଡ଼କୁ ସିଧା ଚାହାନ୍ତି ନାହିଁ ।

ମୁଁ ସ୍କୁଲରୁ ଫେରି ଶୀଘ୍ର ଘରେ ମା ସାଙ୍ଗରେ କାମ କେତେଟା ସାରିଦେଇ ସାର୍‌ଙ୍କ ଘରକୁ ଯାଏ ପଢ଼ିବାକୁ । ଆମ ଘରେ ତ ଏକେ ଦାଣ୍ଡଘରେ ବାପାଙ୍କ ବୈଠକ ବସିଥାଏ । ଗାଁରୁ ବି ବନ୍ଧୁବାନ୍ଧବ କୁଣିଆ ଆସି ସବୁବେଳେ ହାଉଯାଉ ହେଉଥାନ୍ତି । ଜେଜେ ବାପା, ଜେଜେ ମା' ତ ସହଜେ ଥାଆନ୍ତି ସବୁଦିନେ ପ୍ରାୟ । ତେଣୁ ମୁଁ ଗଣିତ ଛଡ଼ା ଅନ୍ୟ ପାଠବହି ବି ନେଇଯାଇ ନିନି ସାଙ୍ଗରେ ବସି ପଢ଼େ । ମାଉସୀ ବି ମୋତେ ସ୍ନେହ କରନ୍ତି । ତାଙ୍କ ଦାଣ୍ଡଘର ଟେବୁଲରେ କୁନା ବସି ପଢ଼େ, ତାର କଲେଜ ପାଠ । ନିନି ଆଉ ମୁଁ ଭିତର ବାରଣ୍ଡାରେ ମଶିଣା ପକାଇ ବସୁ, ଖରାଦିନେ ଅଗଣାରେ । ସାର୍ ଗୋଟାଏ ଦୁଇଟା ଅଙ୍କ ବୁଝାଇଦେଇ ପୁଣି କଷିବାକୁ ଦେଇଦିଅନ୍ତି । ଆଉ ନିଜେ ଖବରକାଗଜ କି ସ୍କୁଲପିଲାଙ୍କ ଖାତା ଦେଖିବାରେ ଲାଗିଯାଆନ୍ତି । କେବେ କେବେ ସାର୍ ବଜାର ଆଡ଼େ ବାହାରିଯାଆନ୍ତି, ଆମେ ନିଜେ ପଢୁ, ନହେଲେ ଗପ କରୁ । ସେମିତି ଦିନରେ ସାର୍ ଯଦି ଶୀଘ୍ର ନ ଫେରିଲେ କୁନା ମୋତେ ଆମ ଘରପାଖ ବତିଖୁଣ୍ଟ ଯାଏ ଛାଡ଼ିଦେବାକୁ ଆସେ । ନଚେତ୍ ବେଶିଭାଗ ଦିନ ମୁଁ ଅନ୍ଧାର ନ ହେଉଣୁ ଫେରିଆସେ, ବା ସାର୍ ନିଜେ ଛାଡ଼ିଦେବାକୁ ଆସନ୍ତି ।

ମୁଁ ଆଉ ନିନି ଏକାଠି ଦେଢ଼ମାଇଲ ଦୂର ସ୍କୁଲ ଚାଲିକରି ଯାଉ । ସକାଳ ନଅଟା ବେଳେ ମୁଁ ତାକୁ ଡାକିବାକୁ ଯାଏ । ସେତେବେଳକୁ ତାଙ୍କ ଅଗଣା କୋଣ ଖୋଲାଛାତ ଗାଧୁଆଘରୁ କୁନାର ଗୀତ ଶୁଭୁଥାଏ, ନହେଲେ ଗାଧୁଆଘର ଟିଣ କବାଟ ଖୋଲିଦେଇ ଗାମୁଛା ଖଣ୍ଡେ ପିନ୍ଧି ଝାମ୍ପୁରା ଓଦାବାଳ ତଳୁ ମୋ ଆଡ଼େ ଦୃଷ୍ଟି ପଡ଼ିଲାକ୍ଷଣି ସେ ଗୀତ ବନ୍ଦ କରିଦେଇ ତରତର ହେଇ ଅଗଣା ଡେଇଁ ପଶିଯାଏ ତାଙ୍କ ଶୋଇଲା ଘରକୁ ।

ବୁଲାର ସେତେବେଳକୁ ନିଦରୁ ଉଠିବା ବେଳ । କେବେ କେବେ ବା ବାରଣ୍ଡା ଧାରରେ ବସି ଦାନ୍ତ ଘଷୁଥାଏ । ବୁଲାର ଦାନ୍ତଘଷା ଦେଖିଲେ ମୋର ମିମିଁକା ଛେଳି ଗପ ମନେପଡ଼େ, ଯିଏ ଦେଉଳ ଭିତରେ ପଶି ବାହାରେ ଜମିଥିବା ଲୋକଙ୍କୁ ଭୁଆଁ ବୁଲେଇବାକୁ ରାକ୍ଷସ ପରି କଥା କହେ– ଏକଶିଙ୍ଗେ ମଣିଷ ମାରେଁ, ଦୁଇଶିଙ୍ଗେ ପର୍ବତ ତାଡେଁ, ତାଳଗଛକୁ ଦାନ୍ତକାଠି କରେଁ... ଇତ୍ୟାଦି । ବୁଲାର ନିଦ ଭାଙ୍ଗିବା ପୂର୍ବରୁ ତା ଲାଗି ସାନ ବାଲ୍‌ଟିଏ ପାଣି, ଡାଳ ଆଉ ଦେଢ଼ହାତ ଲମ୍ୱ ଲେଖାଁ ଭଲ

ମୋଟ ଦୁଇଖଣ୍ଡି ଦାନ୍ତକାଠି ଥୁଆ ହୋଇଥିବା ଦରକାର । କାଠିକୁ ଗୋଟିଏ ମୁଣ୍ଡରୁ ଚୋବାଇ ଚୋବାଇ ମଝି ମଝିରେ ପୁଳାଏଲେଖାଁ ଛିଣ୍ଡାଇ ଥୁ କରି ଛାଟିଦେଇ ଶେଷରେ ଆରମୁଣ୍ଡ ଠିକ୍ ନିଜ ହାତ ମୁଠାଟି ମୁହଁ ପହଞ୍ଚି ଯିବାହିଁ ବୋଧହୁଏ ସେ ଦାନ୍ତଘଷାର ଏକମାତ୍ର ଲକ୍ଷ୍ୟ । ତା'ପରେ ଦ୍ୱିତୀୟ କାଠିଟି ଚିରି ଜିଭ ଛେଲାଯାଏ, କାରଣ ପ୍ରଥମ ଦାନ୍ତକାଠିଟିର କେବଳ ଆଙ୍ଗୁଳିଏ ଅବଶିଷ୍ଟାଂଶ ଥାଏ । ସାନ ବାଲ୍‌ଟିରୁ ଢାଳରେ ପାଣିକାଢ଼ି ଅଗଣାର ଯେତେଦୂର ଯାଏଁ କୁଳୁକୁଞ୍ଚା ଯୋଗେ ଓଦା କରିହେବ କରାଯାଏ । ବେଳେବେଳେ ପାଖଦେଇ ଚାଲିଯାଉଥିବା ଲୋକଟିର ଅଣ୍ଟା ତଳକୁ ବି ଅତର୍କିତରେ ପାଣି ପିଚକାରିଟିଏ ବାଜିଯାଇ ପାରେ । ଆଉ ତା'ପରେ ବୁଲାର ହସି ହସି ବାରଣ୍ଡା ଉପରେ ସତସତିକା ଗଡ଼ିଯିବାର ପାଳି ।

ଦାନ୍ତଘଷା ଶେଷହେବା ପୂର୍ବରୁ ପାଞ୍ଚ ଛଅ କପ୍ ଚା' ଧରୁଥିବା କେଟଲିଏ ଚା' ଓ କଂସା ଥାଳିଆଟିଏ ପିଢ଼ାପାଖରେ ଥୁଆ ଯାଇଥିବା ଦରକାର । ଚା' ସାଙ୍ଗରେ ଦିନେ ଦିନେ ମା'କୁ ସେ ମୁଢ଼ି ମାଗେ ତା ନିଜ ଭାଷାରେ ଡାହାଣ ହାତରେ ମୁଢ଼ିମୁଠା ପାଟିକୁ ଫିଙ୍ଗିବାର ଇଶାରା କରି । ଆଉ କେବେ ବା ଆଗତୁରା ଥୁଆ ହୋଇଥିବା ମୁଢ଼ି ପାଚିଆକୁ ଛୁଏଁ ନାହିଁ । ତା ମିଜାଜ୍ ଭଲ ଥିଲେ ମାଉସୀଙ୍କ କୁହାବୋଲାରେ ଗାଧୁଏ, ନହେଲେ ନାହିଁ । ଥରେ ଥରେ ଏକାଦିକ୍ରମେ ଦୁଇ ତିନିମାସ ଧରି ନିୟମିତ ବୁଲା ଠାକୁର ପୂଜା କରେ । ପୁଣି ବନ୍ଦ କରିଦିଏ ତା ମନ ହେଲେ । ବୁଲାର ଠାକୁରପୂଜା ବି ମୁଁ ଦେଖିଛି । ଚନ୍ଦନଗିନା ଉଚ୍ଛୁଳି ଯିବାଯାଏଁ ମହାପରାକ୍ରମରେ ସେ ଚନ୍ଦନ ଘୋରେ, ହାତ ପାପୁଲିରେ ପେଢ଼ିରୁ ଚନ୍ଦନ ପୋଛି ଗିନା ଧାରରେ ରାମ୍ପି ଦେଉଥାଏ, ପୁଣି ମୁଠାଏ ପାଣି ଛାଟିଦେଇ ଦି'ହାତ ଭରାଦେଇ ନଇଁପଡ଼େ କାଠ ଉପରେ । ଦି' ତିନିଥର ପେଢ଼ି ଭାଙ୍ଗିଯିବା ପରେ ମାଉସୀ ଠାକୁରଘରେ ସାନ ଚିକ୍‌କଣ ଶିଳଟିଏ ରଖିଥିଲେ । ଖର୍ଚ୍ଚ ବାଧୁଥିଲେ ବି ଚନ୍ଦନ ଜାଗାରେ କିନ୍ତୁ ସାଦା କାଠଖଣ୍ଡେ ରଖିଦେବାକୁ ତାଙ୍କ ଆତ୍ମା ଡାକେ ନାହିଁ ବୋଲି ଥରେ ସେ କହୁଥିଲେ । କାଳେ ଭଲରେ ପୂଜାକଲେ ଠାକୁରେ ତା ଡାକ ଶୁଣିବେ । ଖାଲି ଚନ୍ଦନ ନୁହେଁ, ସିନ୍ଦୂର ଆଉ ତୁଳସୀପାଣି ଛିଞ୍ଚାର ଆତିଶଯ୍ୟରେ ଠାକୁରମାନେ ହୋରି ଖେଳିଲା ପରି ଦିଶନ୍ତି । ପୁରୁଣା କାଗଜ କ୍ୟାଲେଣ୍ଡର ଦେବାଦେବୀମାନଙ୍କୁ ସାର୍ ଦିନେ ନଈରେ ବିସର୍ଜନ କରି ଆସିଥିଲେ । ଦୁଇ ତିନିଘଣ୍ଟା ଧରି ପୂଜାଘରୁ ଘଣ୍ଟି ସହିତ ଏକାକ୍ଷରୀ ମନ୍ତ୍ର ଜପ ଶୁଭୁଥାଏ– ଗୁମ୍ଫା ଭିତରେ କୁହାଟ ପରି– ନୋମ୍ ନୋମ୍ ନୋମ୍ । ସାର୍‌ଙ୍କଠୁ ପୂଜା କରିବା ଶିଖିଲାବେଳେ ହିଁ ସେ ଓଁ ପଦ ଶିଖିଥିଲା କି ଆପେ ତା ମୁହଁରୁ ବାହାରି ଥିଲା କେଜାଣି । ତା ମୁହଁରୁ ଶୁଭୁଥିବା ପଦଟି ଅବଶ୍ୟ ଙ୍ଗୋମ୍ ବା ମୋମ୍ ବି ହୋଇପାରିଥାଏ ।

ବାକି ସମୟଯାକ ବୁଲା ପ୍ରାୟ ଦାଣ୍ଡ ଝରକା ପାଖରେ ବସି ରାସ୍ତାଆଡ଼େ ଅନାଇ କିମ୍ବା ଦଉଡ଼ିଆ ଖଟ ଖଣ୍ଡିକରେ ବସି ଦୁଇଗୋଡ଼ ଝୁଲାଇ ଝୁଲାଇ କଟାଏ । ବେଳେ ବେଳେ ଘଣ୍ଟାଘଣ୍ଟା ଧରି ପଞ୍ଜୁରିର ଶୁଆ ସାଙ୍ଗରେ କଥାଭାଷା ହୁଏ ବା ବିଲେଇ ସାଙ୍ଗରେ ଗେଲ ହୁଏ ।

ବୁଲା ପ୍ରତି ତାଙ୍କ ପରିବାରର ପ୍ରତ୍ୟେକଙ୍କର ହାବଭାବ ବି ଭିନ୍ନ ଭିନ୍ନ । ମାଉସୀ ତାକୁ ସାର୍ଙ୍କ ପରି ଶାସନ କରିପାରନ୍ତି ନାହିଁ । ନିଜ ହାତରେ ଗାଧୋଇ ଦେଇ ଲୁଗା ପିନ୍ଧାଇ ମୁଣ୍ଡ କୁଣ୍ଡାଇ ଦିଅନ୍ତି, ମୁଣ୍ଡ ଗାଲ ଆଉଁସି ମୋ ଧନରେ, ହୁଣ୍ଡାରେ କହି ଗେଲ କରନ୍ତି, କିନ୍ତୁ ବେଳ ପଡ଼ିଲେ ସନ୍ତ୍ରସ୍ତ ହେଇ ରୋଷଘରେ ପଶି କବାଟ କିଳି ଦିଅନ୍ତି, ବେଳେବେଳେ କୁଆଡ଼େ ନ ଯାଇ ପାରି ଛାନିଆରେ ଖାଲି ହାଉଳି ଖାଆନ୍ତି । ସାର୍ କେବେ ବୁଲାକୁ ଗେହ୍ଲା କରିବାର ମୁଁ ଦେଖିନାହିଁ, କିନ୍ତୁ ବାହାରୁ ଫେରି ତା' ଲାଗି କଦଳୀଟାଏ କି ବିସ୍କୁଟଟାଏ ଆଣିଥିଲେ ସେ ଗଦ୍‌ଗଦ୍ ହେଇ ଦାନ୍ତ ନିକୁଟି ସାର୍ଙ୍କ ମୁହଁକୁ ଅନେଇ ରହିଥାଏ । ଆମର ଅତି ପିଲାଦିନେ କୁନା ତା ସାଙ୍ଗେ ଗେଲ ଗୋଳ ହେବାର ପୁଣି ମର୍ମାନ୍ତିକ ମାଡ଼ ଖାଇବାର ମୁଁ ଦେଖିଚି । ଥରେ ଅଧେ ସାର୍ ନିଜେ ଆସି କୁନାକୁ ବୁଲା ହାବୁଡ଼ରୁ ଉଦ୍ଧାର କରିଛନ୍ତି । କିନ୍ତୁ ଟିକେ ବଡ଼ ହେଇଗଲା ପରେ ସେ ବୁଲା ସହିତ କମ୍ ମିଳାମିଶା କରେ, ସତେ କି ତା ଦୃଷ୍ଟିରେ ହିଁ ମୋଟେ ବୁଲା ପଡୁନାହିଁ । ଥରେ ଥରେ କୁନା ପାଖଦେଇ ଚାଲି ଯାଉଥିଲେ ବୁଲା ତା ବାହୁ ମୂଳରୁ ଧରି ଝାଙ୍କିଦେଇ ବଡ଼ ଉତ୍ସାହରେ କିଛି ଗୋଟାଏ କହେ ତା ଭାଷାରେ; କିନ୍ତୁ କୁନାର ମୁହଁରେ କିଛି ହେଲେ ଫୁଟେ ନାହିଁ- ତା ଦୃଷ୍ଟି ବି ଅନ୍ୟଆଡ଼େ ନିର୍ବିକାର ଥାଏ ।

ନିନିର ବ୍ୟବହାର ଆଉ ପ୍ରକାରେ । ବୁଲାର କାମ ସେ କରି ଦିଏ, ତା ଖାଇବା ବାଢ଼ିଦିଏ, ବିଛଣା ପାରିଦିଏ, ଲୁଗା କାଚିଦିଏ ନିର୍ବିବାଦରେ । ତାର ଠାରନାର ବୁଝେ, ହସେ ଉତ୍ତର ଦିଏ । କିନ୍ତୁ ବୁଲାଠାରୁ ନିରାପଦ କେତେହାତ ଦୂରରେ ଥାଏ ସଦାବେଳେ । ନିଜ ତରଫରୁ ବୁଲାକୁ କିଛିଦେଲେ କୁହାବୋଲା କରେ ନାହିଁ ।

ବୁଲାର ପ୍ରକୃତି ଅବଶ୍ୟ ସବୁଦିନେ ସମାନ ନୁହେଁ । ଶାନ୍ତ ଅବସ୍ଥାର ବିରତିଟିଏ ପରେ ତାର ଉତ୍ପାତ ବଢ଼ିବାର ପାଳି ଆସେ ପ୍ରାୟ । ସେତେବେଳେ ତା'ର ଆଉ କୌଣସି ବ୍ୟବହାରରେ କାର୍ଯ୍ୟ କାରଣ ସମ୍ପର୍କ ନଥାଏ । ଦିନେ ହୁଏତ ଛୋଟ ଗୋଟିଏ କାରଣରୁ ତା'ର ପ୍ରଥମେ ରାଗ ଚଢ଼େ । ତା'ପରେ ଆଉ ସେ ରାଗ ଉପଶମ ହୁଏ ନାହିଁ । ଘରଯାକ ଜିନିଷପତ୍ର ଫିଙ୍ଗାଫୋପଡ଼ା କରେ, ରୋଷେଇ ଘରକୁ ପଶିଯାଇ ଭାତ ଡେକ୍‌ଚିକୁ ଗୋଇଠା ମାରିଦିଏ, ଅଗଣାରେ ଶୁଖୁଥିବା ମା'ର ଲୁଗା ଟାଣିଆଣି ଫାଳ ଫାଳ କରି ଚିରିପକାଏ । ଏ ସମୟରେ ସେ ସାର୍ଙ୍କଠୁ ନିୟମିତ ମାଡ଼ଖାଏ,

ସ୍କୁଲ ଗଲାବେଳେ ସେ ମାଉସୀଙ୍କୁ ଆଦେଶ ଦିଅନ୍ତି–ବୁଲା ବୁଝିବା ଭଳି ଠାରନାର ସହିତ– "ଯାକୁ ଆଜି କିଛି ଖାଇବାକୁ ଦିଅନାହିଁ ।" ସେଥିରେ ବିଶେଷ କିଛି ଲାଭ ହୁଏ ନାହିଁ । ସାର୍ ଘରେ ନଥିଲେ ମାଉସୀ ବି ବୁଲାର ରାଗକୁ ବେଶି ଡରନ୍ତି, ତେଣୁ ଦଣ୍ଡ ଦେବା ତାଙ୍କଦେଇ ହୁଏ ନାହିଁ ।

ଏତେବେଳେ ତାଙ୍କ ଘରେ ଆଉ କିଛି ନିତିଦିନିଆ କାମ ସୁରୁଖୁରୁରେ ଚାଲେ ନାହିଁ । ପୂଜା ପର୍ବ ଲାଗି ଯଦି କିଛି ଖଜା ମିଠେଇ ତିଆରି ହୁଏ, ବୁଲା ସବୁ ଏକା ଖାଇଦିଏ, ଜିଦିରେ ଗଉଡ଼ ଆଣିଲା କଞ୍ଚା ଦୁଧତକ ପିଇ ଦିଏ । ସେ ଦିନ ଘରଯାକ ସମସ୍ତେ ନାଲିଚାହା ପିଅନ୍ତି । ମାଉସୀ ଗାଧୋଇ ଯାଇଥିଲାବେଳେ କୁନା ଆଉ ନିନିର ବହିପତ୍ରଯାକ ଆଣି ଚୁଲିରେ ପୂରେଇ ଦିଏ ବା ପାଚେରି ଆରପାଖକୁ ଫୋପାଡ଼ି ଦିଏ । ବେଳେ ବେଳେ ଦାଣ୍ଡକୁ ବାହାରିଯାଇ ଉଦ୍ଦଣ୍ଡ ହୁଏ । ଲୋକଙ୍କୁ ଟେକା ମାରେ, ଖେଙ୍କାରି ଗୋଡ଼ାଏ, ସାଇପଡ଼ିଶା ଲୋକେ ଅତିଷ୍ଠ ହେଇପଡ଼ନ୍ତି । ସାର୍‌ଙ୍କୁ ଉପଦେଶ ଦିଅନ୍ତି, ବୁଝାସୁଝା କରନ୍ତି– "ମାଷ୍ଟ୍ରେ, ଆଜିକାଲି କେତେ ଜାଗାରେ ଡାକ୍ତରଖାନା ସବୁ ଖୋଲିଛି ମୁଣ୍ଡ ରୋଗୀଙ୍କ ପାଇଁ । ଆପଣ ଥରେ ପଠେଇ ଦେଖନ୍ତୁ, କାଳେ କିଛି ଉପକାର ମିଳିବ, ତା ମୁଣ୍ଡ ଟିକିଏ ଥଣ୍ଡା ପଡ଼ିବ ।" ଆଉ କେତେକ ସିଧାସଳଖ କହନ୍ତି "ଦୁନିଆରେ କ'ଣ ପାଗଳ ନାହାନ୍ତି, ଆମେ ମନା କରୁଛୁ ? ତା ବୋଲି ଜଣକ ଲାଗି କ'ଣ ସାହିସାରା ଲୋକ ଆତଙ୍କରେ ରହିବାକୁ ବାଧ ? କିହୋ ପାଗଳଖାନା ସବୁ କୋଉଥିପାଇଁ ତିଆରି ହୋଇଚି ତା ହେଲେ ?" କଳିତକରାଳ ଯାଏ ବି କଥା ଯାଏ– 'ପାଗଳକୁ ରାଞ୍ଚି କି କୁଆଡ଼େ ଗୋଟାଏ ପଠାଅ, ନହେଲେ ତମେ ଯାଅ ଅନ୍ୟପଡ଼ାରେ ଘର ବୁଝ ।'

ଜିଲାର ବଡ଼ ହାକିମ, ପୁଣି ମନ୍ତ୍ରୀ ଯାଏଁ ବି ନାଲିଶ୍ ଯାଇ ପହୁଞ୍ଚିଛି–ନିର୍ଘାତ ଭୟାନକ ପାଗଳଟାଏ ଏମିତି ଖୋଲା ରହି ଜନଜୀବନ ବିପନ୍ନ କରିବ କାହିଁକି ?

କେବଳ ସାହି ଲୋକ ନୁହନ୍ତି, ସମୟ ପଡ଼ିଲେ ସାର୍‌ଙ୍କ ନିଜ ପରିବାର ଭିତରେ ବି ଏଇ ବିଷୟ ନେଇ ବିବାଦ ହୁଏ ।

ଧୂ ଧୂ ଖରାଦିନେ ଯେତେବେଳେ ବୁଲା ଗାଧୁଆ ପାଣି କୁଣ୍ଡରେ ଗୋବର ଗୋଳେଇଦିଏ କି ପରିସ୍ରା କରିଦିଏ, ଏମିତି କି ରାତିଅଧରେ ପଡ଼ିଶା ଘରୁ ପିଇବା ପାଣି ମାଗିବାଯାକେ କଥା ଯାଏ, ଗୋଇଠା ମାରି ମାରି କବାଟ କି ଝରକା ଫାଳେ ଭାଙ୍ଗିପକାଏ, ସାର୍‌ଙ୍କ ଧୋତି ଜାମା ଚିରିପକାଏ କି ନଳା କାଦୁଅରେ ମାଡ଼ିଦିଏ ଯେ ସ୍କୁଲ ସୁଦ୍ଧା ଯାଇ ପାରନ୍ତିନି, ବୁଲାକୁ ସେଦିନ ନିସ୍ତୁକ ବେତମାଡ଼ ଦେବା ପରେ ଝାଲନାଳ ହୋଇ ବସି ପଡ଼ନ୍ତି ସାର୍ । କହନ୍ତି– "ଆଉ ନୁହେଁ ବହୁତ ହେଇଗଲା ।

ଯାକୁ ଏଥରକ ରାଞ୍ଚି ପଠେଇ ଦେବି । ଦେଖିବ ତମେ, ମୁଁ ସତ କହୁଚି, ଆଉ ନୁହେଁ ।"

ମାଉସୀ କାନ୍ଦନ୍ତି । କହନ୍ତି– "କେଡ଼େ କଥା କହୁଚ ତମେ । କର୍ମ ଜାଣି ତ ଠାକୁର ଦେଇଚି, କୁଆଡ଼େ ଆଉ ଜନ୍ମକଲା ପୁଅକୁ ପଠେଇ ଦେବ ସତେ ?"

କୁନା ତା ବାପାଙ୍କ ପକ୍ଷ ନିଏ– "ଠାକୁର ଦେଇଚି ବୋଲି କେତେଦିନ ଆଉ ଏମିତି ସହିବା ମା ? ଆମକୁ ବି ତ ଜୀବନ ଦେଇଚି ସିଏ, ଆମେ ପୁଣି ବଞ୍ଚିବା ନା ନାହିଁ ?"

ଆଉ ପୁଣି ସେମିତି ଯେଉଁଦିନ ଘରସାରା ସଭିଙ୍କୁ ଖାଡ଼ା ଉପାସରେ ରଖିଦିଏ, ନିନିର ଲୁଗାଟାଣେ ଯେ ଅତର୍କରେ ଚିରିଚିରେଇ ସେ ପଳେଇ ଆସେ ଆମଘରକୁ, ମା'ର ଚୁଟି ଘୋଷାରି ନିଏ ଅଗଣାକୁ, ଚୁଲିରୁ କାଢ଼ି ଆଣିଥିବା ଦରପୋଡ଼ା କାଠଫାଳିଆରେ ପାହାର ପକାଏ, ମାଉସୀ ସେଦିନ ବଡ଼ ପାଟିରେ ବାହୁନନ୍ତି– "ହା ଦଇବରେ, କି ଦଣ୍ଡ ଦେଲୁ ମୋତେ ।" ପୁଣି ଲୁହ ପୋଛି ଦମ୍ଭ ଧରିଲେ କହନ୍ତି– "ବେଶ୍, ପଠେଇଦିଅ ତାକୁ ଯୁଆଡ଼େ ତମର ମନ । ଆଉ ମୁଁ ପାରିବିନି । ପୂର୍ବକର୍ମ ଯେତିକି ଭୋଗିଲି ଭୋଗିଲି, ଆଉ ଯାହା ବଳକା ଥିବ ଆରଜନ୍ମକୁ ଦେବ ।"

ସାର୍ ସେତେବେଳକୁ ମୁଣ୍ଡ କୁଣ୍ଡାନ୍ତି । କହନ୍ତି– "ଦେଖିବା, ବ୍ୟସ୍ତ ହୁଅନାହିଁ ।"

କୁନା ମା' ପକ୍ଷ ନେଇ ବାପାଙ୍କୁ ବୁଝାଏ– "ଯାହା କରିବା କଥା ଏକାଥରକେ ମନ ସ୍ଥିର କରି କଲେ ଯାଇ ହେବ ବାପା । ଟାଳି ଯାଉଥିଲେ କୌଣସି କାମ ହେଇପାରିବ ନାହିଁ ।"

କୁନା ଏଇ କଲେଜରେ ପଢ଼ିଲାଦିନୁ ଏମିତି ସାହସ କରି ବାପା ମା'ଙ୍କ ମଝିରେ ପଡ଼ି କଥା କହୁଥିଲା । ସାର୍ ରାଗିଯାଇ କହନ୍ତି– "ତୁ ତ କୁନା ସଭିଙ୍କ ଉପରେ କଥା କହିଲୁଣି ଆଜିକାଲି ।"

କୁନା କିନ୍ତୁ ଆଜିକାଲି ଡରେ ନାହିଁ, ସାରଙ୍କ ଏମିତି କଥାରେ ସୁଦ୍ଧା ଜବାବ୍ ଦିଏ– "ଆଉ କ'ଣ କରିବି ତେବେ ? ଏମିତି ଉପଦ୍ରବ ଭିତରେ ଭଲା କାହାରି ପାଠ ହେଲାଣି ? ମୋ' ଚିନ୍ତା ତ କାହାରି ନାହିଁ ଏ ଘରେ ।"

ଅନନ୍ୟୋପାୟ ହୋଇ ସାର୍ ଅନେକ ସମୟରେ ସାହି ଲୋକଙ୍କୁ ଆଶ୍ୱସନା ଦିଅନ୍ତି, ହାକିମଙ୍କ ପାଖେ ପ୍ରତିଶ୍ରୁତି ଦିଅନ୍ତି– "ମୋ ବୁଢ଼ୀମା ଆଜ୍ଞା ଏବେ ଗାଁରୁ ଆସିଚି । ତା' ଆଗରେ ପଠେଇଦେଲେ କାନ୍ଦିବ । ସେ ଫେରିଯିବ ଆସନ୍ତା ପୁନେଇ ବେଳକୁ, ତା'ପରେ ଆଜ୍ଞା, ନିଶ୍ଚେ ଯିବ ବୁଲା । ହେଉ ପଛେ ମୋ ପୁଅ, ପାଗଳ ତ ଆଉ କାହାରି ନୁହେଁ ।"

ସଞ୍ଜବେଳେ ବାହାରେ ବସି ବଡ଼ ପାଟିରେ କହୁଥାନ୍ତି– "ହରି ନନା, ରାଣ୍ଟିକୁ ଲେଖାପଢ଼ା ହୋଇଗଲା । ଜବାବ ଆସିଗଲାଣି । ଏଥର ଯିବ ସେ । କଲେକ୍ଟର କହିଲେ ସିପାହୀ ଦେବେ ।"

ଧୋତୀ କାନିରେ ଆଖିପୋଛି ପୁଣି କହନ୍ତି– "ତା' ଭାଗ୍ୟ ଘେନି ସେ ବଞ୍ଚିବ, ମୋର ବଳ କେତେ ?"

ସାର୍‌ଙ୍କ ଏସବୁ କଥାରେ କାଣିଚାଏ ମିଛ ନଥାଏ । ହେଲେ କିଛିଦିନରେ କେମିତି କେଜାଣି ସବୁ ଥଣ୍ଡା ପଡ଼ିଯାଏ । ଦିନାକେତେ କ୍ରମାଗତ ବନ୍ଦ ରହିବା ପରେ ଯେତେବେଳେ ଭଗବାନ ସାର୍‌ଙ୍କର ମଝି ଝରକା ଖୋଲେ, ଦେଖାଯାଏ ବୁଲା ତା'ର ନିର୍ବିକାର ଶାନ୍ତ ରୂପ ଧରି ଦାନ୍ତ ନିକୁଟି ବାଟୋଇଙ୍କ ସାଙ୍ଗେ ଏ-ଏ-କଥା ଭାଷା ହେଉଚି । ପଡ଼ୋଶୀ ବାଟୋଇ ବିଚରା ଚାହିଁ ନ ଚାହିଁଲା ପରି ରହେ ସିନା, ତା' ମନ ଭିତର ପ୍ରତିହିଂସାର ନିଆଁଟି ଅପର ପକ୍ଷରୁ ଆଉ ପବନ ନ ପାଇ କ୍ରମେ ଧିମା ପଡ଼ିଯାଏ । ଦିନ କେତେଟାରେ ପାଗଳଖାନାର ଆଲୋଚନା ଆପେ ମାନ୍ଦା ପଡ଼ିଯାଏ ପଡ଼ାରୁ । ସବୁଠୁ ଟାଣୁଆ ଆଲୋଚକ ଦାମ ମହାନ୍ତିଙ୍କୁ ବି ଦୀର୍ଘଶ୍ୱାସ ଛାଡ଼ି କହିବାର ଶୁଣାଯାଏ– "ଛାଡ଼ । ଜନ୍ମ ଯିଏ ଦେଇଚି ସିଏ ଆଉ କ'ଣ ସହଜରେ ମାୟା ଡୋର କାଟିପାରିବ ?"

ହେଲେ ଦିନକୁ ଦିନ କେବଳ ଜଣକର ଆକ୍ରୋଶ କମେ ନାହିଁ, ବଢ଼ିଚାଲେ । କୁନାର ଏଇ ଭାବ ବିଷୟରେ ସାର୍ ଯେତେବେଳେ ଦୁଃଖ କରନ୍ତି– "ନିଜ ମା' ପେଟର ଭାଇର ଦାଉ ଯଦି କିଏ ସହିଯାଇ ନ ପାରିବ, ଆମେ ଆଉ ସାହିଲୋକଙ୍କୁ କ'ଣ କହିବା ?" ମୋତେ ବି ତାଙ୍କ ସହିତ ଦୁଃଖ ଲାଗେ । ମାଉସୀ ଆହୁରି ଧାପେ ବଢ଼ି କହନ୍ତି– "ଆମେ ବୁଢ଼ାବୁଢ଼ୀ ହେଲେ ବି ତ ପୁଣି ଆମକୁ ବୋଝ ବୋଲି କହିବ ।" ନିନି ମୋତେ ଏକୁଟିଆରେ କହେ– "କିଏ କ'ଣ ଜାଣିଶୁଣି ପାଗଳାମୀ କରେ ? କୁନା ଭାଇ ରଗାରୁଷା କରି ସବୁବେଳେ ସେଇ କଥା କହି ବାପା ମା'ଙ୍କ ମନରେ ଆହୁରି କଷ୍ଟ ଦେଉଚି ।" ମୁଁ ନିନି ସହିତ ଏକମତ ହୁଏ । ପୁଣି ଯେତେବେଳେ କୁନା ଓଦା ସରସର ଖାତା ବହି ଲୁଗାରେ ପୋଛି ଶୁଖାଉ ଥାଏ, ଚଉକି ଉପରେ ଚଢ଼ି ଉଚରେ ଛାତ ତଳକୁ ମାରିଥିବା କାଠପଟା ଖଣ୍ଡକରେ ବହିପତ୍ର ସଜାଡୁଥାଏ, କଲେଜରୁ ଡେରିରେ ଫେରି ମା'କୁ ପଚାରେ– "ଆଜିପରା ମଣ୍ଡାପିଠା କରୁଥିଲୁ ମା ?" ଆଉ ମାଉସୀ ମୁହଁ ଶୁଖେଇ ଉତ୍ତର ଦିଅନ୍ତି–"କୋଉଠି ଆଉ ରଖେଇ ଦେଲାରେ ବାପ ? କେହି ଭଲା ଖଣ୍ଡିଏ ଚାଖିଲେ ?" ମୋତେ ବି କୁନା ସହିତ ରାଗ ଲାଗେ ବୁଲା ଉପରେ, ସଭିଙ୍କ ଉପରେ ।

ପିଲାଦିନୁ ସ୍କୁଲର ଅଧେ ପିଲା କୁନାକୁ ଚିହ୍ନନ୍ତି ବୁଲାବାୟାର ଭାଇ ହିସାବରେ ।

ବଜାରକୁ ସଉଦା ପାଇଁ ଯାଇଥାଏ, କିଏ ଜଣେ ବଡ଼ ପାଟିରେ ପଚାରିଦିଏ– "କିରେ କୁନା, ତୋ ଭାଇର ପାଗଳାମୀ ଟିକେ ଥଣ୍ଡା ପଡ଼ିଲା ନା' ଚାଲିଚି ସେମିତି ପାଲା ?" କେବେ ଯଦି ଭୁଲରେ ବୁଲାର ପିଢ଼ାଖଣ୍ଡିକ ନେଇ ବସିଗଲା ଖାଇବାକୁ, ମାଉସୀ ଜିଭ କାମୁଡ଼ି ଟାଣିନେଇ ଯାଆନ୍ତି । ଆଉ ପରୀକ୍ଷା ଦି'ଦିନ ପୂର୍ବରୁ ବୁଲା ଯଦି ତା'ର ବହିପତ୍ର ଗାଧୁଆ କୁଣ୍ଡରେ ବୁଡ଼େଇ ଦେଲା, ସାର୍ ବିରକ୍ତ ହୋଇ ପାଟି କରନ୍ତି– "ନିଜ ବହିପତ୍ରର ଦାୟିତ୍ୱ ନିଜେ ନେଲେ ହୁଅନ୍ତାନି ? ଜାଣିଚୁ ତ ତା' କଥା ।"

ଘର ଏମିତି ସରଗରମ ଥିଲାବେଳେ କୁନାର ମୁହଁ ଯେମିତି ଦିଶେ, ଘରୁ ବାହାରେ କି ଏକୁଟିଆ ଚୁପ୍ ଥିଲାବେଳେ ସେ ମୁହଁ ପୂରାପୁରି ଭିନ୍ନ ଦିଶେ । ଦିନେ ମୁଁ ବହିପତ୍ର ନେଇ ତାଙ୍କ ଆଉଜା କବାଟ ଠେଲି ପଶିଗଲା ବେଳକୁ କୁନା ଟେବୁଲ ପାଖରେ ବସି ପଢୁଥାଏ । ମୁଁ ଭିତରଆଡୁ ଯିବା ପୂର୍ବରୁ ସେ ଟିକିଏ ଇତସ୍ତତଃ ହେଲା ଭଳି କହିଲା– "ଭିତରକୁ ଯା'ନା ଶକୁ । କେହି ନାହାନ୍ତି ଖାଲି ବୁଲା ଅଛି ।" ବୁଝିଲା ବେଳକୁ ସାହିର ସୁବାସିନୀ ଅପା ଶାଶୁଘରୁ ଫେରିଛି ଯେ ମାଉସୀ ଆଉ ନିନି ତାକୁ ଦେଖିବାକୁ ଯାଇଛନ୍ତି । ଆଉ ସାର୍ ବଜାରକୁ । କୁନା ପଟା ଖଟକୁ ଦେଖାଇ କହିଲା– "ବସିଯା ଟିକିଏ ବେଳ, ଆସିଯିବେ ସେମାନେ ।"

କୁନା ମୋ ସହିତ ଖୁବ୍ କମ୍ କଥାବାର୍ତ୍ତା କରେ । ଏମିତି ଏକୁଟିଆ କେବେ ତା' ସହିତ ବସିନାଇଁ, ମୋତେ ସଙ୍କୋଚ ଲାଗୁଥିଲା । ଦିନା କେତେ ତଳେ ମାଉସୀ ସାହିର ଆଉ ଜଣକ ଆଗରେ କହୁଥିଲେ– "ମୋର ତ ଗରିବ ଘର । କ'ଣ ଦେଖି ସେମାନେ ଝିଅ ଦେବେ ବୋଲି ଆଶା କରିବି । ଯଦି ମୋ' ପୁଅର ଭାଗ୍ୟ ଥିବ, ନିଜ ଦି' ଗୋଡ଼ରେ ଠିଆ ହେବ... ।"

କୁନା ଭାବି ଭାବି କେତେବେଳେ ପଚାରିଲା– "ପଢ଼ାପଢ଼ି କେମିତି ଚାଲିଚି ଆଜିକାଲି ?"

ମୋତେ ହସ ମାଡ଼ିଲା । ଖାତା ଉପରେ ଲେଖା ମୋ' ନାଆଁକୁ ପୁଣି ଥରେ ପେନ୍‌ରେ ମଡ଼ାଉ ମଡ଼ାଉ କହିଲି– "ସେମିତି ।"

ପୁଣି କିଛି ବେଳ ଗଲା । କୁନା ବଡ଼ ମଣିଷ ପରି ଗମ୍ଭୀର ସ୍ୱରରେ କହିଲା– "ପରୀକ୍ଷା ତ ଆଉ ଅଳ୍ପଦିନ ରହିଲା ନା ?"

ମୁଁ ମୁଣ୍ଡ ଟୁଙ୍ଗାରି ହୁଁ କଲି । ମୋ ନାଁକୁ ତୃତୀୟଥର ମଡ଼ାଇ ସାରି ଆଉ ଥରେ ଆରମ୍ଭ କରିବାକୁ ଯାଉଥାଏ, କୁନା କହିଲା– "ଆଉ ଏଥର, ଖାତାଟା ଛିଡ଼ିଯିବ ।"

ମୁଁ ଚଟକିନି କୁନା ମୁହଁକୁ ଅନେଇଲି, ଆଉ ଓଠ ଉପରେ ହାତ ଚାପି ହସିପକେଇଲି ଅସମ୍ଭାଳ । କୁନା ବି ହସୁଥିଲା । ଆମେ କେବେ ଏମିତି ଏକାଠି ହସି ନ ଥିଲୁ ।

ମାଉସୀ ଆଉ ନିନି ଆସିବାଯାକେ ଆମେ ଆଉ କିଛି କଥା କହିନୁ । ତା' ଆଗରେ ଖୋଲା ବହିଖାତା ଥାଏ, ମୁଁ ବି କୋଳରେ ବହି ଖଣ୍ଡିଏ ମେଲିଥାଏ ।

ସେଦିନ ରାତିସାରା ଘଡିଁ ଘଡିଁ ନିଦ ଭାଙ୍ଗିଲେ ମୁଁ ଭାବି ହେଉଥାଏ କୁନା କଥା । ଖାଲି ସେଦିନ ନୁହେଁ, ତା' ପରଦିନମାନଙ୍କରେ କେତେଥର ରାତିଅଧରେ ମୋ ନିଦ ଭାଙ୍ଗିଯାଏ, ଭାବେ କୁଆ ଡାକିଲା କି, ସକାଳ ପାହିଲା କି । ରାତି ପାହାନ୍ତାରୁ ଉଠି ମୁଁ ଫୁର୍ତ୍ତିରେ ବାସିକାମ ସାରିଦିଏ, ମା' ନ କହୁଣୁ ରୋଷଘରେ ପାଣି ରଖିଦିଏ ।

କେତେ ଡେରିରେ ସ୍କୁଲ ବେଳ ହୁଏ ! ନିନି ଘରେ ଗୋଡ଼ ଦେବା ମାତ୍ରେ କୁନା ତା' ପଢ଼ା ଟେବୁଲରୁ ଆଖି ଟେକି ମୋତେ ଅନାଏ, କେବେ ଭିତର ବାରଣ୍ଡାରେ ମୁଣ୍ଡ କୁଣ୍ଡାଇଲା ବେଳେ କାନ୍ଥ କଂଟାରେ ଟଙ୍ଗା ଦର୍ପଣ ଭିତରୁ ଅନେଇଥିବା ଆଖି ଦୁଇଟିରେ ମୋ ଦୃଷ୍ଟି ମିଶେ । ପୁଣି ସ୍କୁଲରେ ପିରିଅଡ୍ ପରେ ପିରିଅଡ୍ ବିତି ଯାଉଥିଲା ବେଳେ ମୁଁ ଭାବୁଥାଏ ଛୁଟି ହେବାକୁ ଆଉ କେତେବେଳ ରହିଲା । କୁନା ତା' କଲେଜରେ କ'ଣ କରୁଥିବ । କ'ଣ ଭାବୁଥିବ ? ଭାବୁଥିବ ?

ପରୀକ୍ଷା ପାଖ ହେଇ ଆସିଥାଏ । ଖରାଦିନ । ନିନି ଘର ଅଗଣାରେ ଗାଧୁଆ ଘର ପାଖେ ଦୁଇଚରି ବୁଦା ମଲ୍ଲିଗଛରେ ଫୁଲକଢ଼ ଲଦି ହେଇଥାଏ । ପାଚେରୀ ସେପାଖରୁ ଲମ୍ବି ଆସିଥିବା ବଡ଼ ଆମ୍ବ ଡାଳଟିରୁ ଶୁଖିଲା ବଉଳ ଝଡ଼ି ପଡୁଥାଏ ଚରିଆଡ଼େ, ମୁଣ୍ଡ ବାଳରେ, ଖାତାପତ୍ର ଉପରେ । ସାର୍ ଟିକିଏ ପାଖରୁ ଉଠିଲେ ନିନିର ଆଉ ମୋର ଫୁସ୍‌ଫାସ୍ ଗପ ଆରମ୍ଭ ହୋଇଯାଏ । କୁନା କିନ୍ତୁ ବଡ଼ ନିଷ୍ଠାରେ ଲାଗିଯାଇଥାଏ ତା ବି.ଏ. ପରୀକ୍ଷା ଲାଗି ।

ସେତିକିବେଳେ ବାହାରିଲା ପୁଣି ବୁଲାର ପାଗଳାମୀ । ଏତେ ଉଗ୍ର ରୂପ ତା'ର କେହି କେବେ ଦେଖି ନଥିଲେ । ନାହିଁ ନଥିବା କାଣ୍ଡକାରଖାନା ସବୁ ସେ କଲା ଏଥର । ଜଳନ୍ତା କାଠ ଚୁଲିରୁ କାଢ଼ି ଫୋଡ଼ିଲା ଯେ ପଡ଼ିଶାଘରୁ ହଇଗୋଳ ଶୁଭିଲା । ଅଗଣା ପଛକାନ୍ଥର କବାଟଟାକୁ ଭାଙ୍ଗି ଦେଲା ଯେ, ତା ଡରରେ ଆଉ ବଢ଼େଇ ସୁଦ୍ଧା ଆସିବାକୁ ମଙ୍ଗିଲେନି । ବାସ୍, ତା'ପରେ ବୁଲା ଇଚ୍ଛାମତେ ବାହାରି ଯାଇ ଆଖପାଖ ଅଞ୍ଚଳ ପରିକ୍ରମା କଲା । ଗୋଟିଏ ସାଇକେଲ୍ ଚଢ଼ାଳୀ ଆଡ଼େ କୁରାଢ଼ୀଟା ଫୋପାଡ଼ିଲା ଯେ ଅଳ୍ପକେ ବଞ୍ଚିଗଲା ଲୋକଟି । ବୁଲା ଭୟରେ ସାହିଲୋକେ ଦିନବେଳେ ଘରୁ ବାହାରିବାକୁ ଡରିଲେ । ସାର୍‌ଙ୍କ ପାଖେ ହଜାର ଅଭିଯୋଗ, ଅନୁନୟ, ଧମକ ଆସି ପହଞ୍ଚିଲା ଦିନରାତି । ସେ ସ୍କୁଲରୁ ଛୁଟି ନେଇ ବେତଧରି ବୁଲାକୁ ଘରେ ଜଗି ବସିଲେ, ଭିତରେ ତାଲା ଦେଇ ରଖିଲେ, ଛାଟ ମାରି

ଲହୁଲୁହାଣ କରିଦେଲେ । ସାର୍‌ଙ୍କ ଆଖିରୁ ଟିକିଏ ଅନ୍ତର ହେଲେ ଯେଉଁ କଥାକୁ ସେଇକଥା ।

ନିନି ପ୍ରାୟ ଆମଘରେ ରହୁଥାଏ । ଦିହେଁ ଏକାଠି ପୁଣି ତାଙ୍କ ଘରକୁ ଯାଉ । ସେଦିନ ସଞ୍ଜବେଳେ ଖଟ ଉପରେ ମୁଣ୍ଡରେ ହାତ ଦେଇ ବସିଥାନ୍ତି ସାର୍ । ସାରାଦିନ ଉତ୍ପାତ ପରେ, ସାର୍‌ଙ୍କ ବେତରେ ଦେହଯାକ ନୋଳା ଫାଟିଗଲା ପରେ ପୁଣି ସୁଧାର ପିଲାଟିଏ ପରି ଥାଳିପାଖେ ବସି ମହାଗ୍ରାସ ପକେଇ ଦେଇ ବୁଲା ଶୋଇ ଯାଇଥାଏ । ମାଉସୀ ରାତି ରନ୍ଧାଲାଗି ପରିବା କାଟୁଥାନ୍ତି । ସାର୍ କହିଲେ– "ଏଥର ବୁଲାକୁ ପଠେଇ ଦବାକୁ ହେବ । ଆଉ ମୋତେ ବୁଦ୍ଧି ଦିଶୁନି । ତାକୁ ସାଙ୍ଗରେ ନେଇ ରହିଲେ କୌଣସି ଜାଗାରେ ମଣିଷ ଆମକୁ ରଖେଇ ଦେବେନି ।"

ଖୋଲା ଅଗଣାରେ ଦଉଡ଼ିଆ ଖଟଟି ଉପରେ ନିଶ୍ଚିନ୍ତ ଶୋଇ ପଡ଼ିଥିବା ପୁଅର ମୁହଁକୁ ଅନେଇ ମାଉସୀ ରହିଗଲେ । ନିଃଶ୍ୱାସ ଛାଡ଼ି କହିଲେ, "କିଏ ତାକୁ ପେଟ ପୂରେଇ ଗଣ୍ଡେ ଖାଇବାକୁ ଦେବ ସେଠି ? ଅଝଟ ହେଲେ କିଏ ବୁଝେଇ ସୁଝେଇ ଗାଧୋଇ ଦେବ, ମୁଣ୍ଡ କୁଣ୍ଡେଇ ଦେବ ?"

ସାର୍ ମୁଣ୍ଡ ପୋତିଲେ । କିନ୍ତୁ ଟିକିଏ ବେଳ ରହି ମୁଣ୍ଡ ଟେକି ଧୀର ସ୍ୱରରେ କହିଲେ– "ସେଠି ଲୋକ ଥାଆନ୍ତି ସବୁ କାମପାଇଁ । ଏତେ ବ୍ୟସ୍ତ ହୁଅ ନାହିଁ ।"

ପରଦିନ ସକାଳୁ ମୁଁ ପହଞ୍ଚିଲା ବେଳକୁ ମାଉସୀ ଅନ୍ୟରୂପ ଧରିଥାନ୍ତି । କିଛି ସମୟ ଆଗରୁ ଜୋର୍‌ରେ କାନ୍ଦିଥାନ୍ତି ବୋଧେ, ହିକା ଉଠୁଥାଏ । ମୁଣ୍ଡ ମଝିରେ ମାଡ଼ ବାଜିଥାଏ, ରକ୍ତ ଜମି ଶୁଖି ଯାଇଥାଏ, କାନ ଗାଲ ଉପରକୁ ପଛପାଖେ ଲୁଗା ଉପରକୁ ଗଡ଼ି ଆସିଥିବା ରକ୍ତଧାର ବି କଳା ଦିଶୁଥାଏ । କୁନା ବି ବିପର୍ଯ୍ୟସ୍ତ ଦିଶୁଥାଏ, ସାର୍ଟ ଚିରି ଯାଇଥାଏ, ବାହୁରେ ନୀଳ ମାଡ଼ ଦାଗ, ଗାଲରେ ଆମ୍ପୁଡ଼ା ଚିହ୍ନ । ବୁଲାକୁ ଭିତର ଘରେ କୌଣସି ମତେ ବନ୍ଦ କରାଯାଇ ସାରିଥାଏ । ବଡ଼ ପାଟିରେ କହୁଥାନ୍ତି ମାଉସୀ– "ଆଉ ପାରିବି ନାହିଁ । ଦିଅ ପଠେଇଦିଅ ତାକୁ ପାଗଳ ଗାରଦ । ଆୟୁଷ ଥିଲେ ଖାଇପିଇ ବଞ୍ଚି ରହିବ, ନହେଲେ ଭୋକ ଶୋଷରେ । ଘରସାରା ସଭିଙ୍କୁ ନିପାତ କରିଦେବ ସେ ନଇଲେ, ଜଣକୁ ରଖିବ ନାଇଁ । ଯାଉ ସେ, ଆଜି ଲେଖ ତମେ ।"

କେତେଦିନ ପରେ ସ୍କୁଲ ବାଟରେ ନିନି ମୋତେ କହିଲା, ବୁଲାକୁ ପଠାଯିବାର ସବୁ ବନ୍ଦୋବସ୍ତ ହେଇଗଲା ବୋଲି । ଯେତେ ଆଲୋଚନା ହେଲେ ବି ପ୍ରକୃତରେ କଥାଟା ଏଯାଏଁ ପହଞ୍ଚି ପାରିବ ବୋଲି ମୋର ବିଶ୍ୱାସ ନ ଥିଲା । ପଚାରିଲା– "ମାଉସୀ ରାଜି ହେଲେ ?"

ନିନି ମୁଣ୍ଡ ଟୁଙ୍ଗାରିଲା । କହିଲା– "କୁନାଭାଇ ତ ଚିଠିପତ୍ର ଲେଖାଲେଖି କଲା । ବାପାଙ୍କୁ ରାଜି କରାଇଲା । ପୋଲିସ ସାଙ୍ଗରେ ଯିବ, ବନ୍ଦୋବସ୍ତ ହେଇଚି ।"

ସେଦିନ ରାତିରେ ମୋତେ ଆମ ଘରକୁ ଛାଡ଼ିବାକୁ ଯିବା ବାଟରେ କୁନା ବି କହିଲା– "ବୁଲାଭାଇର ଯିବା ବନ୍ଦୋବସ୍ତ ହୋଇଗଲା ସବୁ ।"

ଉତ୍ତର ଦେଲି– "ଜାଣିଚି । ନିନି କହୁଥିଲା ।"

ଟିକିଏ ବେଳ ଚୁପ୍ ରହି କୁନା କହିଲା– "ନିନି ନିଶ୍ଚେ କହିଥିବ, ମୁଁ ହିଁ ଜିଦି କରି ଆପେ ସବୁ ଠିକ୍‌ଠାକ୍ କରିଚି ବୋଲି ।"

ମୁଁ ଡରି ଡରି କହିଲି– "କିଏ ତ ପୁଣି କରନ୍ତା । ବାପା ମା'ଙ୍କର ପୁଅଲାଗି ସ୍ନେହ ରହିବ ନିଶ୍ଚେ, ସେଥିଲାଗି..."

ମୋତେ କଥା ମଝିରୁ କାଟି କୁନା କହିଲା– "ହେଲେ ମୁଁ ବୁଝିପାରୁ ନାଇଁ ତାକୁ, ବାପା ମା'ଙ୍କର ଇଏ କି ସ୍ନେହ ? ପୁଅକୁ ଭଲ ପାଇବା ଉଚିତ, ତା' ବୋଲି କ'ଣ ସ୍ନେହ ଉପରେ ମଣିଷର ଅକ୍ତିଆର୍ ନଥାଏ ?"

ମୁଁ ବଲ ବଲ କରି କୁନା ମୁହଁକୁ ଅନେଇଲି । ତା' ଦୃଷ୍ଟି ଅନ୍ୟଆଡ଼େ ଥାଏ, ମନ ବି ।

ତା'ପର କେଇଦିନ ଭଗବାନ ସାର୍‌ଙ୍କ ଘରେ ଅଦ୍ଭୁତ ଋପା ଉଚ୍ଚାଟ । କୁନା ଆପେ ବଜାର ଯାଇ ବୁଲା ଲାଗି କନା କିଣି ଦରଜୀକୁ ଦେଇ ଆସିଲା । ଆଗଭଳି ଶସ୍ତା କନାର ଫତେଇ ହାଫ୍‌ପେଣ୍ଟ୍ ନୁହେଁ, ବୁଲା ଏଥର ଭଲ ପାଇଜାମା କାମିଜ ପିନ୍ଧିବ । ପୁରୁଣା ଟିଣ ବାକ୍‌ସଟିଏରେ ରଙ୍ଗ ଲଗାହେଲା । ମାଉସୀ ନିତି ସକାଳ ସନ୍ଧ୍ୟା ଭଲମନ୍ଦ ରାନ୍ଧି ବୁଲାକୁ ବାଢ଼ି ଦେଉଥାନ୍ତି । ସାର୍ ସଞ୍ଜବେଳେ ଆଉ ବଜାର ଆଡ଼େ ଯାଆନ୍ତି ନାହିଁ କି ଆମକୁ ପାଠ ପଢ଼ାନ୍ତି ନାହିଁ, ଘର ଭିତରେ ଥାଆନ୍ତି ଏଣୁତେଣୁ କାମ ଆଳରେ । ଖବରକାଗଜ ଖଣ୍ଡକର ଗୋଟିଏ ପୃଷ୍ଠାକୁ ଅନେକ ବେଳ ଅନେଇଲା ପରେ ଥୋଇଦେଇ କପାଳରୁ ଝାଳ ପୋଛି କହନ୍ତି–"ବୁଝିଲ, ସେଠି ଅନେକ ଥିବେ ତା'ରି ଭଳି । ଏଠି ଏକୁଟିଆ ହେଉଚି ବୋଲି ଉତ୍ପାତ କରୁଚି; ସେଠି ମିଳିମିଶି ରହିଲେ ତାକୁ ଭଲ ଲାଗିବ ।"

ବୁଲାର ଉତ୍ପାତ ଟିକିଏ କମିଥାଏ । ଘରେ ନୂଆ ରକମର ଆବହାୱା ବ୍ୟସ୍ତତା ସେ ବାରି ପାରିଥାଏ କି କ'ଣ । ମା' ତାକୁ ନୂଆ ଜାମା ପିନ୍ଧାଇ ଦେଲାରୁ ବଡ଼ ଖୁସି ହେଲା, ନିଜ ଦେହକୁ ଆଉଁସି ସଭିଙ୍କ ପାଖକୁ ଗୋଟି ଗୋଟି କରି ଯାଇ ଦେଖାଇଲା ।

ସାର୍ କହୁଥାନ୍ତି– "ଦେହପା ଲାଗି ସେଠି ଡାକ୍ତର ମହଜୁଦ ଅଛନ୍ତି, ବୁଝିଲ । ଚିନ୍ତା କରିବାକୁ କିଛି ନାହିଁ ।"

ମାଉସୀ ନୂଆ ଗଦର ତଉଲିଆ ବାକ୍ସରେ ରଖୁ ରଖୁ କହନ୍ତି– "ହଁ" ।

ସାର୍ ପୁଣି କହନ୍ତି–"ଖେଳିବା ଲାଗି ପଡ଼ିଆ ଅଛି କାଳେ, ନାନାଦି ସରଞ୍ଜାମ ଅଛି ।"

ମାଉସୀ ପିଠି ପାଖୁ ମୁହଁ ବୁଲାଇ କାନ୍ଦନ୍ତି । ସାର୍ ଆଶ୍ୱସନା ଦିଅନ୍ତି–"ଧୈର୍ଯ୍ୟ ଧର, ଉପରେ ଠାକୁର ଅଛନ୍ତି । ମୁଁ ସାଙ୍ଗରେ ଯିବି, ସବୁ ନିଜେ ଦେଖିରହିଁ ବନ୍ଦୋବସ୍ତ କରି ଆସିବି ।"

ବୁଲାର ଯିବାଦିନ ଆସିଲା । ସକାଳୁ ମାଉସୀ ରୋଷେଇ ଘରେ ଖଡ୍‌ଖାଡ଼ରେ ଲାଗିଥାନ୍ତି, ବାହାରି ଆସି ବୁଲା ପାଖକୁ ଟିକିଏ ଆସୁଥାନ୍ତି, ପୁଣି କୋହ ସମ୍ଭଳା ପଡୁନଥାଏ, ଲେଉଟି ଯାଉଥାନ୍ତି । କୁନା ରଙ୍ଗଲଗା ଟ୍ରଙ୍କ ଖଣ୍ଡିକ ଆଣି ଦାଣ୍ଡଘରେ ରଖିଲା । ତା ମୁହଁ ଆଜି ଆଶ୍ୱସ୍ତ ପରିବର୍ତ୍ତେ କେମିତି ଉଦାସ ଦିଶୁଥାଏ । ବୁଲା ପ୍ରତି ବୈରୀଭାବ ସତେକି ଦିନକରେ ଉଭେଇ ଯାଇଥାଏ । ବୁଲାର ଜିନିଷପତ୍ର ରଖାରଖି, ଖିଆପିଆ ସବୁକଥା ଆଜି ସେ ବୁଝୁଥାଏ ।

ମାଉସୀ ରୋଷେଇଘର ଦୁଆର ମୁହଁରୁ ପଚାରିଲେ– "ଚୁଡ଼ା ଗୁଡ଼ ଟିକିଏ ବାନ୍ଧିଦେବି ଭାବିଥିଲି ଯେ, ସେମାନେ ଧୁଆଧୋଇ କରି ଚକଟି ଦେବେ ତାକୁ ଖାଇବାକୁ ?"

ସାର୍‌ଙ୍କ ଗାମୁଛା ବିଞ୍ଚୁଥିବା ହାତ ରହିଗଲା, ଆଖି ବି ସେମିତି ଚଟାଣରେ ସ୍ଥିର । ବୁଲା ବିଲେଇ ସାଙ୍ଗରେ ଖେଳୁଥାଏ ।

ବାହାରେ ଗାଡ଼ି ରହିଲା । ଡାକ୍ତର ଆସିଚନ୍ତି, ନିଦ ଓଷଦ ଦେବେ ବାଟଲାଗି । ସାଙ୍ଗରେ ସିପେଇ ବି ଯିବ ।

ସାଇପଡ଼ିଶାରୁ କେତେଜଣ ବନ୍ଧୁ ବି ଆସି ଠିଆ ହେଇଛନ୍ତି ।

ସମସ୍ତେ ଉଦ୍‌ବିଗ୍ନ । ମାଉସୀ ପୂଜାଘରୁ ବାହାରିଲେ, ଆଖି ଫୁଲି ଲାଲ୍ ଦିଶୁଚି । ଖିଆପିଆ ସରିଥିଲା । ସାର୍ ତିଆର ହେଇ ସାରିଥିଲେ । ପଚାରିଲେ–"କ'ଣ ହେଲା, ବାହାରିବା ଏଥର ?"

ମାଉସୀ ପଚାରିଲେ–"ତା' ଦିହପା ନେଇ କେତେଦିନରେ ସେମାନେ ଆମକୁ ଚିଠି ଦେଉଥିବେ ?"

ସାର୍ କହିଲେ– "ପଚାରି ବୁଝିବି, କାଇଁ ଏମିତି ହେଉଚ ତମେ ?"

ମାଉସୀ ପଚାରିଲେ– "ଆମ ଚିଠି ପଢ଼ି ତାକୁ କିଏ ବୁଝେଇଦେବ ? ମୁଁ କଅଣ କରିବି ?"

ସାର୍ ବଡ଼ ଥକା ଦିଶୁଥାନ୍ତି । ବେକ ମୁହଁ ପୋଛି ଉଠିଲେ କହିଲେ–"ଯାଏ ଦେଖିଆସେ, ଗାଡ଼ିଟାରେ ସେମାନେ ବସିଚନ୍ତି ।"

ଦାଣ୍ଡଆଡୁ ସାର୍ ଫେରିଲା ବେଳକୁ ଏଣେ ମାଉସୀ ଭୋ ଭୋ ଡକାପାରି କାନ୍ଦୁ ଥାଆନ୍ତି । ଆମେ ସମସ୍ତେ ଭକୁଆ ପରି ଠିଆ ହୋଇଥାଉ ଆଖି ନାକ ପୋଛୁଥାଉ । କୁନା ମା' ପିଠିରେ ହାତଦେଇ ଧୈର୍ଯ୍ୟ ଦେବାକୁ ଚେଷ୍ଟା କରୁଥାଏ । ତା ମୁହଁଟା ଆଶ୍ଚର୍ଯ୍ୟ ଭାବେ କରୁଣ ଦେଖା ଯାଉଥାଏ, ମୁହଁ ତଳକୁ ପୋତିଥାଏ ସତେକି ତାକୁ ହିଁ ଦୋଷୀକରି କିଏ ଦଣ୍ଡ ଦେବାକୁ ଯାଉଚି ।

ସାର୍ କ'ଣ କହୁଥିଲେ ଶୁଣାଗଲା ନାହିଁ, ମାଉସୀ ସେହି ସାଙ୍ଗରେ କାନ୍ଦି କହୁଥିଲେ– "ବିଷ ଟିକିଏ ଆଣିଦିଅ, ଖୋଇଦିଏଁ ତାକୁ ନିଜ ହାତରେ, ମରିଯାଉ । ମରିଯାଉ ସେ ମୋ' ଆଖି ଆଗରେ ।"

ସାର୍ ସେଇଠି ବସିପଡ଼ିଲେ ଖଟ ଉପରେ, ମୁଣ୍ଡଟି ନଇଁ ପଡ଼ିଥିଲା ଆଗକୁ ମେରୁଦଣ୍ଡ ତା ଭାର ସମ୍ଭାଳି ନ ପାରିଲା ପରି । ମୋ ବାପା ସାର୍‌ଙ୍କୁ ଭରସା ଦେଲେ, କହିଲେ– "ହେବ ସେମିତି, ଟିକିଏ ସବୁର କରିଯାନ୍ତୁ । ପରେ ସବୁ ଠିକ୍ ହେଇଯିବ ।"

ବାହାରେ ଗାଡ଼ି ହର୍ଣ୍ଣ ଦେଲା । ସାର୍ ଉଠି ମୁଣ୍ଡବାଳ ହାତରେ ସାଉଁଳିଲେ । ଆଉଜା କବାଟ ଖୋଲି ଦୁଆର ବନ୍ଧ ଧରି ଠିଆ ହେଲେ । ପୁଲିସ୍‌ବାଲା ଗାଡ଼ି କବାଟ ପାଖେ ଠିଆହୋଇ ହାତ ଘଡ଼ିକୁ ଅନାଉଥାଏ । ସାର୍ କହିଲେ; "ପୁଅକୁ ଆଜ୍ଞା ରାତିରୁ ଜର ଥିଲା । ଏବେ ଦେଖିଲାବେଳକୁ ଖଇଫୁଟୁଚି ଦେହରେ । ଆଜି ଯିବା ଅସମ୍ଭବ । ଆଉ ଦିନାକେତେ ଯାଉ ପୁଣି ଯିବା ଠିକ୍ କରିବା, ମୁଁ ଯାଇ ଖବର ଦେବି ଆପଣଙ୍କୁ ।"

ବାହାରେ ଗାଡ଼ି ଚାଲିଯିବାର ଶୁଭିଲା ।

ଭିତରେ ବୁଲା ଧାଇଁ ପଳାଉଥିବା ବିଳେଇ ଆଡ଼କୁ କାନ୍ଥକଣ୍ଟାରେ ଟଙ୍ଗା ଦର୍ପଣ ଖଣ୍ଡିକ ଫୋପାଡ଼ି ଦେଲା ଯେ ଝଣ୍‌ଝାଣ୍ ଭାଙ୍ଗିଗଲା କାଚଯାକ ।

ପରଦିନ ସାଇପଡ଼ିଶା ସମସ୍ତେ ଖବର ଜାଣିଯାଇଥିଲେ ଯେ ଭଗବାନ ମାଷ୍ଟ୍ରଙ୍କ ପୁଅ ଘରଛାଡ଼ି କୁଆଡ଼େ ଚାଲିଯାଇଚି । ସମସ୍ତେ ରାତିରେ ଶୋଇଥିଲାବେଳେ କୁନା ବାହାରି ଯାଇଥିଲା କାହାକୁ କିଛି ନ କହି । ମାଉସୀଙ୍କ ହାତବାକ୍‌ସରୁ ପଚିଶି ଟଙ୍କା ଆଉ ନୂଆ ରଙ୍ଗକରା ଟିଣ ବାକ୍‌ସଟି ସାଙ୍ଗରେ ନେଇଯାଇଥିଲା ।

ନିନିର ସ୍କୁଲ ବନ୍ଦ ହେଲା । ପର ଫଗୁଣରେ ମୁଁ ବାହାହେଇ ଆସିଲାବେଳକୁ ତା ସାଙ୍ଗରେ ଶେଷ ଦେଖା, ସେତେବେଳେ ବୁଲା ଝରକା ଭିତରୁ ହାତ ଗଳେଇ ଖାତା ଖଣ୍ଡିକରୁ ପୃଷ୍ଠାଏ ଲେଖା ଚିରି ବାହାରକୁ ଫୋପାଡୁଥାଏ, ଦୂର ଆକାଶରେ ପହଁରୁଥିବା ଗୁଡ଼ିଟିଏ ଆଡ଼କୁ ଅନେଇ ଅନେଇ ।

ଜହ୍ନରାତି

ମଞ୍ଜୁଶ୍ରୀ ଅତି ସରାଗରେ, ପ୍ରାଣ-ସଖୀ ପରି ବିଶ୍ୱାସରେ, ସ୍ୱାମୀ ଆଗରେ ନିଜ ବିବାହ-ପୂର୍ବ ଜୀବନର ପ୍ରେମ କାହାଣୀ ଶୁଣାଇ ବସିବା ଘଟଣା ଏ ପ୍ରଥମ ନୁହେଁ । ପ୍ରତିଥର ତାର ସବୁ ସାବଧାନତା ସତ୍ତ୍ୱେ ଏମିତି ହିଁ ଘଟେ । ଏମିତି ସୁନିଶ୍ଚିତ ମପାଚୁପା ପାଦରେ ଅଘଟଣଟି ଆସେ ଯେ ପ୍ରତି ପଦକ୍ଷେପରେ ଅବାଞ୍ଛିତ କଥାଟିଏ ଘଟୁଛି ବୋଲି ବୁଝିବି ମଞ୍ଜୁଶ୍ରୀ କିଛି ହିଁ ପ୍ରତିକାର କରି ପାରେ ନାହିଁ । ପ୍ରତିରୋଧ କରିବାର ଅଭିଜ୍ଞ ମନ ଆଉ ଇଚ୍ଛାଶକ୍ତି ମଧ୍ୟ, ତାର କୁଆଡ଼େ ହଜିଯାଇଥାଏ । ଅକାତରରେ ସେ ଦେଇଦିଏ, ଯେତିକି ଅବଦାନ ତାର ଘଟଣାଟିକୁ ଦିଆଯିବା କଥା ।

ଆଜି ପୁଣି ଲମ୍ୱା ସମୟ କଟୁ ନ ଥିବା ଦି'ପହରଟାରେ କୁନି ଝିଅର ଜାମାରେ ଫୁଲ ପକାଉ ପକାଉ ମଞ୍ଜୁଶ୍ରୀ ଅନେକବେଳୁ ସେଇକଥାଟାକୁ ଭାବି ହେଉଥାଏ । ଥଣ୍ଡା ମନରେ ଆପଣାକୁ ସତେ କି ବୁଝିବା ଲାଗି ଚେଷ୍ଟା କରୁଥାଏ । ଆଉ ଫନ୍ଦି ହୋଇଯାଇଥିବା ମେଞ୍ଚାଏ ସୂତାକୁ ସିଧା କରିବାକୁ ଚେଷ୍ଟା କଲାଭଳି ମନେ ପକାଉଥାଏ– ତାପରେ ଠିକ୍ କୋଉ କୋଉ ଗଳି ବାଟେ କଥା ବୁଲି, କୋଉ ମୋଡ଼ ବାଙ୍କ ଖାଇ, ଶେଷରେ ନିଷିଦ୍ଧ ବିଷୟଠିଁ ଲାଗିଲା କେଜାଣି ?

ଗତକାଲିର କଥା– ଅଧ ରାତି ହେବ, ଝିଅର ମୁତକନ୍ଥା ବଦଳେଇବାକୁ

ମଞ୍ଜୁଶ୍ରୀ ଉଠିଥିଲା । ନିଦ ମଳ ମଳ ଆଖିରେ ଦେଖିଲା ବେଳକୁ ଶେଯସାରା ଜହ୍ନ ପଡ଼ିଚି । ଗତ ସନ୍ଧ୍ୟାରେ ପବନ ଆସିବ ବୋଲି ଝର୍କା ପର୍ଦ୍ଦା ଟେକି ରେଲିଂ ଦେହରେ ଗୁଞ୍ଜି ଦିଆଯାଇଥିଲା, ଏ ଯାଏଁ ସେମିତି ଟେକା ହୋଇ ରହିଚି । ଖୋଲା ଝର୍କା ଦେଇ ଆକାଶ ଦିଶୁଥାଏ । ସେଥିରେ ଜହ୍ନ, ମେଘ, ଓ ରାସ୍ତା ଆର ପାଖ ଲମ୍ବା ଇଉକାଲିପଟ୍‌ସ୍ ଗଛଟା– ସତେ କି ତା କଲେଜ ଡ୍ରାମାରେ ପ୍ରେମ-ସିନ୍‌ର ବ୍ୟାକ୍‌ଡ୍ରପ୍ ।

ବାସ୍ ସେତିକି । ସେଇ ମନେ ପକେଇ ଦେଉଥିବା ଦୃଶ୍ୟଟା ତାକୁ କଥା କୁହେଇବାକୁ ଏଡ଼େ ଅସ୍ତବ୍ୟସ୍ତ କରିପକେଇଲା ଯେ, ସେ ଭୁଲିଗଲା ଆଜି ରବିବାରଟାରେ ମାଂସ ତରକାରୀ ତଳି ଲାଗି ଯାଇଥିବାର ଲାଜ କଥା, ପାଖ ଖଟରେ ନିଦରେ ବିଳିବିଳଉଥିବା ପୁଅକୁ କାଲି ସକାଳ ସାଢ଼େ ସାତଟାରେ ରେଡ଼ି କରି ଟାଇ-ଜୋତା-କାକ୍‌ସ-ଟିଫିନ୍ ଡବା ସହିତ ସ୍କୁଲ୍ ବସ୍‌ରେ ବସାଇବାକୁ ଥିବା କଥା; ଏମିତି କି ପାଖରେ ଶୋଇଥିବା ବିଜୟର ଏଇ ପାଞ୍ଚବର୍ଷ ଭିତରେ ଟିକିଏ ମୋଟେଇ ଯାଇ ବେଶି ଦମ୍ଭିଲା ଦିଶୁଥିବା ଚେହେରା କଥା ।

ତେଣୁ ସେ କିଛି ଦିଶୁ ନଥିବା ଅନ୍ଧାର କୋଠରୀଟିରେ ପାଖରେ ଶୋଇଥିବା ସଙ୍ଗୀଟିର ଦେହ ପାଖକୁ ଲାଗି ଆଉଜି ବସିଲା, ଆଉ ତା କାନ ବେକମୂଳେ ଆଙ୍ଗୁଳି ସଲସଲ କରି ତାକୁ ନିଦରୁ ଉଠେଇଲା । ତା ଇଚ୍ଛାମତେ କଡ଼ ଲେଉଟାଇ ତାଆରି ଆଡ଼କୁ ମୁହଁ କରିଥିବା ବିଜୟକୁ କହିଲା– "କେଡ଼େ ନିଦରେ ଶୋଇଚ ମ ? କେଡ଼େ ଜହ୍ନ ପଡ଼ିଚି ଦେଖିଲଣି ?"

ତାପରେ ବିଜୟର ନିଦ ଭାଙ୍ଗିବାକୁ ଓ କ୍ରମେ ଦୁହେଁ ପୁରୁଣା ଦିନର ସ୍ମୃତି ରୋମନ୍ଥନ କରିବାକୁ ବେଶି ଡେରି ଲାଗି ନ ଥିଲା । ମଞ୍ଜୁ କହି ଆଶ୍ଚର୍ଯ୍ୟ ହେଉଥିଲା କେମିତି ତା ସାଙ୍ଗ ଝିଅ ଦଳଟା ଜହ୍ନରାତିରେ ଛାତ ଉପରେ ଗୀତ ଗାଇ ଗାଇ ରାତି ପାହାନ୍ତା କରିଦିଅନ୍ତି । ଆଉ ବିଜୟ କହିଲା ପଢ଼ିଆରେ ଟୋକା ଦଳଙ୍କ ସାଙ୍ଗେ ସାରା ରାତି ଗୁଲି ଗପ କଥା, ଅଧରାତିରେ କ୍ୟାମ୍ପସର ରାସ୍ତା ରାସ୍ତା ବୁଲି ଝିଅଙ୍କ ବିଷୟରେ ଆଲୋଚନା କଥା । ଆଉ ଶେଷରେ ନିନ୍ଦୁଆ ଗଳାରେ ଯୋଡ଼ିଲା– "ଆଃ ସେତେବେଳେ ପାଖେ ପାଖେ ଟୋକା ଦଳଟା ନ ଥାଇ ଯଦି ତମେ ଥାଆନ୍ତ ନା ମଞ୍ଜୁ!"

ମଞ୍ଜୁଶ୍ରୀ ଜାଣି ଶୁଣି ଫୁଲେଇ ଗଳାରେ କହିଲା– "କାଇଁ, ମୁଁ ପାଖକୁ ଆସିଗଲା ପରେ କଣ ଗନ୍ଧେଇଲି ?"

ବିଜୟର ସାଧାସିଧା ବେପରବାଏ ଉତ୍ତର– "ନାଇଁ ଯେ, ବାହା ହେଲାରୁ ସିନା ପାଖକୁ ଆସିଲ, ହେଲେ ଆଉ ଜହ୍ନ ତଳେ ପଢ଼ିଆରେ ବୁଲିବାକୁ ଚାନ୍‌ସ ମିଳିଲା କେଉଁଠି ?"

ଅଜବ ସତକଥା । କିଛି ଗଭୀର ଦୁଃଖ କି ଅନୁଶୋଚନାର ନୁହେଁ, ଅଥଚ ହାଲୁକା ହସରେ ଉଡ଼େଇ ଦେଇ ହୁଏ ନାହିଁ ।

ବିଜୟ ଓ ମଞ୍ଜୁଶ୍ରୀ, ଦୁହିଁଙ୍କ ଜୀବନରେ ଏ ଯାଏ ବାସ୍ତବରେ ବୋଧହୁଏ ସେମିତି କିଛି ଘଟିନି– ଗଭୀର ଦୁଃଖ ବା ହତାଶା ପାଇଲା ଭଳି । ସଞ୍ଜବେଳେ ଦିନେ ଦିନେ ଘରେ ତାସ୍ ଖେଳ ଜମିଥିଲାବେଳେ ମଞ୍ଜୁଶ୍ରୀ ଯେତେବେଳେ ଗରମ ପକୁଡ଼ିର ପ୍ଲେଟ୍ ନେଇ ପହଞ୍ଚେ, ବିଜୟ ତାସ୍ ବାଣ୍ଟୁ ବାଣ୍ଟୁ ତା ଉପରେ ଗର୍ବୋତ୍‌ଫୁଲ୍ଲ ହସଟିଏ ପକାଇ କହେ– "ଓଃ ଗଡ୍ ! ଏରେଞ୍ଜଡ୍ ମ୍ୟାରେଜ୍‌ରେ ଲୋକ କେମିତି ଏଡ୍‌ଜଷ୍ଟ କରନ୍ତି କେଜାଣି, ଆଜିକାଲି ଯୁଗରେ । ମୁଁ ଆଉ ମଞ୍ଜୁ, ଆମେ ପରସ୍ପରର ଚଏସ୍ ।"

ବିଜୟ ସଙ୍ଗେ ମଞ୍ଜୁଶ୍ରୀର ପରିଚୟ ହେଲାଦିନୁଁ ଦୁହେଁ ପରସ୍ପରକୁ ନେଇ ଗର୍ବ ହିଁ କରିଚନ୍ତି । ପରିଚୟ ହେଇଥିଲା ବିଜୟର କଲେଜ ଛାଡ଼ିବା ଦିନ । କଲେଜ ଷ୍ଟେଜ୍‌ରେ ମିଠା ଗଳାରେ ଗୀତ ଗାଉଥିବା, ଆଉ ବାରଣ୍ଡାରେ ବିଜୁଳି ଖେଳାଇ ଚାଲିଯାଉଥିବା ସୁନ୍ଦରୀ ଝିଅଟି ସାଥିରେ ପ୍ରଥମ ଓ ଶେଷ ଥର ପାଇଁ କଥା କହିବାର ସଂକଳ୍ପ ନେଇ ବିଜୟ ଆସିଥିଲା ଓ ମଞ୍ଜୁଶ୍ରୀ ଆଗରେ ନିଜର ପରିଚୟ ଦେଇଥିଲା– "ମୁଁ ବିଜୟ ପଟ୍ଟନାୟକ, କ୍ରିକେଟ୍ ଖେଳେ, ଜାଣିଥିବେ । ଆପଣଙ୍କର ସଙ୍ଗୀତର ମୁଁ ଜଣେ ଫ୍ୟାନ୍... ମାନେ ଏଇଆ କହିବାକୁ ଆସିଥିଲି ଯେ...ଆଉ ହୁଏତ କେବେ ଦେଖା ହେବ ନାହିଁ ଜୀବନରେ... ମୋର ରାଉରକେଲାରେ ଚାକିରି ହେଇଯାଇଚି ।"

ବିଜୟକୁ କ୍ରିକେଟ୍ ଖେଳାଳୀ ଭାବେ କିଏ ନ ଜାଣେ କଲେଜରେ ! ତା ବାପା ଜଣେ ବଡ଼ ଓକିଲ ଓ ତାଙ୍କର ଦୋ' ତାଲା କୋଠା ଅଛି । ଆଉ ଏବେ ପୁଣି ତାର ଚାକିରି ହେଇଯାଇଚି ।

ଦୁଇଦିନ ପରେ ବିଜୟଠାରୁ ଚିଠିରେ ବିବାହ ପ୍ରସ୍ତାବ ପାଇ ମଞ୍ଜୁଶ୍ରୀ ଯେତେ ଖୁସି ହେଇ ନ ଥିଲା, ତାଠୁ ଯଥେଷ୍ଟ ବେଶି ଖୁସି ହେଇଥିଲେ ତା ମା ବିଚାରୀ । ମଞ୍ଜୁଶ୍ରୀ ସତେ କି କେବଳ ଘଟଣା ସ୍ରୋତରେ ଭାସି ଯାଇଥିଲା ।

ବାହାଘରବେଳେ ମା ଭଉଣୀଙ୍କ ଗଦ୍‌ଗଦ୍ ଭାବରୁ ଓ ସାଥୀ ପଡ଼ୋଶୀଙ୍କ ବଢେଇ, ଈର୍ଷାରୁ ମଞ୍ଜୁ ବୁଝିପାରିଥିଲା, ଯାହା ଘଟିବାକୁ ଯାଉଚି ଜୀବନରେ ତା'ଠୁ ଅଧିକ ସେ କେବେହେଲେ ପାଇ ନ ଥାନ୍ତା । ବାହାଘର ପରେ ଦୁହେଁ ଆସି ରାଉରକେଲାର ସୁନ୍ଦର ଛୋଟିଆ ଫ୍ଲାଟଟିରେ ଘରକରଣା ସଜାଡ଼ିଲେ । ମଞ୍ଜୁଶ୍ରୀ ସବୁଦିନେ ସାଜସଜ୍ଜାକୁ ଭଲପାଏ, କଲେଜ ଦିନରେ ତାର ଗୋରା ଡଉଲ ଡାଉଲ ଦେହଟିକୁ କେହି କେବେ ବିନା ଇସ୍ତ୍ରୀ ଶାଢ଼ୀରେ କିମ୍ବା ତାର ଗୋଲିଆ ପିଲାଳିଆ ମୁହଁଟିକୁ ତେଲିଆ, ଆଲୁରି ଅବସ୍ଥାରେ ଦେଖି ନାହିଁ । ଏଥର ବି ତାକୁ ନିଜର ଆଉ ବିଜୟର ରୁଚିର ମଝିଆ ମଝି

ରାସ୍ତା ବାଛି ନେଇ ସାଜସଜ୍ଜା, ଘରକରଣା କରିବାକୁ କିଛି ଅସୁବିଧା ହେଲାନି । ତାର ଘଞ୍ଚ କୁଞ୍ଚ କୁଞ୍ଚିଆ ବାଳକୁ ଅନାୟାସରେ ବାଗରେ ସଜେଇ ବବ୍ ବାଳର ଧାରଣା ଦିଆଯାଇପାରେ, ବାଳ କାଟି ଦେଇ ବିଜୟର ରୁଚିରେ ଆଘାତ ଦେବାର ପ୍ରୟୋଜନ ନାହିଁ ।

ସୁନ୍ଦର କଲୋନୀଟିରେ ବସା ପାତିବା ପରେ ଯାଇ ମଞ୍ଜୁଶ୍ରୀ ପ୍ରଥମ କରି ଜାଣି ପାରିଥିଲା ବିଜୟ ଅନେକ ପୂର୍ବରୁ ତାର ପ୍ରଶଂସକ ଓ ପ୍ରଣୟପ୍ରାର୍ଥୀ ଥିଲା ବୋଲି ।

–"ତମେ ଖାଲି ସେଦିନର ଫଙ୍କ୍‌ସନ୍‌ରେ ଅଛ ବୋଲି ଜାଣିଲେ ମୁଁ ସଞ୍ଜବେଳୁ ସାମ୍ନା ଧାଡ଼ିରେ ସିଟ୍ ରଖି ବସେ, ଆଉ ତମ ପାର୍ଟ୍‌ତକ ସରିଗଲା ବୋଲି ଜାଣିଲେ ଆଉ ଜମା ବସି ପାରେନି, ସତ କହୁଛି ।"

ବିଜୟ ଥଟ୍ଟା କରି ଆହୁରି ବି କହେ– "ହେଲେ ତମେ ଏକୁଟିଆ ଗାଇବା ଛାଡ଼ି ସେ ପଞ୍ଚାଏ ଲଫଙ୍ଗା ଟୋକା ଢଙ୍ଗୀ ଝିଅଙ୍କ ସାଙ୍ଗେ ଯାବତ ହୋ ହୋ ହୋ–ଲା ଲା ଲା କୋରସ୍‌ଗୁଡ଼ାରେ କାହିଁକି ମିଶ କହିଲ ?"

ଘରକରଣା ଓ ବିବାହିତ ଜୀବନର ଏକରକମ ନିଶ୍ଚିନ୍ତ ଦିନଗୁଡ଼ିକ ବହି ଯାଇଥିବା ବେଳେ ଦିନେ ଦିନେ ବିଜୟ କଥାରେ ଉତ୍ସାହ ପାଇ ମଞ୍ଜୁ ଗପି ପକାଏ– "କଣ ହେଲା ସେଥର ଜାଣ; ନୀଳିମା ନିଜ ଡାଏଲଗ୍ ତ ଘୋଷି ନଥାଏ । ପ୍ରମ୍ପଟିଂ ଶୁଣି ମୋ ଡାଏଲଗଗୁଡ଼ା କହି ପକେଇଲା ଷ୍ଟେଜ୍ ଉପରେ, ମୁଁ ଏଣେ କଣ କରିବି ବୁଦ୍ଧି ଦିଶୁନି– ସେଇ ଯୋଉ ପାତ୍ରବାବୁଙ୍କ ଡିରେକ୍‌ସନ୍‌ରେ ପୁରା ଲମ୍ବା ଡ୍ରାମାଟିଏ ହୋଇ ନଥିଲା ଆମ ସେକେଣ୍ଡ ଇୟରର ବର୍ଷ ?"

ବିଜୟ କହେ– "ମନେ ଅଛି, ମନେ ଅଛି । ଯୋଉଥର ମକ୍‌ବୁଲ ତମ ବାପା ହୋଇଥାଏ ଆଉ ଝିଅ ଲୋ ଝିଅ ଲୋ କହି ଦଶଥର ଲେଖା ତମ ପିଠି ଆଉଁସୁଥାଏ ।"

–"ଦଶଥର କୋଉଠି ମ, ଥରେ ତ ! ହେଲେ ରିହର୍ସାଲ ବେଳେ ଦିନେ ବି ଆଉଁସି ନ ଥିଲା, ରାଣ ଅଛି । ଷ୍ଟେଜ୍ ଉପରେ ମୁଁ ଆଉ କଣ କରିଥାନ୍ତି କହିଲ ?"

ବିଜୟ ଡ୍ରାମା କଲା ପରି ସ୍ୱରଭଙ୍ଗୀ କରି କହେ–"ଆହା ! ମୋତେ ମକ୍‌ବୁଲର ରୋଲଟା ଭଲା ମିଳିଥାନ୍ତା, ଷ୍ଟେଜ୍ ଉପରେ ଅପତ୍ୟ ସ୍ନେହର କେମିତି ଫୁଆରା ଛୁଟେଇଥାନ୍ତି ଦେଖିଥାନ୍ତ ।"

ମଞ୍ଜୁ ଖିଲି ଖିଲି ହସେ ଓ ବିଜୟ ପାଖକୁ ଲାଗିଯାଇ ଆହୁରି ମଜା କଥାଟିଏ କହିବ ବୋଲି ମୁହଁ ଖୋଲେ । ହେଲେ କହେ ନାହିଁ । ହୁଏତ ରହିଯାଏ, ବାଆଁରେଇ ଦିଏ– କାରଣ ସେତେବେଳକୁ କୋଉଠି ପତଳା ପିନ୍‌ପିନ୍ କାଚ କାନ୍ଥଟିଏ ଥିବାର

ସେ ସୁରାକ୍ ପାଏ, ଜାଣେ ଯେ ଆଉ ଟିକିଏ ପାଖେଇଲେ ହାତ ବାଜିବାର ଆୱାଜ୍ ଆସିବ; କୋଳାକୋଳି ହୋଇ ଏକାକାର ହୋଇ ଯିବାକୁ ବସିଲେ କାଚ ଭାଙ୍ଗି ଖଣ୍ଡିଆ ଖାବରା କରିଦେବ ।

ବେଳେବେଳେ କିନ୍ତୁ ଏମିତି ବି ହୁଏ ଯେ ମଞ୍ଜୁ ସେ ଠୁଣ୍ଠାଣ୍ ଆୱାଜ ଶୁଣିପାରେ ନାଇଁ । ଅଥବା ବିଜୟର ବେଳେବେଳେ କେଜାଣି କେଉଁ କାରଣରୁ ସ୍ୱାଭାବିକ ଖେଲୁଆଡ୍ ମୁଡ୍ ଆସିଯାଏ, ସେ ମଞ୍ଜୁକୁ ବାଆଁରେଇବାକୁ ଦିଏ ନାଇଁ ।

କାଲିର କଥା ।

–"ଶୋଇଲଣି କି ମଞ୍ଜୁ !"

–"ନାଇଁ ତ ।"

–"ମୋ ନିଦଟା ଭାଙ୍ଗିଦେଲ, ଏଣେ ନିଜେ ଶୋଇଲଣି ।"

–"ଶୋଇନି ମ ।"

–"କଥାଟିଏ କହ, ମଜା କଥାଟିଏ ।"

–"କି ମଜାକଥା କହିବି ?"

–"ତମ ହଷ୍ଟେଲ କଥା, ସାଙ୍ଗମାନଙ୍କ କଥା କହ । ପୁଅ ସାଙ୍ଗମାନଙ୍କ କଥା ବି ।"

ମଞ୍ଜୁ ନିଜେ ସାବଧାନ ହେବା ଛାଡ଼ି ଏଥର ଟପିକ୍‌ଟାକୁ ନେଇ ଆଉରି ଖେଳି ବସିଲା–"ତମେ କହ । ତମର ତ ଜହ୍ନରାତିରେ କୋଉ ଝିଅକୁ ନେଇ ବୁଲିବାର ଏଡ଼େ ସଉକ ଥିଲା ।"

–"ସଉକ ଥିଲେ କଣ ହେବ । ତମେ ତ ମୋ ସ୍ୱଭାବ ଜାଣିଚ, ଆମ ଘର କଥା ବି ଜାଣିଚ ।"

–"ଭଲେଇ ହୁଅନି । ଥରେ କହୁ ନ ଥିଲ ତମ ଘରେ, ଖରାଦିନ ହୋଇଥାଏ । ତମର କୋଉମାନେ ସବୁ କୁଣିଆ ଆସିଥାନ୍ତି...."

–"ଓହୋ ! ହେଲା ହେଲା, ମନେ ପଡ଼ିଲା । କହିଚି ତ ଥରେ, ଆଉ କ'ଣ ? ହେଲା ଏଥର ତମ କଥା କହ ।"

–"କୋଉ କଥା ତମକୁ ମୁଁ କହିନି ଯେ ପଚାରୁଚ ?"

–"ଏଇ କଥା ତ କହିନ । ଜହ୍ନ ରାତିରେ କେବେ କୋଉ ପୁଅ ସଙ୍ଗେ ବୁଲିନ ?"

–"ନା ।"

–"ଏଃ, ନାଆଁ ନା ! ତମର ତ ଗୋଟାଏ ବାଟାଲିଅନ ଉପାସକ ଥିଲେ ।"

ଏମିତି କହିଲାବେଳେ ବିଜୟର ସ୍ୱରରେ ପ୍ରଶଂସା ନା ଅଭିଯୋଗ କାହାର ମାତ୍ରା ବେଶି ଥାଏ ମଞ୍ଜୁ ବୁଝିପାରେ ନାହିଁ । ଅଥଚ ପାଖରେ ବିଜୟ ଦେହର ନିବିଡ଼ ଉଷ୍ମ, ବାଳ ଉପରେ ବିଜୟ ହାତର ନିଶ୍ଚିତ ଆଶ୍ୱାସନା, ବ୍ୟଗ୍ର ବିଶ୍ୱସ୍ତ ସ୍ୱର କାନ ପାଖରେ–"କହନା ମଞ୍ଜୁ । ମୁଁ ଜାଣି ନ ଥିବା ତମର ବାହାଘର ଆଗର ଦିନମାନଙ୍କର ଟିକିନିଖି କଥା, ଯେତେବେଳେ ମୁଁ ତମର କେହି ନ ଥିଲି, ତମର ସେତେବେଳର ଗୋଟିଏ ଅଧେ ଅନ୍ତରଙ୍ଗ ମୁହୂର୍ତ୍ତର କଥା ଜାଣିବାକୁ ଇଚ୍ଛା ହୁଏ ।"

ମଞ୍ଜୁ କାଚ କାନ୍ଥର ଅଶ୍ୱସ୍ତିକର ଠିନ୍‌ଠାନ୍ ଘଂଟି ଶୁଣି ଆଗରେ କେଉଁ ଅନ୍ଧାରୁଆ କୂଅର ଆଶଙ୍କା କରିବ, କି ସାମ୍ନାରେ ବିଛା ଯାଇଥିବା ସବୁଜ ଡାଳପତ୍ରରେ ବିଶ୍ୱାସ କରିବ ଭାବୁ ଭାବୁ ବିଜୟ ପଚାରି ବସିଲା–"ମଞ୍ଜୁ, ରମେଶ ସାଙ୍ଗରେ ତମେ କେବେ ଜହ୍ନରାତିରେ ବୁଲିନ ?"

"ଧେତ୍ ! ସବୁବେଳେ ଗୋଟାଏ..." ମଞ୍ଜୁର ଏଥର ଗଳାରେ ଟିକିଏ ଭାରୀପଣ ଆସି ଯାଇଥାଏ ।

–"ଧେତ୍ ଫେତ୍‌ରେ ଚଳିବ ନାଇଁ । ସତ କୁହ, ମୋ ସୁନାଟି । ମୁଁ ଜମା ରାଗିବି ନାଇଁ । ଏଇ କଥାଟି ପଚାରିବାକୁ ମୋତେ କେବେ ଷ୍ଟ୍ରାଇକ୍ କରି ନାଇଁ । ସତରେ ରମେଶ ସାଙ୍ଗେ ତମେ କେବେ ଜହ୍ନରାତିରେ ବୁଲିନ ?"

–"କେବେ ନୁହେଁ ।"

–"ଏମିତି ଚିଡ଼ିଯାଉଚ କଣ ମ । ଖୁସିରେ କହ, ମନେ ପକାଇ କହ, ମୋ ସୁନାଟି ।"

–"ବୁଲିନାଇଁ ପରା କହିଲି ।"

–"କଣ ତେବେ ପ୍ରେମ କରୁଥିଲ ମ ?"

–"କେବେ କହିଲି ପ୍ରେମ କରୁଥିଲି ବୋଲି ?"

–"ନ କହିଲେ କଣ ହେଲା, ମୁଁ ଜାଣିନି ?"

–"ବେଶ୍ ଜାଣିଚ ତ, ଆଉ କ'ଣ ?"

–"ତମେ ଚିଡୁଚ ମଞ୍ଜୁ, ମର୍ଡର କରିଦେଉଚ ମୁଡ୍‌ଟା ।"

ମଞ୍ଜୁଶ୍ରୀ ନୀରବ ରହିଲା । ବିଜୟ ଟିକିଏ ରହି ରହି କହିଲା–

–"ରମେଶ କିନ୍ତୁ ବଡ଼ ଜୋର୍ ତମ ପ୍ରେମରେ ପଡ଼ିଯାଇଥିଲା, ନୁହେଁ ?"

–"ତମକୁ ତ ସବୁ ଜଣା ।"

–"ସାରା କଲେଜକୁ ଜଣା ଥିଲା । ତମର ବି ତ ପ୍ରେମ ହେଇଯାଇଥିଲା, ଖାଲି ତମ ମହାଚଣ୍ଡୀ ହଷ୍ଟେଲ୍ ସୁପରିଣ୍ଟେଣ୍ଡେଣ୍ଟଙ୍କୁ ଡରି–"

–"ସବୁ ଜାଣିଥିଲ ତ, ବାହା ହେଲ କାହିଁକି ?"

–"ଭାବିଲି ମିଛ ହୋଇଥିବ । ସତ କହିଲ, ନ ଥିଲା ?"

–"ଜମା ନୁହେଁ, ଖାଲି ଫ୍ରେଣ୍ଡସିପ୍ ଥିଲା ।"

–"ସେଇଆକୁ ମାଇଲଡ୍ ପ୍ରେମ କୁହାଯାଏ ।"

–"ତମେ ଜାଣିଥିବ ।"

–"ମୁଁ ତ ଖାଲି ପ୍ରଚଣ୍ଡ ପ୍ରେମ କଥା ଜାଣିଚି ।"

କନା ଉପରେ ଗଣ୍ଠି ପକାଇ ଦାନ୍ତରେ ସୂତା ଛିଡ଼ାଇ ମଞ୍ଜୁ ଦୀର୍ଘଶ୍ୱାସ ଛାଡ଼ିଲା । ଆନ୍ତରିକତା, ବିଶ୍ୱାସର ଏଇ ପାହାଚରେ ପହଞ୍ଚିଲା ପରେ କୁଆଡ଼କୁ ମୋଡ଼ିବାକୁ ହୁଏ ? କଲେଜ ଜୀବନ– ସାରା କଲେଜରେ ତ ମାତ୍ର ଚାରି ଛଅ ଯୋଡ଼ି ପ୍ରେମ କରନ୍ତି ବା ଅନ୍ୟମାନଙ୍କୁ ବେଖାତିର କରି ରାସ୍ତାରେ ଏକାଠି ଚାଲନ୍ତି । ବାକି ପିଲାଏ କେବଳ ଗୁଜବ ମାଧ୍ୟମରେ ଆନନ୍ଦ ନିଅନ୍ତି । ରମେଶ ସାଙ୍ଗରେ ମଞ୍ଜୁର ପ୍ରେମ ହେଉ ବା ନ ହେଉ, ସାରା କଲେଜ ଜାଣିଥିଲା ପ୍ରେମ ବୋଲି । ବିଜୟ ବି ଜାଣିଥିଲା । ବାହାଘର ପରେ ମଞ୍ଜୁ କେବେ ବିଫଳ ପ୍ରେମ ଲାଗି ଅନୁତାପ କରିନି, କିମ୍ବା ବିଜୟ ପାଖେ ନିଜକୁ ଅପରାଧୀ ବୋଲି ମନେ କରିନି । ରମେଶ ସାଙ୍ଗେ ତା ବାହାଘର ହୋଇପାରି ନ ଥାନ୍ତା ବୋଲି ସେ ମୂଳରୁ ଜାଣିଥିଲା– ରମେଶ କହିଥିଲା ସେମାନେ ନୈଷ୍ଠିକ ବ୍ରାହ୍ମଣ ବୋଲି । ତାର ଆଉ ରମେଶର ସମ୍ପର୍କ ବିଷୟରେ ବିଜୟ କେବେ ପ୍ରଶ୍ନ ପଚାରିଲେ, କଥାଟିକୁ ବିଜୟ କେମିତି ଗ୍ରହଣ କରିବ, ସେଥିପ୍ରତି ହିଁ କେବଳ ସତର୍କ ରହି ଉତ୍ତରରେ ସତ୍ୟର ମାତ୍ରା କମ୍ ବେଶି କରିଚି ମଞ୍ଜୁଶ୍ରୀ । ତେବେ ହଁ, ଚାଲିଯାଇଥିବା ଦିନଗୁଡ଼ିକର ଆହୁରି ଅନେକ ଅନ୍ତରଙ୍ଗ ସ୍ମୃତି ପରି, ରମେଶ ବି ପ୍ରାୟ ମନେ ପଡ଼େ ।

ବିଜୟ ଆଗରେ ନିଜ ମନକୁ କେବଳ ଖୋଲି ଦେବାର ଇଚ୍ଛାରୁ ହିଁ ନୁହେଁ, ସବୁଦିନ ଲାଗି ବିତିଯାଇଥିବା ମୁହୂର୍ତ୍ତର ରୋମାଞ୍ଚକୁ ହୁଏତ ପୁଣି ଥରେ ବଞ୍ଚିବାର ଲୋଭ ଛାଡ଼ିପାରେ ନାହିଁ ମଞ୍ଜୁ, ତେଣୁ ଆରମ୍ଭ କରେ–"ସେଥର କଲେଜର ଏନୁଆଲ୍ ଡ୍ରାମାରେ ମୁଁ ହିରୋଇନ୍ ହେଇ ନ ଥିଲି–"

–"ମକ୍‌ବୁଲ୍ ତମ ବାପା ହୋଇଥିଲା ?"

–"ନା ମ, ମୋ ଥାର୍ଡଇଅର୍ ବର୍ଷ ଯୋଉ 'ଶ୍ରାବଣୀ' ବୋଲି ଡ୍ରାମାଟା ହୋଇଥିଲା–"

–"ଦୀପକ ହିରୋ ହୋଇଥିଲା ନା ?"

–"ରମେଶ ହିରୋ ହୋଇଥିଲା, ତମର ମନେ ନାହିଁ ସତରେ ?"

–"କହ କହ ମନେ ପଡ଼ିଯିବ ।"

–"ସେଥର ବୁଲା ପଟ୍ଟନାଏକ ଦଳର ପିଲା କଲେଜ ଇଉନିଅନ୍‌ର ଡ୍ରାମା କରେଇ ଦେବେନି ବୋଲି ଧମକ ଦେଇଥାନ୍ତି, ମନେ ନାହିଁ ? ଆମେ ପ୍ରଥମରୁ ମେକ୍‌ଅପ୍ ହୋଇ ବସିଥାଉ, ପ୍ରଥମ କୋରସ୍ ପରେ ଆମ ଡ୍ରାମା ଥାଏ..."

–"କୋରସ୍‌ରେ ତମେ କେମିତି ନ ଥିଲ ? ତମେ ତ ସବୁ ହୋ ହୋ–ଲା ଲା ରେ ବୁଡିଯାଇଥାଅ–"

–"ତମେ ଖାଲି ଥଟ୍ଟା କଲେ ମୁଁ କହିବିନି ।"

–"କହ କହ ।"

–"ବୁଲା ପଟ୍ଟନାଏକ ଦଳ କୋରସ୍ ନ ସରୁଣୁ ସତରେ ଗୋଳମାଳ ଆରମ୍ଭ କରିଦେଲେ । କୁଆଡ଼େ ଯାଇ ଲାଇନ କାଟି ଦେଲେ– ଆମେ ଡରି ଛାନିଆଁ ହେଇଗଲୁ ପ୍ରଥମେ । ପୁଣି ମହାନ୍ତି ବାବୁ ହେରିକା ଆସି ଆମକୁ କହିଲେ ଡରିବାର କିଛି ନାଇଁ, ସବୁ ଠିକ୍‌ଠାକ୍ ଅଛି, ଲାଇଟ୍ ଆସିଯିବ ପାଞ୍ଚ ଦଶ ମିନିଟ୍‌ରେ ।

–"ଷ୍ଟେଜ୍ ପଛ ପାଖ ଦେଇ ଲମ୍ବ ବାରଣ୍ଡାଟା ଯାଇଥାଏ, ସେଇଠି ଆଉ ତା ପଛପାଖ ପଡ଼ିଆରେ ଆମେ ସବୁ ବୁଲୁଥାଉ । ରମେଶ ଆଉ ମୁଁ ଡାଏଲଗ୍ ସବୁ ମନେ ପକାଉ ଥାଉ । ଏତେ ଜହ୍ନ ଆଲୁଅ ଯେ ଫର୍ଚ୍ଚା ଦିଶୁଥାଏ ଚାରିଆଡ଼ । ଦେବଦାରୁ ଗଛର ପତ୍ରମାନ ବି ଚିକ୍‌ଚିକ୍ ସଫା ଦିଶୁଥାଏ । ରମେଶ କହିଲା– ଦେବଦାରୁ ପତ୍ର ଦେଖିଲେ ମୋତେ ତମର ମୁଣ୍ଡ ବାଳ ମନେ ପଡ଼େ ।"

ମଞ୍ଜୁ କଥା ବନ୍ଦ୍ କଲା ଓ କିଛି ବେଳ ଚୁପ୍ ଚାପ୍ ବିତିଲା ପରେ ବିଜୟ କହିଲା–"ସେଇଠୁ" ?

–"ଆମେ ଚାଲୁ ଚାଲୁ ଲାଇବ୍ରେରୀ ପଛ ଯାଏ ଚାଲି ଆସିଥାଉ, ମୁଁ କାର୍ଡିଗାନ୍‌ଟା ଛାଡ଼ି ଆସିଥାଏ ଗ୍ରୀନ୍ ରୁମ୍ ପାଖେ । ଭାରି ଶୀତ ହେଉଥାଏ । ମୁଁ ଦି'ହାତ ଦେହରେ ଜାକି କହିଲି– ଭାରି ଶୀତ । ମୋ ଦାନ୍ତ ଠକ୍ ଠକ୍ ବାଜିଲା । ରମେଶ ତା କୋଟ୍ ଖୋଲି ମୋ ପିଠି ଉପରେ ଘୋଡ଼େଇ ଦେଲା,...ଆଉ ମୋ ପିଠି ପାଖରୁ ହାତ ଗୁଡ଼େଇ କହିଲା– ଆହୁରି ଶୀତ ହେଉଚି ?"

–"ତା ପରେ ?"

–"ତା ପରେ ମୁଁ ଘଡ଼ି ଦେଖିଲି, ବେଳ ହେଇ ଯାଇଥିଲା । କାଳେ ଅନ୍ୟମାନେ ଆମକୁ ଖୋଜୁଥିବେ ବୋଲି ଆମେ ଫେରିଲୁ ।"

–"ସେତିକିରେ ? ଆଉ ଟିକିଏ ନାକୁ ଲୁଚଉଚ ।"

–"ଆଉ କ'ଣ ?"

ମଞ୍ଜୁ କାନରେ ଫୁସ୍‌ଫୁସ୍ କରି ବିଜୟ ପଚାରିଲା–"ରମେଶ କିସ୍ କରିଦେଲା କି ? ମୋ ରାଣ, କୁହ, ଏତେ ଦିନ ପରେ ମୁଁ ଜମା ମାଇଣ୍ଡ୍ କରିବି ନି ।"

–"ନାଇଁ ନାଇଁ, ବିଶ୍ୱାସ କର, ଖାଲି ମୋ ହାତ ଧରି ପକାଇ ଥିଲା ।"

–"ସେତିକି ? ମୋ ଦେହ ଛୁଇଁ କହୁଚ ?"

ମଞ୍ଜୁଶ୍ରୀ ଅନୁଭବ କଲା ତାର ଦେହ ହାତ ଶକ୍ତ ହେଇ ଆସୁଚି । ବିଜୟ ଦେହରେ ପଡ଼ିଥିବା ହାତ ଆପେ ମୁକୁଳି ଯାଇ ଫେରି ଆସୁଚି । ବଦଳିଲା ସ୍ୱରରେ କହିଲା– "ସେମିତି ରାଣ ପକେଇଲେ ମୁଁ କିଛି କହିବିନି । ତମେ କହିଥିଲ ରାଗିବନି ବୋଲି ?"

–"କିଏ କହିଲା ମୁଁ ରାଗିଛି ? ପାଖକୁ ଘୁଞ୍ଚି ଆସ ଆଉ ଟିକେ ।"

ପର ଦିନ ସକାଳେ ମଞ୍ଜୁଶ୍ରୀର ଆଖି ଖୋଲିଲା ବେଳକୁ ବିଛଣାରେ ଖରା ପଡ଼ିଲାଣି । ବିଜୟ ଗାଧୁଆ ପାଧୁଆ ସାରି ଦର୍ପଣ ପାଖେ ସାର୍ଟ ବୋତାମ ଲଗାଉଛି । ମଞ୍ଜୁଶ୍ରୀର ଛାତି ଚଉଁ କିନା ହେଲା, ଭୁଲ୍ ମାଗିଲା ପରି ସ୍ୱରରେ କହିଲା–"କେତେ ଡେରି ଯାଏଁ ଶୋଇଗଲି ମ, ଉଠେଇ ଦେଲ ନି ।"

ବିଜୟ ଦର୍ପଣ ଭିତରେ ନିଜକୁ ଅନେଇ ରହି କେବଳ ଗମ୍ଭୀର ହୁଁ ଟିଏ କଲା ଓ ଅନେକ ଦିନ ତଳେ ଘୋଷିଥିବା ବୀଜଗଣିତର ସୂତ୍ରଟିଏ ପରି ମଞ୍ଜୁଶ୍ରୀ ଦେଖିଲା ମାତ୍ରେ ଚିହ୍ନି ପାରିଲା; ଦର୍ପଣରେ ବିଜୟର ସଦ୍ୟ ଖିଅରକରା ସତେଜ ମୁହଁ– କାନ୍ଥର ଫଟୋଟିଏ ପରି ଭାବ ରେଖାହୀନ ।

ମଞ୍ଜୁଶ୍ରୀ ପପୁକୁ ସ୍କୁଲ ପାଇଁ ତିଆର୍ କରିସାରି ଉର୍ଦ୍ଧ୍ୱଶ୍ୱାସ ହେଇ ଜଳଖିଆ ପ୍ଲେଟ୍ ସଜାଡ଼ି ଟେବୁଲ୍‌ରେ ଥୋଇଲା ବେଳକୁ ବିଜୟ ଜୋତା ପିନ୍ଧୁ ପିନ୍ଧୁ କହିଲା– ତା ସ୍ୱରଟା ଏତେ ବେପରବାଏ ଯେ ଅସ୍ୱାଭାବିକ ମନେ ହେଉଥାଏ –"ଦେହଟା ଭଲ ଲାଗୁନି, ଖାଇବିନି ଭାବୁଚି ।"

"କ'ଣ ହେଲା ଦେହ ? ଖଣ୍ଡିଏ..."

–"ପ୍ଲିଜ–ଡେରି ବି ହେଇଗଲାଣି ।"

ଓ ବିଜୟ ଗାମ୍ଭୀର୍ଯ୍ୟର ରେଖାହୀନ ଚେହେରା ନେଇ ବାହାରି ଗଲା । ଜଳଖିଆ ଥାଳିଆ ଧରି ଠିଆ ହେଇ ମଞ୍ଜୁଶ୍ରୀ ଭାବିଲା, ଏବେ ସିଏ ନିଜେ ଜଳଖିଆ ଖାଇଲେ କି ନ ଖାଇଲେ କାହାରି କିଛି ଯାଏ ଆସେନା । ତେବେ କିଛି ବେଳ ଭିତରେ ସିଏ ଗାଧୁଆ ପାଧୁଆ ସାରି ଯଥାବିଧି ପାଉଡ଼ର ସିନ୍ଦୂର ମାରି ଚାକରାଣୀର କାମ ତଦାରଖ ତଥା ଘର ସଜଡ଼ା ଆଦିରେ ଲାଗିଗଲା । ପଡ଼ୋଶିନୀ ମିସେସ୍ ମହାନ୍ତି ଏମିତି ସକାଳ ବେଳା ବିନା ନୋଟିସ୍‌ରେ ବୁଲିବାକୁ ଚାଲି ଆସନ୍ତି । ଅସନା ଘର ଅପନ୍ତରା ବେଶବାସ ଦେଖିଲେ ଶ୍ୟେନ ଦୃଷ୍ଟିରେ ଶୋଷି ନେବେ ପରମ ସନ୍ତୋଷରେ ।

ଦିପହରେ ବିଜୟ ପାଇଁ ଲଞ୍ଚ୍ ଡବା ପଠେଇ ଦେଇ ମଞ୍ଜୁଶ୍ରୀ ସିଲେଇରେ ଲାଗି ଯାଇଥିଲା । କିନ୍ତୁ ଥରକୁ ଥର ଛୁଞ୍ଚିରୁ ଖସୁଥିବା ସୂତା ଗଳେଇ ଓ ଫନ୍ଦି ହେଉଥିବା ସୂତାର ଗଣ୍ଠି ଫିଟେଇ ଏତେ ଦିକ୍‌ଦାର ହେଇଗଲା ଯେ ଛୁଞ୍ଚିଟା କନାରେ ମାରି ଦେଇ ଦୂରକୁ ଠେଲିଦେଲା । ତା ପରେ ଅବାକ୍ ହେଲା ଏଇଆ ଭାବି ଯେ ପ୍ରତିଥର ସ୍ୱାମୀକୁ ଶୁଣାଇଲା ଭଳି ନୂଆ ରୋମାଞ୍ଚକର କଥାଟିଏ ସେ ତାର ବିସ୍ମୃତ ପ୍ରାୟ ଘଟଣା-ବିରଳ ପ୍ରେମ-ଜୀବନରୁ ଆବିଷ୍କାର କରେ କେମିତି ? କେଉଁଥିପାଇଁ ଏମିତି ଅଜବ ପରିସ୍ଥିତିଟିଏ ସୃଷ୍ଟି ହୁଏ ? ଆତ୍ମୀୟତାର ନିବିଡ଼ତାକୁ ପରଖିବାର ଦୁର୍ବାର ଇଚ୍ଛାରୁ, ନା ଚିକ୍‌କଣ ଝଡ଼ା ପୋଛା ଜୀଇଁବାର ନିସ୍ତବ୍‌ଧତାକୁ ତାଳ ଫୋଟକାଟିଏରେ ମୁହୂର୍ତ୍ତକ ଲାଗି ଭାଙ୍ଗି ଦେବା ପାଇଁ ?

ପରଦିନ ସନ୍ଧ୍ୟାରେ ବିଜୟ ସୁଟକେଶ ସଜାଡୁ ସଜାଡୁ କହିଲା–"ମ୍ୟାଚ୍ ଅଛି କଟକରେ, ଆଜି ରାତି ବସରେ ଯାଉଛୁ ଆମେମାନେ, ଶନିବାର ଫେରିବୁ ।"

ମଞ୍ଜୁଶ୍ରୀ ଆହତ ହେବାର ଭାବ ଦେଖାଇଲା ନାହିଁ, କେବଳ ସାମାନ୍ୟ ଆଶ୍ଚର୍ଯ୍ୟ ହେଲା ପରି ପଚାରିଲା–"ହଠାତ୍ ଖବର ଆସିଲା କି ? କିଛି କହି ନଥିଲ ଯେ ?"

ବିଜୟ ତା ସ୍ପୋର୍ଟସ୍ ପେଣ୍ଟ୍ ଭାଙ୍ଗି ରଖୁଥିଲା । ତାର ସେଭିଂସେଟ୍, ସାବୁନ ଡବା ପାଖରେ ଥୋଇ ମଞ୍ଜୁଶ୍ରୀ ଅନେକ ଦୋଦୋପାଞ୍ଚ ପରେ ପଚାରିଲା–"ତମେ ବି ତ ମୋ ଦେହରେ ହାତ ଦେଇ କହିଥିଲ ରାଗିବ ନାଇଁ ବୋଲି, କହିଲ ଏତେଦିନ ପରେ କିଛି ଯାଏ ଆସେ ନାଇଁ, ପୁଣି ଏମିତି ରାଗିବା କ'ଣ ଉଚିତ୍ ହେଉଚି ?"

ବିଷୟବସ୍ତୁଟି ଆଦୌ ବୁଝିପାରି ନଥିବା ଭଳି ବିଜୟ ଆଶ୍ଚର୍ଯ୍ୟ ମୁହଁ କଲା । ତା'ପରେ ଖଟାକ୍‌କିନି ସୁଟକେଶ୍ ବନ୍ଦ କରି କହିଲା–"ପ୍ରତି ଥର ତମଠୁ ନୂଆ ନୂଆ କଥା କେମିତି ବାହାରେ ?"

ଚା ତିଆରି କଲାବେଳେ ଗାଲ ଉପରେ ଓଠଯାଏ ବହିଯାଉଥିବା ଗରମ ଲୁହ ଦେଇ ଚୁଲିର ନୀଳ ନିଆଁକୁ ଅନେଇ ମଞ୍ଜୁଶ୍ରୀ ମନେମନେ ଆହୁରି ଅନେକ ଥର ପରି ପ୍ରତିଜ୍ଞା କରୁଥିଲା– ଖୁସି ଉଚ୍ଚାଟର ମୁହୂର୍ତ୍ତରେ ବା କଦବା ଜହ୍ନରାତିଟିଏରେ ଓଠରୁ ଖସିଯାଇଥିବା କେଇପଦ ଉପରେ ଭରସା କରିବୁନି । ବିଜୟର ବା ଦୋଷ କ'ଣ ? ଦିନ ଆଲୁଅରେ ତା'ଠୁ ବଡ଼ ତା ସ୍ୱାମୀପଦ ।

ବିଜୟ ଜୋତା ପିନ୍ଧୁ ପିନ୍ଧୁ ତରବରରେ ଚା ପିଇଲା ଓ "ଆଚ୍ଛା ଚାଲିଲି" କହି ସୁଟ୍‌କେଶ ଧରି ବାହାରି ଯିବାଯାଏ ଥରେ ହେଲେ ମଞ୍ଜୁଶ୍ରୀ ସହିତ ଆଖି ନ ମିଳେଇ ଘର, ବାରଣ୍ଡା, ପାହାଚ, ସରୁ ରାସ୍ତା ଓ ଫାଟକ ପାରି ହେଇଗଲା ।

ପର ତିନିଦିନ ମଞ୍ଜୁଶ୍ରୀ ବାଡ଼ିଗଛରୁ ପିଜୁଳି ପାରି ଜେଲି ତିଆରି କଲା । ପଡ଼ୋଶୀ

ମିସେସ୍ ବୋଷଙ୍କ ଘରେ ବସି ନୂଆ ଏଲ୍.ପି.ରେକର୍ଡ ଶୁଣିଲା ଓ ପପୁର ପୁରୁଣା ପାଠଯାକ ରିଭିଜନ୍ କରାଇଲା ଆସନ୍ତା ପରୀକ୍ଷା ଲାଗି ।

କେତେଥର ଚିଠି ଲେଖିବ ବୋଲି ବସି ଜାଣିପାରିଲା ନାଇଁ ଯେ କାହାକୁ ଲେଖିବ । ତାର ଦୁଇ ଭଉଣୀ ବାହା ହେଇ ଘର ସଂସାର କଲେଣି, ନର୍ସ ଚାକିରିରେ ଚିରବ୍ୟସ୍ତ ମାଆ ଏତେଦିନକେ ନିଶ୍ଚିନ୍ତରେ ଟିକିଏ ଶୋଇ ପାରୁଥିବ ଝିଅମାନଙ୍କ ବୋଝ ଉଠିଗଲା ବୋଲି । ପାଠପଢ଼ା ବେଳର ଝିଅମାନେ କିଏ କୁଆଡ଼େ ରହିଲେଣି, କେତେକ ଏଇଠି ବି ଅଛନ୍ତି– ବଜାର କି ସିନେମା ହଲରେ ଭେଟ ହୁଏ । ମଞ୍ଜୁଶ୍ରୀ ଆଜିକାଲି ଯାହାକୁ ବା ଚିଠି ଲେଖେ, ପ୍ରତିଟି ଚିଠି କେବଳ ସେ ସୁଖୀ ବୋଲି ସେମାନଙ୍କର ଧାରଣା ବଳବତ୍ତର କରିବା ପାଇଁ ।

ପିଲାଦିନେ ବାପାଙ୍କ ମୁହଁ ଝାପ୍‌ସା ମନେ ଅଛି । ମା'ର ଧଳା ଡ୍ରେସ, କ୍ଳାନ୍ତ ଝାଲୁଆ ମୁହଁ ଦେଖିଲେ ମଞ୍ଜୁ କଥା କହିବାକୁ ଭରସେ ନାହିଁ । ଘରୁ ବାହାରି ସ୍କୁଲ କି କଲେଜରେ ପହଞ୍ଚିଲାକ୍ଷଣି ତାକୁ ଲାଗେ ସତେ କି ଦେହରେ ଡେଣା ଲାଗିଗଲା ।

ମଞ୍ଜୁଶ୍ରୀ ଆଶା କରିଥିବା ସ୍ୱାମୀଠାରୁ ବିଜୟ ଅନେକ ବେଶି, ତା ପାଖେ ଥିଲେ ମଞ୍ଜୁକୁ ଆଉ କିଛିର ଭୟ ନାହିଁ । ସେଇଥିପାଇଁ ବୋଧହୁଏ ସେ ବେଳେବେଳେ ନିଜ ସୀମା ଭୁଲିଯାଏ ଓ ବିଜୟକୁ ହିଁ ଡରିବା କଥା ଭୁଲିଯାଏ ।

ଶନିବାର ଦିନ ଉପରଓଳି ନୂଆ ଶିଖିଥିବା ଖୋଷାରେ ଯୁଇମାଳଟିଏ ପିନ୍ଧି, ବସିବା ଘରୁ ବାରଣ୍ଡା ବାହାଚଯାଏଁ ପ୍ରାୟ ଦଉଡ଼ି ଯାଇ ମଞ୍ଜୁଶ୍ରୀ ଅଟୋରୁ ଓହ୍ଲାଉଥିବା ବିଜୟକୁ ସ୍ୱାଗତ କଲା । ବିଜୟ ନିଶ ତଳୁ ସୁନ୍ଦର ଦାନ୍ତ ସେଟ୍ ଦେଖାଇ କହିଲା–"ଆମେ ଜିତିଲୁ ।" ମଞ୍ଜୁଶ୍ରୀ ଆଶ୍ୱସ୍ତିର ଦୀର୍ଘଶ୍ୱାସ ଛାଡ଼ିଲା, କହିଲା–"ମୁଁ ତ ଜାଣିଥିଲି ତମେ ଜିତିବ ।"

ରାତିରେ ପପୁ ତା ନୂଆ ଖେଳନାକୁ କୁଣ୍ଢେଇ ଧରି ଶୋଇଯାଇଥାଏ, ମିନିର ନୂଆ ଫ୍ରକଟି ଦୁଧବାନ୍ତିରେ ଓଦା ହେଇ ପାଲଟା ସରିଥାଏ । ମଞ୍ଜୁଶ୍ରୀ ରୋଷେଇ ଘର ବନ୍ଦ କରି ଆସିଲାବେଳକୁ ବିଜୟ ଟେବୁଲ ଉପରେ ଖୋଲା ସୁଟ୍‌କେସ ପାଖେ ବସିଥାଏ– ଝର୍କା ବାହାରକୁ ଅନେଇ ଥାଏ । ବାହାରେ ଜହ୍ନ ନ ଥାଏ । ମଞ୍ଜୁଶ୍ରୀ ଭିତରକୁ ଆସିଲାକ୍ଷଣି ବିଜୟ ଦୃଷ୍ଟି ଫେରାଇଲା, ଉଠି ଆସି ଦୁଇ ହାତରେ ମଞ୍ଜୁଶ୍ରୀକୁ ପାଖକୁ ଟାଣିନେଲା । ମଞ୍ଜୁ ହଠାତ୍ ନୂଆ ଶାଢ଼ୀଟା ପିଠି ଉପର ଦେଇ ଗୁଡ଼େଇ ହେଇଥିବା ଦେଖି ଆଶ୍ଚର୍ଯ୍ୟ ହେଲା, ପଚାରିଲା -

–"ଇଏ କ'ଣ ?"

–"ତମ ପାଇଁ ଶାଢ଼ୀଟିଏ । ପପୁ, ମିନିଙ୍କ ପାଇଁ ଜିନିଷ କାଢ଼ିଲା ବେଳେ ତମେ ପଚାରିଲ ବି ନାଇଁ ତମ ପାଇଁ କଣ ଆଣିଚି ବୋଲି ?"

କୋହ ମିଶା ବସା ଗଳାରେ ମଞ୍ଜୁଶ୍ରୀ କହିଲା–"ପ୍ରତିଥର କ'ଣ କିଛି ଗୋଟାଏ ଆଣିବା ଦରକାର ? ମୁଁ କ'ଣ ପିଲା ହେଇଚି ?"

ବିଜୟ ତାକୁ ଛାତି ଉପରେ ଜାକି ଧରିଲା, କହିଲା–"ମଞ୍ଜୁ, ତମକୁ ମୁଁ ବହୁତ ଭଲପାଏ, ଜୀବନରେ ସବୁଠୁ ବେଶି, ବିଶ୍ୱାସ କରୁନ ମୋତେ ?"

ମଞ୍ଜୁଶ୍ରୀ ଟେବୁଲ ଉପରେ ଅସ୍ତବ୍ୟସ୍ତ ଖେଳେଇ ପଡ଼ିଥିବା ସୁଟ୍‌କେସକୁ ସଜାଡ଼ିବା କଥା ଭାବୁଥାଏ, ଭାଗ୍ୟ ଭଲ ଝରକା ପର୍ଦ୍ଦା ଟେକା ହେଇ ନାଇଁ ଏମିତି ବେଳେ– ଭାବୁଥାଏ ଓ କାନ୍ଥ କଡ଼ରେ ବୁଢ଼ିଆଣୀଟିଏ ଲାଗି ପଡ଼ି ତା ଜାଲ ମରାମତି କରୁଥିବା ଲକ୍ଷ୍ୟ କରୁଥାଏ ।

ବିଜୟ ଧୀର ଗଳାରେ ତା କାନ ପାଖେ କହି ଯାଉଥିଲା, ଆଉ ଶେଷରେ ପଚାରିଲା–"ମଞ୍ଜୁ, କହିଲନି ତ, ମୋତେ ବିଶ୍ୱାସ କରୁଚ କି ନାଇଁ ?"

ମୁଣ୍ଡ ଟୁଙ୍ଗାରି ଅତି ଧୀରେ ମଞ୍ଜୁଶ୍ରୀ କହିଲା–"କରେ । ଆଉ କାହାକୁ ବିଶ୍ୱାସ କରିବି ?"

ବୁଢ଼ିଆଣୀଟି ନିଜ ଜାଲ ଭିତରେ ଏଥର ନିଶ୍ଚୁପ ହେଇ ବସି ପଡ଼ିଥାଏ । ମଞ୍ଜୁର ଖିଆଲ ହେଲା, ବୁଢ଼ିଆଣୀ ନିଜ ଜାଲରେ ନିଜେ ଫନ୍ଦି ହୁଏ ନାହିଁ କେବେ କେମିତି ? ତା ଗୋଡ଼ ଦେହ ଆଉ ତା ତିଆରି ସୁନ୍ଦର ଘରର ତନ୍ତୁ ମଝିରେ ପତଳା ପିନ୍ ପିନ୍ କାନ୍ଥଟିଏ ଥାଏ କି ?

ଶୋକ

ସୀତାନାଥ ବାବୁ ଆଟାଚି ଖଣ୍ଡି ହାତରେ ଧରି ବସ୍‌ରୁ ଓହ୍ଲାଇଲେ, ଆଉ ବସ୍ ଧୂଳି ଉଡ଼ାଇ ଚାଲିଯିବାର କେଇକ୍ଷଣ ପର୍ଯ୍ୟନ୍ତ ଆଗକୁ ଅନାଇ ସେମିତି ଠିଆ ହେଇ ରହିଲେ । ତାପରେ ଚୁପ୍‌ଚାପ୍ ଆଗକୁ ବଢ଼ିଲେ ପକ୍‌କା ରାସ୍ତାରୁ ବାହାରି ଗଡ଼ିଯାଇଥିବା ଧୂଳିଆ ସଡ଼କଟିରେ । ମୁଣ୍ଡର ପତଳା ବାଳରେ ବାଁହାତ ବୁଲାଇ ଆଣି ସେ ମନଭିତରକୁ ଉହୁଙ୍କି ପଶିଆସୁଥିବା ଚିହ୍ନା ନରମା ଅନୁଭୂତିଟିକୁ ଘଉଡ଼ି ଦେଲେ, ଭୂକୁଞ୍ଚାଇ ଓଠ ଚାପି ଭାବିନେଲେ...ହଁ, ମୁଁ କୋଡ଼ିଏ ବର୍ଷ ପରେ ଫେରୁଚି ମୋ ଜନ୍ମମାଟିକୁ (ହଃ– ସମସ୍ତେ ତ କୋଉଠି ନା କୋଉଠି ପୁଣି ଜନ୍ମହେବେ– ସହର ବଜାରରେ ଫୁଟ୍‌ପାଥ୍‌ରେ ବି ଲୋକ ଜନ୍ମ ହେଉଛନ୍ତି) । ସେଇ ଦୂର ଗଛ ଗହଳିରେ ଦିଶୁଛି ଗାଁଟା ।

ଦିନ ସରି ସରି ଆସିଲା ବେଳର ଖରା; ବାଟ ଚାଲିବାକୁ ସେମିତି ବାଧୁନାହିଁ । ଶୁଖିଲା ଧାନବିଲ ଭିତର କାଁ ଭାଁ ଆମ୍ବଗଛମାନଙ୍କରେ ଆମ୍ବକଷି ଲଦିହେଇଛି । ଧୀର ପବନ ସତ୍ତ୍ୱେ ଝାଳ ଫିଟି ଆସୁଛି; ଚାଲିବାର ପୁଣି ବସ ଜର୍ଣ୍ଣି କରିବାର ଅଭ୍ୟାସ ନାହିଁ । କାର୍‌ରେ ଆସିଥିଲେ ଘଂଟାକରେ ପହଞ୍ଚି ହେଇଥାନ୍ତା, ରାସ୍ତା କେମିତିଥିବ ଜାଣି ନ ଥିବାରୁ ସେ ସାହସ କଲେ ନାହିଁ କାର୍ ଆଣିବାକୁ । ଘରେ ସ୍ତ୍ରୀଙ୍କୁ ଆଶ୍ୱସନା ଦେଇ ଆସିଛନ୍ତି ବସ୍‌ରୁ ଓହ୍ଲାଇଲା ମାତ୍ରେ ରିକ୍‌ସା ମିଳିଯିବ ଓ ପରଦିନ ଉପର ଓଳିକୁ

ସେ ଫେରିଆସିବେ ନିଶ୍ଚିତଭାବେ । ସ୍ତ୍ରୀ ନୂଆ ବାହାହେଇ ଗାଁକୁ ଆସିଥିଲେ ଥରେ ଦି'ଥର । ଆଉ ପୁଅ ଝିଅମାନେ ତାଙ୍କ ହେତୁ ପାଇବା ଦିନୁ ଗାଁ ଦେଖି ନାହାନ୍ତି, ଆସିବାର ପ୍ରଶ୍ନ ଉଠି ନାହିଁ । ସୀତାନାଥ ବାବୁ ଗାଁ ଛାଡ଼ିଥିଲେ ବାପାଙ୍କ ଦଶାହ କାମ ପରେ, ଆଉ ଏ ଭୂଇଁ ମାଡ଼ିବେନି ବୋଲି ଶପଥକରି । କକେଇ, ଯାହାଙ୍କୁ ବାପା ପୁଅପରି ସ୍ନେହ କରୁଥିଲେ, ସିଏ ବାପାଙ୍କ ଦଶାହକାମ ନସରୁଣୁ ସବୁଯାକ ପୈତୃକ ସମ୍ପତ୍ତି ତାଙ୍କ ନିଜର ବୋଲି ଘୋଷଣା କରିପକେଇଲେ– ଖାଲି ଘୋଷଣା ନୁହେଁ, ବାପା ଛ ମାସକାଳ ବିଛଣାରେ ପଡ଼ିରହିଥିବା ସମୟରେ କାଗଜପତ୍ରରେ ବି ସବୁ ବନ୍ଦୋବସ୍ତ କରି ନେଇଥିଲେ । ସେଥିରେ ଗାଁ ଲୋକଙ୍କର କାହାରି କିଛି କହିବାର ନଥିଲା ।

କକେଇଙ୍କର ଧପ୍‌ପାବାଜୀ ସୀତାନାଥ ବାବୁଙ୍କ ମନରେ ସବୁ ବିଶ୍ୱାସକୁ ଦୋହଲାଇ ଦେଇଥିଲା, ଆଉ ଗାଁ ଲୋକ ତାଙ୍କଠୁ ଏତେ ଦୂରରେ ବୋଲି ସେ ସେଇ ପ୍ରଥମ ଜାଣିଲେ । ବାସ୍, କଥାଟାକୁ ଆଉ କୋର୍ଟ କଚେରୀକୁ ନ ନେଇ ସେ ଗାଁ ଛାଡ଼ିଥିଲେ । ନିଜ ରକ୍ତର ଲୋକଙ୍କ ମନ ଯେଉଁଠି ଏତେ ଛୋଟ, ଆଉ ଯେଉଁ ଗାଁଆର ଲୋକେ ଅନ୍ୟର ଭଲମନ୍ଦ ପ୍ରତି ଏତେ ନିର୍ଲିପ୍ତ, ସେଇଠି ଜମି କେତେ ଏକର କି ଘରଡ଼ିହ କେଇ ବଖରା ପାଇଁ ଲଢ଼ିବା ତାଙ୍କର ଦରକାର ନାହିଁ । ସହରରେ ଭଲଭାବେ ଥାଇଥାନ ହେଇଗଲା ପରେ କ୍ରମେ କକେଇଙ୍କ ପ୍ରତି ରାଗ ବି ମନରୁ ଲିଭି ଲିଭି ଆସିଲା– ଛାଡ଼, ତାଙ୍କ ବିରାଟ ପରିବାରକୁ ଚହିଁ ତାଙ୍କର ବା ଅଛି କ'ଣ ? ସେଇ ଜମି କିଛି ଆଉ ଟାଉଟରୀ ମୁଣ୍ଡ ଖଣ୍ଡକ । ତେବେ ରାଗ ସିନା ଗଲା, ବିମୁଖ ହୋଇଯାଇଥିବା ମନଟାରେ ତ ଆଉ ସ୍ନେହ ଫୁଟିବା ସମ୍ଭବ ନୁହେଁ, ସେ ଆଉ ଗାଁ ମାଟି ମାଡ଼ି ନଥିଲେ ।

ଆଜି ପୁଣି ଫେରୁଛନ୍ତି । ଫେରୁନାହାନ୍ତି ଠିକ୍, ସେ ଆସିଛନ୍ତି କକେଇଙ୍କର ଦଶାହ କାମରେ ଯୋଗ ଦେବାକୁ ଦିନକ ପାଇଁ । ଗତ କାଲି ସେ ବିପିନ ଠାରୁ ଚିଠିରେ କକେଇଙ୍କର ମରିବାର ଖବର ପାଇଲେ । ଆଗରୁ ଅବଶ୍ୟ ଅସୁସ୍ଥ ଥିଲେ ବୋଲି ଶୁଣିଥିଲେ ।

ଗାଁ ପାଖେଇ ଆସିଲା ଓ ସେ ଅନୁଭବ କଲେ ଯେ ଏତେଦିନ ପରେ ବି ଗାଁର ଛୋଟ ଛୋଟ କଥାମାନ ତାଙ୍କର ବହୁ ଆତ୍ମୀୟ ବୋଲି ମାନିବାକୁ ହେବ– ଏଇ ଯେମିତି କୂଅ ଚନ୍ଦିନୀ ଉପରେ ସ୍ତ୍ରୀଟିଏ ମୁଣ୍ଡରେ ମାଠିଆ ଥୋଇ ଆର ପାଣି ମାଠିଆକୁ ସନ୍ତର୍ପଣରେ କାଖକୁ ଟେକି ନେଉଥିବାର ଦୃଶ୍ୟ, ବା ଦୂରରୁ କିଏ ଜଣେ କାହାକୁ ଡାକୁଥିବାର ଲମ୍ବିଲା ସ୍ୱର । ଗାଁର ଚେହେରାରେ ଅଁଢ ବହୁତ ପରିବର୍ତ୍ତନ ଘଟିଥିଲେ ବି ସେମିତି ଚିହ୍ନି ନ ହେଲା ଭଳି ନୁହେଁ । ଗାଁ ଦାଣ୍ଡରେ ଚଲିଲା ବେଳେ ସେ ମୁହଁ

ଟେକି ଯିବାଆସିବା ଲୋକଙ୍କୁ ନିରେଖି ଚିହ୍ନିବାକୁ ଚେଷ୍ଟା କରିବାର ଆଗ୍ରହ ଅନୁଭବ କଲେନାହିଁ । ସେମିତି ଆଟାଚିଟିକୁ ଧରି ଗମ୍ଭୀର ପାଦରେ ମୁହଁପୋତି ଚାଲିଲେ, ତାଙ୍କୁ ଚମକାଇ ଦେଇ ଘର ମୁହଁ ହଠାତ୍ ପହଞ୍ଚିଗଲାଯାଏଁ । ଘର ମୁହଁରେ ସେ ଠିଆହୋଇ ରହିଗଲେ, ଅତି ଆପଣାର ତ' ଏବେ ନୁହେଁ ଯେ ଗୋଡ଼ ଛାଏଁ ଟାଣିନେଇଯିବ ଭିତରକୁ । ଘରର ରୂପରେଖ ବି ସେଇ ପୁରୁଣାଦିନ ପରି ରହିଛି ପ୍ରାୟ, ତେବେ କୋଡ଼ିଏ ବର୍ଷପୂର୍ବେ ଏଇ ପରିଚ୍ଛନ୍ନ ମାଟି ଘରଟି ଧନଧାନ୍ୟରେ ପୁରି ଉଠୁନଥିଲେ ବି ଯେଉଁ ପୂର୍ଣ୍ଣତାର ସନ୍ତୋଷର ମୁହଁ ନେଇ ଠିଆହେଇଥିଲା, ଏବେ ତା' ନାହିଁ । ସେ ମୁହଁରେ ଯେମିତି ଜରା ରୋଗ ଘୋଟି ଆସିଛି, ଆତ୍ମବିଶ୍ୱାସର ଲେଶ ଦିଶୁ ନାହିଁ ।

ଘର ଭିତରୁ ବିପିନ ବାହାରି ଆସିଲା, କକେଇଙ୍କ ବଡ଼ପୁଅ । ମାଇନର ସ୍କୁଲରେ ମାଷ୍ଟର ଚାକିରି କରିଚି, କାମରେ ଯେତେଥର ଭୁବନେଶ୍ୱର ଯାଇଛି, ନିଃସଙ୍କୋଚରେ ଦିନେ କି ଓଳିଏ ଲାଗି ସୀତାନାଥ ବାବୁଙ୍କ ଘରେ ଓହ୍ଲାଇଚି । ସେତେବେଳକୁ ସଫାସୁତୁରା ଦିଶେ, ଏବେ ଏ ମଇଳା ଧୋତି ପିନ୍ଧି ଚିହ୍ନି ହେଉନାହିଁ ହଠାତ୍ ।

ବିପିନ ସୀତାନାଥ ବାବୁଙ୍କୁ ଦେଖି ଦଣ୍ଡେ ରହିଗଲା ଠିଆହେଇ, ଆଖିକୁ ବୋଧେ ବିଶ୍ୱାସ କରିପାରିଲା ନାହିଁ । ମୁହଁରେ ଗଦ୍‌ଗଦ୍ ହସଟିଏ ଫିଟି ନ ପଡୁଣୁ ସେ ଆତ୍ମସମ୍ବରଣ କଲା ଓ ଗୋଡ଼ ଛୁଇଁ ପ୍ରଣାମ କରି ହଠାତ୍ କର୍ତ୍ତବ୍ୟ ସଚେତନ ହେଲାପରି କାନ୍ଧର ଗାମୁଛା ମୁହଁରେ ଜାକି ଧକେଇ କାନ୍ଦିଲା ପିତୃଶୋକରେ । ସୀତାନାଥ ବାବୁ ଆଟାଚି ଥୋଇ ତା' ପାଖକୁ ଗଲେ ଓ ତା ପିଠିରେ ସାନ୍ତ୍ୱନାର ହାତ ଥୋଇଲେ । ଚାହୁଁ ଚାହୁଁ ଘରଯାକର ଲୋକ କୁଢ଼େଇ ହୋଇପଡ଼ିଲେ, ଚାପା ହଇଚଇ ଜଣାପଡ଼ିଗଲା ଓ ତାପରେ ଖୋଲା କାନ୍ଦ କଥା ବାହୁନାର ସୁଅ ଛୁଟିଲା । ସୀତାନାଥ ବାବୁ ତଳକୁ ମୁହଁପୋତି ରହିଲେ କେବଳ, ତାଙ୍କୁ ବାକ୍‌ରୁଦ୍ଧ ଲାଗୁଥିଲା ଏତେଗୁଡ଼ାଏ କାନ୍ଦରେ । ସମସ୍ତଙ୍କ ଭିତରେ କକେଇଙ୍କର କୋଡ଼ିଏ ବର୍ଷ ତଳର ହାଡୁଆ ଅଣ୍ଟାଭିଡ଼ା ଚେହେରାଟିର ଅନୁପସ୍ଥିତି ସେ ଅନୁଭବ କଲେ । ଏ ଭିତରେ ବିନୋଦ ଓ ବୃନ୍ଦାବନ ତାଙ୍କୁ କୁଣ୍ଢେଇଧରି କାନ୍ଦିଥିଲେ ପ୍ରାୟ ଓ ସୀତାନାଥ ବାବୁଙ୍କର କୋଡ଼ିଏ ବର୍ଷ ତଳେ ଏଇଘରେ ଅଭିନୀତ ହୋଇଥିବା ଠିକ୍ ଏଇପରି ଦୃଶ୍ୟମାନ ଜଳଜଳ ଅନୁଭବ ହେଲା । ତେବେ ତାଙ୍କ ଦେହ ମୁହଁ ସାରା ଓଜନିଆ ଲାଗି ଦାନ୍ତ ଜାବ ପଡ଼ିଯିବା ପରି ଲାଗିଲା ସିନା, ତଣ୍ଟିରେ କୋହର ଗୁଳା ବା ଆଖିରୁ ପାଣି ଝରିଯିବା ସେ ଅନୁଭବ କଲେ ନାହିଁ ।

ଶୋକ ପର୍ଯ୍ୟାୟ ପରେ ସମସ୍ତେ ତାଙ୍କୁ ପାଛୋଟି ନେବାବେଳେ ସେ ଭୁଇଁକୁ ଅନେଇ ଚାଲୁଥିଲେ ବି ତାଙ୍କର ମନେହେଲା ସମସ୍ତେ ଯେମିତି କଟମଟ କରି ତାଙ୍କ ଶୁଖିଲା ଆଖିକି ଅନେଇଛନ୍ତି ।

ହାତମୁହଁ ଧୋଇ ସାରି ବସି ନିଶ୍ୱାସ ମାରିଲା ବେଳେ ସେ ଭାବିଲେ ତାଙ୍କର ଯେଉଁ ଭିନ୍ନ ସାମାଜିକ ଗୋଷ୍ଠୀ, ପଦବୀ, ଜୀବନ– ଏମାନେ ବୁଝିବେ ନାହିଁ । ସେଥିରେ ବର୍ଷ ବର୍ଷ ଧରି କେମିତି ଲୋକଙ୍କ ଆଗରେ ମନର ଭାବସବୁ ଚପାଇ ରଖିବାକୁ, ଗୋଟିଏ ଯଥାସମ୍ଭବ ସ୍ୱାଭାବିକ ଭାବ ମୁହଁରେ ଫୁଟାଇବାକୁ ହୁଏ, ଏପରିକି ନିଜ ପରିବାର ଆଗରେ ବି ମନର ଚିନ୍ତା, ଶୋଚନା ସବୁ ଲୁଚାଇ ରଖିବାକୁ ହୁଏ ଅନେକ ସମୟରେ । ତେଣୁ ଏଡ଼େ ସହଜରେ ଇଚ୍ଛା କଲାମାତ୍ରେ ସମସ୍ତଙ୍କ ଆଗରେ ଏମିତି ଆଦିମ ଭାବ ସବୁ ପ୍ରକାଶ କରିବା ତାଙ୍କ ପକ୍ଷେ ସମ୍ଭବ ନୁହେଁ । ତାଛଡ଼ା ନିଜପାଖେ ସତ କହିବାକୁ ଗଲେ– କକେଇଙ୍କ ସଙ୍ଗେ ତାଙ୍କର ତ ସେମିତି ସ୍ନେହର ସମ୍ପର୍କ ନଥିଲା, ତେଣୁ କେବଳ ବିଧିରକ୍ଷା କରିବାକୁ କାନ୍ଦିପାରୁ ନାହାନ୍ତି ବୋଲି ଲଜ୍ଜିତ ହେବାର କିଛି ନାହିଁ ।

ରାତିରେ ଗରମ ଯୋଗୁଁ ଅଣଓସାରିଆ ଭିତର ପିଣ୍ଡାଟିରେ ତାଙ୍କର ଖଟ ପଡ଼ିଥିଲା । ଏତେ ବ୍ୟସ୍ତତାରେ ଦିନ କଟିଥିବାର କ୍ଳାନ୍ତି ସତ୍ତ୍ୱେ ବିଛଣାରେ ପଡ଼ିବା ପରେ ତାଙ୍କ ଆଖିକୁ ନିଦ ଆସୁନଥିଲା । ସଞ୍ଜ ପହର ସାରା ବନ୍ଧୁବାନ୍ଧବ ଚିହ୍ନା ପରିଚୟଙ୍କ ଭେଟାଭେଟିରେ କଟିଥିଲା । ଖୁଡ଼ୀଙ୍କ କଥା ଭାବି ତାଙ୍କ ମନରେ ଆଗରୁ ସମବେଦନା ଜାତ ହୋଇଥିଲେ ବି ତାଙ୍କ ବିଧବା ବେଶ ଆଖିକୁ ଏତେ କଠୋର ଲାଗିବ ବୋଲି ସେ ଅନୁମାନ କରି ନଥିଲେ– ପୂର୍ବର ସୁନ୍ଦରୀ ରଣଚଣ୍ଡୀ ଖୁଡ଼ୀ ଯେମିତି ଠିକ୍ ବିପରୀତ ରୋଲ୍‌ରେ ବୃଦ୍ଧାଟିଏର ଅଭିନୟ କରିବାକୁ ଷ୍ଟେଜ୍‌କୁ ବାହାରିଛନ୍ତି । ଖୁଡ଼ୀ ଅବଶ୍ୟ ତାଙ୍କ କରୁଣ ବାହୁନା ଭିତରେ ବି ସୀତାନାଥ ବାବୁଙ୍କୁ ଭୁଲିନଥିଲେ, ନିଜର ଅସହାୟତା ଓ ପତିଙ୍କର ସଦ୍‌ଗୁଣ ଗାଉ ଗାଉ କହିଥିଲେ– "କକେଇ ତମର ବର୍ଷେକାଳ ବିଛଣାରେ ପଡ଼ିଲେ ଯେ କେତେ ଖୋଜିଲେ ତମକୁ... ଖାଲି କହୁଥାନ୍ତି, ସୀତାନାଥ କଣ ସତରେ ମୋତେ ଥରେ ଦେଖିବାକୁ ସୁଦ୍ଧା ଆସିଲା ନାହିଁ ? ଆଉ କଣ ଦେଖିବାକୁ ଆସିଲ ?" –ତାପରେ ଖୁଡ଼ୀ ସରୁ ନାଳଟିଏରେ ନୂଆ ବର୍ଷାପାଣି ଅସରାଏ ମାଡ଼ିଆସିଲା ପରି କାନ୍ଦିଲେ । ଆଉ ଖୁଡ଼ୀଙ୍କ ପରେ ସବୁଠାରୁ ବେଶୀ ଭାଙ୍ଗି ପଡ଼ିଛି ମିନି– ତା ସ୍ୱାମୀ ପାଗଳ ହୋଇ ଘର ଛାଡ଼ିଲା ପରଠୁ ସିଏ ଆସି ବାପଘରେ ରହିଲା, କୋଳରେ ପିଲାଟିକି ନେଇ । ଲେଖାଯୋଖା ମାଉସୀ ନନିବୋଉ ବି ଆସିଥିଲା, କହିଲା– "ତୋ ବାପା ଚାଲିଗଲା ଜାଣ, ତୋ ବାପ ଗଲାପରେ କକେଇ ଥିଲା ବାପପରି...."

ଆହୁରି ଅନେକ ବନ୍ଧୁ ବାନ୍ଧବଙ୍କ ସଙ୍ଗେ ଦେଖା ହେଇଥିଲା । କେତେ ପୁରୁଣା ମୁହଁ ଲୁଚି ଗଲେଣି ଏଭିତରେ, ଅନେକ ସୁନ୍ଦର ଚିକ୍‌କଣ ମୁହଁ ବି ବୟସରେ ଲୋଚାକୋଚା ହେଇଗଲେଣି । ଆଉ କେତେଗୁଡ଼ିଏ ଅଳ୍ପବୟସ୍କ ନୂଆ ମୁହଁ ଉଦ୍‌ଗ୍ରୀବ

ଆତ୍ମୀୟତା ଓ ସମ୍ମାନରେ କଥା କହୁଥିଲେ– ଯେମିତି ସୀତାନାଥ ବାବୁ ତାଙ୍କ ପାଖେ ଆଦୌ ଅପରିଚିତ ନୁହଁନ୍ତି ।

ଅନ୍ଧାର ହେଇ ଆସିଲା ପରେ ଘରେ ଗହଳି କମିଯାଇଥିଲା ଓ ବିନୋଦ ଆସି ଛାଇ ଅନ୍ଧାରରେ ଗୋଡ଼ ପାଖେ ବସି ଗପସପ କଲା ଯେମିତି ଅନେକଦିନ ପରେ ନିଜ ଲୋକଙ୍କ ସଙ୍ଗେ ଦେଖାହୋଇଛି । କଥା ମଝିରେ କହିଥିଲା– ଚାକିରି ଖଣ୍ଡିଏ ଲାଗି ବଡ଼ ଧାଁ ଦଉଡ଼ କଲିଣି ଭାଇନା, ଆମ କୁଟୁମ୍ବ ତ ଦେଖୁଛ, ଚାଷରେ କଣ ଚଳି ହେବ ? ଆଉ ଜାଣିଥିବ ତ ବାପା ମିଛରେ ଯଦୁପଣ୍ଡା ସାଙ୍ଗରେ କେଶ ଲଢ଼ି ଗୁଡ଼ାଏ ଜମି ବିକି ନଷ୍ଟ କରିଦେଲେ । ନିଜେ ଏତେ ଛନ୍ଦକପଟ ଜାଣୁ ନଥିଲେ, ଏଣେ ନିଜର ଦମ୍ଭ ବି...

ସୀତାନାଥ ବାବୁଙ୍କର ମନେହେଲା କକେଇଙ୍କ ମୃତ୍ୟୁରେ ଯେମିତି ବିଦ୍ୱେଷର ପାଚେରୀଟିଏ ମିଳେଇ ଯାଉଛି ଶୂନ୍ୟରେ । ଅକାରଣ ଅଜବ ଗୋଟାଏ ଦୟା ଆସୁଚି ଯେ ଆହା ବିଚରା ତ ନାହିଁ ଆଉ । ମରିଯାଇଥିବା ଲୋକର ତ କାହାର ହାନିଲାଭରେ ଆଉ ହାତ ନାହିଁ, ତାର ତେଣୁ ସଂପୂର୍ଣ୍ଣ ବଦ୍‌ଗୁଣରହିତ ଦେବତୁଲ୍ୟ ପାଲଟି ଯିବାରେ କ୍ଷତି କ'ଣ ? ତାର ତ ବ୍ୟକ୍ତିତ୍ୱ ହିଁ ଜାଣ ମିଳାଇ ଯାଉଛି ଧୀରେ ଧୀରେ– କ୍ରମେ କେବଳ କେତେଜଣଙ୍କ ମନର ଛାପରେ ହିଁ ରହିବ, ତା ବି ଭିନ୍ନ ଭିନ୍ନ ଲୋକଙ୍କ ଯୋଗୁଁ ବିଭିନ୍ନ ରୂପ ନେବ ।

ସୀତାନାଥ ବାବୁ ଚିତ୍‌ହେଇ ଶୋଇ ଆକାଶକୁ ଚାହିଁଲେ– ଗାଁ ରାତିର ସିଲୁଏଟ୍‌ରେ ବି ପରିବର୍ତ୍ତନ କିଛି ପ୍ରାୟ ହେଇ ନାଇଁ । ଯେତେ ବର୍ତ୍ତମାନରେ ମନ ଲଗାଇଲେ ବି ଛାତି ଭିତରଟା ଚାଉଁ ଚାଉଁ ପୋଡ଼ି ଉଠୁଚି ଓ ସମୁଦାୟ ନିଜେ ସେ ଯେମିତି ଚୋରାବାଲିରେ ଗୋଡ଼ ଥୋଇଲା ପରି ଟାଣିହେଇ ଯାଉଚନ୍ତି ଗଲାଦିନର ଭାରୀ ଭାରୀ ନିଶାଳିଆ ସ୍ମୃତି ଭିତରକୁ ।

ସେଇ ପାତଳ ଅନ୍ଧାରରେ ସେ ନିଜକୁ ସାମ୍ନା କଲେ– ଗାଁକୁ ଆସିବାକୁ ସ୍ଥିର କଲାବେଳୁ ହିଁ ସେ ଯେମିତି ଅଦୃଶ୍ୟ ସାଞ୍ଜୁଟିଏ ରଖିଛନ୍ତି ନିଜ ଆଗରେ– କେହି ମୋତେ ଛୁଇଁ ପାରିବ ନାହିଁ ତମ ଭାବପ୍ରବଣତାର ଅସ୍ତ୍ରମୁନରେ କହିଦେଉଚି ।

ଗତକାଲି ଦିପହରେ ସେ କକେଇ ମରିଯିବାର ଖବର ପାଇଲେ ଓ ବେଶ୍ କିଛି ସମୟ ଧରି ଉଦାସ ହୋଇପଡ଼ିଥିଲେ । ସନ୍ଧ୍ୟାବେଳେ ପ୍ରତିମାକୁ କହିଲେ– "ଭାବୁଛି ଦିନକ ପାଇଁ ଗାଁକୁ ଯାଇ ଚାଲିଆସିବି, କ'ଣ କହୁଛ ?"

ପ୍ରତିମା ଭାରୀ ମୁହଁରେ କହିଲେ–"ଯାହା ଠିକ୍ ଭାବିବ । ସେଇ ଘରକୁ ପୁଣି ଯିବ ?"

ସୀତାନାଥ ବାବୁ ଭାବିଚିନ୍ତି କୈଫିୟତ୍ ଦେଲାପରି କହିଲେ– "ନ ଗଲେ ଅସୁନ୍ଦର ହେବ । ଆଉ ସେ ଘରେ ତ ଏବେ ବି ମୋର ଅଧିକାର ଅଛି ପ୍ରତିମା, କାଳି ତକରାଳ ଲାଗି ଘର ଛାଡ଼ିଦେଲି ସିନା, ଏବେ ଆଉ ରାଗ କାହା ଉପରେ ?"

ଘରେ ପୁଅଝିଅ କାହାରି ସଙ୍ଗେ ଆଉ ଆଲୋଚନା ହୋଇନାହିଁ ଏ ବିଷୟରେ । ତେବେ ବାବୁଲା କହୁଥିଲା ତା ମା'କୁ–"ବାପା ସତରେ ଯିବେ ତାଙ୍କ ଗାଁକୁ ?" ପ୍ରତିମାଙ୍କ ଗୁଣୁଗୁଣୁ ଉତ୍ତର ତାଙ୍କୁ ଶୁଣାଯାଇ ନଥିଲା ଓ ପୁଣି ବାବୁଲାର ସ୍ୱର ଶୁଭିଲା– "ଏ ଅଯଥା ସେଣ୍ଟିମେଣ୍ଟାଲିଟି, ଲୋକଙ୍କ କଥାକୁ ଡର– ଏସବୁ ମୁଁ ବୁଝିପାରେ ନାହିଁ । ସେଇ ଘରେ, କି ସେଇ ଗାଁରେ ବାପାଙ୍କୁ କିଛି ପୋଜିସନ୍ କିଏ ଦେଇଥିଲା ? ମୁଁ ଏସବୁକୁ ହିପୋକ୍ରେସି କହେ– ଏଇ ଫର୍ମାଲ୍ ଶୋକ ।"

ଏଇଠି ପହଞ୍ଚି ସେ ବାବୁଲା ପ୍ରଶ୍ନର ଉତ୍ତର ଦେଲେ ନିଜକୁ– କେଉଁ କଥାର ଶତକଡ଼ା କେତେ ଖାଣ୍ଟି ସଚ୍ଚୋଟତା, କେତେ ହିପୋକ୍ରେସି କିଏ କହିବରେ ବାବୁଲା ? ପ୍ରତିଟି କାମରୁ ଲୋକ ଦେଖାଣିଆ ଆସ୍ଫାଳନ କେତେ ଆଉ ଆତ୍ମାର ଡାକ କେତେ, ତାର ଠିକ୍ ଠିକ୍ ହିସାବ ନିକାଶ କେମିତି ହେବ ? ଶୋକକୁ ତୁ ବା କେବେ ଭେଟିଲୁ ଯେ ବୁଝିଲୁ ତାହା ସାମାଜିକ କର୍ତ୍ତବ୍ୟ କେବଳ ବୋଲି !

ନିଜ ବାପାଙ୍କ ମୃତ୍ୟୁ ବେଳକୁ ସଫଳତା ଓ ପ୍ରତିଷ୍ଠାର ରାସ୍ତାରେ ତାଙ୍କର ନିଶ୍ଚିତ ପାଦ ପଡ଼ି ସାରିଥାଏ । ବୋଉ ଯାଇସାରିଥିଲା ସେ କଲେଜରେ ପଢ଼ିଲା ଦିନୁ । ବାପାଙ୍କ ସ୍ନେହ ତାଙ୍କ ବ୍ୟକ୍ତିଗତ ସମ୍ପର୍କ ସବୁବେଳେ ପ୍ରକାଶ ପାଏ ଦୃଢ଼ ଶାସନ ରୂପରେ, ଆଉ ତାଙ୍କ ଉଚ୍ଚାକାଂକ୍ଷାରେ । ବାପା ବିଛଣା ଧରିଲା ବେଳକୁ ତାଙ୍କ ଶାସନ ଓ ଉଚ୍ଚାକାଂକ୍ଷାର ପ୍ରୟୋଜନ ସରିଯାଇଥିଲା ସୀତାନାଥ ବାବୁଙ୍କ ପାଇଁ । ବାପାଙ୍କ ମୃତ୍ୟୁ ପରେ ତାଙ୍କର ସମ୍ପୂର୍ଣ୍ଣ ସ୍ୱାଧୀନ, ଅବିଚଳିତ ନିଷ୍ପତ୍ତି ଥିଲା ଗାଁ ଛାଡ଼ିବାର ।

କକେଇଙ୍କ ମୃତ୍ୟୁ ସୀତାନାଥ ବାବୁଙ୍କ ଜୀବନର ଗୋଟିଏ ଘଟଣା ବୋଲି ଧରାଯିବ କି ନାହିଁ ସେ ବାସ୍ତବରେ କହିପାରିବେ ନାହିଁ । ଏଠିକି ଆସିଲା ବେଳକୁ ସେ ଧରିନେଇଥିଲେ ତାଙ୍କର ଆସିବା ହିଁ ଉଚିତ୍ । ତା'ସାଙ୍ଗକୁ ହୁଏତ ଅନେକଦିନୁ ପୁରୁଣା ଗାଁଟା ଥରେ ଦେଖି ଯିବାର ଯେଉଁ ଇଚ୍ଛା ମନରେ ଶୋଇ ରହିଥିଲା, ସୁଯୋଗଟିଏ ପାଇ ଛାଡ଼ିବାକୁ ଇଚ୍ଛା ହେଲା ନାହିଁ । ଆହୁରି ବି ବୋଧହୁଏ ଅନେକଦିନ ତଳେ ନିଜକୁ ସେ ଯେଉଁ ପରି ଗଣିବାକୁ ଓ ଦେଖାଇବାକୁ ଋହିଁଥିଲେ, ପୁଣି ସେ ପରିବେଷ୍ଟନୀରେ ନିଜକୁ ବାଞ୍ଛିତ ରୂପରେ ଗାଢ଼କରି ଅନୁଭବ କରିବାକୁ । ଅବଶ୍ୟ ଏଠିକି ଆସି ସେ ଦେଖୁଛନ୍ତି ସମସ୍ତେ ତାଙ୍କ ଗୌରବକୁ ନିର୍ବିବାଦରେ ମାନି ନେଇଛନ୍ତି ଓ ଚ୍ୟାଲେଞ୍ଜ ବା ପ୍ରତିଶୋଧ ନାମକ ଶବ୍ଦମାନ ଏଇଠି ଅସଙ୍ଗତ ।

ଆକାଶରେ ଲୁଗାକାନି ଉଡୁଥିବା ପରି ପତଳା ମେଘ ଖଣ୍ଡିଏ ଟିକିଏ ପରେ ବୁଢ଼ା ଲୋକଟିଏର ହାଡୁଆ ମୁହଁ ପରି ଦିଶିଲା ଓ ନିଦ ଲାଗି ଆସିଲା ବେଳକୁ ସୀତାନାଥ ବାବୁଙ୍କ ମନକୁ ଆସୁଥିଲା ମଣିଷ ସମ୍ପର୍କର ବି' କିଛି ଠିକଣା ନାହିଁ, କେତେବେଳେ କେଉଁ ଆକାର ଧରିବ ।

ସକାଳୁ ଉଠିଲା ପରେ ଜଣେ କିଏ ତାଙ୍କ ପାଖକୁ ପାଣି ଢାଳେ, ଦାନ୍ତକାଠିଟିଏ ଆଣିଦେଲା ଓ ଦାନ୍ତକାଠି ଘେଁବାଇବା ଅଭ୍ୟାସ ଚାଲିଯାଇଥିଲେ ବି ତାଙ୍କୁ ଲାଗିଲା ରାତିଏ ରହଣୀ ପରେ ସେ ପ୍ରାୟ ବିନା ଚେଷ୍ଟାରେ ଗାଁ ଜୀବନ ସହିତ ଖାପି ହେଇଯାଉଛନ୍ତି । ଜଳଖିଆ ପରେ ଖବର କାଗଜ ପଢ଼ିବାରେ ସବୁଦିନ ପରି ଆଜି ଆଗ୍ରହ ତାଙ୍କର ନଥିଲା । ମଝିରେ ମଝିରେ ଛାପା ଅକ୍ଷର ଉପରେ ଆଖି ବୁଲାଉ ବୁଲାଉ ସେ କେବଳ ଲକ୍ଷ୍ୟ କରୁଥିଲେ ଚାରିଆଡ଼େ ଅର୍ଥହୀନ ଯୁକ୍ତିହୀନ ବ୍ୟସ୍ତତା ଓ ରହି ରହି ସ୍ୱଚ୍ଛନ୍ଦ ଶୋକ-ବିଳାସ ।

ସାନ ଚାରିକୋଣିଆ ଅଗଣାଟିରେ ଗ୍ରୀଷ୍ମର ଉତ୍ତପ୍ତ ଖରା ଝଲସିଲା ପରି ଆକାଶରୁ ଆସି ପଡ଼ିଛି ଝଲକାଏ ଶୋକ ଏ ଘରେ– କାହା ଉପରେ ଲାଖି ନାହିଁ ସିଏ; ଏକ ସ୍ୱତନ୍ତ୍ର ସତ୍ତା ନେଇ ସେ ଯେମିତି ଝୁଲୁଛି ଶୂନ୍ୟରେ, ଯିଏ ତା' ବାଟ ଦେଇ ଚାଲି ଯାଉଛି ବୁଡ଼ିଯାଇ ଝଲସି ଯାଉଛି କ୍ଷଣେ । ସମସ୍ତେ ଆତଯାତ ହେଉଛନ୍ତି ଘର ଭିତର ବାହାର ଓ କକେଇଙ୍କୁ ନିମିତ୍ତ କରି ଯେ ଯାହାର ବ୍ୟକ୍ତିଗତ ଶୋକ କରୁଛନ୍ତି, ସହଜ ଖୋଳପାକୁ ଫିଙ୍ଗି ଦେଇ ଆତ୍ମଦୟାରେ ବିହ୍ୱଳ ହୋଇ ବୁଡ଼ି ଯାଉଛନ୍ତି । ଆଉ କାହାର ବା ଧୂଆଁ ବାଜି ଆଖି ପୋଡ଼ିଲାପରି ଗଡ଼ି ଯାଉଛି ଲୁହ କିଛି । ଏସବୁ ତାଙ୍କର ଅପରିଚିତ ନୁହେଁ– ସେଇଥିପାଇଁ ଆଜି ଦୂରରେ ବସି ଖବରକାଗଜ ପଢୁଥିଲେ ବି ସହଜରେ ବୁଝୁଛନ୍ତି ସବୁ ।

ଆଦି ଦିନ ଚାରିଟା ବସ୍‌ରେ ସେ ଫେରିଯିବେ । ଯିବାବେଳ ପାଖେଇ ଆସିଲାବେଳକୁ ଅନେକଦିନୁ ଉପୁଡ଼ି ଯାଇଥିବା ଚେରମାନ ଯେମିତି ତାଙ୍କର ମାଟି ଛୁଇଁ ଛୁଇଁ ଆସୁଛି, ଗୋଡ଼ପାଖେ ଲଟେଇ ହେଇଯାଉଛନ୍ତି ପରିଚିତ ଘାସଲତା ।

ବିନିବୋଉ ମାଉସୀ କୁଆଡୁ ଆସି ତାଙ୍କୁ ଅଳ୍ପଦୂର ଛାଡ଼ି ବସି ପଡ଼ିଲା, କହିଲା– "ଏକୁଟିଆ ବସି କାଗଜ ପଢୁଛୁ, ତୋତେ ଏଠି ଅଡୁଆ ଲାଗୁଥିବ ନୁହେଁ ?" ଆଉ ଦୁଇ ଚାରିପଦ କଥାବାର୍ତ୍ତା ପରେ ଟିକିଏ ପାଖକୁ ଘୁଞ୍ଚିଆସି ଅତି ଧୀର ସାଇଁ ସାଇଁ ଗଳାରେ କହିଲା–"ଯା' ହେଉ ଆସିଲୁ ସେତିକି ବଡ଼ କଥା, ସେଥିରେ ତୋ କକେଇ ଶାନ୍ତି ପାଇବ । ବର୍ଷେକାଳ ବିଛଣାରେ ପଡ଼ି କମ୍ କଲବଲ ହେଲା କି ସିଏ ? ପୁଅ ବୋହୂ କିଏ ପଚାରୁଥିଲେ ?"

ତା'ପରେ ଆହୁରି ଫୁସ୍‌ଫୁସ୍ କରି କହିଲା–"ତୋତେ ତୋ ପୈତୃକ ସମ୍ପତ୍ତିରୁ ବି କାଣିଚାଏ ଦେଲାନାଇଁ, ସେଥିରେ ଯୋଉ ପାପ ଅର୍ଜିଲା..."

ସୀତାନାଥ ବାବୁ ବୁଢ଼ୀ ମୁହଁକୁ ଅନେଇଲେ, ଆଉ ନିତାନ୍ତ ବ୍ୟକ୍ତିଗତ କଥାଟିରେ ମତାମତ ଜାଣିଲା ପରି ପଚାରିଲେ–"ମୋ ପ୍ରତି କକେଇ ସତରେ ଅନ୍ୟାୟ କଲେ, ନୁହେଁ ମାଉସୀ ? ହେଲେ ଗୋଟାଏ କଥା ଏବେ ମୋ ମନକୁ ଆସୁଛି, କ'ଣ ଜାଣୁ ? ମୁଁ ଭାବୁଛି ତାଙ୍କ ପିଲାଛୁଆଙ୍କୁ ପାଳିବାଲାଗି ବୋଧେ କକେଇଙ୍କୁ ଅନ୍ୟ ଉପାୟ ଦିଶିନଥିବ । ସେ ଦେଖୁଥିବେ ମୁଁ ଭଲରେ ଚଳୁଛି । ତେଣୁ ସିଏ ଯାହାକଲେ, ସେ କ'ଣ ସତରେ ପାପରେ ଯିବ ?"

ବୁଢ଼ୀ ମିଞ୍ଜି ମିଞ୍ଜି କରି ଅନାଇଲା; ସଙ୍ଗେ ସଙ୍ଗେ ମୁଣ୍ଡ ଟୁଙ୍ଗାରିଲା–"ତା' ସତ ବାପ, ଯାହା କହିଲୁ ସତ ।"

ସୀତାନାଥ ବାବୁ ପୁଣି ନିଜକୁ ବୁଝାଇଲା ପରି କହିଲେ–"ଏଇ ଗାଁରେ ସମ୍ପତ୍ତି ଟିକିଏ କଣ ହୋଇଥାନ୍ତା ମୋର ? ଦେଖାଚାହାଁ କରିପାରିଥାନ୍ତି ?"

ବୁଢ଼ୀ କହିଲା–"ନୁହେଁ ଆଉ କ'ଣ ? ତୋର ଏବେ ଠାକୁରେ କୋଉ କଥାର ଅଭାବ କରିଦେଲେ ?"

ଖିଆପିଆ ସାରି ସେ ଟିକିଏ ଗଡ଼୍‌ପଡ଼୍ ହେଲେ, ବାରିପାଖ ଆମ୍ବଗଛ ଆଡୁ ରହିରହି ଥଣ୍ଡା ପବନ ଆସୁଛି, ଆଖି ଲାଗିଆସୁଛି । ସେ ଘଣ୍ଟା ଦେଖିଲେ, ଆଜି ନ ଗଲେ କିନ୍ତୁ ପ୍ରତିମା ବ୍ୟସ୍ତ ହେବେ, ଯେମିତି ସେ ବ୍ୟସ୍ତ ହୁଅନ୍ତି ଦିନେ ଦିନେ ଯେତେବେଳେ ରାତି ବାରଟା ବାଜିଲା ପରେ ବି' ସୀତାନାଥ ବାବୁ ବହି ଖଣ୍ଡିଏ କି ପେପରର ଗୋଟିଏ ପୃଷ୍ଠାକୁ ଘଣ୍ଟାଏ କାଳ ଅନେଇ ବସିଥାନ୍ତି । ନିଶ୍ଚେ କିଛି ହେଇଛି, ମୋତେ ଲୁଚଉଛ । ପ୍ରତିମାଙ୍କ ନିଶ୍ଚିତ ସ୍ନେହ ବିଳାସ ପରିଲାଗେ; କିନ୍ତୁ ଲାଭ କ'ଣ ବିଚାରୀକୁ କହି, ସେ କ'ଣ ବୁଝିବ ? ତେଣୁ କହିବାକୁ ହୁଏ ମୁଣ୍ଡ ବିନ୍ଧୁଛି; ନିଦ ଆସୁନି କାହିଁକି; କାଲି ଡାକ୍ତର ମହାନ୍ତିଙ୍କୁ ପଚାରିବି । ଆଉକେବେ ଝିଅ ରେଣୁ କାହିଁକି ରାତିଆଠଟା ଯାଏ ଫେରିଲା ନାହିଁ ବୋଲି ସେ ପଚାରିଲେ ପ୍ରତିମା ନିଜ କପାଳରୁ ଚିନ୍ତାର ରେଖାମାନ ତିଆରିକରା ହସରେ ଲିଭାଇ କହନ୍ତି– ରେଣୁ ଶିଖା ଘରକୁ ଯାଇଛି, ତମେ କାହିଁକି ବ୍ୟସ୍ତ ହେଉଛ ? ସୀତାନାଥ ବାବୁ ବ୍ୟସ୍ତ ନ ହେବାକୁ ଚେଷ୍ଟା କରନ୍ତି । ପରସ୍ପର ପ୍ରତି ଆସ୍ଥା ଓ ବିଶ୍ୱାସର ଆବ୍‌ହାଓ୍ୱା ସେ ସୃଷ୍ଟି କରିଛନ୍ତି ନିଜ ପରିବାରରେ– ନିଶ୍ଚିନ୍ତ ନିଃଶ୍ୱାସ ମାରିହୁଏ, ମନ ଦୁର୍ବଳ ହୁଏ ନାହିଁ ଅକାରଣ । ଆଜି ହିଁ ଫେରିଯିବେ ସେ, ବିନା କାରଣରେ କଥା ନ ରଖିବାର ଅର୍ଥ ନାହିଁ ।

ସୀତାନାଥ ବାବୁ ବାହାରି ପଡ଼ିଲେ । ସାଙ୍ଗରେ ଆଟାଚି ଓ ଛତା ଧରି ବିନୋଦ

ଓ ବିପିନ ବାହାରିଲେ ବସଷ୍ଟାଣ୍ଡ ଯାକେ ବାଟେଇ ଦେବାଲାଗି । ମୁହଁରେ ସମସ୍ତେ ଆଉ ଦିନେ ରହ ରହ କହୁଥିଲେ ବି' କାହାରି ଭରସା ନଥିଲା ଯେ ସେ ସତରେ ଆହୁରି ରହିବେ । ଖୁଡ଼ୀଙ୍କୁ ପ୍ରଣାମ କଲେ ଓ ଖୁଡ଼ୀ କାନ୍ଥକୁ ମୁଣ୍ଡଲଗାଇ ବାହୁନି ଉଠିଲେ । ଘରିଆଡୁ ବହୁବିଧ କାନ୍ଦର ପେଡ଼ିଟିଏ ପୁଣି ଖୋଲିଗଲା ଓ ସୀତାନାଥ ବାବୁ ବେକ ନୁଆଁଇ ଠିଆହୋଇ ରହିଲେ– ସତେ ଯେମିତି ସେ ଘରର କାଠ ଖମ୍ବରୁ ଗୋଟିଏ । ତେବେ ବେଶୀ ସମୟ ଏ ଦୃଶ୍ୟକୁ ଲମ୍ବିବାକୁ ନଦେଇ ସେ ଦାଣ୍ଡ ଆଡ଼କୁ ବାହାରିଲେ, କହିଲେ–"ଯାଉଛି ଖୁଡ଼ୀ ।"

ଖୁଡ଼ୀ କାନିମେଞ୍ଚାକରୁ ମୁହଁ ଟେକି ନାକ କାନ୍ଦୁରା ସ୍ୱରରେ କହିଲେ– "ଆସୁଥିବ ସୀତାନାଥ, କଥା ପଦକରେ କି ମନର ଦମ୍ଭରେ କ'ଣ ମାୟା ମମତା ସବୁ କାଟି ହେଇଯାଏ ?"

ସୀତାନାଥ ବାବୁଙ୍କ ପାଖେ ଏହାର କିଛି ଉତ୍ତର ନ ଥିଲା । ବାହାରିଲା ବେଳକୁ ମିନି କୋଳର ସିଂଘାଣୀ ବଲବଲ ପିଲାଟିକି ତଳେ ବସାଇ ଦେଇ ମୁଣ୍ଡିଆ ମାରିଲା, ସୁକୁସୁକୁ ହେଇ କହିଲା–"ଆମକୁ ପର କରିଦେବ ନାଇଁ ଭାଇନା, ତମେ ଥିବାଯାକେ ଆମକୁ ଛେଉଣ୍ଡ ପରି ଲାଗିବ ନାଇଁ ।"

ଆଉ କକେଇଙ୍କ ସବା ସାନପୁଅ ବୃନ୍ଦାବନ ନୂଆ ଗଳା ଭାଙ୍ଗୁଥିବା ଫଟା ସ୍ୱରରେ କହିଲା–"ଆସିବ ଭାଇନା ଗାଁକୁ, ନିଶ୍ଚେ ଆସିବ ।" ତା ଚେହେରାରେ ସୀତାନାଥଙ୍କୁ ଦିଶିଗଲା ଗତଥର କକେଇ ଅଂଟାରେ ଗାମୁଛା ଭିଡ଼ି ଛାତିର ପଞ୍ଜରାହାଡ଼ ଦେଖାଇ ତଣ୍ଟିଶିରା ଫୁଲାଇ ତାଙ୍କୁ ଦାଣ୍ଡକୁ ଆଙ୍ଗୁଠି ଦେଖାଇ ଦେଇଥିଲେ–"ଯା ବାହାରି ଯା' ! ଦେଖିବି ମୋର କଣ କରିବୁ ।"

ପ୍ରଣାମର ଯଥାବିଧି ଆଦାନ ପ୍ରଦାନ ଚାଲିଥିଲା ତାଙ୍କ ଆତ୍ମୀୟସ୍ୱଜନଙ୍କ ସହିତ– ଯେଉଁମାନେ ଗାରକାଟି ଚିହ୍ନେଇ ଦିଆଯାଇଥିବା ନିଜ ପର ସମ୍ପର୍କ ଯେତେ ଘଷରା ହେଲେ ବି ରଦ୍ଦକରି ଜାଣନ୍ତି ନାହିଁ । ଅତୀତ ପାଇଁ ରାଗ କି ଅନୁଶୋଚନା ନଥାଏ ଏଠି– ଯାହା ଘଟିଯାଏ ତାହା ବିଧିର ନିର୍ଦ୍ଦେଶ ଥିଲା ଓ ଭବିଷ୍ୟତ ରଖେନାହିଁ ବିଶେଷ ଉଦ୍‌ବେଗ ବା ବିସ୍ମୟ । ଦିନମାନ ଗଡ଼ି ଚାଲିଥାଏ ଅନନ୍ୟୋପାୟ ହୋଇ । ସୀତାନାଥ ବାବୁଙ୍କୁ ଘେରିଥିଲେ ନୂଆ ପୁରୁଣା ମୁହଁଗୁଡ଼ିଏ– ବହୁ ଅନୁଭୂତିର ସିଆର ପଡ଼ିଚି ସେସବୁରେ, ଅଥଚ କେଉଁ ଅଜ୍ଞାତ ଆଦେଶ ପାଇଲା ମାତ୍ରକେ ଯେମିତି ଗୋଟିଏ ଭାବ ଫୁଟିଉଠୁଚି ସବୁ ମୁହଁରେ ।

ସେ ଡାହାଣ ହାତଟି ପୁରୁଣା କାଠ ଖୁଣ୍ଟଟି ଉପରେ ଥାପି ଠିଆ ହୋଇଥିଲେ ଓ କ୍ରମେ ତାଙ୍କ ଦେହର ଓଜନ କିଛି ବି ଖୁଣ୍ଟ ଉପରକୁ ଆଉଜି ଆସୁଥିଲା । ଅନାହୂତ

ଜିନିଷଟିଏ ଆବିଷ୍କାର କଲାପରି ସୀତାନାଥ ବାବୁ ଦେଖିଲେ ଖୁଣ୍ଟକୁ ଆଶ୍ରା କରୁଥିବା ଦେହ ସାମ୍ନାରୁ ତାଙ୍କର କେତେବେଳୁ ସାଞ୍ଚୁ ଖସି ପଡ଼ିଚି । ବାହାରେ ଖରା ଝଳସୁଥିଲା ଓ କପାଳରୁ ଝାଳ ପୋଛୁ ପୋଛୁ ସୀତାନାଥ ବାବୁ ପିଣ୍ଡା ଉପରେ ବସିପଡ଼ିଲେ, କହିଲେ–"ପାଣି ଗିଲାସେ ଦେ' ତ ମିନି ।"

ପାଣି ଗିଲାସକ ନେଇ ଆସିଲା ବେଳକୁ ମିନି ଦେଖିଲା ସୀତାନାଥ ବାବୁ କାନ୍ଦୁଛନ୍ତି ଆଉ ସମସ୍ତଙ୍କ ଭିତରେ ଜଣେ ପରି । କପାଳକୁ ହାତଟିଏ ଚପି ଧରିଚି ମୁଣ୍ଡ ବିନ୍ଧି ଉଠୁଥିଲା ପରି ଓ ହାବୁକା ହାବୁକା କୋହରେ ଦୋହଲି ଯାଉଚି ତାଙ୍କ ଦେହ । ଏଯାଏଁ ଦୂରତ୍ୱ ରଖିଥିବା ଶୋକସନ୍ତପ୍ତ ଆତ୍ମୀୟସ୍ୱଜନ ନିଃଶଙ୍କ ଭାବେ ତାଙ୍କ ପାଖକୁ ଲାଗିଆସିଛନ୍ତି ଇତି ମଧ୍ୟରେ । ସୀତାନାଥ ବାବୁ ତାଙ୍କ ମନର ଅନୁଶାସନ, କାର୍ପଣ୍ୟ ସବୁ ଭୁଲିଯାଇଥିଲେ । ତାଙ୍କର ଠିକ୍ ପିଠି ପାଖକୁ ଛୋଟ ପିଲାଟିର କଅଁଳିଆ ଗଳାର ଖୋଲା କାନ୍ଦ ସେ ଶୁଣି ପାରୁଥିଲେ । ହାତ ପାପୁଲି ତଳେ ଚିକ୍‌କଣ ତେଲିଆ କାଠଖୁଣ୍ଟ । ଦାଣ୍ଡଆଡୁ ସ୍ୱରଟିଏ ଭାସିଆସୁଛି କାହାର–କଡ଼ା ଶାସନର ସ୍ୱର ବାପାଙ୍କର– ଦିଅନାଇଁ ତାକୁ କିଛି, ଜମା ଶୁଣନାହିଁ ତା କଥା, ବଡ଼ ଜିଦ୍‌ଖୋର ହେଇଚି ଟୋକା । ମାଡ଼ରେ ପୋଡ଼ି ଉଠୁଚି ପିଠି ଓ ସକାଳୁ ନ ଖାଇଥିବା ଭୋକରେ ପେଟ ଆଉଟି ହେଉଚି । ଆଖି ବୁଜି ଦାନ୍ତ ଚପି ସେ ଦୁଇହାତ କୁଣ୍ଢାଇ ଧରିଥିବା ଖୁଣ୍ଟକୁ କହୁଚନ୍ତି– କାନ୍ଦିବି ନାହିଁ, ଜମ୍ମା କାହାରି କଥା ଶୁଣିବି ନାହିଁ... । ଆଉ ତାପରେ ତାଙ୍କ ମୁହଁରେ ବୋଉର ନରମ ଶାଢ଼ୀ ଛୁଇଁଲା ଓ ପିଠିରେ ବୋଉର ହାତ– ଚାଲ୍ ଖାଇବୁ ଚାଲ୍ । ଏମିତି ଜିଦି କରନ୍ତି ? ଆଉ ତାଙ୍କ ଗଳାରୁ ଆପେ ଖୋଲି ଫିଟିପଡୁଚି ଯେତେକ ତଣ୍ଟିତଳେ ମଡ଼ାଯାଇଥିବା ରୁଦ୍ଧ କୋହ ।

ସେମିତି ପିଣ୍ଡାରେ ବସି ଉଷୁମ ଆଖି ଲୁହଯାକ ନିର୍ବିଘ୍ନରେ ବହିଗଲା ବେଳେ ତାଙ୍କୁ ଆହୁରି ଦିଶିଗଲା କେଉଁ କେତେ ଦିନର କଥା କେଜାଣି– ତାଙ୍କ ଭାଗ ମିଠେଇ ପଡ଼ିଶାଘର ରଘୁ ଛଡ଼େଇ ନେଇ ଧାଇଁ ପଳାଇଗଲା ବେଳେ ହାତ ଗୋଡ଼ ଛାଟି ନିଷ୍ଫଳ ଆକ୍ରୋଶରେ ସେ ରଡ଼ି ଛାଡୁଥାନ୍ତି । ତାଙ୍କ ବିଧା ଗୋଇଠାମାନ ପଡୁଥାଏ ପାଖ ଲୋକଟି ଉପରେ ଯିଏ ତାଙ୍କୁ ବୁଝାଇବା ପାଇଁ କୋଳେଇ ନେବାକୁ ଚେଷ୍ଟା କରୁଥାଏ । ଆଉ ଦିଶିଲେ ଦୁଃସ୍ଥ ଦୁର୍ବଳ କକେଇ ଯିଏ ନିଜ ଭାଗଟି ପାଇଁ, ପରିବାରଟି ପାଇଁ ହାତ ଗୋଡ଼ ବାଡ଼େଇ ଯାଉଥିଲେ ପାଖଲୋକ ସମସ୍ତଙ୍କ ଉପରେ ।

କାନ୍ଧ ଉପରେ ହାତପାପୁଲି ସହିତ କାହା ସ୍ୱର ଶୁଭିଲା– ଉଠ ଭାଇନା, ଗାଡ଼ି ବେଳ ହେଇଯିବ । ସୀତାନାଥ ବାବୁ କିନ୍ତୁ ପୋତି ହେଇ ଯାଉଥିଲେ ଏଯାଏ ନିରାପଦରେ ଥାକମରା ଯାଇଥିବା ଅନୁଭୂତି ସବୁର ଅଗଣନ ଭୁଷୁଡ଼ା ବାଲିଗଦା

ତଳେ, ସମର୍ପି ହେଇଯାଉଥିଲେ କେଉଁ ସ୍ରୋତର ଭଉଁରୀ ତଳେ ଯେ କିଛି ହିଁ ଯେମିତି ତାଙ୍କର ଅକ୍ତିଆରରେ ନଥିଲା । ଅଧରାତିରେ ନିଦ ଭାଙ୍ଗିଗଲା ବେଳକୁ ପାଖରେ ବୋଉ ନାହିଁ– ନିଦ ଛାଡୁନାହିଁ କି ଛାନିଆଁ ଅସହାୟପଣ ଛାଡୁନାହିଁ ।

କେତେବେଳ ଧରି ମୁଣ୍ଡ ପୋତିଲା ପରେ କିନ୍ତୁ ମୁଣ୍ଡ ଉପର ଦେଇ ପର୍ବତ ପ୍ରମାଣ ଲହଡ଼ିମାନ ଚାଲିଗଲା ଓ ସୀତାନାଥ ବାବୁଙ୍କ ମୁଣ୍ଡ ଭିତରୁ କୁହୁଡ଼ି ସବୁ ସଫା ହୋଇଆସିଲା । ସେ ଶାନ୍ତ ଭାବେ ସ୍ୱୀକାର କରିଗଲେ ଏଥର– ବେଶ୍, ମୁଁ ମାନୁଛି, ମୋର ଏଇ କୋହ ଯାହା ସହିତ ମୁଁ ମିଛଟାରେ ଲଢୁଥିଲି, ତାହା ମୋର ଏଇ ଗାଁ ମାଟି ପାଇଁ, ମୋର ଅଣଲେଉଟା ପିଲାଦିନ ପାଇଁ, ଅଳ୍ପଦିନ ଆଗରୁ ସମସ୍ତଙ୍କ ମରଣ ପ୍ରତି ଚେତାଇ ଦେଇ ଯାଇଥିବା ବିଚରା ଲୋକଟି ପାଇଁ, ଆଉ ମୋ ଛଡ଼ା ଅଣନିଶ୍ୱାସିଆ ଏକୁଟିଆପଣ ପାଇଁ– ମୋ ପାଇଁ । ମୋ ପାଇଁ ।

ସୀତାନାଥ ବାବୁ ଉଠି ଠିଆ ହେଲେ ଓ ରୁମାଲ କାଢ଼ି ଆଖି ନାକ ପୋଛି ଚଷମା ପିନ୍ଧିଲେ । ବାହାରି ଯାଉ ଯାଉ ଫେରିପଡ଼ି କାନ୍ଧ ଲିଭି ଆସିଥିବା ମୁହଁମାନଙ୍କୁ ଚାହିଁଲେ କ'ଣ କହିବେ ବୋଲି, ପୁଣି ଗଳା ଖଙ୍କାରି କିଛି ନ କହି ଆଗକୁ ଗୋଡ଼ ବଢ଼ାଇଲେ ଗାଁର ଧୂଳିଆ ସଡ଼କ ଆଡ଼େ । ପଛରେ ଗୋଟିଏ ଘରର ଛାଞ୍ଚ ତିଆରି ଭଙ୍ଗାଯୋଡ଼ା ସମ୍ପର୍କ ଭିତରୁ ବାହାରି ଆସିଲେ– କିଛି ସମୟ ପରେ ପୁଣି ଖଞ୍ଜି ହେଇଯିବେ ଆଉ ଗୋଟିଏ ସମ୍ପର୍କର ନକ୍ସା ଭିତରେ । ଦୁଇଆଡ଼କୁ ଯୋଡ଼ିଛି ମଝିରେ ନାଲି ଧୂଳିଆ ସଡ଼କ– ସେ ନିଜେ । ତଳକୁ ନିମଗ୍ନ ହେଇ ଚାହିଁଲା ବେଳକୁ ଦିଶୁଛି ପାଦ ଚାଲୁଛି ଆପେ ଆପେ, ଜାଣି ହେଉନାହିଁ ଗୋଡ଼ ସଡ଼କର ନାଁ ତାଙ୍କ ନିଜର । ହାତ ବଢ଼ାଇଲେ ଛୁଇଁହେବ ନିଜ ମୁଣ୍ଡ, ଜାମା, ପେଣ୍ଟ, ତେଲିଆଖୁଣ୍ଟ, ସ୍ତ୍ରୀ ପିଲାଙ୍କ ନିଶ୍ଚିତ ଆଶ୍ୱାସ– କିନ୍ତୁ ସଡ଼କରେ ଚାଲୁଥିବା ଏ ଦେହ, ପାଦତଳୁ ଧୂଳିଉଠି ନାକରେ ବାଜୁଥିବା ଶୁଖିଲା ଗନ୍ଧ, ଏସବୁ ତାଙ୍କର ଅତି ନିଜସ୍ୱ, ଆଉ କାହାରି ନୁହେଁ । ମଝିମଝିରେ ଏମିତି ଝୁଣ୍ଟିପଡ଼ିଲା ପରି ସମସ୍ତଙ୍କ ଭିତରେ ପୁଣି ସଭିଙ୍କ ଗୋପନରେ ସେ ନିଜକୁ ସମର୍ପି ଦେଉଥିବେ କେଉଁ ଅଜ୍ଞାତ ଆଦିଅନ୍ତ ନଥିବା ଅନୁଭୂତିର ଲହଡ଼ିମାନଙ୍କ ହାତରେ– ସ୍ରୋତ ଅପସରି ଗଲେ ପୁଣି ଝାଡ଼ିଝୁଡ଼ି ବାଟ ଚାଲୁଥିବେ ଏକୁଟିଆ ।

–"ଭାଇନା ବସ୍ ଆସିଗଲା"– ବିପିନର ଉଦ୍‌ବିଗ୍ନ ସ୍ୱର ସେ ଶୁଣିଲେ । ବିପିନ ବସ୍‌କୁ ହାତ ଦେଖାଇ ଦୌଡ଼ିବା ଆରମ୍ଭ କରିଦେଇଥିଲା ଓ ପାଟି କଲା ପଛକୁ ଚାହିଁ– ଟିକିଏ ଶୀଘ୍ର ଆସ ଭାଇନା । ସୀତାନାଥ ବାବୁ ଧଇଁସଇଁ ହେଇ ଖଣ୍ଡିଦଉଡ଼ ଦେଉଥିଲେ ।

ଦୀପାବଳି

ସକାଳ ଦଶଟା ହେବ । ମନୋଜ ବିଛଣା ଉପରେ ବସି ଆଗରେ ସୁଟ୍‌କେଶଟାର ଦରଖୋଲା ଜିନିଷ ପତ୍ର ଆଡ଼େ ଅନେଇଲା ।

ଆଜି ଭଳି ଦିନଟିକୁ କାହିଁକି ଭଲା ଭଣ୍ଡୁର କରିଦେବାକୁ ବସିଛି ବିନୁ । ସେ ଇଚ୍ଛା କରିଥିଲେ ଏ ଛୋଟ ଅପ୍ରୀତିକର ଘଟଣାକୁ ଟାଳି ପାରିଥାଆନ୍ତା । ତା ହୋଇଥିଲେ ଏତେବେଳକୁ ବାଥ୍‌ରୁମ୍‌ରୁ ତା ଗାଧୋଇବାର ପାଣି ସାୱାର ସହିତ ହାଲୁକା ଗୀତ ବି ଶୁଭୁଥାଆନ୍ତା । ଏତେଦିନୁ ନିଛାଟିଆ ପଡ଼ିଥିବା ଘରଟା ଉଲୁସି ଉଠୁଥାଆନ୍ତା ।

ସେ କଣ ଘର ନ ଉଲୁସୁ ବୋଲି ଚାହୁଁଛି ? ତା ନ ହେଲେ ଆସିଲାବେଳୁ ତାହାରି ତରଫରୁ ହିଁ ଉଣା ପଡୁଛି କାହିଁକି ?

ବିନୁ ଆଜି ସକାଳ ଟ୍ରେନରେ ଆସି ପହଞ୍ଚିଛି, ବାପଘରକୁ ଯାଇଥିଲା ସେ ଦୀପାବଳି ଲାଗି । ସେ ଆସିବ ବୋଲି ମୁଁ ଅଧୀର ହେଇ ପ୍ରତୀକ୍ଷା କରୁଥିଲି । କାଲି ରାତି ସାରା ଥରକୁ ଥର ନିଦ ଭାଙ୍ଗିଲାବେଳେ ମୁଁ ବିନୁକୁ ହିଁ ଚାହିଁଥିଲି । ଆଜି ସକାଳେ ପ୍ଲାଟଫର୍ମରେ ଟ୍ରେନ ଲାଗିବାର କେଇ ସେକେଣ୍ଡ ଭିତରେ ତାକୁ ଯେତେବେଳେ ମୁଁ ଠଉର କଲି, ସାରା ଟ୍ରେନ୍ ସମେତ ଷ୍ଟେସନର ଭୀଡ଼ କଣ ମୋ ଲାଗି ଉଭେଇ ଯାଇନଥିଲା । ଟ୍ରେନ୍ ଅଟକିବା ବେଳକୁ କବାଟ ମୁହଁରେ ଠିଆ

ହେଇ ସେ ହାତ ଟେକି ହଲାଇଲା ମୋ ଆଡ଼େ, ତାର ଆର ହାତଟା ବି ସୁରେଇ ସମେତ ଅଧା ଉଠି ଯାଇଥାଏ ଶୂନ୍ୟକୁ– ସତେକି ଡେଇଁ ପଡ଼ିବାକୁ ବସିଛି ସେ ମୋ କୋଳକୁ ଛୋଟ ପିଲାଟିଏ ପରି ।

ତଳକୁ ଓହ୍ଲେଇ ସେ ପ୍ରଥମେ ପଚାରିଲା–"ତାହେଲେ ଟେଲିଗ୍ରାମ କାହିଁକି କରିଥିଲ ?" ଏଥର ଉତ୍ତରରେ ମୋର କେବଳ ହସରେ ସେ ସନ୍ତୁଷ୍ଟ ହେଲା ଭଳି ଜଣାଗଲା ନାହିଁ ।

ଫେରିଲାବେଳେ କାର୍‌ରେ ପଚାରିଲି–"ଦୀପାବଳି ଆଗରୁ ତମକୁ ଫେରି ଆସିବାକୁ ହେଲା ବୋଲି ମନ ଦୁଃଖ କଲ ?"

ସେ ଶୁଣିଲା କି ନାହିଁ କେଜାଣି, ସେମିତି ବାହାରକୁ ଅନେଇ ରହିଲା । ପ୍ରଶ୍ନଟି ଆଉ ଥରେ ପଚାରିବାକୁ ମୋର କାହିଁକି ସାହସ ହେଲା ନାହିଁ । ତେଣୁ ପଚାରିଲି– "ପୁଅକୁ ଛାଡ଼ି ଆସିଲ, ତମକୁ ଖୋଜିବନି ତ ?"

ସେମିତି ବାହାରକୁ ଅନେଇ ସେ ଉତ୍ତର ଦେଲା–"ତାକୁ ଏଥର ଛାଡ଼ିଆସିବି ବୋଲି ତ ଠିକ୍ ହେଇଥିଲା । ସେଠି ସ୍କୁଲରେ ନାଁ ଲେଖେଇ ଦେଇଚି ପରା !"

ସିଏ ଅବଶ୍ୟ ମୋ ପ୍ରଶ୍ନର ଉତ୍ତର ନୁହେଁ, ତଥାପି ଆଉ କିଛି କହିଲି ନାହିଁ । ତାର ବାହାରକୁ ନିର୍ନିମେଷ ଅନେଇ ଥିବା ମୁହଁଟି କେମିତି ଉଦାସ ଦିଶୁଥିଲା । ମୋ ପୁଅର ମୁହଁଟି ମୋତେ ମନେ ପଡ଼ିଲା, ଆଉ ଗାଡ଼ି ରୋକି ବିନୁକୁ ଛାତିରେ ଜାକି ଗେଲ କରିବାକୁ ମନ ହେଲା । ତା ବି କଲି ନାହିଁ ।

କହିଲି–"ଧାନ କ୍ଷେତ ବଡ଼ ସୁନ୍ଦର ଦିଶୁଛି, ନା ବିନୁ ? ଆଜି ମୁଁ କିନ୍ତୁ ଷ୍ଟେସନକୁ ଗଲାବେଳକୁ ଜମା ଲକ୍ଷ୍ୟ କରି ନ ଥିଲି, ଜାଣ ।"

ଏଥର ବିନୁ ମୋ ଆଡ଼େ ଅନେଇ ହସିଲା, ଆଉ କହିଲା–"ଏମିତି ଟେଲିଗ୍ରାମ ନ କରି ଟିକିଏ ଆଗରୁ ଚିଠିଟିଏରେ ଆସିବାକୁ ଲେଖି ଦେଇଥିଲେ ଚଳି ନ ଥାନ୍ତା ? ଅନ୍ତତଃ ମୁଁ ଏତେ ଚିନ୍ତା ତ କରି ନଥାନ୍ତି ।"

ମୁଁ ତା ହାତ ଉପରେ ହାତ ଥୋଇ କହିଲି–"ଆଇ ଏମ୍ ସରି ବିନୁ !" ଆଉ ତା'ପରେ କୈଫିୟତ୍ ଦେବି ଭାବୁ ଭାବୁ କହି ପକାଇଲି–"ଦୀପାବଳି ପାଖେଇ ଆସିଲା ବେଳକୁ ହିଁ ଘରଟା ବଡ଼ ନିଛାଟିଆ ଲାଗିଲା ସତ କହୁଛି । ବଡ଼ ଇଚ୍ଛା ହେଲା ଦୀପାବଳି ବେଳକୁ ତମେ ଫେରି ଆସନ୍ତ କି ! ଦିହେଁ ଏକାଠି ପାଳନ୍ତେ ।"

ବିନୁ ଅଳ୍ପ ହସିଲା, ଆଉ ମୋ ହାତ ତଳୁ ତା ହାତ ଆସ୍ତେ ଖସେଇ ନେଲା ତା ବାଳ ସାଉଁଳିବା ଲାଗି । ହେଲେ ମୋର ମନେହେଲା ଉଡୁଥିବା ବାଳକୁ ଆକଟିବା ହିଁ ତାର ଉଦ୍ଦେଶ୍ୟ ନଥିଲା ।

ଘରେ ପହଞ୍ଚିବା ପରେ ସେ ସବୁଥର ପରି ଜିନିଷପତ୍ର ଗାଡ଼ିରୁ ନେଇ ଭିତରେ ରଖାଇଲା । ମୋର ଆଉ ତର ସହିଲା ନାହିଁ, ତା ହାତ ଟାଣି ନେଇ ଦେଖାଇଲି, କହିଲି–"ତମେ ଆସିବ ବୋଲି ଘର କେମିତି ସଜଡ଼ା ହେଇଛି ଦେଖ ।" ସେ ଚାରିଆଡ଼ ବୁଲି ପୁରୁଣା ଜିନିଷପତ୍ର ଘୁଞ୍ଚାଯାଇ ନୂଆ ବାଗରେ ସଜଡ଼ା ଯାଇଥିବା ଦେଖିଲା, ଖୁସି ହେଲା । ଶୋଇବା ଘରେ ପଚାରିଲି–"ଏଠି କ'ଣ ନୂଆ ଦେଖୁଛ କହ ।"

ସେ ଫୁଲଦାନୀକୁ ଅନେଇ ଉଜଳିଲା ହସରେ କହିଲା–"ଇସ୍ ଏତେ ସୁନ୍ଦର ଫୁଲଗୁଡ଼ାଏ, କୋଉଠୁ ଆଣିଲ ?"

"ଆଉ ଗୋଟାଏ ଜିନିଷ ତମେ ତଥାପି ଦେଖୁନାହଁ ।" ମୁଁ କହିଲି–ଆଉ ନୂଆ ଫ୍ରେମ୍ କରି କାନ୍ଥ ଥାକରେ ରଖା ଯାଇଥିବା ଆମ ଯୋଡ଼ି ଫଟୋ ଦେଖାଇଲି । ଫଟୋ ଫ୍ରେମ୍‌ଟା ଦୁଇବର୍ଷ ତଳେ ପୁଅ ହାତରେ ଭାଙ୍ଗିଯାଇ ପଡ଼ି ରହିଥିଲା । ବିନୁ ଯାଇ ଦୁଇ ହାତରେ ଫଟୋଟା ଉଠାଇ ଅନେଇ ରହିଲା ଖୁସି ମୁହଁରେ ।

ତାପରେ ଏଇ କିଛି ସମୟ ଆଗରୁ, ସୁଟ୍‌କେଶରୁ ଜିନିଷପତ୍ର କାଢୁଥିଲା ବିନୁ, ମୁଁ କହିଲି–"ପୁଅକୁ ଛାଡ଼ି ଆସିଲ ଯେ ବିନୁ, ଏଥର ଘରେ ବେଶୀ ବୋର୍ ଲାଗିବନି ତମକୁ ?"

ଖୋଲା ବାକ୍‌ସରୁ ମୁହଁ ଟେକି ଦୃଷ୍ଟିରେ ନିଆଁ ଛାଟିଦେଇ ବିନୁ ଉତ୍ତର ଦେଲା– "ମୋ ବୋରଡମ୍ କଥା ଖିଆଲ ରଖିଚ ତେବେ, ନୁହେଁ ! ସେଥିଲାଗି ମିଛଟାରେ ଦୀପାବଳି ଆଗରୁ ଡକେଇ ଆଣିଲ !"

ତା ଶେଥା ଗୋରା ମୁହଁଟି ରକ୍ତ ଚହଟି ନାଲି ପଡ଼ିଯାଇଥିଲା । ନାକପୁଡ଼ା ଫୁଲେଇ ସେ ଏଥର ଉଠିଯାଇ ତା ଲୁଗାପଟା ନେଇ ବାଥ୍‌ରୁମ୍‌କୁ ଚାଲିଗଲା । କିଛିଦିନ ପୂର୍ବରୁ ମୁଁ ଯେତେବେଳେ ତାକୁ ଚିଠିରେ ଫେରିବା କଥା ଲେଖିଥିଲି, ସେ ଲେଖିଥିଲା ଯେ ଅନେକ ଦିନ ପରେ ଏଥର ସେ ଦୀପାବଳି ଦିଲ୍ଲୀରେ ପାଳିବାକୁ ଚାହୁଁଛି ।

ଦ୍ୱିପ୍ରହର ବେଳ । ବିନୁ ଏକୁଟିଆ ଯୋଡ଼ି ପଲଙ୍କ ଉପରେ ଗଡ଼ପଡ଼ ହେଉଥିଲା, ଆଉ ତା ଆଖି ଛାତ ପଙ୍ଖା ଝରକା ବାହାର ଗଛ ଇତ୍ୟାଦି କେତେ ଜାଗାରେ ପହଁରିଯାଇ ଥରକୁ ଥର ଫେରି ଆସୁଥିଲା କାନ୍ଥ ଥାକ ଉପରେ ରଖାଯାଇଥିବା ନୂଆ ବନ୍ଧେଇ ଯୋଡ଼ି ଫଟୋଟି ଉପରକୁ ।

ଶୋଇଲା ଘରେ ନିଜ ବିବାହ ବେଳର ଯୋଡ଼ି ଫଟୋ କାହିଁକି ରଖନ୍ତି ଲୋକେ ? ଆପଣାକୁ ମନେ ପକେଇ ଦେବା ଲାଗି ? ଆକଟିବା ଲାଗି, ଆଶ୍ୱାସନା ଦେବା ଲାଗି ?

ଘର ସଜଡ଼ା ହେଇଚି । ଫୁଲ ସଜା ଯାଇଚି । ସବୁ ହେଇଚି ମୋର ସମ୍ଭାଷଣ

ଲାଗି, ମୋତେ ଖୁସି କରିବା ଲାଗି । ଟେଲିଗ୍ରାମ୍ କରି ମୋତେ ଡକାଯାଇଚି, ଶୀଘ୍ର ମୋତେ ଏଇ ଘରେ ପାଇବା ଲାଗି ।

କାଲି ଟ୍ରେନ୍‌ରେ ମୋତେ ଏତେ ବ୍ୟସ୍ତ ଲାଗୁଥିଲା ଯେ ମୋ ଘର କଥା ଜମା ମୋ ମନକୁ ଆସିନାହିଁ । ଏମିତିକି ସଦ୍ୟ ଛାଡ଼ି ଆସିଚି ଚିକୁକୁ, ତା କଥା ବି ଭାବି ନାହିଁ । ରାତିସାରା ମୁଁ ଶୋଇପାରି ନାହିଁ । କେତେଥର ପର୍ସରୁ କାଢ଼ି ଟେଲିଗ୍ରାମ୍‌ଟି ପଢ଼ିଚି–'ଯେତେଶୀଘ୍ର ସମ୍ଭବ ଫେରିଆସ ପ୍ଲିଜ୍ !' କଣ ହେଇଥାଇପାରେ ! ଦେହ ଅସୁସ୍ଥ ? ନା ହେଇପାରିଥାଏ ଖାଲି ପିଲାଳିଆମୀ । ଆଗ ଦିନମାନଙ୍କ ଭଳି ସୁଆଗ ? ବାପା କହିଲେ–'କିଛି ତ କାରଣ ଲେଖି ନାହାନ୍ତି ମା, ଦୀପାବଳି ସରିଯାଉ ଯିବୁ' । ହେଲେ ବ୍ୟତିବ୍ୟସ୍ତ ଲାଗିଲା । ଟେଲିଗ୍ରାମ୍ କାହିଁକି କଲେ ? ତା ଛଡ଼ା ଦେହ ଖରାପ ଯଦି ଥାଏ, ସିଧାସଳଖ ନିଶ୍ଚୟ ଲେଖି ଦେବେନି କାଳେ ମୁଁ ବ୍ୟସ୍ତ ହେବି ବୋଲି । ୟାଠାରୁ କମ୍‌ରେ ଆଉ କେମିତି ବା ଜଣାନ୍ତେ ?

ଷ୍ଟେସନ୍‌ରେ ଗାଡ଼ି ରହିଲାବେଳେ ଛାତି ଧଡ଼୍ ଧଡ଼୍ ହେଉଥିଲା । ବୋଧହୁଏ ମନୋଜ ଆସି ପାରି ନଥିବେ, ଖାଲି ଡ୍ରାଇଭର ନେବାକୁ ଆସିଥିବ ବୋଧହୁଏ । ଭୀଡ଼ ଭିତରେ ଚଟ୍‌କିନି ଦିଶିଗଲା ତାଙ୍କ ଚେହେରା, ଟ୍ରେନ୍ ସାଙ୍ଗରେ ଖଣ୍ଡେ ବାଟ ଦଉଡ଼ି ଚାଲିଥିଲେ ସେ, ଏଡ଼େ ବଡ଼ ପାଟିରେ ଡାକିଲେ–'ବିନୁ !'

କୁଲି ଜିନିଷ ଓହ୍ଲେଇଲାବେଳେ ସେ ଠିଆ ହେଇ ମୋତେ ଗୋଡ଼ରୁ ମୁଣ୍ଡଯାଏଁ ଚାହିଁ ରହିଲେ– ସେ ଆଶ୍ୱାସ ଭିତରେ ବି ମୋତେ ଆଶ୍ଚର୍ଯ୍ୟ ଲାଗିଲା, କେତେଦିନ ପରେ ଏମିତି ଦୃଷ୍ଟିଟିଏ ତାଙ୍କଠି ଦେଖୁଥିଲି ମୁଁ ! ସେଇ ଉଚ୍ଛୁଳା ପିଲାଳିଆ ହସ, ଓସାରିଆ, ଚାରିକୋଣିଆ, ଚଶମା ପିନ୍ଧା ମୁହଁ । ଗତବର୍ଷ ମୁଁ କିଣିଆଣି ଦେଇଥିବା ଟି-ସାର୍ଟ ଟା ପିନ୍ଧିଛନ୍ତି, ପିନ୍ଧୁନଥିଲେ ଚକମକିଆ ହୋଇଛି ବୋଲି କହି, କୋଉ ସନ୍ଧିରୁ ଏବେ ପୁଣି ଖୋଜି ବାହାର କଲେ କେଜାଣି !

ହେଲେ ତା' ପରେ ଗାଡ଼ିରେ ବସିଲା କ୍ଷଣି, ସରୁଆ ଖାଲ ଢିପ ପିଚୁ ରାସ୍ତାଟିରେ ଚାଳିଶ ମାଇଲ ଦୂର ପୋଚରା ଖାଦାନ୍ ସହରଟି ଆଡ଼କୁ ମୁହାଁଇବା କ୍ଷଣି ଛାତି ଭିତରଟା କ୍ଷୋଭରେ ରୁନ୍ଧି ହେଇଗଲା ପରି ଲାଗିଲା । ଚାଲି ଆସିଲି ଦୀପାବଳି ଆଗ ଦିନଟାରେ, ଘର ଛାଡ଼ି, ଦିଲ୍ଲୀ ଛାଡ଼ି– ଶୁଖିଲା ଅପନ୍ତରା ବାରମିଶା କଲୋନୀକୁ ।

କି ଦରକାର ଥିଲା ମୋତେ ଏମିତି ଡକେଇ ଆଣିବାର ? ଦିୱାଲୀଟା ଆନନ୍ଦରେ କାଟିବାକୁ, ମୋ ନିଜ ସହର ସାଙ୍ଗ ସାଥୀ ମେଳରେ ଏତେ ଦିନ ପରେ ପାଳିବାକୁ ଦେଇପାରି ନଥାନ୍ତେ ମୋତେ ? ଏକୁଟିଆ ପଣରୁ ଡାକିଲେ ବୋଲି କହିଲେ । ମାନୁଚି ଏଥିରେ ବିରକ୍ତ ହେବା ମୋର ସ୍ୱାର୍ଥପରତା । ବରଂ ଏଡ଼େ ବ୍ୟଗ୍ର ହେଇ

ମୋତେ ଲୋଡ଼ିଛନ୍ତି ବୋଲି ପତ୍ନୀଭାବେ ସେଥିରେ ମୋର ଗର୍ବିତ ହେବାର କଥା । ତଥାପି, ଜାଣିଶୁଣି ମୋର ଏତେ ଟିକିଏ ଆନନ୍ଦକୁ କାହିଁକି ନଷ୍ଟ କରିବାକୁ ଚାହିଁଲେ ଯେ ? ଏଠି ଖୁବ୍ ଖୁସିରେ ମୋର ଯେ କେବେ ସମୟ କଟେ ନାହିଁ, ଏ କଥା କଣ ତାଙ୍କୁ ଅଛପା ? ନା ସେଥିଲାଗି ନିଜଆଡୁ କିଛି ଚେଷ୍ଟା କରିଛନ୍ତି ସେ ? ବରଂ ମୋ ଦୁଃଖକୁ ବଢ଼େଇଚନ୍ତି, ଆପଣା ଖିଆଲ ଲାଗି, ସଉକ୍ ଲାଗି !

ଦିଲ୍ଲୀରେ ଗଲା କେତେଦିନର ରହଣି ଭିତରେ ମୁଁ ମୋ ଦୁଃଖ ଭୁଲି ଯାଇଥିଲି । ଏଠିକାର ଅତିଷ୍ଠ ତିକ୍ତ ଜୀବନ, ଅବଶ୍ୟମ୍ଭାବୀ ଘୋଷରା ଭବିଷ୍ୟତ, ସବୁ କଥା ଭୁଲି ଯାଇଥିଲି । ଏଡ଼େ ନିର୍ଦ୍ଦୟ ଭାବେ ମୋତେ ପର୍ବ ଦିନଟାରେ ଓଟାରି ଆଣି ନଥିଲେ କି କ୍ଷତିଟା ହେଇ ଯାଇଥାନ୍ତା ? କଣ କମ୍ ବେଶୀ ହେଇ ଯାଇଥାନ୍ତା ଆଉ ଦି ଚାରିଦିନ ପରେ ଟେଲିଗ୍ରାମ୍‌ଟା କରିଥିଲେ ? ବା ସାଧାରଣ ଚିଠିଟିଏ ଲେଖିଥିଲେ ?

ଆଉ ପୁଣି ଏବେ ଦେଖ ! ହେଲା ବା ତାଙ୍କ ଆଶା ଅନୁଯାୟୀ ମୁଁ ମୋ ଘରକୁ ଫେରି ଆସି ଆନନ୍ଦ ଉତ୍ସାହରେ ଫୁଲି ଉଠୁନାହିଁ । ତା ବୋଲି ଖିଆପିଆ ସରିଲା କ୍ଷଣି ଗାଡ଼ି ଧରି ବାହାରି ଯିବେ ଏକୁଟିଆ ! ପର୍ବ ଦିନଟାରେ ମୋତେ ଏକା ଛାଡ଼ିଦେଇ ଖାଲି 'ଯାଉଛି ବଜାର ଆଡ଼େ' ବୋଲି କହିବା ଯଥେଷ୍ଟ ମଣିଲେ ।

ଅପରାହ୍ଣ । ଭିତର ବାରଣ୍ଡାରେ ମନୋଜ ଏପାଖରୁ ସେପାଖ ଟହଲୁଥିଲା । ଚାକରାଣୀ ଥୋଇଦେଇ ଯାଇଥିବା ଚା ସରଞ୍ଜାମ ଟ୍ରେ ଉପରେ ସେମିତି ଥଣ୍ଡା ହେଉଥିଲା ।

ଆଉ ଟିକିଏ ପରେ ସଞ୍ଜ ହେବ । କୋଉଠି ସବୁ ବାଣ ଫୁଟା ଆରମ୍ଭ ହେଇ ଗଲାଣି । ବିନୁ ମୁହଁ ଫୁଲେଇ ଘର ଭିତରେ ବସିଚି । ପିକୁ ଆସିନାଇଁ, ନହେଲେ ଅନ୍ତତଃ ତାଆରି ଲାଗି ପର୍ବଟି ପାଳି ହୁଅନ୍ତା । ପିକୁ କୁ ବିନୁ ଏଠି ରହିବାକୁ ଦେବ ନାହିଁ । ଏଠି ଆବହାୱା, ସାଙ୍ଗସାଥୀ ଭଲ ମିଳିପାରିବ ନାହିଁ ବୋଲି ତା ଜନ୍ମଠାରୁ ଅଧାଦିନ ପିକୁ ଦିଲ୍ଲୀରେ କଟାଇଛି । ଏଣିକି ବୋଧହୁଏ ଅଧିକାଂଶ ଦିନ ତାର ସେଇଠି କଟିବ । ବିନୁ ନିଜେ ବି ଯଦି ଏ ଜାଗା ଛାଡ଼ି ଯାଇ ପାରନ୍ତା, କେତେ ସୁଖୀ ହୁଅନ୍ତା ମୁଁ ଜାଣେ ।

ମୁଁ ବିନୁକୁ ଭଲ ପାଇଥିଲି, ଏବେ ବି ପାଏ । ସେବେ ତାର ପତଳା ଗୋରା ଚେହେରା, ଚଙ୍ଗ୍ ଚଙ୍ଗ୍ ଚଢ଼େଇ ପରି ହାବ ଭାବ ମୋତେ ଭଲ ଲାଗିଥିଲା । ସାନ ସାନ ସଉକ୍ ଆଉ ଇଂରାଜୀ କବିତା ପଢ଼ା ଫ୍ରେଷ୍ଟ୍ରେସନ ଭିତରେ ସବୁବେଳେ ମଜ୍ଜିଥିବା, ୟୁନିଭରସିଟି ଲାଇବ୍ରେରୀରେ ଘଣ୍ଟା ପରେ ଘଣ୍ଟା ଅନାୟାସରେ କଟାଇ ଦେଉଥିବା ଓ ବହି ପୃଷ୍ଠାର ଶବ୍ଦମାନଙ୍କ ଲାଗି ଧାର୍ମିକ ମମତା ନେଇ ବଞ୍ଚୁଥିବା ସେଇ ନିରୁତା ଝିଅଟିକି

ମୁଁ ଭଲ ପାଇଥିଲି । ତାଠାରୁ ବି ପ୍ରେମର ବିଶ୍ୱାସ ମୋତେ ମିଳିଥିଲା । ଏ ବଦଳି ଯାଇଥିବା ବାତାବରଣରେ ଟିକିଏ ଅଲଗା ରକମର ଦିଶୁଥିବା, ଅତି ପରିଚିତ ହୋଇ ଯାଇଥିବା ବିନୁକୁ ଏବେ ବି ମୁଁ ଭଲପାଏ ।

ଏଇ ଖଣି-ସହରର ରହଣିରେ ସେ ସୁଖୀ ନୁହେଁ । ମହାନଗରୀର ପବନରେ ହିଁ ସେ ନିଃଶ୍ୱାସ ନେଇ ଶିଖିଥିଲା, ସେଠି ତାର ବିଶ୍ୱାସମତେ ସୂକ୍ଷ୍ମ ସୁନ୍ଦର ଭାବେ ବଞ୍ଚୁଥିଲା, କେତେରକମର ହବି ଆଉ ସଉକ୍ ବଢ଼ାଇଥିଲା, ପୁଣି ପାଳି ପୋଷି ଆଗକୁ ବିକଶିତ କରିବ ବୋଲି ଆଶା ପୋଷିଥିଲା । ହେଲେ ସେଥିଲାଗି ମୁଁ କ'ଣ କରିପାରିବି ?

ତାଛଡ଼ା ସେ ଯଦି ମୋତେ ଭଲପାଏ, ସାନ ଅପନ୍ତରା ସହରରେ କାହିଁକି ନୁହେଁ ? ମୋ ସହିତ ରହୁଥାଇ ବି ତାର ଏତେ ହତାଶା ଆସିଲା କୋଉଥିପାଇଁ ?

ଆଉ ଶେଷରେ, ରୁମା ବୋଷ୍‌କୁ ନେଇ ତାର ସନ୍ଦେହ, ଈର୍ଷା, ରାଗ । ଏମିତି ଛୋଟ ବାରମିଶା ସହରଟିର ବୋରଡ଼୍ ଲୋକଙ୍କ ଭିତରେ ରୁମା ବୋଷ୍ ପରି ଏକାକୀ ଝିଅଟିଏକୁ ନେଇ କାହା ନାଁରେ ଗୁଜବଟିଏ ଉଠିଯିବା କଣ ନିହାତି ଆଶ୍ଚର୍ଯ୍ୟର କଥା ? ଆଉ ଏତେ ଲିବରାଲ୍ ଆଧୁନିକ ବିଚାର ଥିଲା ପରା ଦିନେ ବିନୁର, ସିଏ କେମିତି ପୁଣି ତା ପଡ଼ିଶା ପାଞ୍ଚ ଜଣ ସ୍ତ୍ରୀଙ୍କ ଠାରୁ ଟିକିଏ ଭିନ୍ନ ପରି ମନେ ହେଲା ନାହିଁ ତା ପ୍ରତିକ୍ରିୟାରେ ! ମୁଁ ତାକୁ ଏକାଧିକ ଥର କହିଛି, ରୁମା ସହିତ ଯଦିବା ମୋର ଦେଖା ସାକ୍ଷାତ ହୁଏ, ତା କେବଳ ସମସ୍ତଙ୍କ ଆଗରେ ଜଣାଶୁଣାରେ –ତା ବାହାରେ ନିରୋଳାରେ କେବେହେଲେ ନୁହେଁ । ଆଖି ଆଗରେ ଦେଖାଯାଉଥିବା ସେତିକି ହିଁ ଛଡ଼ା ଆଉ କିଛି ହେଲେ ନାହିଁ ସେ ସମ୍ପର୍କରେ ।

ମୁଁ ଜାଣେ ଏଥର ଗଲାବେଳେ ବିନୁ ସେଇ ରାଗ ନେଇ ହିଁ ଯାଇଥିଲା । ବିବାହ ପରେ ପରେ ଏଇଠି ବୋର୍ ହୋଇଗଲେ ପାଠପଢ଼ା ଆଳରେ, ପିକୁ ଲାଗି ଆବହାଓ୍ୱା ଆଳରେ ସେ ଅନେକଥର ଯାଇ ବାପଘରେ ବେଶୀଦିନ କଟାଇଛି । ଏମିତିକି ବେଳେ ବେଳେ ମୋର ଭୟ ହୁଏ, ସେଠାକାର ଆକର୍ଷଣ ବହୁତ ବେଶୀ ହେଲେ ସେ ହୁଏତ ମୁରୁଛି ଦେଇପାରେ ମୋ ସହିତ ଏଠିକାର ଜୀବନ ।

ସେଇଥିଲାଗି ଏଥର ଯେତେବେଳେ ସେ ଗଲା, ଆଉ ତାର ଚିଠି ଗୁଡ଼ିକ ଭିତରେ ଦିନମାନଙ୍କ ତଫାତ୍ ବଢ଼ି ବଢ଼ି ଗଲା, ମୋର କ୍ରମେ ଚିନ୍ତାରୁ ବଢ଼ି ଆଶଙ୍କାରେ ଦିନ କଟିଲା । ଶେଷକୁ ମୁଁ ଅତିଷ୍ଠ ହୋଇ ଟେଲିଗ୍ରାମ କରି ତାକୁ ଡକେଇଲି । ସେଇ କଣ ମୋର ପ୍ରେମର, ନିଷ୍ଠାର ପ୍ରମାଣ ନୁହେଁ ?

ଆଜି ଦ୍ୱିପ୍ରହରେ ଦୋକାନ ଦୋକାନ ବୁଲି ମୁଁ ସବୁଠୁ ସୁନ୍ଦର ମହମବତୀ,

ଫୁଲଝରି, ସବୁଠୁ ଦାମିକା ବାଣ କିଣି ଆଣିଲି, ମିଠେଇ ଦୋକାନରୁ ବାଛି ବାଛି କିଣିଲି ବିନୁର ପ୍ରିୟ ମିଠାମାନ, ପୁଣି ସାଇ ପଡ଼ିଶାଙ୍କୁ ଦିଆନିଆ କରିବା ଲାଗି ଅଲଗା ପ୍ୟାକେଟ । ବିନୁ ପର୍ବପର୍ବାଣୀ ଭଲପାଏ, ସବୁରକମ ଛୋଟକାଟିଆ ବ୍ୟବହାରିକ ନିୟମ ମାନି ସେ ଦିଓ୍ୱାଲୀ ପର୍ବ ପାଳିବାକୁ ଚାହେଁ, କାରଣରେ ସେ କହେ ଯେ ପିଲାଦିନୁ ସେମିତି ସେ ତା ଘରେ ଦେଖିଆସିଛି, ସେଇଥିଲାଗି ।

ଘରେ ପହଞ୍ଚି କାଠ ଢାବଲଟା ଆପେ ଗାଡ଼ିରୁ ବୋହି ଆଣିଲି ଘର ଭିତରକୁ । ଡାକିଲି, "ବିନୁ ଦେଖିଲ, କଣ ଆଣିଚି ତମଲାଗି ।"

ବିନୁ କେତେବେଳକେ ଉଠି ଆସିଲା, ଫଣ ଫଣ ମୁହଁ, ଅସଜଡ଼ା ବେଶରେ । ମୋତେ ପ୍ରକୃତରେ ବାଧିଲା । ଦୀପାବଳିରେ ବିନୁ ନିଶ୍ଚୟ ନୂଆ ପିନ୍ଧେ, ସଞ୍ଜ ପୂର୍ବରୁ ଘରଦ୍ୱାର ସଜାଇ ଆପେ ସାଜି ହେଇ ସାରିଥାଏ ।

ତା ସାମ୍ନାରେ ମୁଁ କାଠ ବାକ୍ସ ମୁହଁରୁ କାଗଜ ଉଠାଇ ଦେଲି । ଗୋଟି ଗୋଟି କରି ମିଠେଇ ପ୍ୟାକେଟ୍ କାଢ଼ି ତା' ପାଖେ ଟେବୁଲରେ ଥୋଇଲି, ରକେଟ କୁମ୍ଭି ବାଣର ପୁଡ଼ା ଖୋଲି ତାକୁ ପାଖକୁ ଟାଣିଆଣି କହିଲି–"ମୋତେ ଯଦି ଭଲପାଅ ବିନୁ, ମୋ ସାଙ୍ଗରେ ଏକାଠି ଦିଓ୍ୱାଲୀ ପାଳିଲେ ତମେ ଖୁସି ହେବ । ମୋଠୁ ଦୂରରେ ନୁହେଁ, ଏଇଠି, ତମ ନିଜ ଘରେ । ଆଜି ତମେ ନିଜ ହାତରେ ଦୀପ ସଜେଇବ, ଫୁଲଝରି ଜଳେଇବ, ପଡ଼ୋଶୀଙ୍କୁ ମିଠେଇ ବାଣ୍ଟିବ ମୁଁ ଦେଖିବି ! ତମଲାଗି କୁମ୍ଭି ଜଳେଇ ଦେବି, ହାବେଳୀ ଛାଡ଼ିଦେବି ଆକାଶକୁ । ମୋର କ'ଣ କିଛି ହକ୍ ନାହିଁ ଦୀପାବଳିରେ ?"

ବିନୁ ତଳକୁ ମୁହଁ ପୋତିଲା, କିଛି କହିଲା ନାହିଁ । ମୋର ମନେ ହେଲା ମୋର ସବୁ କଥା ଯେମିତି ସେ ଶୁଣି ନାହିଁ, ଶୁଣୁ ଶୁଣୁ ଅନ୍ୟମନସ୍କ ହୋଇପଡ଼ିଛି । କହିଲି–"ପିକୁ ନାହିଁ ବୋଲି ଘରଟା ନିଛାଟିଆ ଲାଗୁଛି, ନୁହେଁ ? ମୁଁ ବି ଭାବୁଥିଲି, ଟିକିଏ ଗହଳି ନ ହେଲେ ବାଣ ଫୁଟାରେ ମଜା ଲାଗେ ନାହିଁ ।"

ବିନୁ ହଠାତ୍ ନିଜକୁ ମୋ ବାହୁରୁ ହୁଗୁଳାଇ ନେଲା, ମୋ ମୁହଁକୁ ସିଧା ଅନେଇ ଧାରୁଆ ସ୍ୱରରେ ପଚାରିଲା–"ରୁମା ବି ଏକୁଟିଆ ଥିବ ତା କ୍ୱାଟର୍ସରେ, ଡକେଇ ପଠେଇବା ? ଏକାଠି ବାଣ ଫୁଟାନ୍ତେ ?"

ମୁଁ ଜଡ଼ ପାଲଟିଗଲି ।

ସେଇଠୁ ମୋ ମୁଣ୍ଡକୁ ପିତ୍ତ ଚଢ଼ିଗଲା । କହିଲି–"ଓ ! ଏଇଆ ତେବେ ତମ ମନରେ ଅଛି । ଏଇ ହେଉଚି ତମ ସଂସ୍କୃତିର ତମ ରୁଚିର ତମ ପାଠପଢ଼ା ଆଧୁନିକ ମନର ଅସଲି ରୂପ !"

କହୁ କହୁ ମୁଁ ହୁ କିନି ଯାଇ ମୋ ଅଫିସ ଘରେ ପଶିଲି, ଫାଇଲପତ୍ର, ପୁରୁଣା ଚିଠି ତଛ୍ ନଛ୍ କରି ଘାଣ୍ଟିଗଲି, ଖୋଜି ପକାଇଲି ଆଉ ଶେଷରେ ପାଇଲି । ରୁମାର ବାହାଘର ନିମନ୍ତ୍ରଣ କାର୍ଡ଼ । ନେଇଆସି ବିନୁର ହାତରେ ମାଡ଼ିଦେଲି, କହିଲି–"ନିଅ, ପଢ଼ । ଲଭ ମ୍ୟାରେଜ୍ ହେଉଛି ତାର, ହନିମୁନ୍‌ରୁ ଫେରିଲେ ପାର୍ଟି ଦେବ ।"

ବିନୁ କାର୍ଡଟି ପଢ଼ିଲା ଚୁପ୍‌ଚାପ୍ ଠିଆ ହୋଇ । ତା'ପରେ ସେଇଠି ତଳେ ପକେଇ ଦେଇ ଶୋଇବା ଘରକୁ ଚାଲିଗଲା । ମୁଁ ତାକୁ ଶୁଣାଇଲା ଭଳି ବାଣ ଫୁଲଝରି ବାକ୍ସକୁ ଗୋଟାଏ ଗୋଇଠା ପକେଇଲି ।

ସନ୍ଧ୍ୟା ଗଡ଼ି ରାତି ହେଇ ଯାଇଥିଲା । ବିନୁ ବିଛଣା ଉପରେ ନିଶ୍ଚଳ ବସି ଝରକା ବାହାରେ ଅଦୂରରେ ଦିଶୁଥିବା ଦୀପମାଳ, ହାବେଲୀ ବାଣମାନ ଆଡ଼କୁ ଅନେଇଥିଲା । ସଞ୍ଜବେଳୁ ନିଜକୁ ବାରମ୍ବାର ଚେତାବନୀ ଦେଲା ପରେ ବି ଦୀପଟିଏ ଲଗାଇବା ପାଇଁ ସେ ଉଠିପାରି ନାହିଁ । ଚାକର ଟୋକା ଆଜି ଛୁଟି ନେଇଥିବା କଥା ମନେ ଥାଇ ବି ରୋଷେଇବାସ କରି ନାହିଁ । ଜାଣିଶୁଣି ଜିଦ୍ ବା କୌଣସି ରାଗରେ ନୁହେଁ, ହାତ ଗୋଡ଼ ସମତେ ତାର ସମ୍ପୂର୍ଣ୍ଣ ଦେହଟି ଯେମିତି ଛାଞ୍ଚରେ ଢଳେଇ ଶୀତଳ ଲୁହା ମୂର୍ତ୍ତିଟିଏ ।

ମନୋଜ ବାହାର ବାରଣ୍ଡାରେ ବସିଛନ୍ତି, ନା ତାଙ୍କ ଅଫିସ୍ ବଖରାରେ କେଜାଣି ? ସେ ହୁଏତ ଚାହୁଁଛନ୍ତି ମୁଁ ଯାଇ ତାଙ୍କୁ କ୍ଷମା ମାଗିବି, ମୋର ଭୁଲ୍ ଧାରଣା ପାଇଁ ଲଜ୍ଜିତ ହେବି । ଯଦି ବା ମୁଁ ତାଙ୍କ ପାଖକୁ ଯାଏ, ସତରେ ସେ କ'ଣ ମୋତେ କ୍ଷମା କରିଦେବାର ଛଳନା କରିପାରିବେ ?

ଆଜି ଦୀପାବଳି ଦିନଟିକୁ ମୁଁ ନଷ୍ଟ କରିଦେଲି, ତାଙ୍କର ଏଡ଼େ ଯତ୍ନର ଆୟୋଜନ ସବୁ ଭଣ୍ଡୁର କରିଦେଲି । ଜାଣିଶୁଣି ଭଣ୍ଡୁର କରିଦେବାକୁ ମୋତେ କ'ଣ ଖୁସି ଲାଗୁଥିଲା ? ମୁଁ ତ ସବୁଦିନେ ତିଆରି କରିବାକୁ ରହିଛି । ଏମିତିକି ସମୟ ଆଉ କଷ୍ଟ କରି ଯାହା ସବୁ ଦିନେ ଗଢ଼ିଥିଲି, ସବୁକିଛି ଅନାୟାସରେ ଭାଙ୍ଗିରୁଜି ଫିଙ୍ଗି ଦେଇଛି ଆଉ କିଛି ଗଢ଼ିବି ବୋଲି । ଯାହାକୁ ବଞ୍ଚିବା ବୋଲି ବୁଝିଥିଲି, ବିଶ୍ୱାସ କରିଥିଲି, ସେ ସବୁ ହାତ ପାହାନ୍ତାରୁ ଖସି ଚାଲିଗଲାବେଳେ ରୋକିନାଇଁ, ଯେତିକି ହାତରେ ରହିଲା ତାକୁ ହିଁ ଗଢ଼ିଦେଇ ସମ୍ପୂର୍ଣ୍ଣଟିଏ କରିଦେବାକୁ ଚେଷ୍ଟା କରିଛି ।

କିନ୍ତୁ ଯେଉଁ କାମରେ ଗଢ଼ିବା ଖାଲି ମିଛିମିଛିକା ବୋଲି ଜଣା ପଡ଼େ, କିଛିହେଲେ ସେଥିରୁ ତିଆରି ହୁଏ ନାହିଁ, ସେ ପରିଶ୍ରମ କରି ଚାଲିଥିବାର ଅର୍ଥ କ'ଣ ?

ରୁମା ବୋଷ୍ କଥା ଯେତେବେଳେ ମୋ କାନରେ ପଡ଼ିଲା ସେତେବେଳକୁ ତାଙ୍କ ଅଫିସ୍ ସାରାର ଲୋକେ ଆଉ ଆମ ସାଇପଡ଼ିଶାର ସମସ୍ତେ ସେ ଦିହିଁଙ୍କ ବ୍ୟତୀତ

ବୋଧହୁଏ ଆଉ କିଛି ବିଷୟ ଆଲୋଚନା କରୁ ନ ଥିଲେ । ତା ସତ୍ତ୍ୱେ ସେ ରୁମା ସହିତ ବେଶୀ ବାଟ ଆଗେଇ ନାହାନ୍ତି ମୁଁ ଜାଣିଛି । କାହିଁକି ସେ ଆଗେଇଲେ ନାହିଁ ମୁଁ ଠିକ୍ ଜାଣି ନାହିଁ । ହୁଏତ ତାଙ୍କର ସାମାଜିକ ଭୟ ହେଇଥିବ, ଅଥବା ରୁମା ନିଜ ଭବିଷ୍ୟତକୁ ଦେଖିରହିଁ ବାଟ ଚାଲିଥିବ ।

ରୁମା ସହିତ ଭେଟ ହେବା ପାଇଁ ତାଙ୍କର ଆଗ୍ରହ, ଅଫିସ୍ ଗଲା ବେଳେ ଦର୍ପଣ ଆଗରେ ତାଙ୍କର ନିଜ ଚେହେରା ପ୍ରତି ଦୃଷ୍ଟି, ସଞ୍ଜବେଳେ କାମ ଆଳରେ ଅଫିସ୍ ଆଡ଼େ ଚାଲିଯିବା, ସବୁ ମୁଁ ଦେଖିଥିଲି । ସହିଥିଲି ବି, କାରଣ କେମିତି ସେ ପରିସ୍ଥିତିର ମୁକାବିଲା କରିବାକୁ ହେବ ବୁଝିପାରି ନଥିଲି । ଆଉ ଗୋଟିଏ କାରଣ ସମ୍ଭବତଃ ଏଇଆ ଯେ ମୋର ଆଉ ନିଜ ଉପରେ ଆଗଭଳି ବିଶ୍ୱାସ ନ ଥିଲା । ମୋ ଉପରୁ ଆଗ୍ରହ କମିଯାଇଛି ବୋଲି ତାଙ୍କୁ ମୁଁ ଦୋଷ ଦେଇପାରୁ ନ ଥିଲି ।

ତା'ପରେ ସେଇ ବଙ୍ଗାଳୀ ଟୋକାଟି ଆସିଲା ନୂଆ ଆସିଷ୍ଟାଂଟ୍ ଇଞ୍ଜିନିୟର ପୋଷ୍ଟରେ । ଶୁଣିଲି ରୁମା ତା ପଛରେ ପଡ଼ିଯାଇଚି, ଯୋଡ଼ି ହେଇ ବୁଲୁଚି, ସିନେମା ଯାଉଚି ତା ସଙ୍ଗେ ।

ମନୋଜ ରୁମା ସହିତ ମିଳାମିଶା କରିବା ସହିଥିଲି, ହେଲେ ତା ହତାଦରରେ ତାଙ୍କର ଈର୍ଷା, ବିରସ ଭାବ, ଆଉ ସବୁଠୁ ବଳି ତାକୁ ପୁଣି ମନେଇବାକୁ ଚେଷ୍ଟା ମୁଁ ସହିପାରିଲି ନାହିଁ । ସେଇଥିଲାଗି ଦୀପାବଳିର ମାସଟିଏ ଆଗରୁ ପର୍ବ ଆଳରେ ଚାଲିଗଲି ବାପ ଘରକୁ ।

ଦିଓ୍ୱାଲୀ । ବର୍ଷଯାକରେ ସବୁଠାରୁ ବଡ଼ ପର୍ବ ଆମ ଘରେ । ମାସକ ଆଗରୁ ପ୍ରସ୍ତୁତି ଆରମ୍ଭ ହେଇଯାଏ । ଚୂନ ଧଉଳା ଘର ସଫେଇ ଚାଲେ । ଆନନ୍ଦ ଉତ୍ସବର ଦିନଟିଏକୁ ପାଳିବା ଲାଗି ଆୟୋଜନ ହେତୁ ପାଇଲା ଦିନୁ ମନେ ଅଛି । ମୁଁ ବି ମାତିଯାଏ ଯେ ଆୟୋଜନରେ । ଦିନାକେତେ ଆଗରୁ ଦୀପ ଧୂଆ, ମିଠେଇ ତିଆରି, ବାଣ କିଣା– ସବୁଥିରେ କେତେ ଉତ୍ସାହ । ଦୀପାବଳି ଦିନ ସଞ୍ଜବେଳୁ ଦୀପ ଜଳାଏ ମୁଁ ମାଆଙ୍କ ସାଙ୍ଗରେ– ସେତିକି ହିଁ ବାସ୍ତବରେ ମୋର ଦିଓ୍ୱାଲୀ । ତା'ପରେ ଆମ ବଡ଼ ପରିବାରର ସବୁ ପିଲାଙ୍କ ଭିତରେ ବାଣର ଭାଗ ବଂଟରା ହୁଏ । ମୁଁ ମୋ ଭାଗରେ ବାଣ ଗଣି ଗଣି ନିଏ, ବାଦ ବି କରେ ଅନ୍ୟମାନଙ୍କ ସାଙ୍ଗରେ ମୋର ଅମୁକଟାଏ କମ୍ ହେଲା ବୋଲି । ତା'ପରେ ଛାତ ଉପରେ ଦୀପମାଳର ଥରିଲା ଝାପସା ଆଲୁଅରେ, କୁମ୍ପି ଫୁଲଝରୀରେ ଆଖି ଜଳକା ହେଇଯାଉଥିଲା ବେଳେ, ମୋ ଉପରେ କାହାରି ଦୃଷ୍ଟି ନ ଥିଲା ବେଳେ, ମୋ ଭାଗ ବାଣରୁ ଦି ଚାରିଟା ଲେଖାଏଁ ଯା ତା କାଗଜ ଠୁଙ୍ଗାରେ ପୁରାଇ ଦିଏ । ମୋ ସାନ ଭାଇ କହେ 'ବିଦ୍ୟାରାଣ,

ମୁଁ ପାଞ୍ଚଟା ତାଳ ଫୋଟକା ଫୁଟାଇ ସାରିଲିଣି, ଆହୁରି ଦଶଟା ଅଛି ମୋ ଠୁଙ୍ଗାରେ, କୁଆଡୁ କେଜାଣି ।' କିମ୍ବା ବଡ଼ ଭାଇନା ମାଗିଲେ ବଡ଼ ଅନିଚ୍ଛାରେ ଦେଲାପରି ଦିଇଟା ଚକ୍ରୀବାଣ ଦିଏ, କହେ–"କାଲି କିନ୍ତୁ ମୋତେ ଦିଇଟା ଟଫି ଦେବ ନିଶ୍ଚେ ।" ତା'ପରେ ପ୍ରବଳ ଢୋ ଢା ଭିତରେ ଠାକୁର ଘରେ ଦୀପ ତେଜି ଦେବାର ଆଳରେ ବା ବାଥ୍‌ରୁମ୍ ଯାଉଛି ବୋଲି କହି ତଳକୁ ଚାଲିଯାଏ ତ ଆଉ ଫେରିବାର ନାଁ ଧରେ ନାହିଁ ସହଜରେ ।

ପର୍ବଟିଏ ପାଳିବାକୁ ମୁଁ କଣ କମ୍ ପରିଶ୍ରମ କରେ ! ସୁଖ ଆନନ୍ଦର କଥାମାନଙ୍କୁ ସାକାର କରିବା ଲାଗି ପ୍ରାଣ ମୁର୍ଚ୍ଛିଦିଏ ।

ଏଥର ଦିଲ୍ଲୀରେ ପହଞ୍ଚିଲା ବେଳକୁ ମୋ ମନଟା କିନ୍ତୁ କେମିତି ଗୋଟାଏ ରକମର ଫାଙ୍କା ହେଇ ଯାଇଥିଲା । ଆଗରେ ପର୍ବପର୍ବାଣୀ ଅଛି ବୋଲି ମୋର ମନରୁ ପାଶୋର ହୋଇଯାଇଥିଲା । କେତେଜଣ ପୁରୁଣା ସାଙ୍ଗଙ୍କୁ ଭେଟିଲି, କିଏ ବାହାହୋଇ ପକ୍‌କା ଘରସଂସାରୀ ତ କିଏ କଲେଜରେ ମୋଟା ଚଶମା ପିନ୍ଧି କ୍ଲାସ୍‌ରୁମ୍ ଆଉ ଲାଇବ୍ରେରୀରେ ଜୀବନ କଟାଇବାକୁ ସ୍ଥିର କରିଛି । ମନ ହେଲା, କିଛିଦିନ ଲାଗି ଯଦି ନିଜକୁ ଫେରେଇ ନେଇ ପାରିବି ଝିଅଦିନର ଆବହାଓ୍ୱାକୁ, ନିକଟରେ ଛାଡ଼ିଆସିଥିବା ମୋର ଘରସଂସାର, ମୋର ଜୀବନର ସମସ୍ତ ଜଞ୍ଜାଳ ଆଉ ଦୁଃଖକୁ ଭୁଲିଯାଇ ପାରିବି କେତେଦିନ ଲାଗି । ଲାଇବ୍ରେରୀକୁ ଯାଇ ବହି ମେଳରେ ସମୟ ବିତାଇଲି ପୁଣି ଥରେ । ସେଇଠୁ ପୁଣି ସିନେମା ଥିଏଟର, କଳାଭବନରେ ସଙ୍ଗୀତ ଆସର, କିଛି ନ ହେଲେ ଟାଉନ୍ ବସ୍‌ରୁ ଓହ୍ଲେଇ ଗପ୍‌ସପ୍ ଜମେ । ମୋ ଘର ସଂସାର କଥା ମନେ ପଡ଼ିଲେ ଭାବୁଥିଲି, ମିଛ କର୍ତ୍ତବ୍ୟ-ନିଷ୍ଠାର ସେ ଦୁଃଖ, ଆତ୍ମପୀଡ଼ନଠାରୁ ଏ ଅର୍ଥହୀନ ଫୁଲାଫାଙ୍କିଆ ଜୀବନ ଖରାପ କେଉଁଥିରେ ?

ଲାଇବ୍ରେରୀରୁ ସେଦିନ ପୁଣି ଥରେ ଧୀରେନ ସହିତ ଫେରୁଥିଲି ଓ ସେ ନିଜ ଷ୍ଟପ୍ ଯାଏ ନ ଯାଇ ମୋ ଷ୍ଟପ୍‌ଠିଁ ବସ୍‌ରୁ ଓହ୍ଲେଇ ପଡ଼ିଥିଲା । ଆମ ଘରକୁ ପହଞ୍ଚିବା ଆଗରୁ ରାସ୍ତାକଡ଼ ପାର୍କରେ ବସିଯାଇଥିଲୁ କିଛି ସମୟ । ପାଠ ପଢ଼ିଲାବେଳେ ଏଇ ଧୀରେନ୍ ସହିତ ଯୁକ୍ତିତର୍କ ହେଉଥିଲା, ବିଭିନ୍ନ ଆଇଡ଼ିଆ ଉପରେ ତୁମୁଳ ଆଲୋଚନା ହେଉଥିଲା । ପରେ ଅକାଳେ ସକାଳେ ଦେଖା ହେଇଚି । ଆଲୋଚନା ଆଡ଼କୁ ମୁହାଁଇବା ଯାଏ କଥା ଯାଇନାହିଁ, କୁଶଳ ସମ୍ଭାଷଣରେ ହିଁ ରହିଯାଇଚୁ ।

ସବୁଜ ଘାସ ଉପରେ ହାତରେ ଚନାଚୁର ପୁଡ଼ିଆ ନେଇ ସାମ୍ନାରେ ବହି କେତେଟା ଖେଳେଇ ବସିଥିଲାବେଳେ ଗତ କେତେଦିନ ପରି ପୁଣି ମୁଁ ତା ସହିତ ଆଲୋଚନାରେ ଧନ୍ଦି ହେଇଗଲି । ସାମାଜିକ ଅନୁଷ୍ଠାନମାନଙ୍କ ଉପରେ କଥା ପଡ଼ିଥିଲା,

ସେଇଠୁ ପର୍ବପର୍ବାଣୀ ଆଡ଼କୁ କଥା ଗଲା । କଥା ଲହସରେ ମୁଁ କହିଲି– "ପର୍ବପର୍ବାଣୀର ବାସ୍ତବ ଆନନ୍ଦ ସହିତ କିଛି ସମ୍ପର୍କ ନାହିଁ । ଅମୁକ ଦିନ ଅମୁକ ତାରିଖ ଅମୁକ ବାରରେ ଠିକ୍ ଏଇ ଏଇ କାମମାନ ମାପିଚୁପି କରାଯାଇ ଆନନ୍ଦିତ ହେବାକୁ ପଡ଼ିବ– । ହଁ, ପର୍ବର ମହତ୍ତ୍ୱ ସାମାଜିକ ଜୀବନରେ ଅଛି, ମୁଁ ମନା କରୁନାହିଁ, ତେବେ ସେଥିରୁ ଖୋଲା ଆନନ୍ଦ; ଫୁର୍ତ୍ତି ଆଶା କରିବା ବୃଥା ।"

ଧୀରେନ୍ ଭୂକୁଆଁଇ ଘାସ ଛିଡ଼ାଉଥିଲା । ସେ ଉତ୍ତର ପାଉନାହିଁ ଭାବି ମୁଁ ଆଉ ଟିକିଏ ତାକୁ ତେଜିବା ପାଇଁ କହିଲି–"ଏଇ ଧର ଆଜି ତମେ କହୁଥିଲ ଦିୱାଲୀ ପାଇଁ ସମସ୍ତଙ୍କର ଲୁଗା କିଣିବାକୁ ଅଛି, ଏଡ଼ଭାନ୍ସ ନ ନେଲେ ନ ଚଳେ– ଏତେ ସବୁ ଦାୟିତ୍ୱ ପୁରା କଲା ପରେ ଦିନଟି ପହଞ୍ଚିଗଲେ କେତେ ଖୁସି ତମେ ସତରେ ହେଇପାରିବ ?"

ଧୀରେନ୍ ଆଖି ଉଠେଇ ମୋତେ ଚାହିଁଲା, ହାତର ଘାସ ତାର ସ୍ଥିର ରହି ଯାଇଥିଲା । ଅଳ୍ପ ହସି କହିଲା–"ଥରେ ଦୀପାବଳି ଦିନ ଆମେ ସୁନୀତା ଘରେ ଥିଲେ, ମନେ ଅଛି ? ମୁଁ ଦେଖିଚି ତମର ଦୀପାବଳି କେମିତି ।"

ଆଲୋଚନା ବ୍ୟକ୍ତିଗତ ସ୍ତରକୁ ଆସୁ ବୋଲି ମୋର ଇଚ୍ଛା ନ ଥିଲା । ବିଷୟଟିକୁ ହତା ବାହାରକୁ ଫିଙ୍ଗିଦେବା ପାଇଁ ମୁଁ କଥା ଖୋଜୁ ଖୋଜୁ ଧୀରେନ୍ କହିଲା–"ଦୀପାବଳି ଖାଲି ସାମାଜିକ ବା ଧାର୍ମିକ ଉତ୍ସବ, ପାରମ୍ପରିକ ରୀତିନୀତି ପାଳିବାର ହିଁ ପର୍ବଟିଏ ନୁହେଁ ବିନୁ । ତମ ପରି ଆଉ କିଏ ବାଣ ଫୁଟେଇଲେ କାନରେ ହାତ ଦେଇ ଅଗତ୍ୟା ଶୁଣିବା, ଅନ୍ୟ କାହା ହାତରୁ ଜଳନ୍ତା ଫୁଲଝରିଟିଏ ନେଇ ଶେଷ ହେବା ପୂର୍ବରୁ ଛାନିଆଁରେ ଫିଙ୍ଗିଦେବା ଦିୱାଲୀର ଆନନ୍ଦ ନୁହେଁ । ନିଜେ ବାଣ ଫୁଟେଇବା ମୁଁ ଏଥର ତମକୁ ବତେଇଦେବି, ଜଳନ୍ତା ଚକ୍ରୀକୁ ସରୁ ତାରରେ ଘୂରାଇ, ନିଜ ଚାରି ପାଖରେ ରଙ୍ଗବେରଙ୍ଗ ନିଆଁଝୁଲର ବୃତ୍ତ ତିଆରି କରିବା ଶିଖେଇଦେବି । ଦିୱାଲୀ, ଦିନକର ସ୍ୱଚ୍ଛନ୍ଦ ଉଦ୍ଦାମତାର ପର୍ବ, ଜଳେଇ ଫୁଲେଇ ଫୁଟେଇ ଖେଳେଇ ଦେଇହୁଏ ନିଜକୁ କେଇକ୍ଷଣ ଲାଗି ସେଦିନ ।"

ସେଇ ଦିୱାଲୀର ପ୍ରତୀକ୍ଷାରେ ମୁହୂର୍ତ୍ତ ଗଣୁଥିଲାବେଳେ ଆସିଲା ଟେଲିଗ୍ରାମଟି । ଏତେବେଳେ କି ଦରକାର ଥିଲା ତାର ? ଆଉ ଦିନ କେତେଟା ପରେ ଆସିପାରି ନ ଥାନ୍ତା ? ପରବର୍ତ୍ତୀ ଦିନ କେତୋଟି କେଉଁପରି ରୂପ ନେଇଥାନ୍ତା ତା ହେଇଥିଲେ ?

ତେବେ ଟେଲିଗ୍ରାମ୍ ପାଇଲା ପରଠୁ ମୋ ମନର ଦୋଷୀଭାବ ମୋତେ ଅଥୟ କରି ଦେଇଥିଲା । ଫେରିଲା ବେଳେ ମୁଁ ମନୋଜ ବ୍ୟତୀତ, ତାଙ୍କରି ମଙ୍ଗଳ ବ୍ୟତୀତ, ଆଉ କିଛି ଭାବି ନାହିଁ ।

ଫେରି ଯେତେବେଳେ ଦେଖିଲି କିଛି ଖାସ୍ କାରଣ ନଥିଲା ତାଙ୍କ ଟେଲିଗ୍ରାମ୍‌ର, ଛାଡ଼ି ଆସିଥିବା ଦୀପାବଳି ଲାଗି ମୋ ମନରେ କ୍ଷୋଭ ଆସିଲା ସତ; କିନ୍ତୁ ଛାତି ଭିତରର ଗର୍ବର ଅନୁଭବଟିକୁ ମୁଁ ଅସ୍ୱୀକାର କରି ପାରି ନାହିଁ । ବିଜୟର ଭାବଟିଏ ଆସିଥିଲା । ଯାହେଉ ଶେଷରେ ମୋତେ ହିଁ ଲୋଡ଼ିଲେ ତ ! ମୋ ସହିତ ହିଁ ସମ୍ପର୍କକୁ ବେଶୀ ମୂଲ୍ୟ ଦେଲେ, ମୋତେ ହରାଇ ଦେବାର ଭୟରେ ଆଉ କିଛି ନ ବିଚାରି ଟେଲିଗ୍ରାମ୍ କରି ଡକାଇ ଆଣିଲେ ।

ଆଉ ଆଜି ସନ୍ଧ୍ୟାରେ, କେତେ ଗର୍ବରେ ମୋର ଆଗରେ ଆଣି ଦେଖାଇଦେଲେ ସେ ମୋତେ ଡକାଇ ଥିବାର ଅସଲ କାରଣ । ରୁମାର ବିବାହର ନିମନ୍ତ୍ରଣ କାର୍ଡ଼ ।

ମୋ ସହିତ ସମ୍ପର୍କ ଭାଙ୍ଗିଯିବାର ଭୟରେ ଆର୍ତ୍ତ ହୋଇ ନୁହେଁ, ରୁମାର ନିଶ୍ଚିତ ବିଚ୍ଛେଦ ଅସହ୍ୟ ହେଲାବୋଲି, ଏକୁଟିଆ ପଣ ବଳେଇ ଗଲା ବୋଲି ମୋତେ ଡକାଯାଇଛି ।

ରାତି । ସବୁ ଘରୁ ପ୍ରାୟ ଦୀପମାଳ ଲିଭିଗଲାଣି । ଗୋଟାଏ ଗୋଟାଏ ବାଣ ଶୁଭୁଛି ତଥାପି ଦୂରରୁ କେଉଁଠୁ । ଅନ୍ଧାରରେ ଉଡୁଥିବା ଝରକା ପର୍ଦ୍ଦାକୁ ଅକାରଣ ଅନେଇ ରହି ମନୋଜ ଶୋଇଥିଲା ଯୋଡ଼ି ଖଟରେ, ବିନୁଠାରୁ ଟିକିଏ ଛାଡ଼ି ।

ବିନୁ ନିଶ୍ଚୟ ଜାଣିଥିଲା ଯେ ମୋତେ ଆଉ ରୁମାକୁ ନେଇ ଯେତିକି ଗୁଜବ ଉଠିଥିଲା, ତାର ବେଶୀଭାଗ ଅତିରଞ୍ଜନ । ରୁମା ବୋଷ୍ ସହିତ ମୁଁ ଆଗେଇ ପାରିଥାଆନ୍ତି । ପାରିନାହିଁ । ରୁମା ଲାଗି ମୋର ଆକର୍ଷଣର ପଛରେ ଠିକ୍ କେଉଁ କାରଣ ଥିଲା କହିପାରିବି ନାହିଁ । ବିନୁର ଆକ୍ଷେପ ଅନୁଯାୟୀ ତାଠାରୁ ମୋର ଆଗ୍ରହ ମରିଯାଇଥିବା କଥା ବି ସମ୍ପୂର୍ଣ୍ଣ ସତ ନୁହେଁ । ରୁମା ପାଖରେ ଥିଲାବେଳେ ନୂଆ ରୋମାଞ୍ଚର ମୋହ ମୋତେ ବେଳେବେଳ ଅଥୟ କରୁଥିଲା ହୁଏତ, ହେଲେ ମୁଁ ସର୍ତ୍ତଭାଙ୍ଗି ନାହିଁ । ସମ୍ପର୍କର ସର୍ତ୍ତ ବିନୁ ସହିତ । ବିନୁ ଏକଥା ଜାଣେ, ସେ ମୋତେ ଦୋଷୀ କରିପାରିବ ନାହିଁ ।

ରୁମା କଥା ଶୁଣିଲେ ସେବେ ବିନୁର ଆଖି ଜଳିଉଠେ, ତାକୁ ରାସ୍ତା ଘାଟରେ ଦେଖିଲେ ବିନୁ ମୁହଁରୁ ସରାଗ ଲିଭିଯାଏ । 'ମୁଁ ନଥିଲାବେଳେ ଘରେ ଖୁବ୍ ଡିକ୍‌ଟେସନ୍ ଦେଉଥିବ' କହିଲା ବେଳେ ତା ନାକପୁଡ଼ା ଥରି ଉଠେ । ବାସ୍ତବରେ ରୁମା ଆମ ଜୀବନ ପରିଧିକୁ ଆସିବା ପରେ ହିଁ ତ ବିନୁ ମଝି ମଝିରେ ଅକାରଣ ଦିଲ୍ଲୀକୁ ଯିବା ପ୍ରାୟ ଛାଡ଼ି ଦେଇଥିଲା । ସେଥିପାଇଁ ଏଥର ଯେତେବେଳେ ସେ ଝଡ଼ପରି ଚାଲିଗଲା, ଆଉ ମାସେଧରି ଆସିବାର ନାଁ ପକେଇଲା ନାହିଁ, ମୁଁ ଡରିଯାଇଥିଲି ।

ଆଜି ରାଗରେ ରୁମାର ବାହାଘର କାର୍ଡ଼ ଖୋଲୁଥିବା ବେଳେ ମୁଁ ଅନୁମାନ

କରୁଥିଲି, ବିନୁର କି ପ୍ରତିକ୍ରିୟା ହେବ ରୁମାର ପ୍ରେମବିବାହ ବିଷୟରେ ଜାଣିସାରିଲେ । ଆଶ୍ଚର୍ଯ୍ୟରେ, ଆଉ ମୋତେ ଏତେ କଟୁ ଆକ୍ଷେପ କରିଥିବା ଯୋଗୁଁ ଲଜ୍ଜିତ ହେବ, ତଥାପି ଏ ହଠାତ୍ ଆଶ୍ୱାସନାରେ ନିଶ୍ଚୟ ତା ମୁହଁରେ ନିଶ୍ଚିନ୍ତ ହସ ଫିଟିପଡ଼ିବ ।

କିଛି ହେଲା ନାହିଁ । ପ୍ରଥମେ ତା ମୁହଁକୁ ଆଶ୍ଚର୍ଯ୍ୟର ଭାବ ଆସିଲା । ତା'ପରେ ଆଉ କିଛି ଭାବ ଦିଶିଲା ନାହିଁ ତା ହାତରୁ କାର୍ଡ଼ଟି ଖସି ପଡ଼ିଲା ତଳେ । ପଦଟିଏ କିଛି ନ କହି ସେ ଭିତରକୁ ଚାଲିଗଲା ।

ଭାବିଥିଲି କିଛି ସମୟ ପରେ ସେ ଲୁଗା ବଦଳେଇ ଆସିବ । ଦୀପ ଜାଳିବ । ହେଲେ ତା ପରଠୁଁ ସିଏ ମୁହଁ ଫୁଲେଇ ରହିଛି । ମୋଠୁ ହାତେ ଛାଡ଼ି ସେପାଖକୁ ମୁହଁ ବୁଲେଇ ଶୋଇଛି । ତା ଦେହରେ ହାତ ଦେଲାରୁ କହିଲା, ମୁଣ୍ଡ ବିନ୍ଧୁଛି ।

ସେ ହୁଏତ ବୁଝି ପାରିଛି, ରୁମାର ବାହାଘର କାର୍ଡ଼ ପାଇବା ପରେ ପରେ ହିଁ ମୁଁ ତାକୁ ଟେଲିଗ୍ରାମ୍ କରି ଡାକିବାର ଆବଶ୍ୟକତା ଅନୁଭବ କରିଛି ।

ତଥାପି, ତାର କଣ ଏଥିରେ ଆଶ୍ୱସ୍ତ ହେବାର କିଛି ନାହିଁ, ସମସ୍ୟାଟି ଦୂରେଇ ଗଲା ତ ଆମ ଦୁହିଁଙ୍କ ଯୁଗ୍ମ ଜୀବନରୁ ।

ନା ସେ ଆଶ୍ୱସ୍ତ ହେବାକୁ ଚାହୁଁନଥିଲା ? କାହିଁକି ?

କେଉଁ ଦୀପାବଳି ପାଇଁ ତାର ଏତେ ଦୁଃଖ ? ବିନୁର ଦୀପାବଳି ପାଳିବା ମୁଁ କଣ ଜାଣିନାଇଁ । ଗତ କେତେ ବର୍ଷ ହେଲା ଦେଖି ଆସିଚି, ପାଳି ଆସିଚି ତା ସହିତ, ତାଆରି ଇଚ୍ଛା ମତେ । ପ୍ରତିଟି ପାଦରେ ଆମର ସେଠି ଏମିତି ହୁଏ, ଏ କଥାଟି ଏମିତି ନୁହେଁ ସେମିତି ହେବା ଉଚିତ୍ । ଏ ଉଚିତ୍‌ରେ ଏତେ ସ୍ଫୁର୍ତ୍ତି ଆସିଲା କାହୁଁ ?

ସେ କଣ ମୋଠୁ ଦୂରରେ ଦିୱାଲୀ ପାଳିବାକୁ ଚାହୁଁ ଥିଲା ସ୍ୱଚ୍ଛନ୍ଦରେ ? ବିନା ବାଧବାଧକତାରେ ? ସେଇଥିପାଇଁ ସେ ମୋ ଟେଲିଗ୍ରାମ୍‌ରେ ସୁଖୀ ନୁହେଁ, ଘରକୁ ଫେରିବାରେ ନୁହେଁ ? ରୁମାର ସବୁଦିନ ଲାଗି ଦୂରେଇ ଯିବାରେ ବି ନୁହେଁ ।

ବିନୁ କଣ ଚାହୁଁଥିଲା ସର୍ତ୍ତ ମୋଓରି ତରଫରୁ ଭଙ୍ଗାଯାଉ ?

ମେକ୍ ଅପ୍

ଶ୍ରୀମତୀ ଦାସଙ୍କର ଦାମୀ ସିଲ୍କ୍ ଶାଢ଼ୀର ଜରି ଧଡ଼ି କାର୍ପେଟ୍ ଉପରେ ଲୋଟୁଥିଲା, ତାଙ୍କ ବାଁ ଜଙ୍ଘ ଉପରେ ଭରାଦେଇ ସୁନ୍ଦର ଭାବେ ରହିଥିଲା ଡାହାଣ ଗୋଡ଼ଟି, ହାଇହିଲ୍ ଜୋତାର ଗୋଜିଆ ମୁନ ଆଉ ପାଦର ନାଲି ଚକ୍ ଚକ୍ ନଖ ସମେତ ସାମ୍ନା ଜୋତାର ଅଂଶଟି ଶାଢ଼ିର ଜରିଧଡ଼ି ତଳୁ ଦିଶୁଥିଲା...ଓଢ଼ଣା ତଳୁ ସୁନ୍ଦର ବୋହୂର ମୁହଁଟିଏ ପରି ।

ମୁହଁରେ ଆବଶ୍ୟକମତେ ସୁନ୍ଦର ଚାପା ହସ, କାରଣ ଅକାରଣରେ ଯାହା କମ୍ ବେଶୀ ହୁଏ । ଶ୍ରୀଯୁକ୍ତ ମେହରା ମଜାକଥାଟିଏ କହିଲେ (ପ୍ରଥମ ଧାଡ଼ିରୁ ଯେଉଁ ଜୋକ୍‌ଟିକୁ ଶ୍ରୀମତୀ ଦାସ ଚିହ୍ନିପାରିଲେ) –କଥାଟି ଆରମ୍ଭ କରିବା ଠାରୁ ଶେଷ କରିବା ଯାଏଁ ସେ ଅଯଥା ଅଧିକ ସମୟ ନେଲେ, ତଥାପି ଉତ୍ସୁକ ଭାବ ମୁହଁରେ ଫୁଟାଇ ତାଙ୍କ କଥାତକ ଶୁଣିବାକୁ ହେଲା ଓ ଅଶାନୁରୂପ କ୍ଲାଇମାକ୍‌ସଟି ଆସିଲାକ୍ଷଣି ସମସ୍ତଙ୍କ ସହିତ ଉଚ୍ଛ୍ୱସିତ ଭାବେ ହସିବାକୁ ହେଲା । ସହରରେ ନୂଆ ଖୋଲିଥିବା ବିଉଟିପାର୍ଲର୍‌ର ବିଉଟିସିଆନ୍ କହିଥିବା ମୁତାବକ ଶ୍ରୀମତୀ ଦାସ୍ ହସିବାକୁ ପ୍ରାକ୍‌ଟିସ୍ କରିଛନ୍ତି, ଗାଲରେ ତାଙ୍କର ଦୁର୍ଲଭ ଡିମ୍ପଲ୍‌ଟି ପଡ଼ିବ ଅଥଚ ଅତିଗୁଡ଼ାଏ କଳଦାନ୍ତ ଦିଶିବ ନାହିଁ । ବିଉଟିସିଆନ ଶ୍ରୀମତୀ କୋହ୍ଲେ ଆହୁରି ବି କହିଛନ୍ତି, ଆପଣ ଯେତେ

ଉଚ୍ଛ୍ୱସିତ ହୋଇ ହସିଲେ ବି ଆଖି ଯେମିତି ପୂରାପୂରି ବୁଜି ହେଇଯିବ ନାହିଁ ଲକ୍ଷ୍ୟ ରଖିବେ, ବିରକ୍ତିର ମୁଡ୍‌ରେ ଯେମିତି ବେଶୀ ଭ୍ରୂ କପାଳ କୁଞ୍ଚେଇବେ ନାହିଁ– ଦର୍ପଣ ଆଗରେ ନିୟମିତ ପ୍ରାକ୍‌ଟିସ୍ କଲେ ଏସବୁ ସୁଧୁରିଯିବ । ହେଲେ ବଦଭ୍ୟାସଟାକୁ ଏଯାଏଁ ପୁରା ଆୟତ୍ତ କରିପାରି ନାହାନ୍ତି ଶୋଭା ଦାସ । ଅପ୍ରତ୍ୟାଶିତ ହସକଥାଟାଏ ଆସିଗଲେ ସେ ଆଖି କିଟିମିଟି ବୁଜିଦେଇ ତଳକୁ ନଇଁପଡ଼ି ହସିପକାନ୍ତି ଏବେ ବି ।

ଆଜି ମେହରାଙ୍କ ଘରେ ପାର୍ଟି, ତାଙ୍କ ବିବାହ-ବାର୍ଷିକୀ । ବାହାଘର ଷୋହଳ ବର୍ଷ ପୁରିଲା । ସନ୍ଧ୍ୟାବେଳୁ ମେହରା ଆଜି ପତ୍ନୀଙ୍କୁ 'ମାଇ ସୁଇଟ୍ ସିକ୍‌ଷ୍ଟିନ୍' ବୋଲି ସମ୍ବୋଧନ କରୁଥିଲେ ଥଟ୍ଟାଳିଆ ଗେହ୍ଲାରେ । ଛାତରୁ ଫ୍ୟାନ୍‌ରୁ ବେଲୁନ୍ ଗୋଛା ଝୁଲୁଥିଲା ଓ ହାତରେ ସମସ୍ତଙ୍କର ସୁଶୋଭନ ଗ୍ଲାସ ଥିଲା । ଏ ମଧ୍ୟମ ଧରଣର ଶିଳ୍ପସହରଟିରେ ଏମିତି ବନ୍ଧୁମିଳନଟିଏ ସବୁଦିନେ ଜୁଟେ ନାହିଁ । ଜମିଥିବା ଦଶ ବାର ଯୋଡ଼ିଙ୍କ ପାଇଁ ଆଜି ଆନନ୍ଦ ଉତ୍ସବର ସନ୍ଧ୍ୟାଟିଏ ।

ଏ ସହରରେ ଭଲ ସିନେମା ହଲ୍‌ଟିଏ ବି ନାହିଁ, ତିନିଟା ହଲ୍‌ରୁ ଗୋଟିଏ ହେଲେ ଏଆର୍ କୁଲ୍‌ଡ୍ ସୁଦ୍ଧା ନୁହେଁ । ମୋତିଲାଲ୍ କଣ୍ଟ୍ରାକ୍ଟରର ଏ-କ୍ଲାସ ହଲ୍‌ଟାଏ ତିଆରି ହେବ ବୋଲି ଶୁଣାଯାଉଚି ଗତ ଦି'ବର୍ଷ ହେଲା, ହେଲେ ସେ ଦିନ ଗଡ଼ୁଉଚି । ଏଠାକାର ପବ୍ଲିକ୍‌କୁ ଦେଖି ସିଏ ବା କଣ ସାହସ କରିବ । ବାଲ୍‌କୋନିରେ ଲୋକେ ଗୋଡ଼ ଟେକି ସିଟ୍ ଉପରେ ବସି ପାନ ପିକ ପକାନ୍ତି । ଛୁଆଙ୍କୁ ସେଇଠି ଠିଆ କରି ମୁତାନ୍ତି । ତଥାପି ଆଉ ଅନେକଙ୍କ ପରି ଦାସ୍ ଦମ୍ପତି ଚିତ୍ତବିନୋଦନର ଅନ୍ୟ ଉପାୟ ନ ପାଇ ସିନେମାଟିଏ ବଦଳିବାକୁ ଅନେଇଥାନ୍ତି ଓ ନିହାତି ଅପରିଚିତ ଷ୍ଟାର୍ ନଥିଲେ ନିଶ୍ଚୟ ଯାଆନ୍ତି । ସିନେମା ପର୍ଦ୍ଦାରେ ନାୟକ ନାୟିକାଙ୍କ ଜାକଜମକ ଘର, ବିଛଣା, ଚକ୍‌ମକ୍ ଲମ୍ଫାକାର୍‌ରେ ବାଳ ଉଡ଼େଇ ଗୀତ ଗାଇବା, ଝଲମଲ ହୋଟେଲରେ ହାତଗୋଡ଼ ଛାଟି ଡିସ୍କୋ ନାଚିବା ଇତ୍ୟାଦି ଦେଖି ବିନୋଦିତ ହୁଅନ୍ତି । ପାଖ ସିଟ୍‌ରେ ଗୋଡ଼ ଟେକି ବସିଥିବା ଲୋକଙ୍କ ବିଡ଼ିଧୂଆଁ ନାକରେ ବାଜେ ନାହିଁ ।

ମିଷ୍ଟର୍ ଦାସ ବ୍ୟସ୍ତ ଲୋକ । କେବେ କେମିତି ତାଙ୍କୁ ଖଣି ଅଫିସରେ ରାତି ଦଶଟାଯାଏଁ ବି ରହିବାକୁ ହୁଏ । ରାତିସାରା ବି ରହିବାକୁ ପଡ଼ିଚି କଦବା କେବେ ଲେବର ଷ୍ଟ୍ରାଇକ୍ ବେଳେ । ସନ୍ଧ୍ୟାବେଳେ ମଝି ମଝିରେ କାହା ଘରେ ତାସ୍ ଆସର ଜମେ, ସପ୍ତାହରେ ଦିନଟିଏ ଲେଡ଼ିଜ୍ କ୍ଲବରେ କଟିଯାଏ ଶ୍ରୀମତୀ ଦାସ୍‌ଙ୍କ ଅପରାହ୍ନ । ଏସବୁ ବ୍ୟତୀତ ସାଧାରଣ ସନ୍ଧ୍ୟାଟିଏ ତାଙ୍କର ନିହାତି ସାଧାରଣ ଭାବେ କଟେ ।

ଧରାଯାଉ କାଲି ସନ୍ଧ୍ୟା । ପୁଅ ଝିଅ ଦୁହେଁ ଆୟା ସାଙ୍ଗରେ ପାର୍କକୁ ଯାଇଛନ୍ତି ଖେଳିବାକୁ, ଫେରି ନାହାନ୍ତି । ମିଷ୍ଟର୍ ଦାସ୍ ଫେରିଲେ ଅଫିସରୁ । ଶ୍ରୀମତୀ ଦାସ୍

ଅନ୍ଧାର ହୋଇଆସିଥିବା ଅଗଣାରେ ଆରାମ ଚଉକିଟିଏ ପକାଇ ବସିଥାନ୍ତି । ଟେବୁଲ ଉପରେ ମୁହଁମାଡ଼ି ପଡ଼ିଥାଏ ଖୋଲା ଉପନ୍ୟାସଟିଏ, ଅନେଇଥାନ୍ତି ସାମ୍ନା ଆମ୍ବଗଛର ଅନ୍ଧାର ଭିତରୁ ଆସୁଥିବା ବିରକ୍ତିକର ଘରଚଟିଆ ବଣିଙ୍କ କୋଳାହଳ ଆଡ଼କୁ । ଦାସ୍ ଆସିଲେ, ସ୍ତ୍ରୀଙ୍କୁ ଦେଖିଲେ, ତାଙ୍କ ଦୃଷ୍ଟି ଯାଇଥିବା ଦିଗକୁ ଥରେ ଅନେଇଲେ । ହେଲେ ପତ୍ର ଗହଳରେ ନିବୁଜ ଅନ୍ଧାର ବ୍ୟତୀତ ଆଉ କିଛି ଠଉର କରିପାରିଲେ ନାହିଁ । ପାଖ ଚଉକି ଆଡ଼କୁ ଯାଉଯାଉ କହିଲେ–"କଣ ବସିଚ ବାହାରେ ?" (ଅର୍ଥାତ୍–'ମୁଁ ଆସିଲି ।')

ଶ୍ରୀମତୀ ଦାସ ଦୃଷ୍ଟି ଫେରେଇଲେ, ଅଳ୍ପ ହସି କହିଲେ–"କଣ ଏତେ ଡେରି ହେଲା ଆଜି ?" (ସବୁଦିନେ ଏତିକି ଡେରି ହୁଏ, ଯାଠୁ ବି ବେଶି । ସମ୍ଭାଷଣର ଅର୍ଥ–'ମୁଁ ତମର ପ୍ରତୀକ୍ଷା କରୁଥିଲି ।')

ତାପରେ ଅଗଣାର ଲାଇଟ୍ ଟିପାହୁଏ ଓ ଖବର କାଗଜ ଉଠି ଆସେ । ସାନ ଚଉଡା ଖବରକାଗଜଟି ଖଡ୍‌ଖାଡ୍ ଶବ୍ଦରେ କାୟା ବିସ୍ତାର କରି ଦାସଙ୍କୁ ସଂପୂର୍ଣ୍ଣ ଗିଳି ପକାଏ । ଶ୍ରୀମତୀ ଦାସ୍ କହନ୍ତି–"ବାରିପାଖ କଦଳୀ କାନ୍ଦିରେ ସାତୋଟି ଫେଣା ହେଲାଣି, ଦେଖିଲଣି ?"

ଖବର କାଗଜ ସେପାଖୁ ଶୁଭେ–"ଆଚ୍ଛା ?"

–"ବାଇଗଣ ଗଛଗୁଡ଼ାକରେ ପୋକ ଲାଗିଲେଣି । ସେ ରେଡ୍‌ଡ଼ିକୁ କହିଥିଲି ଔଷଧ ପକେଇବା ପାଇଁ, ଏଯାଏଁ କାଇଁ ପକେଇଲାନି ତ !"

–"ଆରେ !"

–"ମୁଁ ଖାଲି କହିଚାଲିଛି । ତମେ କିଛି ଶୁଣୁନା ।"

–"ଶୁଣୁଛି ପରା । ବାଇଗଣ ଗଛରେ ପୋକ ଲାଗିଲାଣି, ରେଡ୍‌ଡ଼ି–"

ଶ୍ରୀମତୀ ଦାସ୍ ହସିଲେ ସ୍ୱାମୀଙ୍କ ରସିକତାକୁ ଉପଭୋଗ କରୁଛନ୍ତି ବୋଲି ।

–"ଜାଣ, ଆଜି ମିସେସ୍ ଗୁପ୍ତା କହୁଥିଲା..."

ଖବରକାଗଜ ଖଡ୍‌ଖାଡ୍ ଶବ୍ଦ କରି ପୃଷ୍ଠା ଲେଉଟାଏ । ଶ୍ରୀମତୀ ଦାସ୍ ଉଠି ରୋଷେଇ ଘରକୁ ଯାଆନ୍ତି, ତରକାରୀ ପତ୍ର କଣ ତିଆରି ହେବ ଦିନାକୁ କହନ୍ତି, ଶୋଇବା ଘରକୁ ଯାଇ ପିଲାଙ୍କ କଥା ବୁଝନ୍ତି । ପୁଣି ଫେରିଆସନ୍ତି ଆପଣା ଚଉକିକୁ ।

–"ବୁଝିଲନା, ମିସେସ୍ ରାଓଟା ଯେତିକି ସରଳ ବୋଲି ଜଣାଯାଏ, ଜମାରୁ ତାହା ନୁହେଁ..."

ସକାଳୁ ଟିକିଏ ଗପସପ କରାଯାଇନାହିଁ କାହା ସହିତ, ମିସେସ୍ ରାଓ ସହିତ

ଫୋନ୍‌ରେ ଯେତିକି କଥାବାର୍ତ୍ତା ହେଲା, ତାକୁ କଣ ଗପସପ ବୋଲି କହିବ ? ଦାସ୍ ତାଙ୍କୁ ଏବେ ଗପୁଡ଼ି ଭାବିଲେ ଭାବନ୍ତୁ, ତାଙ୍କ କଥାକୁ ଖବରକାଗଜରେ ଆଡ଼େଇଦେଲେ ଦିଅନ୍ତୁ, ଶ୍ରୀମତୀ ଦାସ୍ ଆହୁରି କହିଲେ–"ଭଦ୍ର ସ୍ତ୍ରୀ ଲୋକ କିଏ ନିଜର ପ୍ରତି ଶାଢ଼ୀର ଦାମ୍ କହେ ବୁଲେଇ ବାଙ୍କେଇ ସମସ୍ତଙ୍କ ଆଗରେ ? ଆମେ କଣ ଶାଢ଼ୀ ପିନ୍ଧି ନାହୁଁ ଯେ ତୋ ଶାଢ଼ୀର ଦାମ୍ ଆମକୁ ଅଜଣା ?"

ହଠାତ୍ ଖବରକାଗଜ ଚଉତା ହେଇ ସାନ ହୁଏ, ଷ୍ଟୁଲ୍‌ରେ ରଖାଯାଏ । – "ଶୁଣ, ସାଢ଼େ ସାତଟା ହେଲାଣି । ବାହାରିଲ, ଟିକିଏ ବୁଲିଆସିବା ।"

ଶ୍ରୀମତୀ ଦାସ୍ ଭିତରକୁ ଯାଇ ସନ୍ଧ୍ୟାବେଳର ପ୍ରସାଧନ ଆଉ ଟିକିଏ ପରଖି ନିଅନ୍ତି, ଶାଢ଼ୀର କୁଞ୍ଚ ସଜାଡ଼ି ନିଅନ୍ତି, ଡ୍ରେସିଂ ଟେବୁଲ ଡ୍ରୟାର୍‌ର ବାରଟି ଲିପ୍‌ଷ୍ଟିକ୍‌ରୁ ବାଛି ଓଠରେ ଲଗାନ୍ତି ।

ରାସ୍ତାର ଥଣ୍ଡା ପବନରେ ସାନ୍ଧ୍ୟ ଭ୍ରମଣ । ଦାସ୍ କହନ୍ତି–"ବୁଝିଲ, ଜୈନ ସାହାବ୍ ଯେତେ କାମିକା ମ୍ୟାନେଜର ହୁଅନ୍ତୁ ପଛେ, ଭଲ ଏଡ୍‌ମିନିଷ୍ଟ୍ରେସନ୍ ଜଣା ନାହିଁ ତାଙ୍କୁ ।"

–"ସତେ ?"

–"ଆଉ କ'ଣ ? ଲେବର୍‌ଙ୍କ ଦିଇଟା ଡିମାଣ୍ଡ ବି ସେଥର ମାନିନେବା କି ଦରକାର ଥିଲା ? ଯଦି ବା ମାନିଲ ଷ୍ଟ୍ରାଇକ୍ ବନ୍ଦ କରିବା ଲାଗି, ଚାଲାକ ଲୋକ ହୋଇଥିଲେ କେବେହେଲେ ନମ୍ବର ଫୋର୍ ଡିମାଣ୍ଡ୍‌ଟା ମାନିଥାନ୍ତା ? ସେଇଥିରୁ ଏବେ ଝମେଲା ବଢ଼ିଲା ନା ନାଇଁ ?"

–"ଓ !"

–"ତାଙ୍କ ପଛରେ ଯେଉଁ ଚାମ୍‌ଚା ଦଳଟା ଲାଗିଛନ୍ତି ସେଇମାନେ ନଚାଉଛନ୍ତି ତାଙ୍କୁ । ଆଚ୍ଛା ସବୁଦିନ ଗୋଟାଏ ସେମାନଙ୍କ ସଙ୍ଗରେ ବସି ତାସ୍ ଖେଳିବା, ପିଇବା ଶୋଭା ଦେଉଛି ତାଙ୍କୁ ? ସବର୍ଡ଼ିନେଟ୍‌ଙ୍କ ଆଗରେ ନିଜ ଇମେଜ୍ ରଖୁଛନ୍ତି ସେ ?"

–"ସତ କଥା ।"

ଶ୍ରୀମତୀ ଦାସ୍ ମନେ ପକାଇଲେ ଗତ ଦୁଇମାସ ହେଲା ଜୈନ୍ ସାହାବଙ୍କ ଘରୁ ଦାସ୍‌ଙ୍କୁ ଡାକରା ଆସି ନାହିଁ ତାସ୍ ଖେଳିବାକୁ ।

ରାସ୍ତାରେ କାଁ ଭାଁ ଲୋକ । କଲୋନୀର ସବୁଜ ହେଜ୍ ବନ୍ଧେଇ ରାସ୍ତା ଟପିଲା ପରେ ଦୁଇ ଫର୍ଲଙ୍ଗ ଚାଲି ପରିଚିତ ପୋଲ ପାଖରୁ ପୁଣି ଲେଉଟି ଆସୁଥିଲେ ଦୁହେଁ । ଶ୍ରୀମତୀ ଦାସ ହାତଘଡ଼ି ଦେଖି କହିଲେ–"ମାତ୍ର ଆଠଟା ବାଜିଛି । କେଡ଼େ ଶୀଘ୍ର କେତେଗୁଡ଼ାଏ ବାଟ ଚାଲିଗଲେ ମ ଆମେ । ରିଏଲ ବ୍ରିସ୍କ୍ ୱାକ୍ ।"

–"ଦେଖିଲଣି, ମିସେସ୍ ଗୁପ୍ତା ତାଙ୍କ ବାରଣ୍ଡାରେ ବସିଛନ୍ତି ଏକୁଟିଆ । ତମେ ଯାଅ ତାଙ୍କ ସଙ୍ଗେ ଗପ କର । ମୁଁ ଟିକେ ଆସେ କ୍ଲବ୍‌ରୁ ।"

ଗହଳ ହେଜ୍ ଧାଡ଼ିରେ ପ୍ରତି ଗେଟ୍ ପାଖରେ କେବଳ ଦି ଚାରି ପାହୁଣ୍ଡର ଫାଙ୍କ, ସେତିକିରେ ଦୁହେଁ ବାଟରେ ପଡୁଥିବା ପ୍ରତି ଘର ହତା ଭିତରକୁ ଥରେ ଝାଙ୍କି ନିଅନ୍ତି । ଶ୍ରୀମତୀ ଦାସ୍ ମୁହଁ ଫେରାଇ ସମାନ ଗତିରେ ଚାଲୁ ଚାଲୁ କହିଲେ–"ପୁଣି ତମେ କ୍ଲବ୍‌କୁ ଯାଇ ରମି ଖେଳିବ, ପଇସା ହାରିବ ।"

–"କ'ଣ ଆଉ କରିବାକୁ ଅଛି ଏଠି କହିଲ ଶୋଭା ? ଦିନ ସାରା ଏତେ ଖଟଣି, ମୁଣ୍ଡଟା ବିନ୍ଧୁଛି । ଟିକିଏ ଖେଳି ନ ଆସିଲେ ରାତିରେ ନିଦ ହେବନି ।"

–"ତାହେଲେ ମୁଁ ଯାଏ ଘରକୁ । ମିସେସ୍ ଗୁପ୍ତା ଘରକୁ ତିନିଥର ଗଲିଣି, ସେ ଥରେ ହେଲେ ଆସିନି ।"

ନିଜ ଘର ଗେଟ୍ ଆସି ଯାଇଥିଲା । ଦାସ୍ ରାସ୍ତା ଉପରେ ଠିଆ ହୋଇ କହିଲେ–"ଓ ହୋ ! ଏଇ ସବୁ ଛୋଟ ଛୋଟ କଥା ତମେ ଯାହା ଧରି ବସ । ଗପ କରି ଆସିଲେ ତମେ ନିଜେ ଟିକେ ଫୁର୍ତ୍ତି ହେବ ବୋଲି କହୁଥିଲି ।"

ଶୋଭା ଦାସ୍ ନିଜ ଘର ଭିତରକୁ ପଶି ଘଡ଼ି ଦେଖନ୍ତି । ଆଠଟା ପନ୍ଦର ବାଜିଚି । ଆଉ ଘଣ୍ଟାଏ ଗଲେ ସେ ସାବୁନ୍ ଲଗାଇ ମୁହଁର ମେକ୍‌ଅପ୍ ଧୋଇବେ ଓ କ୍ରିମ୍ ଲଗାଇବେ । ସେତିକିବେଳେ ଅବଶ୍ୟ ତାଙ୍କର ମନେ ପଡ଼ିଲା କାଲି ମେହରା ଘରେ ପାର୍ଟି ଅଛି । ପୁଅ ଝିଅଙ୍କ ଖିଆପିଆ ସାରୁ ସାରୁ ସେ ମନେ ମନେ ନିଜ ଶାଢ଼ୀମାନଙ୍କୁ ଦରାଣ୍ଡି ଗଲେ– ବାଙ୍ଗାଲୋର ସିଲ୍‌କଟା ତ ମାତ୍ର ସେ ଗତମାସର ବିଦାୟ ଭୋଜିଟିରେ ପିନ୍ଧିଛନ୍ତି; ନୂଆ ସିଫନ୍ ଶାଢ଼ୀଟା ଯାହା ଲୋଭ ସମ୍ଭାଳି ନ ପାରି ଗଲା ଲେଡ଼ିଜ୍ କ୍ଲବ ଦିନ ପିନ୍ଧି ପକାଇଲେ, ହେଲେ କିଏ ଜାଣିଥିଲା ଏତେ ଶୀଘ୍ର ପାର୍ଟିଟାଏ ଆସୁଚି ବୋଲି ? ଓ ତାପରେ ସେ ପାର୍ଟିକୁ ଆମନ୍ତ୍ରିତ ହେଇ ଆସିବାକୁ ଯାଉଥିବା ଅନ୍ୟମାନଙ୍କୁ ଅନ୍ଦାଜ କଲେ, ରାଠୋର ହେରିକାଙ୍କ ସାଙ୍ଗରେ ଆଜିକାଲି ଆଉ ମେହରା ହେରିକାଙ୍କର ପଡୁନି । କାଲି ଡାକିଚନ୍ତି କି ନାହିଁ ତାଙ୍କୁ ଦେଖିବା କଥା ।

ବର୍ତ୍ତମାନ ବାଞ୍ଛିତ ପାର୍ଟିଟିରେ ଉପସ୍ଥିତ ରହି ସେ ପ୍ରତିଟି ମୁହୂର୍ତ୍ତର ବିନିଯୋଗ କରୁଥିଲେ । ବାଁ ପାଖ ଦି' ତିନିଜଣ ମହିଳା ଧୀମା ସ୍ୱରରେ ଆପଣା ଭିତରେ କ'ଣ ଗୋଟାଏ ଘରୁଆ କଥା ପକାଇଲେଣି । ଶ୍ରୀମତୀ ଦାସ ଭାବିଲେ, କାଣ୍ଡଜ୍ଞାନ ନାହିଁ ଏମାନଙ୍କର, ସ୍ଥାନ କାଳ ନ ବିଚାରି ମାଇପି ଗପ ! ହେଲେ କାନ ଡେରିଲେ, ମାଇପି ଗପ ସିନା, ଘରୁଆ ନୁହଁ–

—"ଟ୍ରେନ୍‌ରେ ଏଥର ଫେରିଲା ବେଳେ ପେପର୍ ପ୍ଲେଟ୍‌ସ୍ ଆଉ ନେପ୍‌କିନ୍ ରଖିବାକୁ ଭୁଲି ଯାଇଥିଲି । ସିଏ ତ ବାଟରେ କିଛି ଖାଇଲେନି, ଖାଡ଼ା ଉପାସରେ ଚାଲିଆସିଲେ ପୂରା । କହିଲେ ଷ୍ଟାର୍ଭ କରିବି ପଛକେ, ଟିଫିନ୍ ଡବାସୁଦ୍ଧା ଧରି ଖାଇବି ?"

ଅନାବଶ୍ୟକ ଅତିରଞ୍ଜିତ ହସ ।

ଶ୍ରୀମତୀ ଦାସ୍ ଜୈନ୍ ସାହାବ କହୁଥିବା କଥା ଆଡ଼େ ମନ ଦେଲେ, ତାଙ୍କରି ସହିତ ଦାସ୍ ଗୋଟିଏ ସୋଫାରେ ବସିଛନ୍ତି, ଯା ହେଉ । ଜୈନ୍ ସାହାବ କହୁଥିଲେ ତାଙ୍କର କେଉଁ ସମ୍ପର୍କୀୟଙ୍କ କାର୍ ଏକ୍‌ସିଡେଣ୍ଟ୍ କଥା, ଇମ୍ପୋର୍ଟେଡ୍ କାର୍‌ଟା ଚୁର୍‌ମାର୍ ହୋଇଗଲା । ଡ୍ରାଇଭର ସେଇଠି ମରିଗଲା । ସିଏ ନିଜେ ଏବେ ବମ୍ବେରେ ପଡ଼ିଛନ୍ତି ଜଶ୍‌ଲୋକ୍ ହସ୍‌ପିଟାଲରେ ।

ସମସ୍ତଙ୍କ ମୁହଁ ଗମ୍ଭୀର ଦିଶୁଥିଲା, ମହିଳାମାନେ ଏଥର କାରୁଣ୍ୟଭରା ଦୃଷ୍ଟିରେ ଚାହିଁଥିଲେ ଜୈନ୍ ସାହାବଙ୍କ ଆଡ଼େ । ଶୋଭା ଦାସ ଲକ୍ଷ୍ୟ କଲେ, ଶ୍ରୀମତୀ ବୋଷ୍ ଏକ ଅତିରଞ୍ଜିତ କାରୁଣ୍ୟ ନେଇ ଜୈନ୍‌ଙ୍କ ମୁହଁକୁ ଚାହିଁଛନ୍ତି, ଅଥଚ ତାଙ୍କ ମୁହଁ କେଉଁଥିପାଇଁ କେଜାଣି, ଜମା ସ୍ୱାଭାବିକ ଦିଶୁନାହିଁ, ବୋଧହୁଏ ଓଠଟାକୁ ଏମିତି ଢଙ୍ଗରେ ଚାପି ଗୋଜେଇ ନ ଥିଲେ ଆଉ ଟିକିଏ ନାଚୁରାଲ ଦିଶନ୍ତା । ଶୋଭା ଦାସ୍ ଅନ୍ୟ ସମସ୍ତଙ୍କ ମୁହଁକୁ ଥରେ ଅନେଇଗଲେ । କାହା ମୁହଁଟି ସତରେ କରୁଣ କି ଦୁଃଖିତ ଦେଖାଯାଉଚି ଭଲା, ଯେମିତି ଦିଶେ ନିଜ ପୁଅଟି ପଡ଼ିଯାଇ ଆଣ୍ଠୁଗଣ୍ଠି ଟିକିଏ ଛିଡ଼ିଗଲେ, ଏମିତି କି ରୋଷେଇ ଘରେ ହାତରୁ ପଡ଼ି ପ୍ଲେଟ୍‌ଟିଏ ଭାଙ୍ଗିଗଲେ ।

ଆଉ ଠିକ୍ ଏତିକିବେଳେ, ଜୈନ୍ ସାହାବଙ୍କ ଉତ୍ତରରେ ଦାସ୍ କହୁଥିଲେ ଭାବଗମ୍ଭୀର ସ୍ୱରରେ—"ଭଗବାନ ବଡ଼ଲୋକ । ସବୁରି ଉପରେ ସେଇ ଗୋଟିଏ ଶକ୍ତି କାମ କରୁଛି । ଯିଏ ଯାହା କହୁ ନା କାହିଁକି, ସିଏ ଇଚ୍ଛା କଲେ ଯେ କୌଣସି ବିପଦରୁ ମଣିଷକୁ ତାରିଦେବେ । ତେବେ ଜଶ୍‌ଲୋକ୍‌ଠୁ ଭଲ ଡାକ୍ତରଖାନା ଆଉ କୋଉଠି ନାହିଁ, ବିଦେଶର ଯେକୌଣସି ଭଲ ହସ୍‌ପିଟାଲ ସାଙ୍ଗରେ ଟକ୍‌କର ଦେଇପାରିବ ଜଶ୍‌ଲୋକ..." ଏତିକିବେଳେ ବିଜୁଳି ଲାଇନ୍ ଚାଲିଗଲା ।

ପ୍ରଥମ କେତୋଟି ଆଶ୍ଚର୍ଯ୍ୟ ଓ କ୍ଷୋଭ ସୂଚକ ଉଚ୍ଚାରଣ ପରେ କେଇ ମିନିଟ୍ ଲାଗି ନିର୍ବାକ୍ ଅନ୍ଧକାର । ମିଷ୍ଟର୍ ମେହରା କହିଲେ—"ହନି ! ଇମର୍ଜେନ୍‌ସି ଲାଇଟ୍‌ଟା କୋଉଠି ରହିଲା ?"

—"ସିଏ ଜଳୁଚି କୋଉଠି ? ତମର ପରା ନୂଆ ବ୍ୟାଟେରୀ କିଣି ସେଥିରେ ପକେଇବାକୁ ଥିଲା ?"

"ଓ ! ହେଲେ ଆଉ କିଛି ଲ୍ୟାମ୍ପ ଫାମ୍ପ ରଖିନ । ଇଏ ତ ଦକ୍ଷ ଗୃହିଣୀର ଲକ୍ଷଣ ନୁହେଁ ପ୍ରିୟା ।"

ଶ୍ରୀମତୀ ମେହରା ଉତ୍ତର ଦେବା ଆଗରୁ ଆଉ ଜଣେ ପୁରୁଷକଣ୍ଠ ଶୁଭିଲା– "ଥାଉ ଥାଉ । ବ୍ୟସ୍ତ ହୁଅନ୍ତୁନି, ଝଡ଼ ତୋଫାନ କିଛି ନାହିଁ ଯେତେବେଳେ ଦି ମିନିଟ୍‌ରେ ଆସିଯିବ ଲାଇଟ୍ ।"

ଆଉ ଜଣେ କହିଲେ–"ହଉନା କେତେ ମିନିଟ୍ ଅନ୍ଧାର ! ବିବାହ ବାର୍ଷିକୀ ପରି ରୋମାଣ୍ଟିକ୍ ସନ୍ଧ୍ୟାଟାରେ କିଛି ସମୟ ଅନ୍ଧାରକୁ ବି ଉପଭୋଗ କରିବା କଥା ନା ନୁହେଁ ?"

ହାସ୍ୟରୋଳ ।

ନିଶ୍ଚିନ୍ତ ନିର୍ଲିପ୍ତ ଅନ୍ଧାର । ଶ୍ରୀମତୀ ଦାସ୍ ହଠାତ୍ ଅନୁଭବ କଲେ ତାଙ୍କ ମୁହଁର ମାଂସପେଶୀ କେତେବେଳେ ସହଜ ହୋଇଯାଇଛି, ଓଠମୁହଁରେ ଚିପା ହସ ବା ସୁନ୍ଦର କାରୁଣ୍ୟ କିଛି ହିଁ ନାହିଁ, ସାଧାରଣ ଅନୁଭୂତ ହେଉଛି ମୁହଁଟି ଆପେ, ଅନାୟାସରେ । ସେ ଏଥର ଦୁଇଗୋଡ଼ ସିଧା କରି ବସି ମେରୁଦଣ୍ଡ ଟିକିଏ ସଳଖିଲେ । ତାପରେ ଦେହକୁ ହୁଗୁଳାଇ ଅଭ୍ୟସ୍ତ ଭାବେ ଘରେ ବସିଲା ଭଳି କୁଜା ହେଇ ବସିଲେ । ଯଦିଓ ସେତେବେଳେ ଭାବୁଥାଆନ୍ତି– ଆହାଃ ! ବିରଳ ସନ୍ଧ୍ୟାଟିର ଅମୂଲ୍ୟ ମୁହୂର୍ତ୍ତମାନ ଏଇମିତି ଗଲା ପରା ନଷ୍ଟ ହେଇ !

ପାଞ୍ଚମିନିଟ୍ ଚାଲିଗଲା । କୋଠରୀରେ ବିଭିନ୍ନ ଦିଗରୁ କଥାବାର୍ତ୍ତାର ଭଗ୍ନାଂଶ ସବୁ ଶୁଭୁଛି, ସମସ୍ତଙ୍କ ଧ୍ୟାନ ଆକର୍ଷଣ କଲାଭଳି କଥା କହିବାକୁ ସାହସ ପାଉନାହିଁ କାହାରି ଏ ଅନ୍ଧାରରେ । ଶୋଭା ଦାସ୍ ହାଇମାରିଲେ । ଓଠ ଉପରେ ରୁମାଲ୍‌କୁ ଛୁଇଁ ନ ଛୁଇଁଲା ପରି ରଖି ପାଟିକୁ ପାରୁପର୍ଯ୍ୟନ୍ତ ବନ୍ଦ କରି ହାଇଟିକୁ ସମ୍ଭାଳି ଯିବାକୁ ଚେଷ୍ଟା କଲାବେଳେ ତାଙ୍କର ଖିଆଲ ହେଲା, ଏଇଠି ଏବେ ଖୋଲାଖୋଲି ହାଇ ମରାଯାଇପାରେ; ପାଟି ବନ୍ଦ କରି ନାକ ଫୁଲେଇ ଗଳା ରୁନ୍ଧି ହାଇଟିକୁ ଗିଳିବାର ଚେଷ୍ଟାରେ ଆଖିକୁ ଲୁହ ନେଇ ଆସିବାର କିଛି ଦରକାର ନାହିଁ ଏବେ । ସେ ବଡ଼ ଆଁଟିଏ କରି ହାଇ ମାରିଲେ । ନାହିଁ ନଥିବା ପରିବ୍ୟାପ୍ତ ହାଇଟିଏ ତାଙ୍କ ମୁହଁକୁ ଆସିଲା କୁଆଡୁ କେଜାଣି, ତେବେ ଅଧାଅଧି ଅବସ୍ଥାରେ ସେ ଛାନିଆଁ ହେଇଗଲେ ଯେ ହଠାତ୍ କାଳେ ଲାଇଟ୍ ଚାଲିଆସି ହାଲୋଳ କରିଦେବ ତାଙ୍କ ମୁଖ ବ୍ୟାଦାନକୁ । ସେଇଠି ଅଧାରେ ମରିଗଲା ତାଙ୍କ ହାଇଟି ।

ହେଲେ ଲାଇଟ୍ ଆସିଲା ନାହିଁ । ପାଖରେ ଶ୍ରୀମତୀ ରାଓଙ୍କୁ ଶ୍ରୀମତୀ ମେହରା ବଖାଣୁଛନ୍ତି ତାଙ୍କ ଦୁଃଖ–

–“ଡେସର୍ଟ୍ ଲାଗି ଟିନ୍‌ଡ୍ ଫ୍ରୁଟ୍ କେତେଟା କିଣିଥିଲି, ଖୋଲି ଦେଖେତ ସବୁଯାକ ଖରାପ । ହେ ଭଗବାନ୍, ନ ଚାଖି ପକାଇ ଦେଇଥାନ୍ତି ଯଦି କଣ ହୋଇଥାନ୍ତା କହନ୍ତୁ ତ ! ଫୁଡ ପଏଜନିଂ ଲାଗି ଜେଲ ଯିବାକୁ ହେଇଥାନ୍ତା ମୋତେ ।”

ଶୋଭା ଦାସ୍ ଅନ୍ୟମାନଙ୍କ ସାଙ୍ଗରେ ‘ରିଏଲି !’ କହିଲେ ନାହିଁ କି ଜମାରୁ ହସିଲେ ନାହିଁ । ମନେମନେ କହିଲେ– ହଉ, ତା ମାନେ ତୁ ଅନ୍ଧାରରେ ସୁଦ୍ଧା ଚାନ୍‌ସ୍ ମାରିବୁ, ଦେଖେଇ ହେବୁ, ତେବେ ଯାଇ ଛାଡ଼ିବୁ । ଶସ୍ତା ଡେସର୍ଟ୍‌ଟାଏ ଆମକୁ ଖୁଆଇବାର ମତଲବ ତୋର ।

ଏଥର ଶୋଭା ଦାସ୍ ଲମ୍ବା ହାଇଟିଏ ମାରିଲେ, ଉନ୍ମୁକ୍ତ ଅନାୟାସ ହାଇଟିଏ, ଏମିତିକି ହାଇ ଶେଷରେ ହାଲୁକା ସରୁ ସ୍ୱରଟିଏ ଗଳାରୁ ବାହାରିଯିବାକୁ ବି ରୋକିଲେ ନାହିଁ ।

ଲାଇଟ୍ ଯିବା ଦଶମିନିଟ୍‌ରୁ ଅଧିକ ହେଇଯାଇଥିଲା । ମହମବତୀ ଆଣିବାର ଆଲୋଚନା ସତ୍ତ୍ୱେ ସେ ଯାବତ୍ ତାହା ଅଣାଯାଇ ନଥିଲା, ମଝିରେ ଜଣେ ଅଧେ ଦିଆସିଲି ମାରିଥିଲେ କେବଳ । ରାସ୍ତାରୁ ଜଣାଯାଉଥିଲା ପୂରା କଲୋନୀର ଲାଇଟ୍ ଯାଇଛି । ଜୈନ ସାହାବଙ୍କ ସ୍ୱର ଶୁଣାଗଲା– “ମିଷ୍ଟର୍ ମେହେରା, ଟିକେ ଫୋନ୍ କରି ବୁଝିଲ କେତେବେଳ ଯାଏଁ ଚାଲିବ ଏ ପାଲା । ବଡ଼ ବଡ଼ ସିଟିରେ ଏ ସବୁ ଝମେଲା ନାହିଁ, କାହାରି ପାର୍ଟି କେବେ ଭଣ୍ଡୁର ହୁଏନି ବିଜୁଳି ଲାଗି, ବୁଝିଲେ । ଏଠି ତ ହସ୍‌ପିଟାଲରେ ରୋଗୀ ମରିଯିବେ ହେଳାରେ, ଏଇ ବିଜୁଳି ଲାଗି । ଜଣ୍‌ଲୋକକୁ ମୁଁ ଯାଇଥିଲି, ଚମତ୍କାର ବ୍ୟବସ୍ଥା, ବୁଝିଲେ...”

ଶ୍ରୀମତୀ ଦାସ ଆସୁଥିବା ସ୍ୱରରୁ ଜୈନ୍‌ଙ୍କ ଜାଗା ଠଉରେଇ ନେଲେ, ଏବେ ସେ ଗରମ ଯୋଗୁଁ ଜାଗା ବଦଳାଇଥିଲେ ନା କଣ । ଅନ୍ଧାର ସୁହେଇ ଗଲାଣି, ଆକୃତିମାନ ବାରି ହେଉଚି । ଆଉ ଶ୍ରୀମତୀ ଦାସ ଜୈନ ସାହାବଙ୍କ ଅନର୍ଗଳ କହି ଚାଲିଥିବା ମୁହଁକୁ ନିରୂପଣ କରି ସିଧା ଅନେଇ ଖତେଇ ହେଲେ ।

ସୁନ୍ଦର ସୁଶୋଭନ ମିଠା ଖତେଇହେବା ନୁହେଁ, ଯାହା ତରୁଣୀ ମୁହଁରେ ଫୁଟିଲେ ପୁରୁଷକୁ ଉଚ୍ଚାଟ କରେ । ତାହା ସିଧାସଳଖ ଖତେଇ ହେଲେ ସେ, ମୁହଁ ଓଠ ମୋଡ଼ି, ନାକ କୁଞ୍ଚେଇ ।

ସେଇଠୁ ତାଙ୍କୁ ହସ ମାଡ଼ିଲା ନିଜ କାମରେ । ଏଣିକି ତେଣିକି ଅନେଇଲେ ସେ, କାଳେ ଧୂଆଁଳିଆ ଧରିବାକୁ ଆରମ୍ଭ କରିଥିବା ଅନ୍ଧାରରେ ଦିଶିଯାଇଥିବ ତାଙ୍କ ମୁହଁ ବୋଲି । ଟିକକ ଆଗରୁ ଆସୁଥିବା ହାଇ, କସ୍‌ମସ୍ ଭାବ କୁଆଡ଼େ ଉଭେଇ ଯାଇଥିଲା । ମୁହୂର୍ତ୍ତକ ଭିତରେ ଚେଙ୍ଗା ଲାଗୁଚି, ଟଙ୍ଗ୍ ଟଙ୍ଗ୍ ଲାଗୁଚି, ଖୋଲାମନରେ

କଣ ଗୋଟାଏ କରିପକାଇବାକୁ ମନ ହେଉଚି । ଅନ୍ଧାରରେ ଅକପଟ ହୋଇଯିବାକୁ ନିର୍ଭୟ ହେଇଯିବାକୁ ମନ କହୁଚି ।

ଏକୁଟିଆ ଥିଲାବେଳେ ଏ ଅନୁଭବ ହୁଏ ନାହିଁ । ଘରେ ଥିବାବେଳେ ମୁହଁ ଦେହର ଭାବଭଙ୍ଗୀ ସହଜ ଥାଏ ସତ, କିନ୍ତୁ ନିୟମର ଡୋରି ସେ ଛିଡ଼େଇ ପାରନ୍ତି ନାହିଁ, ତେଣୁ ହାଇ ମାଡ଼େ । ଏତେ ବେଶୀ ସେ ପଡ଼ିଯାଇଥାଆନ୍ତି ନିୟମର ଅଭ୍ୟାସରେ ଯେ ନିରନ୍ତର କାମରେ ଲାଗିଥିବା ସତ୍ତ୍ୱେ ବେଳେବେଳେ ମୁଣ୍ଡଟା ଶୋଇପଡ଼େ । ଆଜିକାଲି ସେ ସକାଳୁ ଉଠି ଠାକୁରଙ୍କ ଫଟୋକୁ ଜୁହାର ହେବାକୁ ଭାବୁ ଭାବୁ କାନ୍ଥ ଘଡ଼ିକୁ ଅନାନ୍ତି ସମୟ ଲାଗି ଆଉ ଦେଖୁ ଦେଖୁ ଜୁହାର ହେଇ ପଡ଼ନ୍ତି । ଗାଧୋଇ ସାରି ଆସି ସ୍ନୋ ଶିଶିରୁ ଟିପେ ନେଇ ଲମ୍ବଦର୍ପଣ ବଦଳରେ କାନ୍ଥରେ ଟଙ୍ଗା ବଡ଼ ପେଣ୍ଟିଂଟା ଆଗରେ ଠିଆ ହେଇ ମୁହଁରେ ମାରିହେଇ ପଡ଼ନ୍ତି । ଅଥଚ ଏଇଠି ଏ ଗହଳି ଅନ୍ଧାର ଭିତରେ ମନ ତାଙ୍କର କୁଲୁକୁଲିଆ ଛୁଆଟିଏ ପରି ଏହିକ୍ଷଣି କଣ କରିବ ବୋଲି ତର ତର ହେଉଚି ।

ହେଇ ସେଠି ବସିଛନ୍ତି ମିସେସ୍ ଜୈନ, ଫୁଲେଇ ହେଇ କହୁଛନ୍ତି–"ଏଥର ସ୍ୱାମୀଙ୍କଠୁ ଡାଇମଣ୍ଡ ମୁଦି ନେଲ କି ମିସେସ୍ ମେହରା ? ଭଲ କଲ । ହେଲେ ଡାଇମଣ୍ଡରୁ ମୋ ମନ ଛାଡ଼ିଯାଇଛି ଜାଣ, ଯେଉଁ ଦିନଠୁ ସିନେମାହଲରେ ମୋର ସେଇ କାନଫୁଲରୁ ଗୋଟାଏ ଖସିପଡ଼ିଲା..."

ଶୋଭା ଦାସ ଖତେଇ ହେଲେ ମିସେସ୍ ଜୈନ୍‌ଙ୍କ ମୁହଁ ଆଡ଼େ ଅନେଇ, ଓଠ ନେଫେଡ଼ି ଜିଭ କାଢ଼ି ଖତେଇ ହେଲେ । ଆଉ ସେହି ମୁହୂର୍ତ୍ତରେ ଲାଇଟ୍ ଚାଲିଆସିବାର ଭୟ ତାଙ୍କୁ ଜଡ଼ କରିଦେଲା, ମୁହଁ ସାଧାରଣକୁ ଫେରିଲା ବେଳକୁ ତାଙ୍କ ବେକମୂଳଠି ଝାଳ କଣ୍ଟି ଆସିଥିଲା ।

ଅନ୍ଧାର ଜାରୀଥିଲା ପୂର୍ବବତ୍ । ଶ୍ରୀମତୀ ଦାସଙ୍କର ଛାତି ଦୁକୁ ଦୁକୁ ବଢ଼ିଯାଇଥିଲା, ତଥାପି ପ୍ରବଳ ଗୋଟାଏ କୁତୁକୁତୁର ଅନୁଭବକୁ ସେ ପ୍ରାଣପଣେ ଦମନ କରୁଥିଲେ । ଦୁଇ ପାଖରେ ମହିଳାମାନଙ୍କର କଥାବାର୍ତ୍ତା ତାଙ୍କ କାନକୁ ଜମା ଶୁଭୁ ନଥିଲା ।

ଏଥର ସମ୍ଭାଳି ସ୍ୱାଭାବିକକୁ ଫେରି ଆସିବାକୁ ନିଶ୍ଚୟ କରୁ କରୁ ସେ ସାମ୍ନା ସୋଫାରୁ ଆସୁଥିବା ଦାସଙ୍କ ସ୍ୱରକୁ କାନ ଡେରିଲେ । ଜୈନ ସାହାବଙ୍କ ଉଦ୍ଦେଶ୍ୟରେ ସେ କହୁଥିଲେ ନିଶ୍ଚୟ । –"ଆପଣ ସାର୍ କ୍ୟାମେରା ଲାଗି କଲର ରିଲ୍ ପାଇଲେ ? ମୁଁ ଅଣେଇଚି ଦୁଇଟା ବମ୍ବେରୁ । ମୋର ଏବେ ଦରକାର ନଥିଲା । ଆପଣଙ୍କ ଝିଅ ଜ୍ୱାଇଁଙ୍କର ଆସିବାର ଥିଲା ପରା, କାମରେ ଆସିଯିବ...."

ଶ୍ରୀମତୀ ଦାସ ଏଥର ଖତେଇ ହେଲେ ଦାସଙ୍କୁ ଲକ୍ଷ୍ୟ କରି–ତଳ ଓଠ ଅଧଇଞ୍ଚେ ଲମ୍ବେଇ ମୁହଁ ହଲେଇ ଚୁପକିନି ହାତର ବୁଢ଼ା ଆଙ୍ଗୁଠି ଦେଖାଇ । ତଥାପି ସନ୍ତୋଷ ନ ଆସିଲାରୁ ତଳ ଓଠ ଉପରେ ଉପର ଦାନ୍ତ ଚଢ଼େଇ ନାକ କୁଞ୍ଚେଇ ଖେଙ୍କାରି ହେଲାପରି ମୁହଁ କରି ।

ଲାଇଟ୍ କଥା ଭାବି ପୁଣି ସେ ନିଜକୁ ସଂଯତ କଲେ ଓ ଏଥର ତାଙ୍କର ନିଃଶ୍ୱାସ ଜୋରରେ ଯାଉଥିଲା ଆସୁଥିଲା । କୁତୁକୁତୁ ଭାବ ଆଉ ନଥିଲା ।

ସେପାଖରୁ ଅପରିଚିତ ପୁରୁଷ ସ୍ୱରଟିଏ ଶୁଭିଥିଲା, ଧୀର ଡରିଲା ଡରିଲା, ପୁରୁଷପଣ ଜମା ନାହିଁ କି ସେଥିରେ । ଶ୍ରୀମତୀ ଦାସ ବୁଝିଲେ, ଏ ମାଲହୋତ୍ରା, ନୂଆ ପର୍ସନାଲ ଅଫିସର୍ । ସବୁଠାରୁ ଜୁନିୟର୍ ବୋଲି ବିଚରା ଆସିଲାବେଲୁ ଭରସି ବେଶୀ କଥା କହୁ ନଥିଲା, ଯିଏ ଯାହା କହିଲା ତା ମୁହଁକୁ ପିଇଗଲା ପରି ଅନେଇ ମୁରୁକି ହସି ଲାଗିଥିଲା ଅକାରଣ । ତାହାରି ଆଡ଼କୁ ଶୋଭା ଜିଭ ଗୋଜିଆ କରି ନାକ କୁଞ୍ଚେଇ ଖତେଇ ହେଲେ ଓ ପେଟ ଭିତରୁ ଉବୁକି ଆସୁଥିବା ଅପ୍ରତ୍ୟାଶିତ ହସଟିକୁ ଆକଟିବା ଲାଗି ଆପଣକୁ ଲାଇଟ୍ ଆସିବାର ଭୟ ଦେଖାଉ ଦେଖାଉ ସେଇ ଦିଗକୁ ଅନେଇ ଡାହାଣ ଆଖିଟି ବୁଜି କଷିକରି ଆଖିଟାଏ ମାରିଦେଲେ ।

ନିଜ ଛବି

ସୁଚିତ୍ରା ନିଜ ଚେମ୍ବରରେ ପଶି ଚଉକିରେ ବସୁ ବସୁ ପର୍ସ ଭିତରୁ ପୁଣି ଫଟୋଟି କାଢ଼ିଲେ ଓ ଏଥର ବି ମୁହୂର୍ତ୍ତେ ଆଖି ସ୍ଥିର କରି ପୁଣି ଚଟ୍‌କିନି ପର୍ସରେ ପୂରାଇ ଜିପର୍ ଟାଣିନେଲେ । ବୁକ୍‌ପୋଷ୍ଟରେ ଆସିଥିବା କେତୋଟି କମ୍ପାନୀର ଧରାବନ୍ଧା ଔଷଧ ବିଜ୍ଞାପନର ଚିଠି ତାସ ପରି ଥରେ ଖେଳାଇନେଇ ପୁଣି ଥାକ କରିଦେଇ ଚପରାସୀକୁ ପେସେଣ୍ଟ୍‌ମାନଙ୍କୁ ଆଣିବାକୁ ଅନୁମତି ଦେଲେ– କେବଳ ହାତର ଅଭ୍ୟସ୍ତ ଗୋଟିଏ ଭଙ୍ଗୀରେ ।

କବାଟ ପାଖରେ ଭୀଡ଼ ଜମେଇଥିବା ରୋଗୀମାନଙ୍କୁ ଚପରାସୀ ଘଉଡ଼ିଲା, ଧାଡ଼ିବାନ୍ଧି ଅପେକ୍ଷା କରିବାକୁ କହିଲା, ସଂକ୍ଷିପ୍ତରେ ହସ୍‌ପିଟାଲର ନୀତି ନିୟମ ବୁଝାଇଲା ଓ ହାତରେ ମାଟିଆ କାଗଜ ଚିରୁଡ଼ାମାନଙ୍କରୁ ଗୋଟିକରୁ ନାଁଆଟିଏ ପଢ଼ି ଭିତରକୁ ଆସିବାକୁ ହୁକୁମ କଲା । ସୁଚିତ୍ରା ଏ ଭିତରେ ତାଙ୍କ ପରିଷ୍କାର ସଫେଦ ହାତରେ ନିଜ ଚଷମାଟି କାଢ଼ି ପିନ୍ଧି ସାରିଥିଲେ ଓ ଷ୍ଟେଥୋଟି ବି ତାଙ୍କ ଶରୀରରେ ଯଥାସ୍ଥାନ ପାଇ ସାରିଥିଲା । ରୋଗିଣୀଟି ପଶି ଆସୁ ଆସୁ ଥତମତ ହୋଇ ପର୍ଦ୍ଦାକୁ ମୁଠେଇଲା ଓ ହଠାତ୍ ତା' ନଜର ପର୍ଦ୍ଦାଟିକୁ କୁଞ୍ଚେଇ ବାନ୍ଧିବା ପାଇଁ ବ୍ୟବହୃତ ହୋଇଥିବା ଘା' ବ୍ୟାଣ୍ଡେଜକରା କନା ଉପରେ ପଡ଼ିଲା କ୍ଷଣି ଚମକିପଡ଼ି ହାତ ଛାଡିଦେଲା– ସାପ

ଛୁଇଁଲା ପରି । ଡେଙ୍ଗା ରୋଗିଣୀ ସ୍ତ୍ରୀଲୋକଟିଏ, ମୋଟା ପିନ୍ଧାଲୁଗା ଓଢ଼ଣା ସତ୍ତ୍ୱେ ଉପରେ ଛାତିରେ ବିଡ଼ାଏ ନେଳୀ ମାଳି ତଳେ ପଞ୍ଜରା ହାଡ଼ ଦିଶୁଛି । ମୁହଁଟି ଏଠାକୁ ଆସୁଥିବା ଅନେକ ମୁହଁ ପରି ବିଷାଦ ରେଖାୟିତ ମୁଖାଟିଏ ।

ସୁଚିତ୍ରା ତାର ଅସୁସ୍ଥତା କ'ଣ ପଚାରିଲେ ଓ ଗାରକଟା କାଗଜରେ ଟିପିଲେ, ଛାତି, ଜିଭ ପରୀକ୍ଷା କଲେ ଓ ଭାବିଲେ ଇଏ ଗଲା ପରେ ଫଟୋଟି ଟିକିଏ କାଢ଼ି ଭଲକରି ଦେଖିନେବେ । ନ ଦେଖିଲାଯାଏ କୁଳୁକୁଳୁ ଲାଗୁଥିବ । ଆଉ ନିଜ ଫଟୋଟି ଦେଖିବାକୁ ସେ ଏଡ଼େ ହେଳା– ହେଉ ହେଲା ବା କୁଣ୍ଠା– କାହିଁକି କରୁଛନ୍ତି ? ରୋଗିଣୀଟି କିନ୍ତୁ ପ୍ରେସ୍‌କ୍ରିପ୍‌ସନ ପାଇ ବି ଉଠିଲା ନାହିଁ, ନିଜ ଦେହ ଦୁଃଖ କଥା ଗଡ଼ଗଡ଼ କରି ଗାଇଗଲା ଆହୁରି ମାଳେ । ସୁଚିତ୍ରା ତା' ହାଡୁଆ ମୁହଁଟିକୁ ଦେଖିଲେ ଓ ସାମ୍ନାର ଦୃଶ୍ୟଟିକୁ ନିର୍ଲିପ୍ତରେ ଅତିକ୍ରମି ମନେପକାଇଲେ ତାଙ୍କ ନିଜ ମୁହଁଟି କେଡ଼େ ହାଡୁଆ ଦିଶୁଛି ଫଟୋରେ– ଏମିତିକି ଗାଲ ବି ସାମାନ୍ୟ ଖାଲୁଆ ନା କ'ଣ । ବର୍ତ୍ତମାନକୁ ଫେରିଆସି ସେଇଠୁ ଅଧୈର୍ଯ୍ୟ ମୁଣ୍ଡ ଟୁଙ୍ଗାରି କହିଲେ– "ଠିକ୍ ଅଛି, ବୁଝିଲି, ଏଇ ଔଷଧ ସକାଳେ ସନ୍ଧ୍ୟାରେ... ।"

ସ୍ତ୍ରୀଲୋକଟି ଉଠିଲା ପରେ କିନ୍ତୁ ସୁଚିତ୍ରାଙ୍କ ଫଟୋ ଦେଖିବାର ଜୁ ନଥିଲା, କାରଣ ସେ ନ ଉଠୁଣୁ ଚପ୍ରାସୀ ତା'ପର ରୋଗୀଟିକୁ ଡାକି ସାରିଥିଲା । ଆହୁରି ଅଜସ୍ର ମଫସଲରୁ ଆସିଥିବା ରୋଗୀଙ୍କ ପରି ଏ ନାକ କାନରେ ଗହଣା ମଣ୍ଡି ହୋଇଥିବା ସ୍ତ୍ରୀଟି ଭୟ ସଂକୋଚରେ ମ୍ରିୟମାଣ ହୋଇପଡୁଥାଏ ଓ ତା' ସ୍ୱାମୀ ତା' ପଛପାଖେ ଥାଇ ତାକୁ ସାହସ ଦେଉଥାଏ, ପ୍ରବୋଧନା ଦେଉଥାଏ । ତମେ ସମୟ ବଞ୍ଚାଇବାକୁ ଯେତେ ରୋକ୍‌ଠୋକ୍ ହୁଅ, ମାପିଚୁପି ଦରକାରୀ କଥା କୁହ, ଏଇସବୁ ଡ୍ରାମାର କେବେ ଅନ୍ତ ହୁଏ ନାହିଁ ।

ରୋଗୀଙ୍କ ସ୍ରୋତ ଭିତରେ ସୁଚିତ୍ରା କିନ୍ତୁ ହଠାତ୍ ନିଜଠିଁ ନୂଆ ଗୁଣଟିଏ ଆବିଷ୍କାର କଲେ– ଆଜି ତାଙ୍କ ହାତ ଯେମିତି ରୋଗର ହିସାବ ରଖୁଥାଏ କାଗଜ ଉପରେ, ମନ ବି ପ୍ରତି ମୁହଁ ଅଙ୍ଗ ସୌଷ୍ଠବ, ପରିପାଟୀର ଟିପ୍‌ପଣୀ ନେଉଥାଏ । ଘଣ୍ଟାଏ କାଳ ନିରବିଚ୍ଛିନ୍ନ ରୋଗୀ ଦେଖା ପରେ ସେ ଯେତେବେଳେ ଚଷମା ଖୋଲି ଆଖିପୋଛି ଚା' କପେ ପିଇଲେ, ନିଜକୁ ସାନ୍ତ୍ୱନା ପଦଟିଏ ପରି କଥାଟିଏ ମନରେ ଫୁଟିଲା– ଏତେ ଲୋକ ଗୋଟିଏ ପରେ ଗୋଟିଏ, ହେଲେ ସୁନ୍ଦର ସତେଜ ମୁହଁଟିଏ କାହିଁ ? ସାନ୍ତ୍ୱନାର ଶତକଡ଼ା ନବେ ଭାଗ ରଦ୍ଦ କରିଦେଇ ଅବଶ୍ୟ ସେହିକ୍ଷଣି ତାଙ୍କର ମନେ ପଡ଼ିଲା ଯେ, ଏଇଟା ଡାକ୍ତରଖାନା– ରୋଗ ହେଲେ ହିଁ ମଣିଷ ଆସେ ।

ପରେ ପରେ ତାଙ୍କୁ ମନର ଉତ୍ତର ମିଳିଲା ପରି ପଶିଆସିଲେ ମା'ଟିଏ ଓ

ସୁନ୍ଦରୀ, ସମ୍ଭବତଃ ନବବିବାହିତା ଝିଅଟିଏ । ବୟସ ସତ୍ତ୍ୱେ 'ସ୍ୱାସ୍ଥ୍ୟ ହିଁ ସମ୍ପଦ'ର ବିଜ୍ଞପ୍ତି କଲାପରି ଦିଶୁଥିବା ମା'ଟି ରୋଗୀ ପାଇଁ ଉଦ୍ଦିଷ୍ଟ ଷ୍ଟୁଲରେ ବସିପଡ଼ି, ସୁଚିତ୍ରା ପଚାରିବାରେ ପାଖରେ ଠିଆ ହୋଇ କାନ୍ଥ ଫଟୋକୁ ବିଭୋର ହୋଇ ଅନେଇଥିବା ଝିଅ ହାତକୁ ହଲାଇ ଦେଇ କହିଲା– "କହ, ଡାକ୍ତରାଣୀ ମାଆଙ୍କୁ, କହ କ'ଣ ସେ ପଚାରୁଚନ୍ତି ।"

ଏତିକିରେ ଅଳ୍ପବୟସ୍କା ଝିଅଟି ମୁହଁରେ ଲୁଗା ଚାପିଲା ଓ ସୁଚିତ୍ରାଙ୍କୁ ଚମତ୍କୃତ କରିଦେଇ କୁର୍‌କୁର୍ ହୋଇ ହସି ଉଠିଲା, ତା' ମା'ର ତାଗିଦ୍‌ରେ ତା' ହସ ବହୁଗୁଣିତ ହେଲା ଓ ସେ ଆକ୍‌ତା ମାକ୍‌ତା ହୋଇ ନାଲି ପଡ଼ିଗଲା ।

ସୁଚିତ୍ରା ଅଭ୍ୟସ୍ତ ଭ୍ରୂକୁଞ୍ଚନ କରି ଲେଖା ପ୍ୟାଡ୍ ଉପରୁ ମାଆ ମୁହଁକୁ ଅନେଇ କହିଲେ– "ଇଏ କ'ଣ ? ଏସବୁ ଢଙ୍ଗ ପାଇଁ ମୋର ସମୟ ନାହିଁ ।"

ମାଆଟି ଏଥର ନଇଁପଡ଼ି ସଶବ୍ଦେ ଫୁସ୍‌ଫୁସ୍ କରି କହିଲା– "କିଛି ନାଇଁ ମାଆ, ତାର ପିଲାପିଲି ହେବ, ପାଞ୍ଚମାସ ହେଲାଣି । ପ୍ରଥମଟି ଛଅ ମାସରୁ ନଷ୍ଟ ହୋଇଗଲା କି ନା, ସେଇଥିଲାଗି ନେଇ ଆସିଲି ।"

ସୁଚିତ୍ରା ବିସ୍ମିତ ହେଲା ପରି ଝିଅଟିକୁ ଅନେଇଲେ । ଝିଅଟି ତା ମାଆ କଥା ଶୁଣି ଗମ୍ଭୀର ହୋଇଯାଇଥିଲା; କିନ୍ତୁ ସୁଚିତ୍ରାଙ୍କ ପ୍ରଥମ ଡାକ୍ତରୀ ପ୍ରଶ୍ନ ନ ଶୁଣୁଣୁ ଲୁଗା କାନିରେ ମୁହଁ ଚାପି ପୁଣି କୁରୁକୁରୁ ହସ ଆରମ୍ଭ କରିଦେଲା । ସୁଚିତ୍ରାଙ୍କୁ ବୁଝାଇଲା ପରି ତା'ମାଆ କହିଲା– "ପାଗଳୀଟାଏ ମା, ସୁଦ୍ଧୁ ପାଗଳୀଟାଏ, ତା' କଥାରେ ରାଗ କରିବ ନାଇଁ ।"

ଏ ଉକ୍ତି କେବଳ ବାତ୍ସଲ୍ୟ ମମତାରୁ କିମ୍ବା ଏଥିରେ କିଛି ସତ୍ୟାସତ୍ୟ ଅଛି, ମାଆ ଝିଅ ଗଲାଯାକେ ସୁଚିତ୍ରା ଠଉର କରିପାରିଲେ ନାହିଁ । ସେମାନେ ଗଲାପରେ ନିଜକୁ କହିଲେ– ଖୁଣିବାକୁ କିଛି ନାହିଁ ମୁହଁଟିରେ ସିନା, ମାନସିକ ଅସୁସ୍ଥତା ଅଛି ନିଶ୍ଚିତଭାବେ ।

ରୋଗୀ ପରେ ରୋଗୀ ଦେଖି ଯାଉଥିଲା ବେଳେ, ନୂଆ ଆଗନ୍ତୁକ ପାଇଁ ଡାକ୍ତରଖାନା ସାରା ଛାଇଥିବା ଜୀବାଣୁ-ନାଶକ ଔଷଧ-ଗନ୍ଧ ପରି ସୁଚିତ୍ରାଙ୍କ ମନ ସାରା ଆବୋରି ରହିଥାଏ ଅନେକ ବର୍ଷ ପରେ ସଦ୍ୟ ଉଠିଥିବା ତାଙ୍କ ନିଜ ଫଟୋଟି । ଏ ଭିତରେ ଅବଶ୍ୟ ଆଉଥରେ ହେଲେ ସେ ଫଟୋଟି କାଢ଼ି ଦେଖିବାକୁ ଚେଷ୍ଟା କରି ନାହାନ୍ତି ।

ବାକିମାନଙ୍କର କାମ ଶେଷ ହେବା ପରେ ଶେଷ ରୋଗୀଟିକୁ ଚପ୍ରାସୀ ଯେତେବେଳେ ପଠାଇଲା, ସୁଚିତ୍ରା ଭିଡ଼ିମୋଡ଼ି ହୋଇ ହାଇ ମାରିଲେ । ମଢ଼ିଆ

ସ୍ମିତି ଆତ୍ମବିଶ୍ୱାସର ହସ ସାଙ୍ଗକୁ ପାଇରିଆର ଗନ୍ଧ ଚହଟାଇ କହିଲା– "କେତେବେଳୁ ଆସିଲିଣି ମାଆ, ଏ ତମ ଚପରାସୀ କଣ ମୋତେ ଚିହ୍ନୁଚି ? ମୁଁ କହୁଚି ମାଆକୁ କହ ମୁଁ ଆସିଚି, ମୋତେ ଟିକେ ଆଗେ ଦେଖିଦିଅନ୍ତୁ ।"

ସୁଚିତ୍ରା ତାକୁ ଷ୍ଟୁଲରେ ବସିବାକୁ ଗମ୍ଭୀର ଆଙ୍ଗୁଠି ମୁଦ୍ରାରେ ନିର୍ଦ୍ଦେଶ ଦେଇ ଲେଖାକାଗଜ ଉପରେ ଆଖିରଖି କହିଲେ– "ହୁଁ, କହ କଣ ହେଇଚି ।"

–"କଅଣ ଆଉ ହେବ ? ତମେ ଜାଣିନ ଯେ କହିବି..."

ଆଉ କିଛି ଗୌରଚନ୍ଦ୍ରିକା ତଥା ପୂର୍ବ ପ୍ରେସ୍‌କ୍ରିପ୍‌ସନ୍ ଦେଖିବା ପରେ ସୁଚିତ୍ରା ପଚାରିଲେ– "ଔଷଧ ଖାଉଚ ? କେତେ କରି ?"

–"କେତେ କରି ଆଉ ? ସେଇ ତମେ ଯାହା କହିଥିଲ, ଦିନକରେ ଅଧାଚାମୁଚ ।"

–"ଦିନଯାକରେ ଅଧାଚାମଚ ! ଏଥିରେ ଚାରିଟି ଔଷଧ ଲେଖା ଅଛି, ସବୁଯାକ ଦିନରେ ଦୁଇ ତିନିଥର କରି । କେଉଁଟା ଦିନରେ ଅଧଚାମଚ ଖାଉଚ ତମେ ?"

–"କେଜାଣି । ହେଇଥିବ ସେଇଥିରୁ କୋଉ ଗୋଟାଏ । ଅଧଚାମଚ କରି ଖାଉଚି ତ ନିତି !"

ଶେଷରେ ଦ୍ୱିପ୍ରହର ଖରାରେ ସବୁ ଭାବ କରୁଣା ବିବର୍ଜିତ ହୋଇ ଘରେ ପହଞ୍ଚିଲା ବେଳେ ସୁଚିତ୍ରା ନିଜ ଫଟୋ କଥା ଭୁଲି ଯାଇଥିଲେ, ନିତ୍ୟ ଅଭ୍ୟସ୍ତ ହସ୍‌ପିଟାଲର ଡିସ୍‌ଇନ୍‌ଫେକ୍‌ଟାଣ୍ଟର ଗନ୍ଧ ପରି ।

ସନ୍ଧ୍ୟାବେଳେ ଚା' ଖାଉ ଖାଉ ରାଜୀବ ବାବୁ ହିଁ ଆଗ କଥା ଉଠାଇଲେ– "ପାସ୍‌ପୋର୍ଟ ସାଇଜ୍ ଫଟୋ ଉଠାଇଲ ? ଡେଟ୍ ଚାଲିଯିବ ଏପ୍ଲାଏ କରିବାର..."

ସୁଚିତ୍ରା ଅଧା ଚା' କପ୍ ରଖି ଯାଇ ଫଟୋ ନେଇ ଆସିଲେ ଓ ରାଜୀବ ବାବୁ ଦେଖି କିଛି ମତାମତଦେବା ଆଗରୁ କହି ପକାଇଲେ–"ଦେଖିଲ କି କଦର୍ଯ୍ୟ ହେଇଛି ଫଟୋଟା । ଏ ଫଟୋ କେମିତି ମୁଁ ଦେବି ସେଇ ଏପ୍ଲିକେଶନ୍ ସଙ୍ଗେ, ପୂରା ଠାକରାମୁହାଁ ବୁଢ଼ୀ ପରି ତ ଦିଶୁଛି ।"

ରାଜୀବ ବାବୁ କିଛି ସମୟ ଫଟୋଟିକୁ ନିରୀକ୍ଷଣ କଲାପରେ କହିଲେ– "ଏଡ଼େ ଗମ୍ଭୀର ମୁହଁ କାହିଁକି କରିଥିଲ, ଇମର୍ଜେନ୍‌ସି ଅପରେଶନ୍ କରୁଥିଲା ପରି । ହସିଲ ନି ଟିକେ ।"

ଉତ୍ତରରେ ସୁଚିତ୍ରା ଅକାରଣରେ ଗୁଡ଼ାଏ ହସି ପକାଇଲେ, – "ଏକୁଟିଆ ଫଟୋ ଉଠାଇବାର ଅଭ୍ୟାସ ନାହିଁ କି ନା ବହୁତ ଦିନୁ, ବଡ଼ କନ୍‌ସସ୍ ଲାଗୁଥିଲା ମ ।"

ତା'ପରେ ସେ ନିଜ ଫଟୋକୁ ଅନେକ ବେଳ ନିରେଖି ଦେଖିଲେ ଓ ସେଦିନ ରାତି ସୁଦ୍ଧା ଆହୁରି କେତେକ ବନ୍ଧୁ ତଥା ସହକର୍ମୀଙ୍କୁ ଦେଖାଇଲେ– "ଏପ୍ଲିକେଶନ୍ ଫର୍ମ ପାଇଁ ବାଧ୍ୟ ହେଇ ଉଠାଇଲି ଯେ, ଦେଖନ୍ତୁ ତ କି ବାଜେ ଉଠିଛି ।"

ଯଦୁ ବାବୁ କହିଲେ–"କୋଉଠି ଉଠେଇଲେ ? ହୀରାପାନ୍ନାରେ ? ସେ କେରଳୀଟା ଜମା ଉଠେଇ ଜାଣେ ନି, ନା ଲାଇଟ୍ ଏଫେକ୍ଟ ଦିଏ, ନା ଟେକ୍‌ନିକ କିଛି ଜାଣେ..."

ଓ ତାଙ୍କ ସ୍ତ୍ରୀ–"ଆପଣ ଆଉ ଟିକିଏ କଡ଼ରୁ ଉଠେଇବେ, ଠିକ୍ ଏଙ୍ଗଲ୍ ହେଲାନି ।"

ସୁମତି ନର୍ସ–"ମାଡ଼ାମ୍ ଯାହା କହନ୍ତୁ ଭଲ ଉଠିଛି ଫଟୋଟା, ଖାଲି ଟିକିଏ ଆପଣ ହସିଥାଆନ୍ତେ ଯଦି..."

ଚରି ଛଅଦିନ ପରେ ସୁଚିତ୍ରା ପୁଣି ଷ୍ଟୁଡ଼ିଓ ସାମ୍ନାରେ ଓହ୍ଲାଇଲେ, ଏଥର ହିରାପାନ୍ନା ନୁହେଁ, ନୀଲ୍‌କମଲ୍ ଆଗରେ । ଫର୍ମ ପାଇଁ ପ୍ରଥମ ଫଟୋଟି ଚଳିବ ନାହିଁ ବୋଲି ସେ ସ୍ଥିର ସାରିଥିଲେ । କିନ୍ତୁ ତା' ପରଠୁ ପ୍ରତିଦିନ ସକାଳୁ ଉଠିଲେ ଚିରାଚରିତ କାମର ତାଗିଦା । ସଞ୍ଜ ବେଳକୁ ଦିନକର କ୍ଲାନ୍ତିରେ ଆଉ ଫଟୋ ଉଠା ହୁଏନି । ଶେଷକୁ ଆଜି ସକାଳେ ରାଜୀବ ବାବୁ ଦାଢ଼ି ଖିଅର ହେଉ ହେଉ କହିଲେ– "ଆଉ କେତେଟା ଦିନ ରହିଲା ଲାଷ୍ଟଡେଟ୍ ପାଇଁ, ଫଟୋଟାରେ କ'ଣ ଅଛି ? ଆଉ ଝିଅ ଦିନ ଚେହେରା କ'ଣ ସବୁଦିନ ରହନ୍ତା ନା କ'ଣ ? ପିଲାଛୁଆ ହେଲେ, ପୁଣି ତମର କାମ ଭୀଡ଼– ।"

ସୁଚିତ୍ରା ହସ୍‌ପିଟାଲ ଯିବା ବାଟରେ ଷ୍ଟୁଡ଼ିଓଠିଁ ଓହ୍ଲାଇଛନ୍ତି । ନିଜର ହକ୍ ପାଉଣା ଛାଡ଼ି ସେ ମାନିନେବେ କାହିଁକି ଶସ୍ତା ଜିନିଷଟାକୁ ? ଆଉ ରାଜୀବ ବାବୁଙ୍କଠୁ ନେଇ ସମସ୍ତେ ଭାବୁଛନ୍ତି ସତେ ଯେମିତି ସେ ଛୋଟ କଥାଟାକୁ ଅଯଥା ଗୁରୁତ୍ୱ ଦେଉଛନ୍ତି । କେତେବେଳେ କେମିତି ତାଙ୍କ ଆପଣାର ସଉକଟିଏ କି ଦାବୀଟିଏକୁ ତାଙ୍କ ଆଖପାଖର ଲୋକେ ଗୁରୁତ୍ୱ ନଦେବା କଥାଟାରେ ହିଁ ତାଙ୍କୁ କେମିତି ମନ ଖରାପ ଲାଗୁଥିଲା ।

ଦର୍ପଣ ସାମ୍ନାରେ ଏଥର କିଞ୍ଚିତ ତ୍ରସ୍ତ ହାତରେ ନିଜକୁ ସଜାଡ଼ି ନେଇ ସୁଚିତ୍ରା ତିନି ଚରିଟା ଡେଙ୍ଗା କ୍ୟାମେରା ଆଡ଼େ ମୁହଁ କରିଥିବା ଚଉକିରେ ବସିଲେ ଓ ଦରକାରୀ ନିର୍ଦ୍ଦେଶମାନ ଦେଲେ । –"ହଁ ପାସପୋର୍ଟ ଉଠିବ, ଅଳ୍ପ ଟିକିଏ କଡ଼ରୁ ଉଠାଇବେ, ଏକଦମ ସାମ୍ନାରୁ ମୋର ଭଲ ଉଠେନି । ତେବେ ବେଶି ଏଙ୍ଗୁଲାର୍ ଯେମିତି ମୁହଁଟା ନ ଦିଶେ–ମାନେ... ।"

କ୍ୟାମେରା ଏଡ୍‌ଜଷ୍ଟ କରାଯାଉ ଯାଉ ପୁଣି କହିଲେ–"ଯଷ୍ଟ ଏ ମୋମେଣ୍ଟ୍, ଟିକିଏ ଦେଖିବେ ଯେମିତି ନିହାତି ସେଲ୍‌ଫ-କନ୍‌ସସ୍ ନ ଦିଶେ ।"

ସୁଚିତ୍ରା କିନ୍ତୁ ଦେଖିଲେ ଫଟୋଗ୍ରାଫର୍ ତାଙ୍କୁ ପ୍ରାୟ ହୀରାପାନ୍ନାର ହିଁ ସେଇ ପୋଜ୍‌ରେ ବସିବାକୁ କହି ସେଇ ଦିଗକୁ ହିଁ କ୍ୟାମେରା ବାଗେଇଲା, ଠିକ୍ ସେମିତି ତା' ନିଜ ଡାହାଣ ହାତ ପାପୁଲିକୁ ଦେଖାଇ କହିଲା, "ଏଇଠିକି ଅନାନ୍ତୁ, ବାସ୍, ବାସ୍, ଟିକିଏ ଉପରକୁ ମୁହଁ, ସ୍ମାଇଲ୍ ପ୍ଲିଜ୍, ବାସ୍ ରେଡ଼ି–"

କ୍ୟାମେରା କ୍ଲିକ୍ କଲାବେଳକୁ ସୁଚିତ୍ରା ଅନୁଭବ କରୁଥିଲେ ତାଙ୍କ ମୁହଁ ସାରାରୁ ହସ ପୋଛି ହୋଇଯାଇଛି ଓ ଓଠଟି କେବଳ ରବର ଷ୍ଟ୍ରିପ୍ ପରି ଟାଣି ହୋଇଯାଇଚି ଦୁଇ ଆଡ଼କୁ ।

ଷ୍ଟୁଡ଼ିଓରୁ ବାହାରି ଆସିବା ଆଗରୁ ସୁଚିତ୍ରା ଦର୍ପଣ ସାମ୍ନାରେ ମୁହଁରୁ ଅଧିକ ମେକପ୍ ଟିକକ ରୁମାଲ୍‌ରେ ପୋଛି ପକାଇଲେ । –ହସ୍‌ପିଟାଲରେ ଚିହ୍ନା ଗହଳି ଥିବ, ପୁରୁଣା ଛାପ ରହିଆସିଚି ନିଜର । ଭିତର ରୁମ୍‌ରୁ ବାହାରିଲା ବେଳକୁ ଷ୍ଟୁଡ଼ିଓବାଲା କୋଉ ଫଟୋ ତିଆରିରେ ଲାଗିଥିଲା, ଠିଆହୋଇ ପଡ଼ି ରସିଦ ଲେଖୁ ଲେଖୁ କହିଲେ– "ଫଟୋଟା ଠିକ୍ ଉଠିବ ଦେଖିବେ । ମୁଁ ଟଚ୍ ଅପ୍ କରିଦେବି ଠିକ୍ !"

ସୁଚିତ୍ରା କାନ୍ଥ ଦେହରେ କାଚ କବାଟ ଭିତରେ ସଜାହୋଇ ମରାଯାଇଥିବା ଫଟୋମାନ ଦେଖୁ ଦେଖୁ କହିଲେ– "ଟଚ୍‌ଅପ୍ ?"

ଷ୍ଟୁଡ଼ିଓବାଲା ତାଙ୍କ ପରିଚୟ ଜାଣେ ନିଶ୍ଚୟ, ଅଧିକା ବିନୟରେ କହିଲା– "ସେ ବିଷୟରେ ଚିନ୍ତା କରନ୍ତୁ ନି । ପଅରଦିନ ଆଞ୍ଜା ନେଇ ଯିବେ ଡାକ୍ତରଖାନା ଯିବା ବାଟରେ ।"

ଏଡ୍‌ଭାନ୍‌ସ ଟଙ୍କା ଦେଇ ପର୍ସରେ ରସିଦ୍ ରଖୁ ରଖୁ ସୁଚିତ୍ରାଙ୍କ ଆଖି ପୁଣି ଝଲିଗଲା କାନ୍ଥ-କେଶ୍ ଭିତରେ ସଜା ଫଟୋ ମାଳ ଆଡ଼କୁ– ପ୍ରତି ପ୍ରାପ୍ତବୟସ୍କର ଫଟୋରେ ନିଜର ପାରୁପର୍ଯ୍ୟନ୍ତ ସୁଦର୍ଶନ ଚେହେରାଟି ଛାପିନେବାର ଚେଷ୍ଟା ଆଉ ଫଟୋବାଲା ବି ତା' ଧନ୍ଦା ଜାଣେ– କେମିତି ପ୍ରତି ମନ ଭିତରେ ସାଇତା ନିଜ ଛବିଟିକୁ ପ୍ରାଣପଣେ କାଗଜରେ ଉତାରି ଦେଖାଇବ । ସେଇ ଫଟୋ ଗହଳିରେ ନିଜର ପଅରଦିନ ମିଳିବାକୁ ଥିବା ଫଟୋ କପିଟିର ଝଲକଟିଏ ତାଙ୍କୁ ଦିଶିଗଲା ।

ସୁଚିତ୍ରା ବାହାରି ଆସି ଗାଡ଼ିରେ ବସିଲେ । ନିଜ ଗାଡ଼ିରେ ବସି ପ୍ରତିଥର ଡ୍ରାଇଭରକୁ ନିର୍ଦ୍ଦେଶ ଦେଲାବେଳେ ତାଙ୍କୁ ପରିତୃପ୍ତ ଲାଗେ । ଗତବର୍ଷ କିଣା ନୂଆ ଗାଡ଼ି । ଜୀବନରେ ତାଙ୍କର କ୍ରମପରିବର୍ତ୍ତିତ ସାମାଜିକ ସ୍ଥାନ ତାଙ୍କୁ ତୃପ୍ତି ଦିଏ ଓ କାମ କଲାବେଳେ ନିଜ ଶକ୍ତି କି ଧୈର୍ଯ୍ୟ ଉପରେ ଯେତେ ଚପ ପଡ଼ିଲେ ବି ସେ ସମୟକୁ ବିରକ୍ତିକର ବୋଲି ଭାବନ୍ତି ନାହିଁ– କାରଣ ଅପଚୟର ସମୟ ହିଁ ସିନା ବିରକ୍ତିକର ହେବା କଥା । ତା'ହେଲେ ବହୁମୂଲ୍ୟ ବୋଲି ମନ ଭିତରେ ସାଇତା ନିଜ ସମ୍ପତ୍ତିରୁ

କାଣିଚାଏ ଘୋରି ହୋଇଗଲେ ବି କାହିଁକି ଅପଚୟ ହୋଇଗଲା ପରି ଲାଗେ, ସରିଯାଉଛି ବୋଲି ବିଶ୍ୱାସ କରିବାକୁ ମନ ଡାକେ ନାହିଁ ? ଜୀବନ ଗଡ୍ଡୁ ଗଡ୍ଡୁ ସମୟ ତାଙ୍କୁ କେବଳ ଅଧିକା କୁଢ଼େଇ ଦେଇ ଯାଉଥିବ, ସେ ଦେବେ ନାହିଁ କିଛି ?

ମୁହୂର୍ତ୍ତକରେ ଛାତି ଭିତରେ ପବନ ଅଟକି ଗଲା ପରି ତାଙ୍କର ଖିଆଲ ହେଲା– ଅବଶ୍ୟ ଏ କଥା ସତ ଯେ ଯାହା କ୍ରମେ ଦେବାକୁ ହୁଏ ଦେଣା ଭାବେ ତାହା ତମ ପାଇଲା ପଦାର୍ଥର ସତ୍ୱ ଦେଇ ଦେଲା ପରି ।

ଡ୍ରାଇଭର ଦ୍ୱିତୀୟ ଥର ପଚାରିଲା–"ମା, ହସ୍‌ପିଟାଲ ଯିବା ?" ତାକୁ ହଁ କରି ସୁଚିତ୍ରା ବର୍ତ୍ତମାନର କର୍ମସୂଚୀ ପାଇଁ ପ୍ରସ୍ତୁତ ହେଲେ । ଗତ କେତେଦିନ ଧରି ତାଙ୍କର ହୀରାପାନ୍ନାର ଫଟୋଗ୍ରାଫର ଉପରେ ଥିବା ବିରକ୍ତି ହଠାତ୍ ଏବେ ଆଉ କାହା ବିଷୟରେ ଶୁଣିଥିବା କଥା ପରି ମନେପଡ଼ିଲା ଓ ଆଶ୍ଚର୍ଯ୍ୟ ଲାଗିଲା । ଆଉ ସେ ଭାବିଲେ– ଆଉ ଟିକିଏ ପରେ ଯେଉଁ ଅକୃତଜ୍ଞ ମୁହଁଙ୍କର ଧାଡ଼ି ମୋ ପାଖକୁ ଲମ୍ବିବେ, ସେମାନେ କ'ଣ ସତରେ ମୋ ବିରୁଦ୍ଧରେ ଅଭିଯୋଗ, ଅସନ୍ତୋଷ ନେଇ ଫେରୁଥିବେ ? ମୋ ନିଷ୍ଠା, ପରିଶ୍ରମ ସତ୍ତ୍ୱେ ? ହେଲେ କେଉଁ ମୁହଁରୁ କେତେ ହସ ଲିଭିଚି, ବା କେଉଁ କୃତ୍ରିମ ହସ କେବେ ପ୍ରାକୃତିକ ହେବା ଉଚିତ ସେ ସବୁ ବିଷୟରେ ମୁଁ କେତେ ବା ମୁଣ୍ଡ ଖେଳେଇ ପାରିବି ? ମୋର କେତେ ଶକ୍ତି ?

ଚଳନ୍ତା ଗାଡ଼ିରୁ ଥରେ ପଛକୁ ବୁଲି ଦୂରରେ ଲିଭି ଯାଉଥିବା ଷ୍ଟୁଡ଼ିଓ ଆଡ଼େ ସୁଚିତ୍ରା ଅନାଇ ଦେଖିଲେ– ଯାଃ, ଏଡ୍‌ଭାନ୍‌ସ ଟଙ୍କାଟା ପାଣିରେ ପଡ଼ିଲା ଜାଣ । କାରଣ ପଅରଦିନ ଫଟୋ ନେବା ପାଇଁ ସେ ଆଉ ଏଠି ଓହ୍ଲାଉ ନାହାନ୍ତି । ଆଜି ହିଁ ଫର୍ମ ପଠାଇବେ ଓ ପ୍ରଥମ ଫଟୋଟି ଚଳିବ– ଆଉ ଦୁଇଦିନ ଅଯଥା ଅପେକ୍ଷା କରିବା ପାଇଁ ତାଙ୍କ ହାତରେ ସମୟ ନାହିଁ ।

■■

ସେତୁ

ଦ୍ୱିପ୍ରହର ଖରାରେ ଏକୁଟିଆ ଝିଅଟି ଠିଆ ହୋଇଥାଏ । ଦାଣ୍ଡ ପାହାଚ ପାଖରେ ଅଳ୍ପ ଟିକିଏ ଛାଇ ଆଡ଼କୁ ଜାକି ହେଇ ଆସିଥାଏ, ହେଲେ ତା ପୂରା ଦେହକୁ ସେ ଛାଇ ଟିକକ ପାଉନଥାଏ ।

ସୁମତି ତାକୁ ଦେଖିଲେ, ଆଉ ଦର ଆଉଜା ଝରକା ସେପାଖୁ ପଚାରିଲେ, "କଅଣ ?"

ସେ ସ୍ୱରରେ ଟିକିଏ ଚିଡ଼ାଭାବ ଥାଏ କାରଣ ଦାଣ୍ଡ କବାଟର କ୍ରମାଗତ ଖଡ଼ ଖଡ଼ ଆବାଜରେ, ଦ୍ୱିପହରର ପତଳା ନିଦଟାକୁ ବିସର୍ଜି ଦେଇ ସେ ଆସିଛନ୍ତି । ଅବଶ୍ୟ ବିଛଣା ଛାଡ଼ି ଉଠିଲାବେଳେ ତାଙ୍କର ମନେ ହେଇଥିଲା ହୁଏତ ଦାସବାବୁଙ୍କ ସ୍ତ୍ରୀ ଆସିଥିବେ । ସୁଏଟରର କାନ୍ଧ ମାରିବା ଶିଖିବା ଲାଗି ସେ ଆସିବେ ବୋଲି କହୁଥିଲେ– ତାଙ୍କ ନିଜ କାମରେ ଆସନ୍ତୁ ପଛେକ ଶେଷ ଦ୍ୱିପ୍ରହରର ଘଣ୍ଟାଏ ଅଧେ ସମୟ ଅନ୍ତତଃ ସାଙ୍ଗସୁଖରେ କଟିଯିବ, ଚା କପେ ପିଇବାକୁ ବି ବାହାନା ଟାଏ ମିଳିବ । ଉଠିପଡ଼ି ଆସୁ ଆସୁ ସେ କାନ୍ଥ ସେଲଫର ପର୍ଦ୍ଦା ଟେକି ଘଡ଼ି ଦେଖିନେଇଥିଲେ, ସାଢ଼େ ତିନିଟା । ଚାକରାଣୀର ଆସିବା ବେଳ ହେଇନି, ପୋଷ୍ଟମେନ ଆସି ଚାଲିଯାଇଚି । ପିଲାଏ ଆସୁ ଆସୁ ଆହୁରି ଘଣ୍ଟେ ଦେଢ଼ଘଣ୍ଟା ।

ଝିଅଟି ପାହାଚ ପାଖରୁ ଦୁଇ ପାହୁଣ୍ଡ ଝର୍କା ଆଡ଼କୁ ଆସି ଖରାରେ ବି ହସ ହସ ମୁହଁ କରି ନମସ୍କାର କଲା, ଅତି ବିନୟରେ କହିଲା–"କିଛି ଜିନିଷ ଆଣିଥିଲି ଦିଦି, ଆପଣଙ୍କ ଲାଗି ।"

ସୁମତି ନମସ୍କାରର ପ୍ରତ୍ୟୁତ୍ତରରେ ମୁଣ୍ଡ ଟୁଙ୍ଗାରି ସେମିତି ଦରଆଉଜା ଝରକାକୁ ଧରି ରହିଗଲେ କ୍ଷଣେ, ଠଉର କରିବା ଲାଗି ଯେ ଯାର ମତଲବ କଣ ଓ କବାଟ ଖୋଲିବେ ନା ବିଛଣାକୁ ଫେରିଯିବେ । ତାପରେ ସେ ଜାଫ୍ରିଦିଆ ସାନ ବାରଣ୍ଡାକୁ ଆସିଲେ ଓ କବାଟ ଖୋଲୁ ଖୋଲୁ ପୁଣି ପଚାରିଲେ, "କଅଣ ?"

ଖୋଲା କବାଟର ଛାଇ ତଳ ପାହାଚଯାଏଁ ଲମ୍ବିଗଲା । ସେଠିକି ଲାଗି ଠିଆ ହୋଇଥିବା ଝିଅଟିର ଛାତିଯାଏ ପଡ଼ିଲା । ଝିଅଟି ନାଲି ପ୍ଲାଷ୍ଟିକ୍ ଏଆର୍ ବ୍ୟାଗଟିଏ କାନ୍ଧରୁ ଓହ୍ଲଉ ଓହ୍ଲଉ ମୁହଁରେ ହସ ଟିକକ ବାଜୟ ରଖି ଅନୁନୟର ଭଙ୍ଗୀରେ ସୁମତିଙ୍କ ମୁହଁକୁ ଅନେଇଥାଏ, ଯଦିଓ ତାର ଦୃଷ୍ଟି ବାରଣ୍ଡାର ଶୀତଳ ଛାଇକୁ ଓ ସେଠି ପଡ଼ିଥିବା ଟିଣ ଚଉକୀ ଦୁଇଟିକୁ ଚାଲିଯାଉଥାଏ । ସୁମତିଙ୍କ ମୁହଁର ପ୍ରଶ୍ନବାଚୀ ଓ ବିରକ୍ତି ପୁଣି ଥରେ ତାଙ୍କ ଓଠରୁ ଫୁଟିବା ପୂର୍ବରୁ ଏଥର ସେ କହିଲା–"ମୁଁ କଲିକତାରୁ ଆସିଛି ଦିଦି, ଜଗଦମ୍ବା କେମିକାଲସର କିଛି ଜିନିଷ ନେଇ ଆସିଛି । ସୁହାଗର ଜିନିଷ, ଆପଣ ଚାହିଁଲେ ଦେଖେଇବି, ବାଧ୍ୟ କରିବିନି ।"

ଏତେବେଳକୁ ସୁମତି ଆଉ ବିଛଣାକୁ ନ ଫେରିବା କଥା ସ୍ଥିର କରି ସାରିଥିଲେ ଓ ନାଲି ବ୍ୟାଗଟି ତାଙ୍କୁ ଉତ୍ସୁକ କରି ସାରିଥିଲା । ହେଲେ ତାଙ୍କ ଭାବ ପଦାରେ ନ ପକାଇ ଓ ଝିଅଟିର ଦୋକାନୀ ହସର ପ୍ରତ୍ୟୁତ୍ତର ନ ଦେବାର ନିଷ୍ପତ୍ତି ନେଇ ସେ ଟିଣ ଚଉକୀଟିଏ ଟାଣି ବସିଲେ । ଝିଅଟିର ମଝି ପାହାଚ ଉପରକୁ ଉଠି ଛାଇ ଆଡ଼କୁ ଜାକି ହେଇ ଆସୁଥିବା ଭାବଭାବକୁ ଦେଖି ନ ଦେଖିଲା ପରି ପଚାରିଲେ–"କି ଜିନିଷ ? ଏଣ୍ଣୁତେଣୁ କସ୍‌ମେଟିକ୍‌ସ ମୁଁ ପସନ୍ଦ କରେ ନାହିଁ ।" ଅଚିହ୍ନା ବିକାଳୀଙ୍କୁ ଭୟ କରିବାକୁ ସେ ଯେ ନ ଶିଖିଛନ୍ତି ନୁହେଁ, ତେବେ ଏମିତି ବସିଲେ ବିପଦ ନାହିଁ, ଆଗ ରାସ୍ତାରେ ଲୋକବାକ ଯାଉଛନ୍ତି ।

–"ତା ତ ମୁଁ ଜାଣିପାରୁଛି ଦିଦି ! ଆପଣଙ୍କୁ ଦେଖିଲେ ହିଁ ଦିଦି ଯେ କେହି ବୁଝିପାରିବ ଆପଣ ବେଶି କସ୍‌ମେଟିକ୍‌ସ ବ୍ୟବହାର କରୁ ନ ଥିବେ । ହେଲେ ମୁଁ କେବଳ ସୁହାଗର ଜିନିଷ ଆଣିଛି ଦିଦି । ଅଳତା, ସିନ୍ଦୁର, ତେଲ–ଏସବୁ କ'ଣ କସ୍‌ମେଟିକ୍‌ସ ? ଏସବୁ ତ ନିତିଦିନିଆ ସୁହାଗର ଜିନିଷ । କାହାର କାମରେ ନଆସେ କହନ୍ତୁ ତ ଦିଦି ?"

ସାବନା ପତଳା ଝିଅଟିଏ । କେତେ ବୟସ ହେବ ? ବାଇସ ତେଇଶ, ନା

ପଚିଶ ଛବିଶ ? ଅଙ୍କ ଲମ୍ବ ହାଡୁଆ ମୁହଁରେ ବାରମ୍ବାର ଝାଳ ପୋଛାଯାଇ କେତେବେଳେ ଲଗା ଯାଇଥିବା ପାଉଡ଼ର କି କଅଣ ଛାପିଛପିକିଆ ଦିଶୁଛି । ମୁଣ୍ଡବାଳ ଆଉ ସୁନ୍ଥା ଆଲୁରା ଦିଶୁଛି, ସକାଳୁ କୁଣ୍ଡେଇଥିବ କି କଣ । ପିଠି ପାଖ ବେକ ଉପରେ ଘଞ୍ଚ ଖୋଷାଟିଏ, ସତ ବାଳ କି ନକଲି କେଜାଣି । ସାଦା ଗୋଲାପୀ ରଙ୍ଗର ଶାଢ଼ୀ ବ୍ଲାଉଜ୍, ବିନୀତ ସଂଯତ ବେଶବାସ, ମୁହଁରେ ଆହୁରି ବିନୀତ ବିଶ୍ୱସ୍ତ ଭଙ୍ଗୀ ।

ପାହାଚ ଉପରେ ବାରଣ୍ଡା ଧାରରେ ତା ନାଲି ବ୍ୟାଗ୍‌ଟି ଥୁଆଯାଇସାରିଥିଲା ଓ ରୁମାଲରେ ଝଡ଼ା ଗଲା ପରେ ତା ଲମ୍ବ ଜିପର୍ ଟଣାଯାଇଥିଲା ।

ଗୋଟି ଗୋଟି କରି ସ୍ନୋ ଶିଶି, ପାଉଡ଼ର ଡବା, ସିନ୍ଦୂର କଜ୍ଜଳର ପ୍ଲାଷ୍ଟିକ୍ ଫଗୁଆ କାଢ଼ି ରଖିଲା ସେ ବାରଣ୍ଡା ଧାରରେ । ଇତି ମଧ୍ୟରେ ଝିଅଟି ଉପର ପାହାଚରେ ବସି ପଡ଼ିଥାଏ ଓ ପୂରା ଦେହକୁ ତାର ଏଥର ଛାଇ ପାଉଥାଏ । ଜିନିଷଗୁଡ଼ିକର ଗୋଟି ଗୋଟି କରି ପରିଚୟ ଓ ବିଜ୍ଞାପନ ଦେଉଥାଏ ପ୍ରତି ବାକ୍ୟର ଆରମ୍ଭ ବା ଶେଷ, ଅଥବା ଉଭୟ ସ୍ଥାନରେ 'ଦିଦି' ପଦ ଯୋଡ଼ି । ଯଥା : "ଦିଦି ଏଇ ଦେଖନ୍ତୁ ଦିଦି ପଦ୍ମପଲାଶ ଅଳତା । ଅଳତା ତ ଦିଦି ଆପଣ ଅନେକ ବ୍ୟବହାର କରିଥିବେ, କିନ୍ତୁ ଏଇଟି ବ୍ୟବହାର କରି ଆପଣ ଥରେ ଦେଖନ୍ତୁ ଦିଦି । ଆଉ ଦିଦି ଏଇ ସିନ୍ଦୂର– ସିମନ୍ତିନୀ ସିନ୍ଦୂର । ବଜାରରେ ଆପଣ ଏ ଜିନିଷ ପାଇବେନି ଦିଦି ।"

ସୁମତି ହାତରେ ଅଳତା ଶିଶି ନେଇ ପରଖୁଛନ୍ତି । କେତେ ମିଠା କହି ଶିଖିଚି ଦେଖ । ଏ କଥାଚତୁରୀ ତାକୁ ସବୁ ଶିଖଉ ଥିବେ ନା ତା କଥା ସେମିତି କେଜାଣି । ଚେହେରା ଦେଖିଲେ କିଏ ଭାବିବ ସତେକି ଭଦ୍ରଘରର ଝିଅ !

ଅଳତା ଶିଶି ତଳେ ଥୋଇଦେଲେ ସୁମତି । ଭଦ୍ରଘରର ଝିଅ ନା ଆଉରି କିଛି ! ଭଦ୍ରଘରର ହେଲେ ଏମିତି ଡାହା ଦି'ପହରେ ଏକୁଟିଆ ଘର ଘର ବୁଲି ପସରା ବିକୁଥାଆନ୍ତା ! ସୁମତି ହାଇ ମାରିଲେ ।

ଶିଶିଟି ଚଟାଣ ନ ଛୁଉଁଣୁ ଝିଅଟି ନିଜ ହାତକୁ ନେଇ କହିଲା–"ରଖିଦେଲେ ଯେ ଦିଦି ! ଦେଖନ୍ତୁ ନା, ଖାଲି ଟୋପେ ଲଗାନ୍ତୁ, ଦେଖିବେ କି ଚମକ ତା ରଙ୍ଗରେ ।"

କାଗଜ ଖୋଳରୁ କାଢ଼ି ଶିଶିଟିର ଠିପି ଖୋଲି ବସିଲା । ସୁମତି ଅଳସ ଭାବେ ବସି ରହି କହିଲେ–"ଥାଉ, ଥାଉ । ମୋର ଏବେ କିଏ ଅଳତା ଲଗଉଚି ।"

–"ଦିଅନ୍ତୁ ତ ପାଦଟା ଦିଦି; ଟିକିଏ ଲଗେଇ ଦିଏଁ ।"

ସୁମତି ଟିକିଏ ଥମିଯାଇ ଚହିଁଲେ ଝିଅଟିକୁ । ସିଏ ଛୋଟ ଗିନାଟିରେ ଅଳତା ଢାଳୁଚି ।

–"ଦେଖାନ୍ତୁ ଦିଦି ବାଁ ପାଦଟା ।"

—"ନାଇଁ ନାଇଁ, ଥାଉ । ତମେ କାହିଁକି ମୋ ଗୋଡ଼ରେ ଅଳତା ଲଗେଇବ ।"

—"ଦିଅନ୍ତୁନା ଦିଦି ! ବଡ଼ ଭଉଣୀକୁ ଅଳତା ଟିକିଏ ଲଗେଇ ଦେଲେ ସାନ ଭଉଣୀ କଣ ଛୋଟ ହେଇଯିବ ଦିଦି !"

ସୁମତି ଶାଢ଼ୀକୁ ଗୋଇଠି ଉପରକୁ ଟେକି ଗୋଡ଼ ବଢ଼େଇ ଦେଉ ଦେଉ ନିଜ ପାଦକୁ ପରଖି ନେଲେ । ଆଜି ଗୋଇଠି ଘଷି ସଫା କରିଛନ୍ତି, ସେମିତି ଅସନା କିଛି ଦିଶୁ ନାହିଁ ।

—"କୋଉଠି ଘର ତମର ? କଲିକତାରୁ ଆସିଚ ପରା ?"

ବାଁ ହାତରେ ତାଙ୍କ ପାଦକୁ ଧରି ଡାହାଣ ହାତରେ ତାର ତୁଳୀଟିରେ ଅଳତାର ବହଳ ଗାର ଟାଣି ଦେଉ ଦେଉ ଝିଅଟି ଉତ୍ତର ଦେଲା—"ହଁ ଦିଦି । କଲିକତାରେ ଘର । ଚାକିରୀ ଲାଗି ଏତେ ଦୂର ବିଦେଶରେ ଆସି ବୁଲିବାକୁ ହେଉଚି, ଆଉ କଣ ।"

—"ଚାକିରୀ ? ଏ କମ୍ପାନୀରେ ଚାକିରୀ କରିଚ ତମେ ?"

—"ହଁ ଦିଦି !"

—"କେତେ ପାଠ ପଢ଼ିଚ ତମେ ?"

—"ମୁଁ ଦିଦି ଗ୍ରାଜୁଏଟ୍ ଦିଦି !"

—"ଗ୍ରାଜୁଏଟ୍ ! ଏକୁଟିଆ ଆସି ଏତେ ଦୂରରେ ବୁଲୁଛ ଏଠି ?"

—"ନାଇଁ ଦିଦି ଏକୁଟିଆ ନୁହେଁ । ଆମେ କମ୍ପାନୀର କୋଡ଼ିଏ ପଚିଶ ଝିଅ ଆସିଚୁ ।"

ତାର ଚାକିରୀ, ଦରମା ଇତ୍ୟାଦି ବିଷୟରେ ସୁମତିଙ୍କର ଆହୁରି ପ୍ରଶ୍ନର ଉତ୍ତର ଦେଉ ଦେଉ ଗୋଟିଏ ପାଦରେ ଲଗାଇ ସାରି ସାବଧାନରେ ପାଦଟିକୁ ତଳେ ଥାପିଦେଇ ଆର ପାଦରେ ହାତ ଦେଲା ଝିଅଟି ।

—"ଥାଉ ଥାଉ ଆର ପାଦ ମୁଁ ନିଜେ ଲଗେଇଦେବି ।"

—"ଆରେ ଦିଅନ୍ତୁ ନା ଦିଦି ! ଘରେ କଣ ମୁଁ ମୋ ମା'କୁ, ଦିଦିକୁ, ମୋ ବୌଦିମାନଙ୍କୁ କେବେ ଅଳତା ଲଗେଇ ଦିଏ ନାଇଁ !"

ଏଥର ନିଶ୍ଚିନ୍ତରେ ଡାହାଣ ପାଟି ବଢ଼େଇ ଦେଇ ସୁମତି ପଚାରିଲେ—"ଘରେ ତମର ମା ଅଛନ୍ତି ? ଆଉ କିଏ ସବୁ ଅଛନ୍ତି ?"

—"ଅଛନ୍ତି ସମସ୍ତେ । ମା, ବାପା, ଦି ଭଉଣୀ, ଭାଇ ।"

ସୁମତି ମୁହଁକୁ ରୋକିବେ ରୋକିବେ ହେଇ କହିପକାଇଲେ—"ତମ ବାପ ମା ହଁ କହିଲେ, ଗ୍ରାଜୁଏଟ୍ ଝିଅକୁ ଏଇ ଚାକିରୀରେ ପଠେଇବାକୁ ?"

ଆଦୌ ଛଳ ନ କଲା ପରି ସେମିତି ଅଳତା ଲଗାଉଥିବା ପାଦରେ ଆଖି ରଖି

ଝିଅଟି କହିଲା–"ମନା କଲେ କଣ ହେବ ଦିଦି । ଋକିରୀ ମିଳିଲେ ତ !"

ସୁମତିଙ୍କର କିଛି କହିବାର ନଥିଲା । ସେ ଏଣିକି ଅଲତାରେ ମନ ଦେଲେ– ଆଙ୍ଗୁଠିମାନ ମେଲା କରି ଫାଙ୍କ ଫାଙ୍କ ନ କଲେ ମଝିରେ ଲାଗୁଥିବା ଅଲତା ଲେସି ହେଇଯିବ । ଝିଅଟି ଆପେ ପୁଣି କହିଲା–"ଦିଦି, ଘରେ ତ ରୋଜଗାରିଆ ଭାଇ ନାହିଁ । ପାଠ ଶାଠ ପଢ଼ି କଣ ବସି ବସି ବୁଢ଼ା ବାପର ପେନ୍‌ସନ୍‌ରୁ ଖାଇବା ଉଚିତ୍ ?"

ସ୍ୱରରେ ସଫେଇ ନାହିଁ କି ଆଦର୍ଶର ବଡ଼ିମା ନାହିଁ, ସାଦା ସିଧା କଥା କେବଳ ।

ସୁମତି ଅଗତ୍ୟା କହିଲେ–"ସତକଥା । ଦିଅ, ଅଲତା ଶିଶିଟାଏ ଦିଅ । ପୂଜାପର୍ବରେ କାମରେ ଆସିବ ।"

ଗିନାରୁ ବଳକା ଅଲତା ଶିଶିରେ ଢାଳିଦେଇ ଠିପି ବନ୍ଦ କଲା ସିଏ । ଚଟାଣରେ ଆଙ୍ଗୁଠି ପୋଛି କହିଲା–"ଗୋଟାଏ କଷ୍ଟ କରିବେ ଦିଦି ମୋ ଲାଗି । ପାଣି ଗିଲାସେ– କେତେବେଳୁ ମାଗିବି ମାଗିବି ହେଉଚି ।"

ନିଜ ଅଲତାଲଗା ପାଦକୁ ଅନାଉ ଅନାଉ ସୁମତି ଉଠି ଠିଆ ହେଲେ, ହସି ହସି କହିଲେ, "ଇଏ ଗୋଟାଏ କିବା କଥା ? କହୁନା ।" ରୋଷେଇ ଘରୁ ଷ୍ଟିଲ ଗ୍ଲାସ୍‌ଟି ନେଇ ବାହାରି ଆସୁ ଆସୁ ସେ ରହିଗଲେ । ଫେରିଯାଇ ବାସନ ଥାକ ଅଣ୍ଡାଳି ପାଇଗଲେ, ଗୁଣ୍ଡ ସାବୁନ ଡବା କିଣିବା ବେଳେ ଦୋକାନରୁ ମିଳିଥିବା ନେଳୀ ପ୍ଲାଷ୍ଟିକ୍ ଗିଲାସଟି । ସେଇଥିରେ ଗିଲାସେ ପାଣି ଆଉ ସାଥିରେ ମଗରେ ପାଣିନେଇ ସେ ବାହାରିଲେ । କଥା କହୁଚି ସିନା ଭଲ ଘର ଝିଅ ପରି, ହେଲେ ବାରବୁଲା ଜୀବନ, କି ବିଶ୍ୱାସ ତା କଥାରେ ।

ପାଣି ପିଇସାରି ମଗ୍‌ର ପାଣିରେ ଗିଲାସ ଧୋଇ ବଢ଼େଇ ଦେଲା ପରେ ସୁମତି ପଋରିଲେ–"ତମ ନାଁ କ'ଣ ?"

କୃତକୃତ୍ୟ ହସରେ ସେ ଉତ୍ତର ଦେଲା–"ମୋ ନାଁ ଦିଦି ମୋନା ବିଶ୍ୱାସ ।"

–"ଭଲ ନାଁଟିଏ ତ ! ହଉ, ଅଲତାର ଦାମ୍ କେତେ ହେଲା କୁହ ।"

ତଳୁ ସିନ୍ଦୂର ଫରୁଆଟିଏ ଚଟ୍‌କିନି ଉଠେଇ ଖୋଲୁ ଖୋଲୁ ମୋନା କହିଲା– "ତା ତ ଦିଦି ଦେବେ, ତରବର କାହିଁକି ? ଦିଅନ୍ତୁ ତ ଦିଦି ହାତ ପାପୁଲିଟା ।"

–"କଣ ଇଏ ପୁଣି ? ସିନ୍ଦୂର ? ଥାଉ, ମୁଁ ଖାଲି ଅଲତାଟାଏ ନେବି । ଦାମ୍ କହିଲ ?"

–"ଆପଣ ଦିଦି ଟିକେ ପାପୁଲିଟା ଦେଖାନ୍ତୁନା !"

ହାତ ଟାଣିନେଇ ତାଙ୍କ ପାପୁଲିଲେ ସିନ୍ଦୂରର ବଡ଼ ଗୋଳେଇଟିଏ ଲଗେଇ ଦେଇ

ମୋନା କହିଲା–"ଏଇ ଦେଖନ୍ତୁ । ଟିକିଏ ଝଡ଼ିବ ନାହିଁ କି ଏଣେ ତେଣେ ଚହଲିବ ନାହିଁ । ଝାଳରେ ବି ବୋହିଯିବ ନାହିଁ । ଏମିତି ଦାଉ ଦାଉ ଦିଶୁଥିବ ଦିନସାରା ।"

–"ମୋର କ'ଣ ହେବ ଏବେ ସିନ୍ଦୂର ? ବଡ଼ ଡବାଟାଏ ପରା ଅଛି ।"

–"ତା କଣ ମୁଁ ଜାଣେ ନାହିଁ ଦିଦି ! ସିନ୍ଦୂର ତ ଥିବ ନିଶ୍ଚେ ଆପଣଙ୍କ ପାଖେ..."

ଓଠରେ ମିଠା ହସ ରଖି ମୋନା ବିଜ୍ଞାପନ କରିଚାଲିଛି ଜଗଦମ୍ବା କେମିକାଲସ୍‌ର । ଖରାର ତେଜ କମି ଆସିଲାଣି । ପିଲାଏ ଆଉ ସ୍ୱାମୀ ଆସିବାକୁ ତଥାପି କିଛି ବେଳ ଅଛି । ହେଲେ ଝିଅଟି ସାଙ୍ଗରେ ବେଶୀ ଗପ କଲେ ବିପଦ, ତାର ସବୁ ଜିନିଷରୁ ଗୋଟାଏ ଲେଖାଁ ଧରେଇଲେ ଯାଇ ଛାଡ଼ିବ ଯାହା ଦେଖା ଯାଉଚି ।

–"ହଳଦୀ ଟିକିଏ ମିଶେଇ ଦେବେ ଦିଦି, ନାରଙ୍ଗୀ ସିନ୍ଦୂର ହେବ, ଆଉ ଲୁଗାଧୂଆ ନେଳୀ ଟିକିଏ ଯଦି ମିଶେଇ ଦେବେ ଖଇରିଆ ରଙ୍ଗ ଦିଶିବ..."

–"ଓଃ-ହୋ ! ହଉ ହେଲା, ସେଇ ସାନ ଫରୁଆରୁ ଦିଅ ଗୋଟାଏ । କହିଲ ଏଥର କେତେ ହେଲା ଦାମ୍ ।"

–"କହୁଚି ଦିଦି, ଦେଖାନ୍ତୁ ତ ସୁନ୍ଥାଟା, ଟିକିଏ ଲଗେଇ ଦିଏ ! ଦର୍ପଣରେ ଯାଇ ଦେଖିବେ–"

ତାର ଲମ୍ବିଥିବା ହାତରୁ ପଛକୁ ମୁହଁ ହଟେଇ ନେଇଯାଇ ସୁମତି କହିଲେ– "ଥାଉ ଥାଉ, ମୁଁ ପରେ ଲଗେଇବି । ତମେ ଦାମ୍ କହିଲ ।"

ନୂଆ ପ୍ଲାଷ୍ଟିକ୍ ଖୋଳ ଲଗା ଫରୁଆଟିଏ କାଢୁ କାଢୁ ମୋନା କହିଲା– "ଆପଣଙ୍କର ଦିଦି ନୂଆ ବାହା ନା ?"

–"କାହାର ମୋର ? ମୋର ପରା ପୁଅ ଝିଅ ସ୍କୁଲକୁ ଯାଇଛନ୍ତି, ନୂଆ ବାହା ନା ଆଉରି କିଛି !"

–"ସତେ ଦିଦି ! ଚେହେରା ଦେଖିଲେ କିଏ ବିଶ୍ୱାସ କରିବ ?"

ମୋନା ମୁହଁକୁ ଅନାଇଲେ ସୁମତି । ମନକୁ କହୁଛି କି ଘୋଷା ପାଠ କହୁଚି କେଜାଣି । ହେଲେ ତାଙ୍କ ଛାତି ଭିତର ଟିକିଏ ପୂରି ଆସିଲା ସେ କଥାରେ । କେଡ଼େ ନିରୋଳା ମୁହଁ, ମିଛ କହିଲା ପରି ମୋଟେ ଦିଶୁନାହିଁ ।

ଆଉ ଗୋଟିଏ ନୂଆ କାଗଜଖୋଳ ଖୋଲୁ ଖୋଲୁ ସେ କହିଲା–"ମୋ ବଡ଼ ଭଉଣୀର ବି ଏମିତି ଚେହେରା ଦିଦି । ତାକୁ କିନ୍ତୁ ଦେଖିଲେ ମୋ ଭଉଣୀ ବୋଲି ବିଶ୍ୱାସ କରିବେନି, ଖୁବ୍ ଗୋରା, ଆପଣଙ୍କ ପରି ରଙ୍ଗ ହେବ । ତିନିଟା ପୁଅଝିଅ

ତାର, ମୁଁ ତା ଘରକୁ ଗଲେ ତା ପଡ଼ିଶା ଲୋକେ ପଚାରନ୍ତି ମୋତେ ଦେଖେଇ– ଇଏ କଣ ତମ ବଡ଼ ଭଉଣୀ ?"

ମୋନା ହସିଲା । ସୁମତି ଭ୍ରୂକୁଞ୍ଚେଇ କହିଲେ–"ନାଇଁ ତ, ତମେ ତ ଝିଅଟିଏ ପରି ଦିଶୁଛ, କିଏ କହିଲା ତମକୁ ସେମିତି ?"

କହିଦେଇ ସୁମତି ମନେ ମନେ ନିଜକୁ ଆକଟିଲେ । ଏମିତି କଣ ଗପୁଛି ମୁଁ, ସତେକି ଇଏ ମୋ ପଡ଼ୋଶୀ । ମୋନା ଖୁସିରେ ହସିଲା, କହିଲା–"ଆପଣଙ୍କର କଥା ଦିଦି ଲକ୍ଷେ ଟଙ୍କା । ଶୁଣିଲେ ଲାଗୁଚି ମୋ ନିଜ ଲୋକ କିଏ ଆପଣ ।"

ସୁମତି ଆଉ ନିଜକୁ ଆକଟି ପାରିଲେ ନାହିଁ । ପଚାରିଲେ–"କୋଉଠି ବାହା ହେଇଛନ୍ତି ତମ ଭଉଣୀ ?"

–"ସେଇ କଲିକତାରେ ଦିଦି । ସ୍ୱାମୀ ତାର ଅଫିସର ଚାକିରି କରେ । ତା ଶଶୁରର ନିଜ ଘର ଅଛି କଲିକତା ପାଖରେ । ମୋ ବାପା ଚାକିରିରେ ଥାଉ ଥାଉ ତାକୁ ବାହା ଦେଇଦେଲେ କି ନା ! ଚେହେରା ବି ତ ସୁନ୍ଦର ।"

ଏଥର ସୁମତି ପୂର୍ଣ୍ଣଚ୍ଛେଦ ପକେଇବା ପାଇଁ ନିଜକୁ ଦୃଢ଼ କଲେ, କହିଲେ– "ବେଳ ହେଲାଣି, ମୋର କାମ ଅଛି, କେତେ ପଇସା ହେଲା କହିଲ ।"

ମୋନା ଏଥର ଗେଲେଇ ହେଲାପରି କହିଲା–"ଜିନିଷ ସବୁ ଦେଖିବେ ନାଇଁ ଦିଦି ? ଥରେ ଥରେ ଖାଲି ଦେଖିନିଅନ୍ତୁ !"

ଗମ୍ଭୀର ହେଇ ସୁମତି କହିଲେ–"ଦିଇଟା ଜିନିଷ ତ କିଣିଲି, ଆଉ କିଛି କିଣିବିନି । ଦେଖିଲେ କଣ ହେବ ?"

ମୋନା ସେମିତି ଗେଲେଇ ଗଳାରେ କହିଲା–"ଆପଣଙ୍କଠୁ ପଇସା ନ ନେଲେ ବି ମୋର ଦୁଃଖ ନାହିଁ ଦିଦି, ରାଣ ଅଛି ! ଆପଣଙ୍କ ପରି ଉଦାର ମନର ଲୋକ ମିଳିବେନି ଆଜିକାଲି ଯୁଗରେ ।"

ସୁମତିଙ୍କ ଓଠକୁ ହସ ଚାଲିଆସିଲା । କେତେ ଛଟକରେ କଥା କହୁଚି ଦେଖ ବଙ୍ଗାଳୀ ଟୋକୀ ! କହିଲେ–"ତାହେଲେ ପଇସା ନଦିଏ, କଣ କହୁଚ ?"

ମୋନା ହସିଲା କେବଳ ତା ସୁନ୍ଦର ସାଇଜ୍ କରା ଦାନ୍ତ ଦେଖେଇ ମୁଣ୍ଡକୁ ଗୋଟାଏ ପାଖ କାନ୍ଧଯାଏଁ ବଙ୍କେଇ ଦେଇ । ତାପରେ ହାତର ଶିଶିଟି ବଢ଼ାଇ କହିଲା– "ଏଇଟା ଖାଲି ଟିକେ ଦେଖିନିଅନ୍ତୁ ଦିଦି । ବିଶୁଦ୍ଧ ଅଁଳା ତେଲ, ବାଳ ପାଇଁ ଅମୃତ ଜାଣିବେ ।"

ସୁମତି କହିଲେ–"ମୋ ପିଲାଏ ସ୍କୁଲରୁ ଫେରିବେ, ତାଙ୍କ ପାଇଁ ଜଳଖିଆ ତିଆରି କରିବାକୁ ହେବ ମୋତେ । ମୋର ଆଉ ସମୟ ନାଇଁ ।"

କହିଲେ, କିନ୍ତୁ ଶିଶିଟି ହାତକୁ ନେଲେ । ମୋନା କହିଲା "ଆପଣଙ୍କ ପିଲାଏ ଦିଦି କନ୍‌ଭେଣ୍ଟ୍ ସ୍କୁଲକୁ ଯାଉଥିବେ ନୁହେଁ ?"

—"ହଁ । ଏ ତେଲ ଦାମ୍ କଣ ଏଗାର ଟଙ୍କା ଲେଖା ହେଇଚି ? ଏତେଗୁଡ଼ାଏ ଦାମ୍ ?"

—"ଜଡ଼ିବୁଟି ଔଷଧ ପଡ଼ିଚି ଦିଦି, ଶୁଦ୍ଧ ତେଲ । ରହନ୍ତୁ, ଆପଣଙ୍କୁ କମ୍ପାନୀର ତାଲିକା ଦେଖାଉଚି ।"

ବ୍ୟାଗ୍ ଭିତରେ କାଗଜ ଖୋଜୁ ଖୋଜୁ ମୋନା କହିଲା—"ମୋ ବଡ଼ ଭଉଣୀର ପୁଅ ବୁବୁନ, ଏଡ଼ିକି ଟିକିଏ ପିଲା ।" ବ୍ୟାଗରୁ ହାତ କାଢ଼ି ସେ ଆନୁମାନିକ ଉଚ୍ଚତା ଦେଖାଇଲା, ପୁଣି ବ୍ୟାଗ୍‌ରେ ହାତ ପୁରାଇ କହିଲା—"ଏତେ ଚାଲାକ୍ ଛୁଆ ଦିଦି । ଆଉ କି ସ୍ମାର୍ଟ ! ମୁଁ ଟୁର୍‌ରେ ବାହାରିଲା ବେଳେ ଜିଦ୍ କରେ ମୋ ସାଙ୍ଗରେ ଆସିବ ବୋଲି ।"

ସୁମତି ଶିଶିରୁ ଆଖି ଉଠାଇ ତା ମୁହଁକୁ ଚାହିଁଲେ । ମୋନା କାଗଜ ଖୋଜିବା ଭୁଲି କହିଚାଲିଲା—"ମୋ ମା' ତାକୁ ପ୍ରାୟ ନେଇଆସନ୍ତି ଆମ ଘରକୁ, ଉଃ ! ଦୁଷ୍ଟ ଯେତିକି ବୁଦ୍ଧିଆ ସେତିକି । ମୋ ମା' ଟିକେ ବ୍ୟସ୍ତ ହୁଏ ତ ମୋତେ ଏକୁଟିଆ ଛାଡ଼ିବା ଲାଗି, ବୁବୁନ୍ କହେ—"ମାସୀମା, ମୋତେ ସାଙ୍ଗରେ ନେଇଯାଅ, ମୁଁ ବନ୍ଧୁକ ନେଇ ତମ ପାଖେ ପାଖେ ରହିବି । ଡାକୁ ଆସିଲେ... ।"

ହାତ ଠାରରେ ଗୁଳି କରି ମୋନା ହସିଲା ବହେ ।

ସୁମତି ପଚାରିଲେ—"ତମେ ଥରେ ବାହାରିଲେ କେତେଦିନରେ ଫେର ?"

—"ମାସେ ପଚିଶ ଦିନ ଦିଦି, ଦେଢ଼ ମାସ ଦିମାସ ବି ହେଇଚି ଥରେ ଅଧେ ।"

—"ଡର ଲାଗେନାଇଁ ତମକୁ, ଏକୁଟିଆ ଝିଅ ଘର ଘର ବୁଲ ?"

—"ଅଭ୍ୟାସରେ ପଡ଼ିଗଲାଣି ଦିଦି ।"

—"କୋଉଟା ଅଭ୍ୟାସରେ ପଡ଼ିଗଲାଣି— ଡର ନା ଏକୁଟିଆ ବୁଲିବା ?"

ମୋନା ହସୁ ହସୁ କହିଲା—"ଡର ଆଜିକାଲି ଲାଗେନାଇଁ ଦିଦି । ଆପଣ ଯେମିତି ଭାବୁଛନ୍ତି । ଥରେ ଘରୁ ଗୋଡ଼ କାଢ଼ିଲେ ଆଉ ସେତେ ଡର ଲାଗେନାଇଁ ।"

—"ସତେ ? ଆଉ ଘର ମନେପଡ଼େ ନା ନାଇଁ ?"

—"ମନେ ତ ପଡ଼େ । ହେଲେ ଜାଣନ୍ତି, ଆଜିକାଲି ବେଶୀଦିନ ଘରେ ରହିଗଲେ ବି ଆଉ ଭଲ ଲାଗେ ନାହିଁ ।"

ସୁମତି ତା ମୁହଁକୁ ଅନେଇ ରହିଲେ । ହଠାତ୍ ମନେପଡ଼ିଗଲା ପରି ମୋନା ବ୍ୟାଗ୍‌ର କଡ଼ ଜିପର୍ ଖୋଲି ତାଲିକା କାଗଜ ବାହାର କଲା ।

ଦାମ୍ ତାଲିକାରେ ଆଖି ବୁଲଉ ବୁଲଉ ସୁମତି ଭାବୁଥିଲେ– କେମିତି ଲାଗେ କାଲି ପାଇଁ ଚିନ୍ତା ଦକ କରିବା ଛାଡ଼ିଦେଲେ ? ଅନାଗତର ଭୟକୁ କାବୁ କରିବା ଶିଖିଗଲେ ? କେମିତି ଅନୁଭବ ହୁଏ ଆଜି ରାତିରେ କି ଧରଣର ମସଲା ଦେଇ କି ତରକାରୀ ରାନ୍ଧି ବାଢ଼ି ଖାଇବି ଜଣା ନଥିଲେ ?

ଆଖି ଉଠେଇ ମୋନାକୁ ପଚାରିଲେ–"ଏସବୁ କ'ଣ ଠିକ୍ ଦାମ୍ ? କେବେ ହୋଇନଥିବ ।"

–"କମ୍ପାନୀ ଦାମ୍ ଦିଦି ! କମ୍ପାନୀ ଆମକୁ ତ ଦରମା ଦିଏ ନାଇଁ, କମିଶନ୍ ଦିଏ । ଆପଣ ଯାହା ଠିକ୍ ଭାବିବେ ଦିଅନ୍ତୁ, ସାନ ଭଉଣୀକି ଦେଉଛନ୍ତି ଭାବି ।"

ସୁମତି ଆଖି ନୋଇଁଲେ ତାଲିକାକୁ । ଆଜି କେଉଁ କେଉଁ ଘରକୁ ଯାଇ କେଉଁପରି ମୁହଁମାନଙ୍କୁ ଭେଟିବି, ଅପମାନ ପାଇବି କି ସାଙ୍ଗମୁଖ ହେଇପାରିବି, କିଛିକୁ ଖାତିର୍ ନ କରି ବେପରୁଆ ପସରା ବିକି ବାହାରି ପଡ଼ିଲେ କେମିତି ଲାଗେ ? କାଲିର ଭୟରେ ପାଦତଳ ଭୂଇଁରେ ମାଟି କାମୁଡ଼ି ପଡ଼ି ନ ଥିଲେ କେଉଁପରି ଜୀବନର ଅନୁଭବ ହୁଏ ସତେ ?

ସୁମତି କାଗଜରୁ ଆଖି ଉଠାଇଲେ । ମୋନା ମୁହଁକୁ ଅନେଇ କହିଲେ– "ସିନ୍ଦୂର ଫରୁଆଟା ଟଙ୍କାଏ ହେବ । ଆଉ ଏ ଅଁଳା ତେଲ ସାତଟଙ୍କାରୁ ବେଶି ହେବନାହିଁ ।"

ଆଉ ଭାବିଲେ– ଅଁଳା ତେଲ ପରା ମୁଁ କିଣିବି ନାହିଁ ? ମୋନା ଦାନ୍ତ ନିକୁଟି କହିଲା–"ଗରୀବ ଭଉଣୀଟିଏ ଦିଦି ! ଆପଣଙ୍କର ମନ ବଡ଼, ଆସିଲାବେଳୁ ମୁଁ କଣ ସେତିକି ବୁଝିପାରି ନାହିଁ ?"

ହଠାତ୍ ସୁମତି ପଚାରିଲେ–"ତମେ ମେହେନ୍ଦୀ ରଖନାଇଁ ?"

–"ମେହେନ୍ଦୀ ?"

–"ହଁ, ମାନେ ମଞ୍ଜୁଆତି ଗୁଣ୍ଡ । ମୁଁ ଅନେକଥର ହାତରେ ଲଗେଇବି ବୋଲି ଭାବେ, ହେଲେ କୋଉଠି କିଣିବାକୁ ହୁଏ ଜାଣିପାରେ ନାଇଁ ।"

ମୋନା ଏ କଥାରେ ଖୁବ୍ ତାନେ ହସିଲା ! କହିଲା–"ସତକଥା ଦିଦି, ଆମର ସେଆଡ଼େ ବି ଏତେ ଚଳଣି ନାଇଁ ସେସବୁର । ହେଲେ ଆପଣଙ୍କର ଦରକାର ଯଦି ଆଣିଦେବି ।"

–"କେତେଦିନ ରହିବ ଏଠି ?"

–"ଆଉ ଦୁଇ ତିନିଦିନ । ଯାପରେ ଦିଦି ଭିଲାଇ ଯିବୁ ।"

–"ଆଗରୁ ଯାଇଛ ଭିଲାଇକୁ ?"

–"ହଁ ଦିଦି । ତେବେ ଅନେକ ସମୟରେ ଏକଦମ୍ ଦୂଆ, ଅଚିହ୍ନା ସହରକୁ ଯିବାକୁ ହୁଏ ।"

କେମିତି ଲାଗେ, କାଲି ସକାଳ କେଉଁ ସହରରେ ପାହିବ ଜଣା ନ ଥିଲେ ?

ସୁମତି ଶୋଇବା ଘରେ ପର୍ସ ଖୋଲି ପଇସା କାଢୁ କାଢୁ ନିଷ୍ପତ୍ତି କଲେ, ଟଙ୍କାଏ ଆଠଣା କାଟିବି, ବେଶୀ ନୁହେଁ । କରୁ ବିଚାରୀ ଦି' ପଇସା ଲାଭ, କିଛି ନ ହେଲେ ଦି ପହରଟା କଟିଲା ତ ଗୋଟେ ରକମ ।

ବାହାରିଲା ବେଳେ ଭାବିଲେ ମଞ୍ଜୁଆତି ଆଣିବାକୁ କହିବେ; କିନ୍ତୁ କହିଦେବେ ସଫା– ଏଥର କିନ୍ତୁ ମେହେନ୍ଦୀ ଛଡ଼ା ଆଉ କିଛି କିଣିବି ନାଇଁ । ଆଣିବୁ କି ନାଇଁ– ତୋର ଇଚ୍ଛା ।

ଭିତର ପାଖ ବାରଣ୍ଡାରୁ ବାହାର ବାରଣ୍ଡାକୁ ଯିବା ସାନ ଗଳି ବାଟଠିଁ ସେ ରହିଗଲେ, କାହା ପାଟି ଶୁଭୁଛି ବାହାରେ ? ସେ ଜିଭ କାମୁଡ଼ିଲେ । ହେ ଭଗବାନ, ଦୀନେଶ ଆସି ଗଲେଣି, ଏତେବେଳ ହେଇ ଗଲାଣି ତାହେଲେ । ପରଦା ଫାଙ୍କରୁ ଦିଶୁଛି ତାଙ୍କ ତମ ତମ ମୁହଁ, ବାରଣ୍ଡାର ଶିଶି ଡବା ଧାଡ଼ିକୁ ବିଶି ଆଙ୍ଗୁଠି ଦେଖାଇ କଣ କହୁଛନ୍ତି ? ଫେରିବାଲା ନାଁ ଧରିଲେ ଚିଡ଼ନ୍ତି । ତାଙ୍କ ଆଗରେ ମୋନାକୁ ଟଙ୍କା ଦେବି ମୁଁ କେମିତି, ନକଲି ଜିନିଷ ଫେରାଅ ବୋଲି କହିବେ ଯଦି ?

ହେଲେ ମୋନାକୁ ଦେଖ, ଡର ଭୟ ଟିକିଏ ବୋଲି ନାହିଁ ? ସେମିତି ମିଠା ହସ ହସି କଥା କହୁଚି, ହାତରେ କି ଶିଶି ସିଏ ?

ସୁମତି କବାଟ ପାଖକୁ ଯାଇ ପର୍ଦ୍ଦାକୁ ଧରି ଠିଆ ହେଲେ । ଦୀନେଶ ଭ୍ରୂକୁଞ୍ଚେଇ ପଚାରିଲେ–"ଯାଠୁ ଜିନିଷ କିଣୁଥିଲ ?"

ସେ ଉତ୍ତର ଦେବା ପୂର୍ବରୁ ମୋନା କହିଲା–"କହନ୍ତୁ ଦେଖି ଦିଦି, ଆମ ଜିନିଷ ଭେଜାଲ ? ଏଇ ଅତରଟା ଟିକିଏ ଦେଖନ୍ତୁ ନା ଦାଦା !"

ଚିମୁଟାଏ ତୁଳାରେ ଅତର ଟିକିଏ ଢାଳି ଅନାୟାସରେ ସେ ଦୀନେଶ ବାବୁଙ୍କ ବାଁ ହାତଟି ଟାଣିନେଇ ପାପୁଲି ପିଠିରେ ଘଷିଦେଲା, କହିଲା–"ଟିକିଏ ଶୁଙ୍ଘି କହିଲେ, ଇଏ ହେନା ଅତର ନୁହେଁ, ଭେଜାଲ ?"

ଦୀନେଶ ସାମାନ୍ୟ ଇତସ୍ତତଃ ହେଲେ, କୁଞ୍ଚା ଭୁରୁ ସତ୍ତ୍ୱେ ମୁହଁ ନରମି ଆସିଲା, ହାତକୁ ନାକ ପାଖକୁ ନେଲେ, କହିଲେ–"ହୁଁଃ ।"

ସୁମତି ଅନେଇଲେ ମୋନା ମୁହଁକୁ । କିଛି ନ ଜାଣିଲା ସାବନା ଗୋଜିଆ ପିଲାଳିଆ ମୁହଁଟିରେ ଥାପି ହେଇଯାଇଛି ସତେକି ଏକାଭଳି ଅନ୍ୟ ମୁହଁଟିଏ ମୁଚୁମୁଚୁ ଓଠ ଚିପା ହସ, ଆଖିରେ ଜାଣିସିଆଣା ଖେଳୁଆଡ଼ ଚାହାଁଣୀ, ଦୁଇ ହାତରେ ନାଲି

ବ୍ୟାଗଟି ଧରି ଝୁଲାଉଛି ଏ ପାଖରୁ ସେପାଖ । ଗୋଟିଏ ଭ୍ରୂ ଅଳ୍ପ ଟେକି କହିଲା–"ଖାଣ୍ଟି ହେନା ଅତର ଦାଦା ! ମନା କରିପାରିବେ ନାହିଁ, ରଖିବାକୁ ହେବ ଗୋଟାଏ ଶିଶି ।"

କିଏ ଏ ଅଚିହ୍ନା ଝିଅଟି ? ଟିକିଏ ଆଗରୁ ଦୁଃଖସୁଖ ହେଉଥିଲା, ଦୟା ଆସୁଥିଲା ବିଚାରୀଟିଏ ବୋଲି । ଏବେ ଫୁଲେଇ ହେଉଛି ନିର୍ଲଜୀଙ୍କ ପରି, ଟିକିଏ ଆଗର ସରାଗର ଦିଦିଟି ତାର ସତେକି ଉଭେଇ ଯାଇଚି ଶୂନ୍ୟରେ । ଆଉ ସ୍ୱାମୀ ! ତାଙ୍କ ମୁହଁକୁ ଦେଖ । ଲମ୍ବି ଆସୁଥିବା ହାତରୁ ଅତର ଶିଶି ନେବେ କି ନାହିଁ ଦୋଦୋ ପାଞ୍ଚ ହେଉ ହେଉ ଶିଶିରୁ ହାତ ବାଟ ଦେଇ ଦୃଷ୍ଟି ଚାଲିଯାଇ ଲାଖି ଲାଖି ଯାଉଛି ତାର ଲୁଗା ଖସିଯାଇଥିବା ଗୋଟିଏ ପାଖ ଛାତିଠିଁ ।

ଦୃଷ୍ଟି ଫେରି ସ୍ତ୍ରୀଙ୍କ ସିଧାସଳଖ ଦୃଷ୍ଟିରେ ନ ମିଶୁଣୁ ଭୂଇଁକୁ ଫେରିଗଲା । କହିଲେ–"ଦେଖ, ଯାହା କିଣୁଛ କିଣ ।" ଆଉ ମଚ୍ ମଚ୍ ଭିତରକୁ ଚାଲିଗଲେ ।

ସୁମତି ନାକ ଫୁଲେଇ ଟଙ୍କା ବଢ଼େଇ ଦେଲେ । ଇଚ୍ଛା କଲେ ଜିନିଷ ସବୁ ଏବେ ଫେରେଇ ଦେଇ ପାରନ୍ତି । ହେଲେ ମୁଁ ଗୋଟାଏ ଚୋଟେ ଈର୍ଷା କରିବି ନା କ'ଣ ?

ମୋନା ଏଥର ପିଲାଳିଆ ମିଠା ହସରେ କହିଲା–"ଅତର ଶିଶିଟାଏ ନିଅନ୍ତୁ ନା ଦିଦି !" ସୁମତି ତା ମୁହଁକୁ ଅନେଇଲେ ସିଧା, ତାଙ୍କ ଆଶ୍ଚର୍ଯ୍ୟ କି ଘୃଣାକୁ ଲୁଚେଇବାର କୌଣସି ଚେଷ୍ଟା ନ କରି । ଫେରି ପଡୁ ପଡୁ କହିଲେ–"ନା ।" ଆଉ ଦୁଆର ପର୍ଦ୍ଦାଟା ଭଲକରି ଟାଣିଦେଲେ ।

ରାତିରେ ଖାଇଲାବେଳେ ସୁମତି କହିଲେ–"କେଢ଼େ ଅଲାଜୁକୀ ଝିଅ ମ ଏମାନେ ! ବିଷ ଟିକିଏ ମିଳେନାଇଁ ଏମାନଙ୍କୁ ?"

ଦୀନେଶ ଖାଉ ଖାଉ ପଚାରିଲେ–"କାହାକୁ ?"

–"ସେଇ ଯୋଉ ଆସିଥିଲା ଆଜି ଅତର ବିକି ।"

–"କିଣୁଥିଲ କାହିଁକି ତାଠୁ ? କେତେ ଥର ମନା କରିଚି–"

–"ଜାଣିଚି, ହେଲେ ସାଧାରଣ ଫେରିବାଲା ତ ନୁହେଁ ସିଏ । ପାଠଶାଠ ପଢ଼ିଚି, ଭଦ୍ର ସୁନ୍ଦର କଥାବାର୍ତ୍ତା ।"

ଖାଇସାରି ଉଠି ଯାଉ ଯାଉ ଦୀନେଶ କହିଲେ–"ଛାଡ଼ିଲ ତା କଥା । ବାଜେ ମାଇକିନା ସବୁ । ତମେ କୁଆଡୁ ଚିହ୍ନିବ ସେଗୁଡ଼ାଙ୍କୁ ।"

–"ତମେ ଦେଖୁ ଦେଖୁ ଚିହ୍ନି ପକେଇଲ ?"

–"ଚିହ୍ନିବିନି ? ତମପରି ମୁଁ ଘର ଭିତରେ ବସି ରହୁଚି କି ? ବଜାରର ବାରବୁଲା ଲୋକଙ୍କୁ ମୁଁ ଚିହ୍ନିବିନି ତ କଣ ତମେ ଚିହ୍ନିବ ?"

ସୁମତି ଚୁପ୍ ରହିଲେ । ହେଲେ ରାତିରେ ଲାଇଟ୍ ଲିଭିଲା ପରେ, ଦୀନେଶ ଶୋଇଗଲା ପରେ ବି ସେ ଭାବି ହେଉଥିଲେ । ମୁଁ ଚିହ୍ନି ନାଇଁ ତମେ ବେଶି ଚିହ୍ନିଚ ? ତମଲାଗି ତ ସବୁ ସ୍ତ୍ରୀ ଏପାଖ ନ ହେଲେ ସେପାଖ– ଘର ଭିତରର ନ ହେଲେ ବଜାରର । ମୋନା ବୁବୁନକୁ ଗେଲକରେ, ତା ମାକୁ ଝୁରିହୁଏ ତମେ ଜାଣିଚ ? ତମ ସ୍ତ୍ରୀର ବି ବେଳେବେଳେ ଧୂ ଧୂ ଦିପହରେ ପସରା ମୁଣ୍ଡେଇ ବୁଲିବାକୁ ମନହୁଏ; ତମେ ଅନୁମାନ କରିଚ ? ତା' ବୋଲି ତମ କଥାରେ ମୁଁ ଦୁଃଖ କରୁନାଇଁ କି ତମ ଦୃଷ୍ଟିରେ ବି ନୁହେଁ । ତମ ଆଖିକୁ ଯେତିକି ଦିଶିଲା, ତମେ ସେତିକିରେ ବିଶ୍ୱାସ କରିଛ, ତମର ଦୋଷ କ'ଣ ? ମୋତେ ଖାଲି ମୋନା ଲାଗି ବାଧୁଛି । ଯେତିକିବେଳ ମୁଁ ତା ସହିତ ବସିଲି, ଯେତିକି କଥା ତାର ଶୁଣିଲି, ସେତିକିବେଳ ପାଇଁ ହେଉ ପଛେ ସ୍ନେହରେ ବିଶ୍ୱାସରେ କଣ ତାକୁ ନେଇନାଇଁ ? ତାର ଭଲ ଋହିଁନାଇଁ ? ଗୋଟାଏ ମୁହୂର୍ତ୍ତ ଲାଗି ମୋ ସଂସାରରେ ନଜର ନ ପକାଇ ଥିଲେ, ଏଡ଼େ ଖୋଲାଖୋଲି ଅକୃତଜ୍ଞ ନ ହେଇଥିଲେ କଣ ଚଳିନଥାନ୍ତା ?

ରାତିରେ ସେ ସ୍ୱପ୍ନ ଦେଖିଲେ ଋରିଆଡ଼େ ପାଣି ଭିତରେ ଟାପୁଟିଏ ଉପରେ ସେ ଛିଡ଼ା ହେଇଛନ୍ତି । ସେପାଖେ କୋଉଠି କେଜାଣି ମୋନା ଠିଆ ହେଇଚି, ବିକଳରେ ରଡ଼ି ଛାଡୁଛି ଖସିପଡ଼ିବ ବୋଲି ବହିଯିବ ବୋଲି ପାଣି ସୁଅରେ, ଡାକୁଛି ଦିଦି ! ହାତ ବଢ଼ାଇଲା ମାତ୍ରେ ଜାବୁଡ଼ି ଧରୁଚି ହାତ, ଆଉ ପାଦେ ବୋଲି ମାଟିରେ ତାଙ୍କ ଗୋଡ଼ ଟଳ ମଳ ହେଉଚି । ଛାଡ଼ିଦେ ମୋନା ଛାଡ଼ିଦେ । ଆଉ ଟିକିଏ ଜୋର୍‌ରେ ଧରିବୁ ଯଦି ମୁଁ ଖସିପଡ଼ିବି ଅଥଳ ଖାଇରେ ।

ଦିଦିନ ପରେ, ଶନିବାର ଥାଏ ବୋଲି ପିଲାମାନେ ଶୀଘ୍ର ଫେରି ଆସିଥାନ୍ତି । ସୁମତି ବ୍ୟସ୍ତ ଥାନ୍ତି ସେମାନଙ୍କ ଜଞ୍ଜାଳରେ । ଦାଣ୍ଡ କବାଟରେ ଖଡ଼ଖଡ଼ରେ ଯାଇ ଦେଖିଲା ବେଳକୁ ମୋନା !

ଦୁଃସ୍ୱପ୍ନ ସହିତ ମୋନାକୁ ପ୍ରାୟ ପୋଛି ପକାଇଥିଲେ ସୁମତି । ତାଙ୍କ ହସିଲା ନମସ୍କାରର ଅତି ଫିକା ପ୍ରତ୍ୟୁତ୍ତର ପାଇ ବି ମୋନା ସେମିତି ମିଠା ହସି କହିଲା – "ମେହେନ୍ଦୀ ଆଣିଥିଲି ଦିଦି ।"

–"ଓଃ ! ଏମିତି କହି ଦେଇଥିଲି, ପ୍ରକୃତରେ ସେତେ ଦରକାର ନଥିଲା ।"

–"ରଖିବେ ନାଇଁ ଦିଦି ?" କିଏ କହିଲା ଏ ମଉଳିଗଲା ମୁହଁ ମିଛ ବୋଲି ?

"ହଉ, ଆଣିଚ ଯଦି ଦିଅ । କେତେ ଦାମ୍ ?" ହଉ, ଆହୁରି ଲାଭ ଦି' ପଇସା କରିବୁ ଯଦି କର ।

–"ଦୋକାନରୁ କିଣି ଆଣିଥିଲି ଦିଦି ପଚିଶ ପଇସାର । ଏଇ ବାଟରେ ଯିବାର ଥିଲା ତ ସେପାଖ କଲୋନୀକୁ ।"

ଭିତରୁ ପର୍ସ ଖୋଲି ପଇସା କାଢ଼ିଲାବେଳେ ସୁମତି ଭାବୁଥିଲେ– କାହିଁକି ଆସିଲା ପୁଣି ମୋନା । ଯୋଉଥିଲାଗି ଆସୁ, ଶୀଘ୍ର ପଇସା ଦେଇ ସେ ଫେରେଇ ଦେବେ । ଆଉ କଥାଭାଷା ଦୁଃଖସୁଖ ନାଇଁ । ନିଜ ପାଦ ତଳେ କେତେ ବା ମାଟି ଯେ ସେ ଅନ୍ୟ ଜାଗାକୁ ସେତୁ ବାନ୍ଧିବାକୁ ଦମ୍ଭ କରିବେ ?

ପଚିଶ ପଇସା ନେଇ ମୋନା ତା ପର୍ସରେ ରଖିଲା । କହିଲା–"ଯାଉଛି ଦିଦି । ଆପଣଙ୍କ କଥା ମନେ ରହିବ । ଏତେ ଆଦର କଣ ଆମକୁ ସମସ୍ତଙ୍କଠୁ ମିଳେ, ନା ଆମକୁ ବସାଇ କିଏ ଆମ କଥା ଶୁଣେ !"

ଖରାରେ କୁହୁଡ଼ି ପରି ଅଦୃଶ୍ୟ ହୋଇଯାଉଥିଲା ମୋନା । ତାକୁ ରୋକିବି କୋଉଥିଲାଗି ? ଗପସପ ଟିକିଏ କରି ହେଇଥାନ୍ତା, ଘରକୁ ଗଲେ ତୋ ମା'ଙ୍କୁ ନମସ୍କାର ଦେବୁ, ପୁତୁରାକୁ ଚୁମା ଦେଇଦେବୁ ମୋ ପାଇଁ ବୋଲି କହିପାରି ଥାଆନ୍ତି । ହେଲେ ଦୀନେଶ ଆସି ପହଞ୍ଚିଯିବେ ଏହିକ୍ଷଣି, ସେତୁ ଭାଙ୍ଗିଯିବ । ତୋ ଉପରେ କାଳେ ରାଗିଥିବି ବୋଲି ମୋନା ତୁ ମୋ ପାଇଁ ଆଠଣାର ମେହେନ୍ଦୀ ପୁଡ଼ା କିଣିଆଣି ଦେଲୁ, ଆଉ ଏବେ କଣ ମୋ ନିରୂପାୟ ଅବସ୍ଥା ବୁଝିବୁ ନାହିଁ ? ଆଜି ତୋତେ ବସାଇ ତୋ କଥା ଶୁଣିବାକୁ ମନ କଲି ନାହିଁ ବୋଲି ଛଳ କରିବୁ ?

■■

ଉର୍ମିଳାଙ୍କ କାନ୍ଦ

ଦିନରେ ସାଧାରଣତଃ ସେ ଥରେ କାନ୍ଦନ୍ତି, କେବେ କେବେ ବା ଦୁଇ ତିନି ଦିନରେ ଥରେ । କାନ୍ଦର ସମୟ କିଛି ନିର୍ଦ୍ଦିଷ୍ଟ ନଥାଏ, କାରଣ ବି ନୁହେଁ । କେଉଁଦିନ ରାତିରେ ଖିଆପିଆ ସାରି ତକିଆରେ ମୁହଁମାଡ଼ି କାନ୍ଦନ୍ତି ତ କେବେ ସକାଳୁ ଅଫିସ ଯିବା ଆଗରୁ ସ୍ୱାମୀ ଦେଖନ୍ତି ଭାତ ବାଢୁ ବାଢୁ ଉର୍ମିଳା ଲୁଗାକାନିରେ ଲୁହ ପୋଛୁଚନ୍ତି । କେବେ ଦ୍ୱିପ୍ରହରେ ଘରେ କେହି ନଥିଲାବେଳେ, ପୁଣି କେଉଁ ଛୁଟିଦିନ ସନ୍ଧ୍ୟାରେ ପିଲାଛୁଆ ପ୍ରିୟଜନ ପରିବେଷ୍ଟିତା ହୋଇ । କେବେ ପୁଣି ସିନେମା ହଲରେ ଅବା ବାପଘରକୁ ଯିବାବେଳେ ଟ୍ରେନରେ ।

କାହାକୁ ଉପଲକରି ଲୁହଧାର ଆରମ୍ଭ ହୁଏ, ତା' ବି କିଛି ସଠିକ ନଥାଏ । ପୁରୁଣା ଚିଠି ପଢ଼ିବାରୁ, ସ୍ୱାମୀ ଡେରିରେ ଫେରିବାରୁ, ମାସ ଶେଷରେ ପଇସା ନ ଥିବାରୁ, ସିନେମା ଟିକଟ ନ ମିଳିବାରୁ । ଥରେ କାନ୍ଦର ଢେଉ ଆରମ୍ଭ ହେଇଗଲେ ହେଲା, ତା'ପରେ ତୁହାକୁ ତୁହା ଆପେ ମାଡ଼ି ଚାଲିଥାଏ । ସେତିକିବେଳେ ସାରା ଦୁନିଆର ଦୁଃଖ ଶୋକରେ ସେ ବୋଝେଇ ହେଇପଡ଼ନ୍ତି । ଜୀବନଯାକର ଯେତେକ ହତାଶା, ପାଇ ନଥିବା କଥାମାନ ଧାଡ଼ି ମାନ୍ଧନ୍ତି ତାଙ୍କ ମନଶ୍ଚକ୍ଷୁ ଆଗରେ ।

ତେବେ ସବୁ କାନ୍ଦର ଅନ୍ତ ହୁଏ ଠିକ୍ ସେଇଠି, ସବୁ ରୋଗର ମହୌଷଧି

ପରି । ସୁବାସବାବୁ ଦେଖନ୍ତି ତାଙ୍କ କାନ୍ଦ । ପାଖକୁ ଆସି ପିଠି ଥାପୁଡ଼ାନ୍ତି । ନଡୁବା ରୁମାଲ କାଢ଼ି ଗେଲରେ କହନ୍ତି–'ନିଅ ପୋଛି ପକାଅ, ବହୁତ କାନ୍ଦିଲଣି, ମୋ ରାଣୀଟା ।' ଅଫିସରୁ ଫେରିଥିଲେ–'ହେଇ ତ, ପୁଣି କ'ଣ ଗୁଡ଼ାଏ ଭାବି ମନଦୁଃଖ କଲଣି । ଉଠିଲ, ମୁହଁ ଧୁଅ । ଗରମ ଚ' କପେ ଆଣ ଯାଅ, ବଢ଼ିଆ ଅଦା ପକେଇ ।' ବାସ୍, ଉର୍ମିଳାଙ୍କ କାନ୍ଦ କୁଆଡ଼େ ମିଳେଇଯାଏ । ଚ' ତିଆରି କରୁ କରୁ କଥାଟା ଭାବିଲେ ନିଜକୁ ବୋକା ପରି ଲାଗେ । ଚୁପ୍‌କରି ହସି ଦିଅନ୍ତି ବି । କ'ଣ ମୋର ନାହିଁ ଯେ ମୁଁ ଲୁହ ଗଡ଼େଇବି ।

ଦିନେ ଦିନେ କୋଉ ସାଙ୍ଗସାଥି ମେଳରେ ମସଗୁଲ୍ ହୋଇଯାନ୍ତି ସୁବାସବାବୁ ଯେ ରାତି ବାରଟା ବେଳେ ଫେରିବାକୁ ମନେପଡ଼େ । ସେଇ ଦିନ ପୁଣି ହୁଏତ ଟୁନୁର ଛ'ମାସିକ ପରୀକ୍ଷା ରେଜଲ୍‌ଟଟା ଖରାପ ଆସିଥାଏ । ପିଲାଏ ସାଢ଼େ ନ'ଟାବେଳୁ ଖାଇ ଶୋଇ ପଡ଼ିଲା ପରଠାରୁ ଉର୍ମିଳା କାନ୍ଦି ଲାଗିଥାନ୍ତି ଯେ ଲାଗିଥାନ୍ତି ଅବିରତ । କ'ଣ ଅଛି ଏ ଜୀବନରେ, କୋଉଥି ପାଇଁ ବଞ୍ଚିବ ମଣିଷ ? ଖାଇବାକୁ ମୁଠାଏ ମିଳୁଚି ଯାହା । ଖୁସି ହେବାକୁ ତ ଗୋଟାଏ କିଛି ଘଟିବାର ନାହିଁ । ଝିଅଦିନ ପରି ଦଳଟାଏ ବସି ହୋ-ହଲ୍ଲା ଗୀତ ମଉଜ ଚାଲିଗଲା ଅବା ସବୁଦିନ ଲାଗି, ଆପଣାର ବୋଲି ସୁଖ ଦୁଃଖ ଦେବାକୁ ଭଲା କିଏ ଜଣେ ଥାଆନ୍ତା ।

ସେଇ ଭିତରେ ଥରେ ଅଧେ ନିଜକୁ କାବୁ କରିବାକୁ ଚେଷ୍ଟା ସେ ନ କରନ୍ତି ବୋଲି ନୁହେଁ, ହେଲେ ନାକ ମୁହଁ ପୋଛି ସିନ୍ଦୂର ଲେସିଗଲା କି ବୋଲି ଦର୍ପଣରେ ମୁହଁକୁ ଅନେଇ ଦେଉଁ ଦେଉଁ ଆଖି ଲାଗିଯାଏ ସେଇଠି– ଇସ୍ କ'ଣ ହେଲାଣି ଏ ରୂପ ! ପୁଣି ମାଡ଼ିଆସେ କୋହ । ଏଇ ଦିନାକେତେ ତଳେ ତ, ଚେହେରା ଥିଲା ଯେ ଯୋଡ଼ା ଯୋଡ଼ା ଆଖି ଲାଖି ରହୁଥିଲା ରାସ୍ତାଘାଟରେ ଚାଲିଗଲା ବେଳେ, ଆଜି ସେଇଠି ଦୃଷ୍ଟିମାନ ଉପରଠାଉରିଆ ପହଁରି ଚାଲିଯାଏ । କି ମୂଲ୍ୟ ସିନ୍ଦୂର ଲଗେଇବାରେ, ସଜ ବେଶ ହେବାରେ ?

କେତେବେଳେ ବାହାରେ ସ୍କୁଟର ରହିବା ଶବ୍ଦ, ପୁଣି କବାଟ ପିଟା ସାଙ୍ଗେ ଡାକ ଶୁଭେ । ନାଲି ଜର ଜର ଆଖି ନେଇ ଉର୍ମିଳା କବାଟ ଖୋଲନ୍ତି । ପ୍ରଶ୍ନ ହୁଏ– "କଣ ଶୋଇଥିଲ ?"

ଠେଲି ଆସେ ଆଉରି କାନ୍ଦ । ବୁଲିପଡ଼ି ତରବରରେ ଚାଲି ଆସୁ ଆସୁ ପୁଣି ପଚରାଯାଏ–"ଖାଇଲଣି ତ ?"

ଉର୍ମିଳା ରୋଷେଇଘରଆଡ଼େ ଯାଉ ଯାଉ ଓଦା ସରସର କାନିଟି ପୁଣି ଥରେ ମୁହଁରେ ମାଡ଼ିଦେଇ କାନ୍ଦି ଉଠନ୍ତି ।

–"ହେ ହେ ଉମି, ହେଇଟି କାନ୍ଦିଲାଣି ପୁଣି ନୁହେଁ ? ଗେଲରେ ପଚ୍ଚରିଦେଲି ନା, ନହେଲେ ତମେ ଏକୁଟିଆ କେବେ ଖାଅ, ମୁଁ କ'ଣ ଜାଣିନାଇଁ ?"

କିଛିବେଳ ଏକତରଫା ସାନ୍ତ୍ୱନା ଶୁଣିଲା ପରେ ମୁହଁଟେକି ଉର୍ମିଳା କହନ୍ତି– "ହଁ ସବୁ ଜାଣିଥିବ ତ, ସେଇଥିଲାଗି ଅଧରାତିରେ ଫେରୁଚ ।"

–"ରାଗିବ ତମେ ମୁଁ ଜାଣିଚି । ଦୋଷ ତ ହେଇଚି, ଯାହା କହି ଗାଳିଦେବ ଦିଅ, ହେଲେ କାନ୍ଦିକାଟି ନିଜକୁ କଷ୍ଟ ଦିଅନାଇଁ, ମୋ' ସୁନାଟି !"

କିଛି ସମୟ ପରେ ଦୁହେଁ ଗୋଟିଏ ଥାଳିରେ ଖାଆନ୍ତି । ସୁବାସବାବୁଙ୍କ ବାହୁ ଭିତରେ ଶୋଇ ଉର୍ମିଳା ଭାବନ୍ତି ଅତି ଗୋପନରେ ଅନ୍ଧାରରେ–"ଯାହା ହେଉ, କାନ୍ଦିଲି ବା ଅକାରଣ କେତେ ସମୟ, ଏଇ ଲୁହ ବଳରେ ତ ବାନ୍ଧି ପାରିଚି ମୋ ସ୍ୱାମୀଟିକୁ । କେତେଜଣ ଭଲା ପାରିଚନ୍ତି ଏମିତି ?"

କାନ୍ଦ ଆହୁରି ଗୁରୁତର ପର୍ଯ୍ୟାୟକୁ ବି ପହଞ୍ଚିଚି ଯେତେବେଳେ ତାଙ୍କ ଅଫିସ୍‌ର ସେଇ ଶେଥା ଧଡ଼ିଆ ଟୋକୀ ଖଣ୍ଡକ ସାଙ୍ଗରେ ଦିନାକେବେ ନାଟ ଲଗେଇଲେ, ଲୋକହସା ହେଲେ ଆଉ ମୋତେ ବି କରେଇଲେ । ପ୍ରଥମେ ଦିନାକେତେ ତ କହିଲେ– "କିଏ କହିଲା ଏ ସବୁ ? ତମର କିଛି କାମ ନାଇଁ ଏସବୁ ବାଜେ କଥା ମୁଣ୍ଡରେ ପୂରାଉଚ ? ଏଣୁ ତେଣୁ ଲୋକଙ୍କ କଥା ଶୁଣୁଚ ?" ପୁଣି ମିଛ ରାଗ ବି ରାଗିଲେ–"ଛି ଛି, ତମେ ପୁଣି ଏ କଥା ସତ କରିପାରିଲ ? ମୋ ବିଷୟରେ ଏମିତି କଥା ଭାବିପାରିଲ ? ତୁନି ହୁଅ, ମୋ' ରାଣ କହୁଚି, ନହେଲେ ମୁଁ ଖାଇବିନି, ହେଇଟି ଯାଉଚି ।"

କଥା ପୁଣି ଆହୁରି ଖଣ୍ଡେ ଦୂର ଗଡ଼ିଗଲା ପରେ–"ଭୁଲ୍ ହେଇଚି ଉମି, ଦୋଷ ମାଗୁଚି । ଯାହା ଦଣ୍ଡ ଦେବ ଦିଅ, କାନ ଧରୁଚି ଏଇ ।" ଆଉରି କିଛି କାନ୍ଦ ଶୋକ ଅନଶନ ପରେ–"ମାନୁଚି ମୋ' ପାପର କ୍ଷମା ନାଇଁ । ତଥାପି ତମେ ମୋଅରି ଉମି ପରା । ଦୋଷ ଧରି ବସିଥିବ ଜୀବନଯାକ, ଚହିଁବ ନାଇଁ ମୋ' ମୁହଁକୁ ?"

ଧେଡ଼ଙ୍ଗ ଟୋକୀର ପାଲା ବି ଏହିପରି ବେଶିଦିନ ରହିଲା ନାଇଁ । ଉର୍ମିଳା ଶିବ ମନ୍ଦିରରେ କ୍ଷୀର କଳସୀ ଢାଳିଲେ । ନିଛାଟିଆରେ ନିଜକୁ କହିଲେ– "ମିଛଟାରେ କେଡ଼େ ଛାନିଆଁ ହେଉଥିଲି । ପୁରୁଷ ପିଲା, ଥରେ ଅଧେ କ'ଣ ଅବାଟରେ ଯାଆନ୍ତେ ନାଇଁ । ହେଲେ ଜାଣେ ପରା, ମୋ' ଲୁହ ବଳେ ତାଙ୍କୁ ଟାଣି ଆଣିବ, ମୋ' ପାଖକୁ । ନରମ ଛାତିର ମଣିଷ । ମୁଁ ନ ବୁଝିଲେ ଆଉ କିଏ ବୁଝିବ ତାଙ୍କ ଦୁଃଖ ?"

ସୁବାସ ବାବୁଙ୍କର ବି ଦିନ ସମାନ ଯାଏ ନାହିଁ । ପତ୍ନୀଙ୍କ କାନ୍ଦ ପ୍ରତି ତେଣୁ ତାଙ୍କର ଉତ୍ସାହ ଅନୁରାଗ ସମାନ ରହେ ବୋଲି କହିଲେ ସତ ହେବ ନାହିଁ । ଅନେକ ସମୟରେ ନିଜକୁ ଚିମୁଟି କେଞ୍ଚି କାନ୍ଦପ୍ରତି ସଚେତନ କରିବାକୁ ହୁଏ ତ

ଆଉ କେତେବେଳର ଲୁହକୁ ଏବେ ବି ବଡ଼ ଅପ୍ରତ୍ୟାଶିତ ଭାବେ ସାମ୍ନା କରିବାକୁ ହୁଏ ।

ଚଉଠି ରାତିରେ ଉର୍ମିଳା ଆଖିଧାରର ଲୁହ ବୁନ୍ଦାକ ଜୀବନଯାକ ଭୁଲି ହେବ, ନା ସେ ଅନୁଭୂତିର ଆଉ ପୁନରାବୃତ୍ତି ହେବାର ଅଛି ? ତା'ପରେ ଟୁନୁ, ଲୀନୁ ସଂସାରକୁ ଆସିବା ପରଯାଏଁ ବି ଅଚାନକ ନିଜ ସୁନ୍ଦରୀ ସ୍ତ୍ରୀଙ୍କ ଆଖିରେ ଲୁହଧାର ଦେଖିଲେ ସୁବାସବାବୁଙ୍କ ପାଦତଳୁ ଧରା ଖସିଯାଏ । ଏଡ଼େ ଅପଚୟର, ଏଭଳି ଅକାରଣ ଦୁଃଖର ହେତୁ ହେବାର ଦୋଷ ସେ ମୁଣ୍ଡେଇ ପାରିବେ ନାହିଁ ।

ତା'ପରେ ସମୟ ସାଙ୍ଗେ ସାଙ୍ଗେ ତାଙ୍କର ପ୍ରତିକ୍ରିୟା ତଥା ମୁକାବିଲା କରିବାର ବାଗବାଇସ ବି ବଦଳିଲା । କେବେ ହୁଏତ ଖବରକାଗଜ ପଢୁପଢୁ ସେ ଲକ୍ଷ୍ୟ କଲେ ଯେ ଉର୍ମିଳା କାନ୍ଦୁଛନ୍ତି, ଭାବନ୍ତି– ବାସ୍, ଏଇ ଖବରଟା ପଢ଼ିଦିଏ କି ତା'ପରେ ତେଣିକି ଅନେଇବି ।

ପୁଣି ଖବରର ଶେଷାଂଶଟା ପାଇଁ ମଝି ପୃଷ୍ଠାକୁ ଗଲାବେଳକୁ ସମ୍ପାଦକୀୟଠିଁ ଦୃଷ୍ଟି ଲାଖିଯାଏ । ଆଉ ଥରେ ଥରେ ଆଖିପତା ଲାଗି ଆସୁଥାଏ, ନିଦରେ, ଅତି ପାଖରୁ ଶୁଭେ ସୁଁ ସୁଁ । ସୁବାସବାବୁ ନିଜକୁ ଉଦ୍‌ବୋଧନା ଦିଅନ୍ତି, ପୁଣି ନିଜକୁ କଥା ବି ଦିଅନ୍ତି– ଏଇ ଉଠିଲି, ସାକୁଲେଇବି ରହ– ଭାବୁ ଭାବୁ ନିଦ ଜମାଟ ବାନ୍ଧି ଆସେ ।

ତେବେ ପ୍ରତି କ୍ରନ୍ଦନର ସମୟ ପରିମାପ କମ୍ ବେଶି ହେଉ ପଛକେ, ଶେଷ ପର୍ଯ୍ୟାୟଟି ନିଶ୍ଚୟ ସୁଖଦ ହେଇଛି ଓ ସୁବାସବାବୁ ନିଜକୁ ବଧାଇ ଦେଇଛନ୍ତି– ନାଃ, ମୁଁ ଉର୍ମିଳାକୁ ଦୁଃଖ ଦେଇ ନାହିଁ ।

କେଉଁଦିନ ସଞ୍ଜବେଳେ ପାଖରେ ବସି ଚା'ପିଉ ପିଉ ସୁବାସବାବୁ ପଚାରନ୍ତି– "ଆଚ୍ଛା କହିଲ ଉମି, ଝିଅଦିନେ ବି ତମେ ଏଇମିତି ନାକକାନ୍ଦୁରୀ ଥିଲ ?"

ଉର୍ମିଳା ମୁରୁକି ହସି ମୁଣ୍ଡ ହଲାଇ ନାହିଁ କରନ୍ତି । ସୁବାସବାବୁ ଶେଷ ଫଇସଲା ଶୁଣିବା ଢଙ୍ଗରେ ବାଁ ହାତର ଖବରକାଗଜ ଥୋଇ ଦେଇ, ଟେବୁଲ ଉପରକୁ ଗୋଡ଼ ଦୁଇଟି ଟେକି ପଚାରନ୍ତି–"ତା'ହେଲେ ମୋରି ଘରେ ହିଁ ତମକୁ ଦୁଃଖ ମିଳୁଚି ବେଶି, ନା କ'ଣ ? ବାପଘରେ ବେଶି ସୁଖରେ ଥିଲ ?"

ଉର୍ମିଳା ନିମ୍ବଗଛ ଗହଳର ସୋରି ସୋରି ଖରାଛାଇ ଆଡ଼େ ଅନେଇ ଉତ୍ତର ଦିଅନ୍ତି–"ସେବେ ଝିଅଦିନ ଅଲଗା ଥିଲା ନା ! ଥରେ ଥରେ ଆମ କଲେଜର ଚେନାଚୁର ବାଲା କଇଁଥ ବି ଆଣେ, ଆମେ ସେଇଠି ଲୁଣ ଲଙ୍କା ଦଳି ଚଟଣୀ କରି ଖାଉ । ଆଉ ଲାଗି ଲାଗି ଦି' ତିନିଦିନ ଛୁଟି ପଡ଼ିଲା ତ କଟକରୁ ସୁମ ମାଉସୀ ଆସନ୍ତି, ତାଙ୍କ ଝିଅ ମୁନୁ ବି ଆସେ । ସିନେମା ପ୍ରୋଗ୍ରାମ୍ ହୁଏ ସେଇଠୁ ।"

ସୁବାସବାବୁ ଅଧୈର୍ଯ୍ୟ ହୋଇ କହନ୍ତି–"ହେଲା ଯେ ମୁଁ ତୁମକୁ ସିନେମା ଦେଖେଇ କେବେ ନେଉନାଇଁ ନା କଇଁଥ ଚଟଣୀ କରିବାକୁ ମନା କରିଚି ?"

ଉର୍ମିଳା ଦୃଷ୍ଟି ସେମିତି ନିମ୍ନଗଛରେ ରଖି କହନ୍ତି–"ଭାଉଜଙ୍କ ସାଙ୍ଗେ କଳି ହେଲେ ମୁଁ କ'ଣ କାନ୍ଦେ ନାଇଁ, ରାଗି ରୁଷି ନଖାଇ ଶୁଏ । ସେଦିନ ଘରେ ଗୋଟାଏ ବଡ଼ ଘଟଣା ଜାଣ ! ଭାଉଜ ପୁଣି ଆସି ଡାକନ୍ତି–ହଉ ଆସ, ମୋ' ସୁନା ନାକୀ ! ଆଉ ଯୋଉଥର ଆମେ କଲେଜରୁ ସପ୍ତଶଯ୍ୟା ଯାଇଥିଲୁ–ପିକ୍‌ନିକ୍‌ରେ..."

ସୁବାସବାବୁ ହତାଶ ହୋଇ ପୁଣି ଥରେ ଖବରକାଗଜ ମେଲାନ୍ତି–"ତମେ ଉମି, କୁଆଡ଼େ ବୋଇଲେ କୁଆଡ଼କୁ ଚାଲିଯାଅ ।"

ତେବେ ଉର୍ମିଳା ଖୁସି ମନରେ ଗପୁଥିଲାବେଳେ ସୁବାସବାବୁ ଖବରକାଗଜ ପଢନ୍ତୁ କି ଫାଇଲ୍ ଦେଖନ୍ତୁ କିଛି ଯାଏଆସେ ନାହିଁ । ଏମିତିକି ଆହ୍ଲାଦରେ ବାଢ଼ି ଦେଇଥିବା କାକରା ପିଠା ଯଦି ଠେଲିଦେଲେ ଅଫିସରେ ଟି-ପାର୍ଟିଥିଲା ବୋଲି କହି କିମ୍ବା ଅଲଗା ବାଗରେ ମୁଣ୍ଡ କୁଣ୍ଡେଇ ଲୁଗାଧଡ଼ିମିଶା ବାଇଗଣୀ ରଙ୍ଗର ଟୋପା କପାଳରେ ମାରିଥିବା କଥା ବି ଯଦି ତାଙ୍କ ନଜରରେ ନ ପଡ଼ିଲା, ଉର୍ମିଳା ସାମାନ୍ୟ ଦୀର୍ଘଶ୍ୱାସଟିଏ ପକେଇ ସେକଥା ମନରୁ ପୋଛିଦେଇ ପାରନ୍ତି । କେବଳ ସହି ପାରନ୍ତି ନାହିଁ ଯଦି ସେ କାନ୍ଦୁଥିଲାବେଳେ ତାଙ୍କ ଲୁହକୁ ସ୍ୱାମୀ ଅଗ୍ରାହ୍ୟ କରିଗଲେ ।

କାରଣ ସୁବାସବାବୁ ଯେଉଁ ବିଶ୍ୱାସରେ ସେ ଥରକ ଉପସ୍ଥିତ କର୍ତ୍ତବ୍ୟ ଟାଳୁଥାଆନ୍ତୁ ନା କାହିଁକି, ଉର୍ମିଳାଙ୍କୁ ତାଙ୍କ ଆଖି ବୁଜିଦେବା କଥାଟି ଜଳ ଜଳ ଦେଖାଯାଏ । ସେଇଠୁ କାନ୍ଦର ଅସଲ କାରଣ ପାସୋର ଯାଇ ଉର୍ମିଳାଙ୍କର ସବୁ ରାଗ, ଅଭିଯୋଗ କେନ୍ଦ୍ରିତ ହୁଏ ଏଇ ନିକଟତମ ବ୍ୟକ୍ତିଟି ଉପରେ । ଆଉ ନୟନରେ ଚାହିଁଦେଲେ ଥରେ ମୋ' ଦୁଃଖ ଉଭେଇ ଯାଆନ୍ତା, ହେଲେ ଦେଖ ଚାହୁଁ ନାହିଁ କେମିତି । ଅକାରଣ ପେଖନା କରୁଚି ।

ରାତିସାରା ଉର୍ମିଳା ଆଉ ଶୋଇ ପାରନ୍ତି ନାହିଁ, ଏକଡ଼-ସେକଡ଼ ହୁଅନ୍ତି । କାନ୍ଦ ଆଉ ଲୁହ ହେଇ ଝରେ ନାହିଁ, ବାମ୍ପ ହେଇ ନିଷ୍ଫଳ କ୍ଷୋଭ ଆଖି ପତା, ଛାତି ଭିତର ପୋଡ଼ି ପକାଏ ।

ତଥାପି ପ୍ରତିକ୍ଷଣ ମନରେ ଆଶା ଥାଏ, ଏଇ ପିଠିରେ ଲାଗିଲାଣିକି ନିଶ୍ଚିନ୍ତ ପାପୁଲିଟିଏ, ତାତିଲା ଦେହରେ ଶୀତଳ ଚନ୍ଦନ ପରି । ଆଉ ପ୍ରତିକ୍ଷଣ ନିରାଶା ବି ବଢୁଥାଏ ଚକ୍ରବୃଦ୍ଧି ହାରରେ ।

କେଉଁ କେଉଁ ଭାବନାରୁ ପ୍ରେରିତ ହୋଇ ସୁବାସ ବାବୁ ହାତ ବଢ଼ାଇ ଆସିଚନ୍ତି ସବୁଦିନେ ଉର୍ମିଳାଙ୍କ କାନ୍ଦ ଆଡ଼କୁ, ତୁରନ୍ତ ହେଉ ବା ଉଚ୍ଛୁରରେ ହେଉ, ସେ ବିଷୟରେ

ଉଭୟେ ବିଶେଷ ଚିନ୍ତା କରି ନଥିଲେ । ଆଦ୍ୟ ବୈବାହିକ ଜୀବନରେ ଥିଲା ହୁଏତ ପ୍ରେମମିଶା କରୁଣା, ପୌରୁଷର ଆତ୍ମପ୍ରସାଦ । ତା' ପରେ କେବେ ସମ୍ବେଦନା, ଦୟା । ପୁଣି ବା ସନ୍ଧି । ବିଭିନ୍ନ ପ୍ରେରିତ ଭାବରୁ ପୁଣି ସୁବାସ ବାବୁଙ୍କୁ ମିଳେ ଭିନ୍ନ ରସ– ଶୃଙ୍ଗାର, ବୀର, ଅଦ୍ଭୁତ, ଶାନ୍ତି !

ଉର୍ମିଳାଙ୍କ ପାଇଁ ଅବଶ୍ୟ ଏସବୁ ରସ ଗୌଣ । ତାଙ୍କ ଲାଗି ମୁଖ୍ୟହେଲା ତାଙ୍କ ନରମି ଆସୁଥିବା ମେରୁଦଣ୍ଡ ପୁଣି ଶକ୍ତି ପାଉ ଦେହ ମୁଣ୍ଡକୁ ସଳଖ ରଖିବାକୁ, ସେ ଶୁଣନ୍ତୁ ନିଜ କାନପାଖରେ–'ତୁ ଦରକାର ଏ ପୃଥ୍ୱୀ ପାଇଁ' ବୋଲି । ଟଳମଳ ହେଉଥିବା ପାଦ ପୁଣି ଗଛ ପରି ପୋତି ହେଇଯାଉ । ତାଙ୍କ ଲାଗି ଖଣ୍ଡାରେ ଥରକୁ ଥର ଶାଣଦିଆ ଦରକାର, ଯୁଦ୍ଧ ପଡ଼ିଆ ଦରକାର ।

ଏଣେ ଦିନ ଯାଉ ଯାଉ ସୁବାସବାବୁଙ୍କୁ ଶାନ୍ତି ଚୁକ୍ତି ଭିନ୍ନ ଅନ୍ୟ ରସ କ୍ୱଚିତ୍ ମିଳିଲା ଏପରି ଘଟଣାରୁ । ଟଣା ନ ହେଲେ ଯୁଦ୍ଧ ପଡ଼ିଆକୁ ଯିବା ଭଳି ପ୍ରକୃତି ତାଙ୍କର ବି କେଭେ ନୁହେଁ ।

ଥରକର କଥା । କଅଣ ହେଲା କେଜାଣି, ଉର୍ମିଳାଙ୍କର ରାତିର କାନ୍ଦ ପାହାନ୍ତାରେ ପହଞ୍ଚିଲା, ପୁଣି ସକାଳର ଫୁଲା ଆଖି ରାତିଯାକେ ଝାରିଲା ଲୁହ–ଏମିତି ଦିନେ ନୁହେଁ, ଦୁଇଦିନ ନୁହେଁ, ସାତଦିନ ସାତ ରାତି ତାଙ୍କ ଆଖି ବରଷି ଲାଗିଲା ଅବିରତ । ତଥାପି ପ୍ରତିକ୍ଷିତ ଇତି ଆସିଲା ନାଇଁ, ଲମ୍ବି ଚାଲିଲା ବିଡ଼ମ୍ବିତ ପ୍ରହରମାନ ।

ସୁବାସ ବାବୁଙ୍କ କୋଣରୁ ଦେଖିଲେ କଥାଟା ଟିକିଏ ଅଲଗା । ପ୍ରଥମ ରାତିରେ ତ ସେ ନିଜ ପକ୍ଷ ନେଇ ଯୁକ୍ତି କରିଥିଲେ ଯେ ଆଜି ଦିନସାରା ବହୁତ ଖଟିଚି, ଅଫିସ୍‌ରେ ଅଧିକା ଫାଇଲ୍, ଉପରିସ୍ଥଙ୍କ ତାଗିଦା– ଆଜି ଶୀଘ୍ର ଶୋଇବା ମୋର ପ୍ରାପ୍ୟ । ଭୋର୍‌ରୁ ବାଥ୍‌ରୁମ ଯିବାକୁ ନିଦ ଭାଙ୍ଗିଲେ ଦେଖାଯିବ । ହେଲେ ହେଲାନାଇଁ । ଉର୍ମିଳା ଆରପାଖକୁ ମୁହଁକରି ଶୋଇଥିଲେ । ଶୋଇଥାଉ ବିଚାରୀ, କାଇଁକି ନିଦ ଭାଙ୍ଗିବା ପାହାନ୍ତାଟାରୁ । ସେଇଠୁ ଶୀଘ୍ର ଶୀଘ୍ର ଚାହା, ଖିଅର, କାଗଜପଢ଼ା, ଅଫିସ । ନାକ ପୋଛୁଚି ଉମି, ଦିଶୁଚି ମୋ ଆଖି କଣରୁ । ହେଲେ ଏଇନା ମୋର ଫୁର୍‌ସତ୍ କାଇଁ ?

ସଞ୍ଜବେଳେ ବି ଠିକ୍ କଅଣ ହେଲା ସେ କହିପାରିବେ ନାଇଁ, ରବିବାବୁଙ୍କ ଘରଆଡ଼େ ଯାଇଥିଲେ ଗୋଟାଏ କଥା ବୁଝିବା ଲାଗି; ସେ ବାଧ କଲାରୁ କଥା ଭାଙ୍ଗି ହେଲା ନାଇଁ, ଚାହା ପକୁଡ଼ି ତାସ୍ ହେଲା । ଆସୁ ଆସୁ ରାତି । ଉର୍ମିଳା ନ ଖାଇ ଶୋଇଚି । କାନ୍ଦୁଚି । ସୁବାସ ବାବୁ କହିଲେ– "ମୋ' ଦେହଟା ଆଜି ଜମା ଭଲ ଲାଗୁନି ଉମି । ଆଜି ଖାଇବିନି, ଶୋଇବି ଯାଉଚି ।"

ଚଦର ଘୋଡ଼ିହେଇ ଶୋଇ ପଡ଼ିଲେ । ଯାଃ ସକାଳ ପାହୁ, ଦେଖାଯିବ ।

ଏପରି କିଂକର୍ତ୍ତବ୍ୟ ବିମୂଢ଼ ଅବସ୍ଥା, ଆତ୍ମଗ୍ଳାନି ସତ୍ତ୍ୱେ ପାଦେ ଆଗକୁ ନ ବଢ଼ି ପାରୁଥିବାର କ୍ଳାନ୍ତି ସୁବାସ ବାବୁଙ୍କ ପାଇଁ ଯେ ସମ୍ପୂର୍ଣ୍ଣ ନୂଆ ତା' ନୁହେଁ । ସାନ ସମସ୍ୟାଟିଏ, ପୁଣି କେଡ଼େ ଦେହଘଷା, ତଥାପି ଜଣାଶୁଣା କେଇପାଦ ଆଗେଇବା କଥା ଭାବିଲା ବେଳକୁ ମାଡ଼ିପଡ଼େ କେମିତି ଗୋଟିଏ ଅବସାଦ, କଳାପରଦାଟିଏ ଘୋଡ଼େଇ ପୋଡ଼େଇ ଶୋଇ ପକାଏ ମନକୁ, କୁହେ–ଥାଉ ଏବେ ।

ଏମିତି ଅବସ୍ଥାରେ ଘଣ୍ଟା କଣ୍ଟା କେତେବେଳଯାଏଁ ଲାଖି ଯାଇଥାଆନ୍ତା କେଜାଣି, କ'ଣ ହୋଇଥାନ୍ତା ଶେଷରେ ତା ପରିଣତି– ଉର୍ମିଳାଙ୍କ ଲୁହ ଆପେ ଶୁଖିଥାଆନ୍ତା, ନା ସାଙ୍ଗରେ ଭସେଇ ନେଇଥାନ୍ତା ତାଙ୍କ ଘରସଂସାର କିଏ ଜାଣେ– ଯଦି ଟୁନୁ ଦୃଶ୍ୟଟିରେ ଅଂଶଗ୍ରହଣ କରିନଥାନ୍ତା ।

ସଞ୍ଜବେଳ । କି ଗୋଟାଏ କାମ ଆଳରେ ଘରୁ ବାହାରୁ ଗଲାବେଳକୁ ଠିକ୍ ଫାଟକ ପାଖେ ସୁବାସବାବୁ ମୁହାଁମୁହିଁ ହେଇଗଲେ କାହା ସାଙ୍ଗେ– କିଏ ବୋଲି ମୁହଁ ଟେକି ଅନେଇଲା ବେଳକୁ ଟୁନୁ । ଫୁଟବଲ ଖେଳି ଫେରିଚି ସେ, ସ୍ପୋର୍ଟସ୍ ଗେଞ୍ଜି ଖଣ୍ଡକ ଦରଓଦା ଦିଶୁଚି । ସିଏ ବି ଅନ୍ୟମନସ୍କ ଥିଲା ବୋଧେ, ବାପାଙ୍କ ସଙ୍ଗେ ଧକ୍କା ଖାଉ ଖାଉ ସମ୍ଭାଳି ଯାଇ କାନ କୁଣ୍ଡାଇ ହସୁଚି । ସୁବାସ ବାବୁ ଆଶ୍ଚର୍ଯ୍ୟରେ ଦେଖିଲେ ତାଙ୍କଠୁ ବି ଆଙ୍ଗୁଳିଏ ଉଚ୍ଚ ହେଇଗଲାଣି ଟୁନୁ, ଅପ୍ରସ୍ତୁତ ଓଠ ଉପରେ ନୂଆ ନିଶ କେଡ଼େ ସୁନ୍ଦର ମାନୁଚି ।

ବାପାଙ୍କ ତୀକ୍ଷ୍ଣ ଦୃଷ୍ଟି ଆଡ଼େଇ ଚାଲି ଯାଉ ଯାଉ ଟୁନୁ ସଫେଇଦେଲା– "ଆଜି ଖେଳ ସରୁ ସରୁ ଟିକିଏ ଡେରି ହୋଇଗଲା ବାପା ।"

ସୁବାସବାବୁ ଖଣ୍ଡେ ଦୂର ଯାଇ ପୁଣି ଫେରିପଡ଼ି ଡାକିଲେ–"ଟୁନୁ ଶୁଣିଲୁ ।"

ଟୁନୁ ବାରଣ୍ଡା ପାଖରୁ ଫେରିଲା, ଦିହେଁ ଆସି ଫାଟକ ପାଖେ ଠିଆ ହେଲେ । ଟୁନୁର ଅତି ପାଖରେ ଠିଆ ହୋଇ, କାନକୁ ଲାଗିଲା ପରି ସୁବାସ ବାବୁ ଧୀର ସ୍ୱରରେ କହିଲେ–"ଟିକିଏ ଗଲୁ ବାପା ଦେଖିବୁ, ମା'ର ମୁଣ୍ଡ ବିନ୍ଧୁଥିଲା, ତା' ମନଟା କାହିଁକି ଭଲ ନାହିଁ । ତାକୁ ଟିକିଏ ପଚାରିବୁ ବାପା ଗଲୁ ।"

ଟୁନୁର କ୍ଳାନ୍ତ ତରୁଣ ମୁହଁଟିରେ ଆଶ୍ଚର୍ଯ୍ୟ ଫୁଟିଲା । ତଳକୁ ମୁହଁପୋତି ତରତର ହେଇ ଘର ଭିତରକୁ ଗଲାବେଳେ ସେ କେମିତି ଦୋଷୀ ଦୋଷୀ ଦିଶୁଥିଲା ।

ପରଦିନ ସନ୍ଧ୍ୟାରେ ଚାହା ପିଉ ପିଉ ଖବରକାଗଜ ଫାଙ୍କରୁ ସୁବାସ ବାବୁ ଉର୍ମିଳାଙ୍କୁ ଅନେଇଲେ । ତାଙ୍କ ଆଖିତଳେ ଆଉ କଳାଦାଗ, ଫୁଲା ଓହଳା ଚମ କିଛି ବିଶେଷ ନାହିଁ । ଉର୍ମିଳାଙ୍କ ଦୃଷ୍ଟିରେ ଆଖି ମିଶେଇ ସୁବାସବାବୁ ହାଲୁକା ଛାତିରେ

ମୁରୁକି ହସିଲେ । ଊର୍ମିଳା ପାଖ ଚଉକୀରେ ବସିଲେ । ଏଣୁ ତେଣୁ କଥା ଭିତରେ ଗେଲେଇ ହେଲାଭଳି ତାଙ୍କ ହାତରୁ ଖବରକାଗଜ ଟାଣିନେଇ କହିଲେ–"ମୋ' କଥା ଶୁଣ ଆଗ, ତା'ପରେ ପଢ଼ିବ ।"

ସୁବାସ ବାବୁ ଆଗ୍ରହରେ ଚାହିଁଲେ । କୁହ, କୁହ ଏଥର ଦୁନିଆଁଯାକର କଥା କୁହ ।

"ବଦଳି ଅର୍ଡ଼ରଟା କାଲେ ପୁଣି ଆସିଯିବ ବୋଲି ଆମେ କେତେ ଧନ୍ଦି ହେଉଥିଲେ । ଟୁନୁ କ'ଣ କହୁଛି ଜାଣ ? କହୁଛି– ବାପା ଏକା ଚାଲିଯାଆନ୍ତୁ, ମୁଁ ଘରଟା ଚଳେଇନେବିନି ? ହେଉ ବଦଳି, ଆମେ ରହିବା ଏଇଠି ।"

ଊର୍ମିଳାଙ୍କ ଏ ସ୍ୱର ହସ ହସ ଆତ୍ମବିଶ୍ୱାସ ସୁବାସ ବାବୁଙ୍କର କେଡ଼େ ଚିହ୍ନା । ହେଲେ ଉତ୍ସାହରେ କ'ଣ ବୋଲି କ'ଣ କହିଯାଉଛି ଊର୍ମିଳା !

–"କଣ କହୁଛି ଟୁନୁ ଶୁଣିଲଣି ? କହୁଛି– ମୁଁ କ'ଣ ଆଉ ଛୋଟ ପିଲା ହେଇ ଅଛି ମା ?"

■■